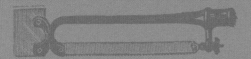
COMBINED PRUNING SAW AND CHISEL.

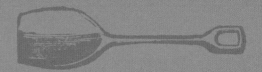
WOODEN GRAIN SCOOP.

LITTLE GIANT PRUNER AND SAW COMBINED.

VEGETABLE SCOOP.

GRAPE-THINNING SCISSORS.

SQUARE POINT SPADE.

GRUB HOE.

POST HOLE SPADE.

SWIVEL PRUNING SAW.

SQUARE POINT SHOVEL.

ROUND POINT SHOVEL.

Claw Hammer.

SCOOP SHOVEL.

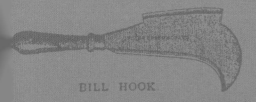
BILL HOOK.

POST HOLE SPADE.

JESS LOUREY   E.L.A.S ® ESPECIALISTAS LITERÁRIAS NA ANATOMIA DO SUSPENSE

ESPECIALISTAS LITERÁRIAS NA ANATOMIA DO SUSPENSE

CRIME SCENE® FICTION

THE QUARRY GIRLS
Copyright © 2022 by Jess Lourey
This edition is made possible under a license arrangement originating with Amazon Publishing, www.apub.com, in collaboration with Sandra Bruna Agencia Literaria.
Todos os direitos reservados

Esta é uma obra de ficção. Nomes, personagens, organizações, lugares, eventos e incidentes são produtos da imaginação da autora ou usados ficcionalmente. Qualquer semelhança com pessoas reais, vivas ou mortas, ou eventos reais é mera coincidência.

Tradução para a língua portuguesa
© Santiago Santos, 2024

Diretor Editorial
Christiano Menezes

Diretor Comercial
Chico de Assis

Diretor de MKT e Operações
Mike Ribera

Diretora de Estratégia Editorial
Raquel Moritz

Gerente Comercial
Fernando Madeira

Gerente de Marca
Arthur Moraes

Gerente Editorial
Bruno Dorigatti

Editor
Paulo Raviere

Capa e Projeto Gráfico
Retina 78

Coordenador de Arte
Eldon Oliveira

Coordenador de Diagramação
Sergio Chaves

Preparação
Lúcio Medeiros
Marta Sá

Revisão
Fabiano Calixto

Finalização
Roberto Geronimo
Sandro Tagliamento

Impressão e Acabamento
Braspor

DADOS INTERNACIONAIS DE CATALOGAÇÃO NA PUBLICAÇÃO (CIP)
Jéssica de Oliveira Molinari - CRB-8/9852

Lourey, Jess
 Garotas na escuridão / Jess Lourey ; tradução de Santiago Santos. — Rio de Janeiro : DarkSide Books, 2024.
 336 p.

 ISBN: 978-65-5598-354-8
 Título original: The Quarry Girls

 1. Ficção norte-americana 2. Crime
 I. Título II. Santos, Santiago

23-5461　　　　　　　　　　　　　　　　　　　CDD 813

Índice para catálogo sistemático:
 1. Ficção norte-americana

[2024]
Todos os direitos desta edição reservados à
DarkSide® Entretenimento LTDA.
Rua General Roca, 935/504 — Tijuca
20521-071 — Rio de Janeiro — RJ — Brasil
www.darksidebooks.com

JESS LOUREY

GAROTAS
NA
ESCURIDÃO

TRADUÇÃO SANTIAGO SANTOS

E.L.A.S®

DARKSIDE

Para Cindy, a mistura perfeita de ímpeto e ternura.

Nota da autora

O FBI define um assassino serial como uma pessoa, normalmente homem, que assassina dois ou mais indivíduos, geralmente mulheres, em eventos distintos. Embora os assassinos seriais sempre tenham estado entre nós (recomendo pesquisar Gilles de Rais caso você esteja carente de combustível para pesadelos), eles só passaram a atrair a atenção pública no início da década de 1970. Nessa época, a primeira onda de monstros famosos — John Wayne Gacy, o Assassino do Zodíaco, o Filho de Sam — estava no auge. O historiador Peter Vronsky argumenta que, embora vários fatores precisem se alinhar para que um assassino seja criado (genética e ferimentos no lobo frontal são os dois mais comuns), a Segunda Guerra Mundial foi responsável por esta era de ouro de assassinos seriais uma geração depois.

Especificamente, de acordo com Vronsky, embora todos os soldados norte-americanos que lutaram na Segunda Guerra tenham sido treinados para matar, um pequeno contingente utilizou a salvaguarda da violência sancionada pelo Estado para também estuprar, torturar e colecionar pedaços de corpos humanos como troféus. Ainda que a maior parte dos militares que retornou tenha se reintegrado com sucesso à sociedade, alguns trouxeram a brutalidade da guerra para dentro de casa, abusando de suas famílias atrás de portas cerradas. Este abuso, que se deu numa cultura que promovia abertamente a guerra, criou o solo fértil no qual a primeira safra de assassinos seriais norte-americanos emergiria.

Sou *ávida* por este tipo de informação.

O sinistro, sem dúvida, me é atrativo.

Também é verdade que 70% das vítimas de assassinos seriais são mulheres. Pode apostar que ter a sensação de que se é a presa aumenta o interesse no predador. Você se vê desesperada para tirar algum sentido de atos em grande medida aleatórios de assassinatos seriais, acreditando que, se puder entender a motivação e os padrões de caça, poderá se proteger.

No entanto, meu anseio por esse tipo de informação é mais do que interesse mórbido ou autopreservação.

Há também algo de pessoal nisso.

Nasci no estado de Washington, numa base do Exército; meu pai lutou no Vietnã. Depois que ele foi dispensado, em 1970, nós nos mudamos para a zona norte de Saint Cloud, no estado do Minnesota. Empoleirada no rio Mississippi, a cidadezinha era famosa por sediar a Companhia Pan Motor, uma fabricante de carros que malogrou de forma espetacular; pela abundância de granito, com os tipos "vermelho superior" e "cinza superior" de Saint Cloud utilizados em lápides e prisões pelo país todo; por suas duas faculdades e uma penitenciária de aparência medieval construída por presidiários e cercada por uma enorme parede de pedra, a segunda maior do mundo (a Grande Muralha da China é a maior).

Três assassinos estavam à solta em Saint Cloud enquanto eu crescia por lá.

Apenas dois foram pegos.

E esta é a razão mais profunda pela qual procuro informações relacionadas a assassinos seriais: para decifrar a minha infância, para me ajudar a entender o medo na minha comunidade e em minha casa.

Aqui está o que descobri a respeito dos predadores que aterrorizaram Saint Cloud nos anos 1970.

CHARLES LATOURELLE

Em outubro de 1980, Catherine John e Charles LaTourelle eram gerentes de uma pizzaria dentro da St. Cloud State University. Numa noite, LaTourelle ficou bêbado e decidiu ir até o restaurante após o horário de funcionamento. Ficou escondido no subsolo e, em algum momento, vomitou em consequência do tanto que tinha bebido. Quando Catherine John passou pelo seu esconderijo para trancar tudo, LaTourelle a esfaqueou vinte e uma vezes e, então, a estuprou. Depois disso, jogou o corpo da vítima no rio Mississippi, ali perto, antes de voltar à cena do crime para limpar o sangue da mulher e seu próprio vômito. Quando outro funcionário o flagrou, LaTourelle ligou para a polícia e confessou o crime.

Enquanto cumpria pena pelo assassinato de Catherine John, o assassino revelou que aquela não era a sua primeira vítima.

Em 14 de junho de 1972, quando tinha 17 anos, e trabalhava como entregador de jornais, ele havia atirado em Phyllis Peppin e a matara em sua residência. Alegando ser obcecado por ela, o assassino arrombou a casa com a intenção de estuprá-la. O marido de Peppin foi o principal suspeito até LaTourelle confessar o crime, em 1999.

ASSASSINO #2

Dois anos depois do assassinato de Phyllis Peppin, no Dia do Trabalhador de 1974,* Susanne Reker, de 12 anos, e sua irmã Mary, de 15, pediram permissão aos pais para irem ao shopping center Zayre, que ficava nas redondezas, a fim de comprar materiais escolares. Além de ser uma caminhada que já haviam feito inúmeras vezes, elas eram meninas responsáveis. Susanne tocava violino e tinha planos de tornar-se médica. Mary queria ser professora quando se formasse. Ambas eram extrovertidas e vinham de um lar estável, o que torna surpreendente o fato de, pouco antes do Dia do Trabalhador, Mary ter escrito em seu diário: "Caso eu

---

*   Nos EUA, o Dia do Trabalhador é celebrado na primeira segunda-feira de setembro. [NE]

morra, peço que meus animais empalhados fiquem para a minha irmã. Se eu for assassinada, encontrem meu assassino e façam com que a justiça seja feita. Tenho algumas razões para temer por minha vida, e o que peço é importante!".

As irmãs não voltaram para casa depois de terem saído para essa caminhada no Dia do Trabalhador.

Quase um mês depois, seus corpos foram encontrados em uma pedreira de Saint Cloud; ambas estavam mortas, com múltiplos ferimentos perfuroincisos. As autoridades acreditavam que o assassino, ou os assassinos, fosse uma pessoa jovem que conhecia as meninas. Lloyd Welch, funcionário de um parque de diversões itinerante, que tinha 17 anos na época, havia estuprado uma mulher de Saint Cloud na mesma pedreira alguns dias antes de as irmãs Reker desaparecerem. Sete meses depois, ele sequestrou e matou duas jovens irmãs de Maryland, Sheila e Katherine Lyon.

Em 2017, Welch foi condenado e começou a cumprir uma pena de 48 anos depois de confessar o assassinato das garotas Lyon mais de quarenta anos após o ocorrido. Ele nunca foi acusado pelo homicídio das irmãs Reker.

Seu contemporâneo local, o adolescente Herb Notch, trabalhava no shopping center Zayre, o mesmo que as irmãs visitaram no dia em que desapareceram. Dois anos depois de seus corpos serem encontrados nas pedreiras, Notch e um cúmplice assaltaram a sorveteria Dairy Bar de Saint Cloud e sequestraram a menina de 14 anos que trabalhava no caixa. Levaram-na de carro até o fosso de uma pedreira de cascalho nos arredores de Saint Cloud, onde rasgaram suas roupas da mesma forma que as roupas de Mary haviam sido rasgadas, estupraram-na, esfaquearam-na, cobriram-na com vegetação rasteira e voltaram dirigindo. Num ato de coragem, a vítima se fingiu de morta até que Notch e seu cúmplice fossem embora para então caminhar por quase um quilômetro em meio à escuridão até encontrar a casa mais próxima.

A vítima conseguiu identificar Notch, que cumpriu dez anos de prisão de um total de quarenta anos aos quais foi condenado. Ele foi acusado de outros dois estupros depois de ser libertado. A despeito das similaridades entre seus crimes e o assassinato das irmãs Reker, Herb Notch também nunca foi acusado de tê-las assassinado. Ele faleceu em 2017 sem ter confessado.

JOSEPH TURE

Em 1978, Joseph Ture arrombou a casa de campo de Alice Huling, em Saint Cloud, e matou ela e três de seus filhos a tiros. Um quarto filho, Bill, sobreviveu se escondendo sob umas cobertas depois que duas balas por pouco não o atingiram. O menino teve a presença de espírito de correr até a casa de um vizinho quando Ture deixou o local. Os assistentes do xerife levaram-no para ser interrogado quatro dias depois dos assassinatos dos Huling. Apesar de não divulgarem isso na época, na inspeção que fizeram em seu carro foi encontrada a arma com a qual ele havia espancado Alice, bem como o Batmóvel de brinquedo de Bill. Também foi encontrada uma lista com nomes e números de telefone de várias mulheres.

Os policiais o liberaram a despeito desses fortes indícios de ligação com o crime.

Depois disso, Ture assassinou pelo menos outras duas mulheres, Marlys Wohlenhaus, em 1979, e Diane Edwards, em 1980. Somente em 1981 ele foi formalmente acusado e considerado culpado de um crime — sequestrar e estuprar uma mulher de 18 anos e depois uma menina de 13, em incidentes isolados. Dezenove anos depois, graças ao impressionante trabalho posterior feito pela Unidade de Casos Arquivados do Departamento de Apreensão Criminal de Minnesota, ele foi, enfim, acusado pelo homicídio da família Huling.

Estes são dois — e potencialmente há três — assassinos seriais que operaram em Saint Cloud nos anos 1970.

Não é necessário pesquisar muito para concluir que esses assassinos eram medíocres. Eram animais desgovernados correndo por uma trilha sem bifurcações, homens que não foram fortes o suficiente para pedir a ajuda de que tão claramente necessitavam. A mesma avaliação pode ser feita do trabalho investigativo inicial dos assassinatos, em grande parte.*

---

* O episódio 7 da Temporada 1 do podcast *In the Dark* apresenta uma análise bem fundamentada dos passos em falso do gabinete do xerife do condado de Stearns durante este período e no período posterior. [NA]

Foram necessários quase trinta anos de investigação para se descobrir quem era o assassino de Phyllis Peppin, e isso ocorreu apenas como resultado de sua confissão espontânea na prisão, não do trabalho dos detetives. Ninguém foi acusado pelo assassinato das irmãs Reker,* e Bill Huling só viu a justiça ser feita pelo homicídio de sua família, que ocorreu em 1978, no ano 2000.

Fiquei ao mesmo tempo surpresa e aliviada por saber que os assassinos não receberam atenção. Não havia sentido em seus crimes, nenhum sentimento de segurança poderia ser obtido ao se analisar suas motivações e seu comportamento. Eram pessoas com algum transtorno comportamental. Para encontrar sentido nesse período inquietante, para localizar as pessoas que *eram* complexas e instigantes, tive de olhar para aqueles cujas vidas foram roubadas, para os amigos e as famílias que deixaram para trás e para os habitantes que lutaram para construir uma vida numa comunidade com tantos predadores ativos.

As mulheres e crianças que foram assassinadas eram amadas. Suas famílias e seus amigos são os únicos que podem compreender a intensidade de seus pesares, o trabalho de uma vida inteira de criar sentido na perda, de ter seus mundos transformados pela violência que não conseguiram prever e que não mereciam. Não me atreveria a contar a história deles. O que posso fazer é compartilhar a experiência de sair de uma casa que não era segura e pisar numa cidadezinha onde múltiplos assassinos seriais estavam à solta.

Também posso contar uma história sobre as formas inusitadas de justiça.

---

* Qualquer pessoa com informações sobre o caso Reker deve ligar para o gabinete do xerife do condado de Stearns — ou para a Unidade de Casos Arquivados do Departamento de Apreensão Criminal de Minnesota. O fundo do Departamento de Segurança Pública de Minnesota "Spotlight on Crime" [Foco no Crime] oferece uma recompensa de 50 mil dólares por informações que levem à apreensão e à condenação do(s) suspeito(s). [NA]

Prólogo

Naquele verão, o verão de 1977, tudo tinha arestas.

Nossas risadas, os olhares de esguelha que a gente dava e recebia. Até mesmo o ar era afiado feito uma navalha. Eu supunha que fosse porque estávamos crescendo. A lei podia não reconhecer isso, mas aos 15 anos você é uma menina e aos 16, uma mulher, e não se ganha nenhum mapa de um território para o outro. Eles a lançam de paraquedas, atirando atrás de você uma bolsa cheia de brilho labial Kissing Potion e umas blusinhas tomara-que-caia. Enquanto despenca, tentando ao mesmo tempo abrir seu paraquedas e agarrar a bolsa, eles gritam *"Você é bonita!"*, como se estivessem lhe dando algum tipo de presente, alguma chave milagrosa, mas, na verdade, é na intenção de distraí-la pra que você não puxe o cordão.

As garotas que aterrissam são presas fáceis.

Caso tenha sorte suficiente para cair em pé, seus instintos gritam para disparar na direção das árvores. Você larga o seu paraquedas, apanha aquela bolsa do chão (*com certeza*, ela contém algo de que vai precisar) e corre feito o diabo, com o fôlego no talo e o sangue pulsando porque garotos-que-são-homens estão sendo lançados de paraquedas também. Só Deus sabe o que enfiaram nas suas bolsas, porém isso não importa, porque eles fazem coisas terríveis em bando, os garotos-que--são-homens, coisas que nunca teriam coragem de fazer sozinhos.

Não questionava nada disso, não na época. Simplesmente fazia parte de crescer como uma garota no Meio-Oeste, e, como eu disse, a princípio, pensei que esse fosse o motivo de tudo parecer tão intenso e perigoso: estávamos correndo para sobreviver em campo aberto na raia que nos leva de garota a mulher.

No entanto, acontece que as coisas não eram tão evidentes apenas porque estávamos crescendo.

Ou melhor, não era *apenas* isso.

Sei disso porque três de nós não chegaram a crescer.

O ano anterior, 1976, parecia ter sido uma coisa viva. Os Estados Unidos de peito aberto fazendo pose de Super-Homem, a capa nos gloriosos tons azul, vermelho e branco da bandeira estalando atrás dele, fogos de artifício explodindo sobre sua cabeça e enchendo o mundo com o cheiro de pólvora e enxofre queimados. Além de tudo ser possível, como nos diziam, nosso país *já havia feito tudo*. Os adultos pareciam ocupados em congratularem-se bastante durante o bicentenário do Dia da Independência. Por quê, não sabíamos. Eles ainda estavam vivendo as mesmas vidas, indo aos seus trabalhos de roda de hamster, organizando churrascos, fazendo caretas sobre as latinhas suadas de cerveja Hamm em meio à fumaça azul enevoada dos cigarros. Será que isso teria os enlouquecido um pouco? Levar o crédito por algo que não tinham conquistado?

Olhando pra trás, acho que sim.

E penso que, apesar de todo o horror, 1977 foi o ano mais honesto.

Três crianças de Pantown mortas.

Seus assassinos bem ali, à vista de todos.

Tudo começou nos túneis.

Você vai ver.

Beth

"Ei, Beth, você vai passar nas pedreiras hoje à noite?"

Elizabeth McCain esticou seus braços doloridos acima da cabeça até seus ombros estralarem. Foi uma sensação maravilhosa. "Talvez. Sei lá. Mark vai lá pra casa."

Karen lhe lançou um olhar lascivo. "Aaah, você vai oferecer do bom e do melhor pra ele?"

Beth ajeitou o cabelo atrás das orelhas. Ela vinha planejando terminar com Mark o verão todo, mas os dois andavam com a mesma turma. Parecia mais fácil deixar as coisas rolarem até se mandar pra faculdade, o que ocorreria dali a três semanas apenas. Universidade da Califórnia em Berkeley, com direito a tudo. Seus pais queriam que se tornasse uma advogada. Ela esperaria para lhes dizer que pretendia lecionar até... bem, até que precisassem saber.

Lisa apareceu, vindo do salão, que estava abarrotado de gente. "Dois especiais da meia-noite, um com bacon no lugar do presunto", gritou para a cozinha. Então, olhou para a Beth, que estava prestes a bater o ponto; Karen estava parada ao lado dela. "Largando a gente quando mais precisamos da sua ajuda... Eu tô vendo. Ei, você vai nas pedreiras hoje à noite?"

Beth abriu um largo sorriso, exibindo todos os seus dentes superiores. É claro que suas colegas de trabalho estavam lhe perguntando se iria para a farra. Jerry Taft estava de licença, visitando a família em Pantown. Suas festas na pedreira eram lendárias — latas de lixo transbordando com *wapatuli*,* música que estava bombando nas costas Leste e Oeste mas ainda levaria seis meses para chegar ao Meio-Oeste, saltos desafiadores dos penhascos de granito mais altos nas piscinas escuras lá embaixo, algumas com mais de trinta metros de profundidade — sem declive gradual, apenas uma cavidade insondável e assombrosa escavada na terra, uma ferida, onde a água fria se infiltrava para preencher o buraco, qual o sangue nas artérias.

Desde que Jerry Taft fora para o Exército, no outono passado, os agitos na pedreira tinham perdido o brilho. Entretanto, ele havia prometido uma festa de arromba para hoje, uma celebração estrondosa, antes de voltar para a base. Beth não gostava muito de festas. Ansiava por uma noite tranquila no sofá com pipoca amanteigada e Johnny Carson, contudo seria fácil convencer Mark a ir. Talvez redescobrissem a paixão que os unira, para começo de conversa.

Então, decidiu ir.

"Beleza, estarei lá", ela disse, desamarrando o avental e o enfiando no seu cubículo junto com a caneta e o bloco. "Vejo vocês duas mais tarde."

Lisa e Karen não ficariam livres até as duas da manhã, quando a lanchonete Northside de Saint Cloud fechava, entretanto a festa — *uma festa do Jerry Taft* — ainda estaria rolando com o som bem alto. Beth assobiava quando saiu pra noite úmida do início de agosto. Seus pés latejavam por causa do turno duplo, e a sensação de respirar um ar que não estava saturado com óleo de fritura e fumaça de cigarro era boa.

Ela parou no estacionamento para olhar pela enorme janela panorâmica da lanchonete. O restaurante enchia depois das nove da noite, conforme a molecada aparecia para forrar suas panças com os carboidratos e a gordura que precisariam para sobreviver a uma noite de bebedeira. Karen tinha três pratos equilibrados nos braços. Lisa estava com a cabeça jogada para trás, de boca aberta. Beth a conhecia bem o suficiente para reconhecer quando a amiga estava rindo para faturar gorjetas.

---

* Bebida típica de festa em algumas regiões dos Estados Unidos, especialmente nos *campi* universitários. As receitas costumam misturar vários tipos de bebidas (rum, gim, vodca, tequila, sidra, cerveja) com frutas picadas, sucos, açúcar e gelo num grande recipiente. [NT]

Beth sorriu. Sentiria falta delas quando fosse para a faculdade.

"Precisa de carona?"

Ela deu um pulo de susto, com a mão sobre o coração. Relaxou quando viu quem era, contudo, então, o medo a espicaçou na base da garganta. Tinha algo estranho nele. "Não. Tô de boa." Tentou fazer uma cara agradável. "Mas obrigada."

Disse isso e enfiou as mãos bem no fundo dos bolsos, com a cabeça baixa, com a intenção de acelerar até sua casa o mais rápido possível sem parecer que estava correndo. Ele estava sentado no carro, com o vidro das janelas baixado, esperando alguém. Não *ela*, certamente. A pontada de medo voltou, alcançando seu estômago desta vez. Atrás dela, a dez metros de distância, a porta da lanchonete se abriu, libertando os barulhos de seu interior: risadas, murmúrios, o tilintar de pratos. Ela inalou uma brisa de óleo de fritadeira com um cheiro repentinamente tão acolhedor que teve vontade de chorar.

Foi o que a fez decidir. Virou-se para voltar ao restaurante. Quem se importaria se ele achasse que era uma esquisita? No entanto, de repente, tão rápido quanto uma picada de cobra, ele deslizou para fora do carro e logo estava parado ao seu lado, agarrando-a pelo braço.

Ela girou o braço e se livrou do aperto.

"Calma aí", ele disse, erguendo as mãos, com a voz grave, mas vacilante. Estaria excitado? "Só tô tentando ser legal. Você tem algum problema com caras legais?"

Ele riu, e o nó na barriga dela virou um coice de cavalo. Beth olhou de relance em direção à lanchonete de novo. Lisa estava olhando para fora, pela janela, parecia olhar diretamente pra ela, no entanto isso era uma ilusão. Estava claro demais lá dentro e escuro demais lá fora.

"Esqueci uma coisa lá na lanchonete", Beth disse, afastando-se dele, com o coração palpitando. "Volto já."

Ela não sabia por que tinha emendado aquela última parte, de onde tinha vindo o impulso de confortá-lo. Não tinha intenção nenhuma de voltar, ficaria lá dentro até que Mark viesse buscá-la. Caramba! Mal podia esperar para trocar este lugar pela Califórnia. Quando se virou, o observou pelo canto do olho, esse homem que já tinha visto tantas vezes antes.

Ele estava sorrindo, com o corpo relaxado.

Contudo, não, isso não era correto. Ele estava se curvando, flexionando os músculos. Ainda estampava o sorriso *fica-tranquila* quando seu punho se afundou na garganta dela, paralisando sua voz, bloqueando seu acesso ao oxigênio.

Apenas os olhos dele mudaram. As pupilas dilatadas, poças grandes e líquidas rachando feito gemas pretas, derramando-se para suas íris. Tirando isso, mantinha aquele sorriso sereno, como se estivesse lhe perguntando a respeito do clima ou aconselhando-a quanto a um investimento garantido.

Isso é muito estranho, pensou enquanto se contorcia em direção ao chão, indo de encontro à calçada, com seu cérebro apagando.

Capítulo 1

A bateria me tornava algo melhor.

Algo completo.

Bam, ba bum. *Bam*, ba bum. *Bam bam bam.*

Brenda soltou um berro no microfone, bem na minha frente, descendo a mão na guitarra como se tivesse nascido pra fazer isso; um holofote parecia iluminá-la mesmo dentro da garagem encardida da Maureen. Do nada, ela jogou a guitarra pra trás, a correia a manteve bem apertada contra sua bunda.

Yeah, you turn me on...

Sorri e uivei junto com ela, sentando minhas baquetas no couro da bateria.

À minha direita, Maureen segurava o baixo como se amparasse um bebê, com a cabeça inclinada; os feixes de cabelo repicado com escovinha e mechas verdes formavam uma cabana particular onde moravam apenas ela e a música. Um dia, um professor lhe disse que sua aparência lembrava a de Sharon Tate, só que mais bonita. Ela o mandou chupar um prego até virar tachinha.

Eu ri pensando nisso enquanto assistia à batida pulsante da Maureen, com suas linhas de baixo todas bem alinhadas e brilhando com as dedadas percussivas, tão cavernosas e fortes que podiam *ser vistas* fustigando o ar. Ela não era mais a mesma nos últimos tempos; andava toda agitada, dando umas olhadelas perdidas pro horizonte, usando um anel de ouro Black Hills novo e caro que jurava ter comprado com o próprio dinheiro, porém, quando tocávamos, quando fazíamos música juntas, me esquecia de tudo que se referisse ao modo como as coisas estavam mudando.

Entrava num mundo diferente.

Você já deve ter se sentido pilhado assim quando uma música animada toca no rádio. Acontece quando a gente tá dirigindo, com as janelas abertas até o toco das borrachas, uma brisa quente lambendo a nuca, o mundo com sabor de esperança e céu azul. *Aumenta aí!* Sua cintura não pode fazer nada a não ser balançar. Cara, parece que aquela música foi escrita pra você, e a faz sentir-se como se fosse uma pessoa linda e amada e o planeta inteiro estivesse em ordem.

Entretanto, aqui que tá o lance que não lhe contam: sabe essa sensação mágica, de rei-ou-rainha-do-mundo? É um milhão de vezes melhor quando é você que tá tocando a música.

Talvez até mesmo um bilhão de vezes.

Maureen da cabeleira verde chamava essa sensação de Valhalla, e ela tinha atitude de sobra pra poder falar uma coisa dessas de boa. Antes do meu acidente, nossas mães tinham sido as melhores amigas uma da outra. Elas bebiam café Sanka e fumavam cigarros mentolados Kools enquanto nós duas trocávamos encaradas dentro do berço portátil. Quando passamos dessa fase, nos deixaram brincar na sala e, então, por fim nos mandaram pros túneis. Esse era o jeito que as coisas aconteciam em Pantown. Depois, minha mãe se mudou, a sra. Hansen parou de nos visitar e Maureen desenvolveu seios. De uma hora pra outra, os garotos estavam tratando ela dum jeito diferente, e não há nada que você possa fazer quando a tratam de um jeito diferente a não ser agir de modo diferente.

Talvez isso explicasse o jeito inquieto da Maureen nos últimos tempos.

No entanto, mesmo antes disso, Maureen costumava ser aquela energia do fim do verão capturada numa garrafa. Nunca ficava parada, corria contra o tempo pra desfrutar de todas as coisas boas antes do retorno à pasmaceira. Ela era assim o ano todo, sempre vibrando com algo elétrico e meio assustador — pra mim, pelo menos. Brenda, por outro lado, era daquelas meninas que você sabia que seria mãe um dia. Não importava que fosse a mais nova da família; nascera com raízes bem fincadas no chão, a gente se sente relaxada só por estar ao lado dela. É por isso que nós três formávamos uma banda tão boa, cultivando Brenda como nossa vocalista e guitarrista, Maureen como nossa Stevie Nicks meio bruxa no vocal de apoio e no baixo, e eu segurando a onda do tempo na batera.

A gente acessava um universo completamente diferente quando fazia música, mesmo quando metíamos uns *covers*, que é o que a gente mais fazia. Nos chamávamos As Garotas da Pedreira, e as primeiras músicas que aprendemos foram "Pretty Woman", "Brandy" e "Love Me Do", nessa ordem. A gente as tocava bem o suficiente pra que você conseguisse reconhecer as canções. Brenda descobria os primeiros compassos, e eu introduzia uma batida estável. Daí era só tacar as letras em cima, gingar como se soubesse o que estava fazendo, e as pessoas ficavam felizes.

Pelo menos, as únicas duas pessoas que já tinham ido nos ver tocar ficavam.

Não importava que fossem minha irmãzinha, Junie, e nosso amigo Claude-rima-com-aplaude. Os dois ficavam sentados à frente da garagem em quase todos os nossos ensaios, inclusive no de hoje.

"Chegou a hora, Heather!", Brenda gritou por cima do ombro.

Sorri. Ela tinha se lembrado do meu solo de bateria. Algumas vezes, eu o fazia espontaneamente, como quando Maureen acendia um cigarro ou Brenda se esquecia da letra, mas esse era pra valer. *De propósito.* Havia praticado pra caramba. Quando o tocava, praticamente saía do meu corpo, da garagem, do planeta Terra. Parecia ter ateado fogo em mim mesma e me apagado ao mesmo tempo. (Mas nunca diria isso em voz alta. Eu não era nenhuma Maureen.)

Meu coração galopava ansioso, se alinhando com a batida.

A canção era "Hooked on a Feeling", do Blue Swede. Não era pra ter um solo de bateria, mas quem é que ia falar isso pra gente? Éramos três adolescentes tocando rock pauleira numa garagem em Saint Cloud, Minnesota, num dia quente do início de agosto; o clima verde profundo do verão era tão denso que daria para bebê-lo.

Pisquei rápido em resposta a uma sacada momentânea, com uma sensação de que estava voando alto demais, me sentindo bem demais, grande demais pro mundo. Depois, me pegaria pensando se tinha sido isso o que nos amaldiçoou — a nossa ousadia, nossa *alegria* —, contudo, naquele momento, a sensação era boa demais, então, não conseguia parar.

Maureen jogou seu cabelo com mechas verdes sobre o ombro e me lançou um sorriso de esguelha. Esperava que aquilo fosse um sinal de que me seguiria até a boca do solo. Algumas vezes, era o que ela fazia. Quando a gente conseguia encaixar, era algo realmente impressionante de se ouvir. Brenda até ficava por perto pra nos ver pirar juntas.

Mas não era isso que Maureen estava sinalizando.

Na verdade, ela não estava nem mesmo sorrindo pra mim.

Uma sombra tinha se formado na entrada da garagem.

Escondida no fundo, e tive que esperar até ele mostrar seu rosto.

Capítulo 2

O cara pra quem Maureen tava sorrindo tinha uma fuça até que aceitável, se você não o conhecesse. Cabelos castanhos desgrenhados. Olhos castanhos meio juntos demais, como furinhos de bola de boliche. Eu o achava uma gracinha na época do ensino fundamental. Muitas de nós achavam o mesmo. Foi o primeiro garoto em Pantown a arranjar um carro. Além disso, era mais velho. *Muito* mais velho. Ao menos foi isso que falei pra Maureen quando me perguntou, uns dois dias atrás, minha opinião a respeito dele.

Heinrich? Heinrich, o Ganso? Ele é um pateta.

Antes um pateta que um chato, ela disse e, então, deu aquela sua risada de Calíope.

Eu devia ter adivinhado que aquele cara ia aparecer em nosso ensaio em algum momento, em virtude da pergunta dela e do cuidado extra que vinha tendo com a aparência... o cabelo sempre ondulado, os lábios superbrilhantes.

Heinrich — Ricky — andou até o meio da entrada da garagem, que estava aberta, nos oferecendo um belo vislumbre do seu peito nu com pelos falhados acima do short jeans rasgado que quase deixava entrever suas bolas. Ele sorria por cima do ombro na direção de alguém que acabara de virar a esquina. Provavelmente, o Anton Dehnke. Ricky e Ant passavam bastante tempo juntos nos últimos tempos com um cara novo chamado Ed, alguém de fora da cidade que Maureen jurava ser "sexy pra caramba" e que eu ainda precisava conhecer.

Brenda continuou cantando mesmo depois que Maureen parou de dedilhar o baixo, quando viu Ricky. *Bem na hora do meu solo de bateria.* Brenda prosseguiu por mais alguns compassos e, então, me lançou um sorriso desconsolado antes de desistir também.

"Não parem por nossa causa", Ricky disse para o contêiner em silêncio repentino, olhou de novo pra quem quer que estivesse o acompanhando, e deu suas risadinhas, produzindo um som como o de dois pedaços de lixa esfregados um contra o outro. Foi apelidado de Ganso pois sempre beliscava a bunda das meninas e, então, dava aquela risada seca. Esse lance da mão-boba nunca foi maneiro, e se tornou nojento agora que tinha 19 anos e continuava no ensino médio em razão de suas dificuldades de aprendizagem. (Todo mundo que frequentava a Igreja de Saint Patrick sabia que Ricky tivera uma febre alta aos 9 anos, por causa de uma doença; nós tínhamos feito uma campanha de arrecadação pra família dele.)

"Vai se foder", Maureen disse pro Ricky, meio que flertando, enquanto erguia a correia do baixo sobre a cabeça e descansava o instrumento no pedestal.

"Bem que você queria", Ricky disse, com um riso torto e malicioso. Ele se esgueirou até a Maureen e enganchou o braço ao redor de seus ombros.

Brenda e eu trocamos um olhar, e então ela deu de ombros. Eu fiz *boom-boom* com meu pedal, na esperança de nos trazer de volta pro ensaio.

"Ant, que diabos você tá fazendo parado aí fora até agora?", Ricky perguntou, se virando pra frente da garagem. "Para de ficar espreitando aí como um esquisitão e entra aqui."

Logo depois, Anton deu as caras — parecia suado e meio constrangido. Me perguntei por que o garoto não tinha simplesmente entrado junto com o Ricky, pra começo de conversa. Pelo menos, estava com o peito coberto, com uma camiseta azul lisa sobre um short de ginástica, meias de cano alto com listras amarelas puxadas até os joelhos e tênis. Tinha olhos azuis — um maior que o outro, como se fosse o Popeye franzindo um lado do rosto — e um narigão de batata, de tom alaranjado e narinas largas. No entanto, sua boca era bonita, com dentes alinhados e brancos e lábios cheios com uma aparência macia. Ant estava uma série na minha frente, mas, como todos nós, era uma criança de Pantown, o que significava que o conhecíamos melhor que a vó dele. Ele era bacana na maior parte do tempo, embora demonstrasse ter uma perversidade soturna. Achávamos que havia herdado essa característica de seu pai.

Ant ficou perto de um Ricky com o peito de fora e de uma Maureen com os olhos radiantes por alguns segundos, duro e desconfortável feito o ponto de exclamação no fim de *bobão*! Como nenhum dos dois lhe deu atenção, acabou se afundando num canto escuro da garagem, apoiando-se na parede e amassando meu pôster favorito, aquele da Alice de Buhr, baterista da Fanny, com a boca aberta num meio sorriso, como se estivesse prestes a me contar um segredo.

Olhei furiosa pra ele. Pra minha surpresa, ele ficou corado e olhou pros meus tênis.

"Vocês estavam fazendo um som superlegal neste instante, meninas", Ricky disse, chupando os dentes. "Talvez legal o suficiente pra chegar aos palcos."

"A gente sabe", Maureen disse, revirando os olhos e se desenroscando do braço dele.

"Sabiam que descolei uma apresentação pra vocês?", Ricky disse, coçando o peito nu, fazendo aquele *crish-crish* insuportavelmente alto na garagem, com um sorriso de soberba brotando em seu rosto.

"Não foi você", Ant disse, lá das sombras. "Foi o Ed."

Ricky deu um bote, com a mão erguida, como se fosse estapeá-lo. Ant se encolheu, embora estivesse a um metro e meio de distância, então Ricky sorriu como se estivesse zombando dele. Ele soprou os punhos e os poliu numa camiseta imaginária, falando para Maureen: "Eu e o Ed tivemos a ideia *juntos*. Seremos coempresários de vocês, garotas".

"Nós não..." A frase congelou na minha boca. Estava prestes a dizer que a gente não estava procurando um empresário e que *definitivamente* não pretendia tocar na frente de estranhos, porém o jeito que todo mundo se virou na minha direção fez a saliva da minha boca secar na hora. Puxei o cabelo pra frente, pra esconder minha deformidade. Já era um hábito.

Ainda bem que a Brenda estava ali. "A gente toca só pra se divertir", ela disse. "E é só isso."

"Você acha que daria pra se 'divertir' tocando na feira do condado de Benton?", Ricky perguntou. "Porque eu e meu parceiro Ed estávamos fazendo um bico lá, montando o palco, e entreouvimos que quem abriria pra Johnny Holm Band desistiu de última hora. Eles precisam de uma banda substituta. Shows na sexta e no sábado, sem pagamento, mas com boa visibilidade. Vocês serão como as Runaways de Pantown! As Pantaways!", falou. E deu aquela sua risada roufenha.

Não queria falar pro Ricky que amava Runaways quase tanto quanto amava Fanny. Não queria falar *nada* pra ele. Mas era tarde demais. Já podia ver na cara da Maureen quando ela se virou pra Brenda, suplicando.

"Ai, gente", ela disse, com as mãos em forma de oração enquanto dava pulinhos, "por favor, digam que vocês topam. Podemos ser *descobertas!*"

Brenda ainda mantinha a guitarra junto ao corpo. Ela se voltou pra mim. "Que que você acha?"

A voz dela soava equilibrada, no entanto seus olhos estavam quentes e brilhantes. Ela queria aquilo, também.

Fiz uma careta.

"Vamos lá, Heather", Maureen disse, com a voz adocicada de súplica. "Nós podemos fazer um show, né? Só o primeiro... e, se a gente não gostar, não precisamos fazer o segundo."

Então olhou de relance pro Ricky, cuja boca estava crispada. Ele não gostou daquela ideia, de que Maureen pudesse decidir se e quando a gente apareceria. Estava oferecendo um presente, e a gente tinha que aceitar, tudo ou nada. Maureen e Brenda devem ter lido a mesma mensagem, porque os ombros delas afundaram.

Suspirei pelos lábios apertados. "Tá bom", concordei, do jeito mais desagradável possível para um ser humano.

A ideia de tocar na frente de uma multidão me aterrorizava, porém eu não queria desapontá-las. Não apenas por serem minhas amigas, minhas colegas de banda. Também era porque a turma escolar que nos separava — elas iriam pro 3º ano, eu pro 2º* — se distanciara até

---

* No sistema escolar dos Estados Unidos, o High School (equivalente ao ensino médio brasileiro) tem quatro anos letivos após a oitava série. [NT]

virar um cânion intransponível nos últimos tempos; o lado delas era todo voltado pra garotos e saias curtas e maquiagem. Eu não conseguia descobrir como atravessar esse abismo, então, vinha fazendo o meu melhor pra fingir que já estava do lado de lá.

"Mas só se nós tocarmos uma música autoral", exigi. "Não apenas *covers*."

Claude sorriu pra mim, e articulei um sorrisinho de volta. Exceto sua altura — apesar de termos a mesma idade, era um dos maiores garotos em nosso ano, mais alto que a maioria dos pais —, pelo menos, *ele* não tinha mudado. Claude era tranquilo como um grilo, tão confiável quanto um relógio (e tão empolgante quanto, aliás). Contudo, pra ser justa, ele *era* bonitinho. Quando sorria, virava uma cópia do Robby Benson em *A Ponte do Desejo*.

"Tá, que seja", Ricky disse, trocando um olhar azedo com Anton. "O que vocês vão tocar não é da minha alçada. Só estou tentando ajudar vocês, garotas, a estourar de vez. Achei que seria maneiro."

Maureen correu pra plantar um beijo na bochecha de Ricky. "Obrigada! A gente fica *muito* agradecida!"

Esse comportamento, esse puxa-saquismo meio flerte permeado de risadinhas, era exatamente o tipo de mudança da qual eu tava falando. Enquanto a Brenda sempre fora descontraída, Maureen era feroz, ou ao menos costumava ser. Certa vez, no primário, topara com uns garotos mais velhos pegando no pé da Jenny Anderson. Nós, crianças de Pantown, tínhamos crescido sabendo que era nosso dever cuidar da Jenny, garantir que ela chegasse ao ônibus a tempo e que houvesse alguém pra acompanhá-la no almoço, mas Maureen era a única que tinha coragem de lutar por aquela menina. Um grupo de garotos da zona norte a tinha empurrado do balanço e a xingado quando ela começou a chorar. Maureen partiu pra cima deles como se fosse o diabo-da-tasmânia, chutando, cuspindo e mordendo até que os valentões fugiram.

Acho que ficaram mais assustados que machucados.

Jenny não era a única de quem a Maureen cuidava, aliás. Qualquer azarão servia, inclusive eu. Se alguém sequer *pensasse* em tirar sarro da minha deformidade na presença da Maureen, ela avançava na pessoa feito um cachorro louco. Por isso que o jeito exagerado dela me deixou enjoada. Não com ciúme. *Nauseada*. Catei uma baqueta e a deixei bater contra a batera como se por acidente. Maureen se afastou de Ricky.

"Então, acho que a gente deveria ensaiar, certo?", eu disse.

"Ou a gente podia dar uma volta de carango", disse Ricky. "Ver se eles têm mais algum trabalho pra gente na feira. Talvez descolar uma verdinha."

Os olhos de Ant flutuaram até mim. "Lembra quem o pai da Cash é, cara."

"Pô, qualé, eu lembro", Ricky disse, mas saquei que tinha esquecido. Sua boca grande funcionara mais rápido que seu cérebro. De novo. Ricky era um de doze filhos, nascido ali pelo meio, sempre tentando ser ouvido, ser visto. Meu pai dizia que era uma pena não terem todos nascido numa fazenda, onde seriam úteis. Desde que ficassem longe de encrenca, no entanto, de acordo com meu pai, não havia problema em ter tantos filhos assim. Alguns dos garotos podem até ir parar numa escola técnica, dizia.

"Não importa, sacou", Ricky continuou. "É hora de dar no pé."

Agarrou Maureen e a puxou pra fora da garagem. Ela olhou pra gente e esboçou um risinho atrapalhado como se estivesse estrelando uma *sitcom* boboca, no papel da esposa eterna sofredora, mas o aperto de Ricky no seu braço foi tão forte que a pele ao redor ficou branca.

"Foi bom ver você, Heather", Ant disse, tímido, antes de seguir Ricky. Já havia me esquecido de sua presença por ali. Franzi o nariz quando ele ficou de costas porque o que diabos era aquele comentário? Além de não ser a única na garagem, nos vimos dois dias antes. Era um bairro pequeno.

Tive um *flash* de memória, Ant pegando no sono no simpósio da escola no inverno passado e emitindo um ruído de ronco acidentalmente. Tentou tossir pra disfarçar, mas quem estava sentado perto ouviu. Tiraram sarro dele sem dó depois disso, ainda que pudesse ter acontecido com qualquer um. Lembrando daquilo, me senti mal por ele outra vez.

Brenda tirou a correia da guitarra, enfim, e a acomodou no pedestal. "Acho que já ensaiamos o bastante por hoje", disse.

"Quantas pessoas vão na feira do condado?", perguntei. Começava a cair na real quanto ao que havia concordado em fazer.

Claude sacou meu medo na hora. "O som de vocês tá duca", disse, confirmando a fala de um modo encorajador com a cabeça. "Bom demais. Vocês tão prontas. Vão tocar 'Jailbreak Girl' como sua autoral?"

"Talvez." Enfiei minhas baquetas numa alça do kit. "Arruma suas coisas, Junie. Hora de ir pra casa."

"Mas não cheguei a tocar o pandeiro", choramingou, piscando seus olhos de cílios longos.

Junie era outra coisa que estava mudando na minha vida. Até pouco tempo atrás, tinha sido minha irmãzinha bebê, ênfase em "bebê", com seu cabelo e suas sardas de Pippi Meialonga e um atrevimento capaz de dar voltas na Terra. No entanto, assim como Maureen, seu corpo começara a se desenvolver cedo (e injustamente, caso alguém perguntasse pro meu eu de peito reto). Nos últimos tempos, ela me lembrava uma raposa. Em parte, por causa de seu cabelo vermelho, claro, mas havia algo mais, algo fluido e astuto no jeito com que começava a se mover. Fazia minha pele coçar.

"Eu lamento, J", disse, e lamentava mesmo. Ela tinha ficado bem quietinha, como a pedi para ficar, e eu havia prometido a ela que poderia tocar com a gente caso se mantivesse assim. "Na próxima?"

Lá fora, um carro passou pela rua e buzinou. Todos nós acenamos, sem nos preocupar em ver quem era. Seria um pai ou uma mãe, ou um professor ou vizinho.

Brenda caminhou até onde estava Junie e largou o braço sobre o ombro dela, exatamente como Ricky tinha feito com Maureen. "Aqueles manés passando aqui acabaram estragando tudo, não foi? Que tal eu dar um pulo na casa de vocês esse fim de semana, e nós três praticamos nossos sorrisos?"

Claude havia mencionado, umas semanas atrás, que eu tinha um sorriso maneiro. Dei uma checada ao chegar em casa e achei que ele não tava exatamente certo, mas a boca era o traço do meu rosto que menos tinha chance de fazer as crianças chorarem. Pensei que, se praticasse, poderia deixá-lo mais bonito, pra que, quando os rapazes me pedissem pra sorrir, eu tivesse algo pra oferecer. Brenda prometeu ajudar, e Junie implorou pra ser incluída, mas até então a gente tava ocupada demais com trabalhos de verão e ensaios.

"Você jura por Deus?", Junie perguntou.

"Claro", Brenda disse, rindo entredentes. "Claude, é bom você vir também, antes que todos fiquemos tão velhos que nosso rosto vai travar no lugar." Ela deu umas batidinhas no relógio de pulso. "O tempo tá correndo rápido."

Claude bradou e disparou contra a gente, e começamos a lutar do mesmo jeito que fazíamos quando éramos crianças. Brenda me deu um cascudo, Claude veio atrás fazendo o monstro de cócegas, que era sua marca registrada, e Junie se enfiava aqui e ali pra beliscar nossos narizes. Continuamos nisso enquanto tirávamos as lâmpadas de lava das tomadas e fechávamos a garagem juntos.

A gente estava se divertindo tanto que quase não vi o homem atrás do volante no carro estacionado no fim da rua, parado, com seu rosto oculto nas sombras, parecendo nos espiar.

Quase.

Beth

Não seria correto dizer que Beth não recuperou a consciência até chegar ao cativeiro. A névoa que obscurecia sua mente recuou duas vezes enquanto estava no banco do passageiro. Apenas o suficiente para o alarme do corpo começar a disparar, a visão clarear e um grito se formar em sua garganta. Ele havia esticado a mão para apertar a garganta dela em ambas as vezes, fazendo-a despencar de volta na escuridão.

O cômodo preto feito azeviche foi o primeiro lugar em que ela acordou por completo.

Era um vazio infinito, um espaço tão escuro que, a princípio, achou que estivesse caindo. Esticou as mãos adiante, arranhando o chão pegajoso e sujo. Quando piscou, não conseguiu distinguir nenhuma forma, apenas uma sufocante escuridão eterna. Um grito irrompeu de dentro dela, rastejando por sua garganta como se fossem anzóis enferrujados. Desesperada para acordar daquele pesadelo, cambaleou até ficar em pé e correu para a frente — *créc* —, batendo direto contra a parede. O impacto lançou-a de bunda e cotovelos no chão. Ficou sóbria, sentindo na boca o gosto salgado do próprio sangue.

Permaneceu no chão frio, toda esparramada, ofegante, e tentou se examinar atentamente. A parte esquerda da testa e do nariz estavam latejando onde batera de encontro à parede. Sua garganta estava inchada como uma gengiva sensível ao toque após um dente ser extraído. Suas mãos continuavam tateando, se mexendo, ela fazia qualquer coisa para manter o foco *no presente, no agora, no real*. Seus dedos viajaram sobre um padrão em braile de salpicos de ketchup na parte da frente da blusa da lanchonete Northside. Um cliente tinha batido o fundo da garrafa forte demais, bombardeando quem estava próximo. Isso tinha acontecido algumas horas atrás? Ontem? Ela ficou piscando para conter as lágrimas e continuou explorando ao redor com as mãos. Não podia parar, senão, perderia a coragem.

A saia. Ainda a usava.

Puxou-a para cima até a cintura. Ainda estava de calcinha, também.

Apertou. Nada de dor.

O alívio ameaçava sufocá-la.

Ele não a violara ainda.

Ainda.

Estava tão escuro.

Capítulo 3

O bairro de Pantown consistia em seis quadras quadradas.

Fora construído por Samuel Pandolfo, um vendedor de seguros que, em 1917, decidiu que construiria a próxima grande fábrica de carros na boa e velha Saint Cloud, no estado de Minnesota. Sua fábrica de 9 hectares incluía 58 casas, um hotel e até mesmo um posto do corpo de bombeiros pros funcionários. E, para garantir que fossem ao trabalho mesmo que chovesse granito ou nevasse, mandou escavar túneis para conectar as fábricas às casas.

Para quem já havia passado um inverno em Minnesota, isso fazia muito sentido.

A companhia de Pandolfo faliu dois anos depois que abriu, deixando os prédios imensos da fábrica vazios e todos aqueles recentes donos das casas sem emprego. Tinha um professor de história que me dava aulas, o sr. Ellingson, que jurava que Pandolfo tinha sido sabotado pois suas ideias eram boas demais. Meu pai dizia que não era o caso. De acordo com ele, Pandolfo era um homem de negócios deplorável, que, no fim, recebeu o que merecia, o levando a passar dez anos na prisão. De qualquer forma, Pandolfo deixou para trás a fábrica — atualmente, a Companhia de Manufatura Franklin —, as casas e os túneis subterrâneos.

Claude, Brenda e eu morávamos de um lado da mesma rua de Pantown. Maureen morava do outro lado. A casa de Claude era na esquina; a casa que Maureen dividia com sua mãe ficava bem na frente. Três casas pra baixo da casa do Claude estava a casa da Brenda, que vivia num sobrado marrom espaçoso e avarandado. Seus dois irmãos mais velhos não moravam lá — Jerry estava no Exército, e Carl, num curso de veterinária fora do estado. Junie e eu morávamos no lado oposto da quadra. E, bem debaixo dos nossos pés, um labirinto subterrâneo conectava os porões de todo mundo. A gente tinha uma vida estável e alegre na superfície, mas, lá embaixo, nos tornávamos algo diferente — roedores, criaturas desesperadas na escuridão, com os bigodinhos tremelicando.

Seria estranho se não tivéssemos crescido com isso.

Enquanto éramos crianças, tínhamos permissão, até incentivo, pra brincar nos túneis, e de jeito nenhum você veria um adulto lá embaixo, a não ser que precisasse chegar à outra casa e o tempo estivesse tenebroso, como aconteceu quando o pessoal se reuniu pra assistir *Raízes* na TV em janeiro do ano anterior.[*] Uma tempestade de inverno avassaladora lá em cima transformou os túneis num mundo agitado pré-encontro, todo aceso com lanternas, caras amigáveis e braços carregados de Tupperwares e panelas *slow cooker*. A febre do Havaí vinha tomando o Meio-Oeste de assalto, o que significava que quase todo prato tinha abacaxi. Beleza, por mim. Deixava sobrar bastante das coisas boas: castanhas d'água enroladas em bacon, ambrosia americana, um glorioso *fondue* gotejante de queijo.

Claude, uma vez, perguntara por que ainda morávamos em Pantown agora que meu pai era um promotor mandachuva e nós éramos ricos e podíamos nos mudar pra qualquer lugar. Quando perguntei isso ao meu pai, ele riu. Sua risada foi tão forte que teve que enxugar os olhos.

Meu pai se parecia com um Kennedy. Não o famoso, o que tinha sido presidente, e sim com o irmão mais novo dele. Quando recuperou o fôlego, meu pai disse: "Heather, não somos ricos. Não somos pobres, também. Nós pagamos nossas contas e moramos nesta casa que é boa o suficiente pra nós, é a casa em que eu cresci!".

---

[*]   Minissérie em oito partes baseada no romance homônimo de Alex Haley, um drama histórico que narra a vida de Kunta Kinte, africano escravizado e levado aos EUA. Fenômeno cultural no país, teve a maior audiência já registrada até aquela época, janeiro de 1977, e depois ganhou vários prêmios. [NT]

De fato, era algo incrível morar na mesma casa a vida toda, como meu pai tinha feito. Ele era um pantowniano de corpo e alma. Nunca conheci os pais dele, meus avós. Ambos tinham morrido antes de eu nascer; o vô Cash morreu antes mesmo de a minha mãe e meu pai se casarem. Meu avô serviu na Segunda Guerra, embora tenha voltado pra casa depois. Parecia um tanto sinistro na única foto que vi dele, a que repousava na cornija da lareira. A vó Cash parecia mais bondosa, no entanto havia um retesamento ao redor dos seus olhos, era um olhar de alguém que talvez tivesse sido enganada muitas vezes.

Andando com passos largos em direção à casa deles, que agora era nossa casa, parei tão de repente que Junie deu um encontrão nas minhas costas. Estava tão ocupada me preocupando com a iminente feira do condado que não tinha notado a entrada da garagem vazia até que quase fosse tarde demais.

"Que foi?", Junie perguntou, parando ao meu lado. "O pai saiu?"

Confirmei com a cabeça. "É."

Junie suspirou. Era um som antigo, antigo como as estrelas. "Vou pro meu quarto."

Soprei um beijo pra ela quando entramos em casa. "Obrigada, Joaninha. Vai ser bem rápido."

Não dava pra dizer que meu pai cuidava da minha mãe quando estava por aqui. Havia uma parte dela que ficava disponível pra ele, uma parte importante que se esvaía quando éramos só Junie e eu.

Além disso, minha mãe também chorava menos quando nosso pai estava em casa.

O dever de uma mulher é manter uma casa feliz, nos dissera uma vez, há uma eternidade.

Esperei até ouvir o clique da porta do quarto da Junie, lá em cima, antes de andar nas pontas dos pés até o quarto dos meus pais. Junie já era velha o suficiente pra que fosse preciso protegê-la disso, porém não havia nenhuma boa razão pra expor nós duas, quando eu já dominava o negócio. Além disso, apesar das curvas perturbadoras que tinham aparentemente transformado o corpo dela da noite pro dia, Junie tinha só 12 anos.

Encostei a orelha boa na porta da minha mãe antes de bater. Estava silencioso do outro lado.

Toc toc.

Esperei.

E esperei.

Minha mãe não respondeu. Meu coração bateu num ritmo estranho. Sem choro, era bom, mas sem som algum? Esse tipo de coisa resultara numa viagem ao pronto-socorro da última vez. A sensação de *déjà-vu* foi tão forte que mexeu com a gravidade por um segundo, me forçando a buscar apoio na parede. Certa vez, antes de tudo isso, minha mãe dissera que, quando eu vivenciasse um *déjà-vu,* devia fazer algo completamente inesperado pra quebrar o feitiço. Caso contrário, ficaria presa num *loop* infinito, vivendo aquela mesma fração de tempo com o botão *repeat* ligado. Ela puxara as orelhas pra cima e estufara as bochechas pra demonstrar que tipo de comportamento seria necessário. Na hora eu ri com muita força.

Mas não estava rindo agora.

Embora tivesse a impressão de que engolia concreto, abri a porta do quarto dela. Abri rápido, aliás.

Era melhor acabar com isso de uma vez.

Capítulo 4

A linha do corpo dela estava visível sob as cobertas, imóvel. Nem sequer a tênue elevação da respiração. Ela normalmente cacheava os cabelos e passava maquiagem mesmo nos piores dias, porém o chumaço de cabelo preto despontando sobre o cobertor estava um caos. Arremeti pra frente, aterrorizada com a ideia de encontrá-la fria e rígida.

"Mãe!", gritei, sacudindo-a, sentindo minhas pernas dormentes.

Ela resmungou, empurrou minhas mãos e sentou-se devagar, com os olhos embaçados. "Que foi, Heather? O que aconteceu?"

O alívio foi repentino e avassalador. As sensações voltaram depois de alguns instantes, e com elas o sangue contido e quente preencheu meus ouvidos como o quebrar de ondas. Forcei minha voz a serenar. Se ouvisse nela o mínimo tremor agora que estava acordada, ela atacaria.

"Nada, mãe. Desculpa." Pensei rápido. "Só queria te dizer que eu e Junie voltamos do ensaio."

Minha mãe alcançou o maço de Kools na mesa da cabeceira, afastando a maçaroca de cabelo pra longe do rosto. No quarto escuro, a chama do isqueiro delineou a angulosidade do seu crânio. Como sempre, aquele rosto me enchia de orgulho. Não importava que estivesse magra demais, com os ossos protuberantes sob a pele pálida. Seus olhos eram enormes num tom de azul-violeta; seu nariz, uma concha delicada; seus lábios, almofadas exuberantes.

Ela era primorosa.

E, exceto o cabelo preto, em contraste com o cabelo vermelho da Junie, as duas podiam ser gêmeas.

Quanto a mim, eu era quase de uma espécie diferente. *Batera gan-glititus*, talvez. Ou *Garota feiosus*. Alta demais, com joelhos e cotovelos ossudos e um longo corte de cabelo Dorothy Hamill que estava deses-peradoramente fora de moda mas escondia a orelha queimada. Só que, olhando pra minha mãe, me esqueci da minha aparência. Ela era bonita nesse nível. Me fez ficar ouriçada pra abrir as cortinas, pra deixar o sol de fim de tarde tocar seu rosto, para *vê-la*.

Mas não era nem louca.

"Como foi?", a pergunta dela escapuliu duma boca empapada de fumaça.

Levei um segundo pra lembrar do que a gente estava falando. "O en-saio foi bom", disse, franzindo a testa. "Bem bom. Vamos tocar na feira do condado neste fim de semana. Nosso primeiro show pra valer."

Não era minha intenção lhe contar a última parte. Às vezes, minha mãe ficava de boa ao receber esta quantidade de informação. Porém ha-via as vezes em que não funcionava assim. Podia enxergar os interrup-tores dela sendo ligados. Sua cara ficava estática. Minha nuca esfriou esperando pra ver qual versão irromperia.

Contudo, enfim, por sorte, as palavras corretas se assentaram no lu-gar, e uma frase perfeitamente normal surgiu. "Que maravilha! Seu pai e eu vamos ver vocês tocarem, meninas."

Ela sabia que estava mentindo? Não importava. Eu conseguira dar um jeito de não a irritar. Hoje era um bom dia. Percebi que estava ali-sando minha orelha boa, massageando-a entre o indicador e o dedão. Baixei a mão.

"Você não precisa ir, mãe. Somos só a banda de abertura. Vamos to-car quinze minutos, no máximo. Vai ser fedido e barulhento na feira. Acho que é melhor que fique em casa."

"Besteira", disse, e deu palmadinhas no cabelo pra ajeitá-lo, exata-mente como costumava fazer quando saía com meu pai pra jantar en-tre amigos. Seu olhar ficou enevoado, e me perguntei se ela estaria se lembrando da mesma coisa.

"É claro que iremos lá", balbuciou. "É claro."

Então, seus olhos voltaram a ter foco de repente. Eu havia baixado a guarda rápido demais.

"Você ficaria tão bonita com um tiquinho de rímel e um pouco de blush", disse.

Puxei o ar e prendi. Ela estava afiando as facas. Aprendi, anos atrás, a reconhecer o primeiro movimento da lâmina, pra dar um jeito de sair antes que me arrancasse sangue.

"Obrigada, mãe", disse, andando de costas até a porta. "Pode ser espaguete e almôndega pra janta?"

"Nós já comemos isso anteontem", sibilou, cerrando os olhos, me observando recuar. Minha mãe odiava quando lhe negavam uma briga.

"É verdade", disse, sentindo minha voz diminuir, submissa. "Devia ter me lembrado."

Eu *sabia* que tinha cozinhado isso anteontem. E também que podia passar o resto da vida sem comer outro prato de espaguete. Junie amava, no entanto, e ela e o nosso pai cantavam aquela música estúpida "On Top of Spaghetti" enquanto enrolavam seus macarrões, por isso, eu dava um jeito de fazer, sempre que possível.

"Sim, você *devia*", disse irritada. "Você é uma menina tão esquecida... nada confiável."

Quando estava quase na porta, estendi a mão na direção da maçaneta sem deixar de olhar pra ela, com os cantos da minha boca esticados num sorriso. "A gente podia comer umas refeições congeladas em vez disso", comentei. "O pai trouxe uma variedade legal pra casa. Todo mundo pode escolher o que quiser, e eu esquento."

"Acho que pode ser", disse, com a agressão evaporando dela de forma abrupta, com seus olhos vagando até as cortinas fechadas. A mão com o cigarro pousou de um modo perigoso perto da colcha. "Não tô me sentindo bem hoje. Pode ser que eu nem saia daqui pra jantar."

"Você sabe que o pai gosta quando sai do quarto", lhe disse. "*Todos nós* gostamos quando você sai."

Era impossível prever se minha mãe seria uma boa companhia, porém, quando era, brilhava feito um diamante. A última imagem que tinha dela iluminando um cômodo era de anos atrás, antes do meu acidente. Minha mãe e meu pai estavam organizando uma confraternização, e ela fez os convidados chorarem de rir falando de um sonho mortificante que tivera no qual andava pelo Zayre Shoppers City usando seus bobes de cabelo e nada mais. Caramba! Todos os homens na nossa sala riam a observando. Até as mulheres não conseguiam se conter e riam. Minha mãe era uma contadora de histórias de outro nível.

Talvez pudéssemos organizar um desses jantarzões de novo se eu dissesse à minha mãe que faria toda a comida. Já estava encarregada disso havia algum tempo. Ninguém tinha me pedido pra fazer, foi algo que aconteceu naturalmente. Não devia ser muito diferente cozinhar pra um monte de gente na mesma hora. No Zayre, onde Claude, Ricky e eu trabalhávamos, a seção de mercado vendia cartões de receita da Betty Crocker específicos para festas. Eu podia escolher alguns. Podia usar meu desconto de funcionária.

Fiquei animada e me senti acolhida pela primeira vez desde que entrara no quarto dela.

Minha mãe não tinha confirmado se iria jantar com a gente. Pior ainda, seu cigarro já estava queimando perto dos dedos. Tirar aquilo dela ou não era brincar com o perigo. Mas me senti tão bem imaginando a festa que decidi arriscar.

Voltei rápido e fui até a cama dela, abrindo mão de todo o espaço que havia conquistado. Cantarolando baixinho, deslizei a guimba acesa por entre a ponta dos seus dedos e a esmaguei no cinzeiro transbordante. Num impulso, tirei o cabelo dela do rosto e beijei com delicadeza a sua testa. Já fazia uns dois dias que ela tinha tomado banho.

Eu lhe prepararia a banheira hoje, a encheria de pétalas de rosas.

Nossas roseiras cor-de-rosa ainda estavam recheadas de flores. E seu cheiro era tão doce quanto o de maçã recém-colhida. Caso preparasse um banho quase escaldante, salpicasse o óleo de amêndoas favorito dela na água e espalhasse pétalas como se fossem confetes pela superfície, conseguiria convencê-la a entrar toda vez. Em algumas ocasiões, ela até me pedia pra ficar no banheiro e conversar, como nos velhos tempos.

"Te amo", lhe disse quando saía do quarto.

Não esperava nenhuma resposta, de tal modo que nem doeu o fato de não ter recebido. Quatro refeições congeladas Swanson repousavam no balcão da cozinha. Eu as selecionara com base nas preferências de cada um. Peixe com fritas pra minha mãe, embora ela não fosse sair do quarto, bife Salisbury pro meu pai, o favorito da Junie, que era o prato polinésio com o bolo de chá de laranja, e a única opção restante — feijão e salsichas — pra mim. (Não era tão ruim quanto o nome faz parecer.) Estava esperando o fogão preaquecer quando um ruído no porão chamou minha atenção. Fui até o topo da escadaria e dei uma espiada lá embaixo, no escuro. O som não se repetiu. Devia ter sido minha imaginação.

Estava rasgando a caixa do peixe com fritas quando o telefone tocou, três toques longos e um curto, indicando que era pra nossa casa. Ouvira falar que as Cidades Gêmeas* não faziam mais parte do sistema de linha conjunta, que, se morasse nelas, quando seu telefone tocasse, poderia presumir que era pra você, mas ainda não era o nosso caso em Pantown.

Apanhei o aparelho cor de ouro-lavoura da parede e o aninhei no ombro enquanto deslizava a travessa de peixe com fritas pra fora da caixa. O compartimento maior continha dois triângulos de peixe marrom-claro polvilhados com gelo. O buraco menor trazia as fritas onduladas. Era só isso, nenhuma sobremesa nem um vegetal colorido, só peixe e fritas.

"Alô?", eu disse ao telefone.

"Você tá sozinha?"

Era a Brenda. Dei uma olhada no corredor. Junie não tinha saído do quarto, e minha mãe provavelmente estava dormindo de novo.

"Tô", disse. "Que manda?"

"Já sei o que você pode comprar pra mim de aniversário."

---

* O termo se refere às duas maiores cidades do estado de Minnesota: Minneapolis (a capital) e Saint Paul, a 100 quilômetros de St. Cloud. Ambas fazem parte da mesma área metropolitana e formam o centro político, econômico e cultural do estado. [NT]

Um sorrisão brotou no meu rosto. Brenda fazia essa ligação telefônica todo ano em agosto, mais ou menos uma semana antes do seu aniversário. Sempre propunha algo completamente impossível, como um encontro com Shaun Cassidy ou as botas de couro vermelho que tínhamos visto a Nancy Sinatra usar numa reprise do Ed Sullivan.

Parti pra caixa do bife Salisbury.

"O quê?", perguntei.

"Você pode ir comigo na festa que o Ricky vai fazer na sexta. Depois que a gente tocar na feira."

O sorriso escorreu do meu rosto.

"Pode parar com isso agora mesmo", ela disse, como se pudesse ver minha expressão.

"Ricky é um vagabundo", eu disse. E era verdade. Mesmo antes de ele começar a passar tempo com aquele cara, o Ed, Ricky estava ficando estranho. Podia apostar que ele mais tinha faltado à escola do que comparecido nesse último ano. E quase nunca aparecia nem mesmo na igreja. Nenhuma de nós, crianças de Pantown, queria ir à Saint Patrick, mas íamos de qualquer jeito, todo mundo menos o Ricky.

"Novidade que ele é um vagabundo", ela disse. "Mas o Ricky tem a chave do chalé de um amigo, lá perto das pedreiras. Com certeza, vai ser divertido."

"Quando ele disse tudo isso a você?", perguntei.

Reconheci o tom de suspeita da minha mãe na minha voz. Não gostava do ciúme que contorcia minhas tripas. Primeiro, Maureen estava passando tempo com o Ed "sexy pra caramba" e, agora, Brenda estava sendo convidada pra festa do Ricky sem mim. Não importava que eu não quisesse ir. Ainda assim queria ser convidada, receber um convite de verdade, não um de segunda mão todo empoeirado por ter sido rolado morro abaixo pela amiga.

"Ele me ligou. Acabei de desligar o telefone." A voz dela se tornou provocativa. "Você sabe quem mais vai estar na festa?"

"Quem?"

"Ant." Brenda parou como se esperasse alguma resposta minha. Quando percebeu que eu ficaria muda, continuou, num tom exasperado: "Ricky disse que o Ant gosta de você, *Heather*, que achou você gostosa demais hoje no ensaio".

"Que nojo", disse, me lembrando de como seu comportamento havia sido estranho hoje na garagem. Anton Dehnke podia acabar se tornando um neurologista brilhante ou um astronauta, e ainda assim eu só conseguiria ver o garoto que comia cola na primeira série. "E por que o Ricky tá ligando pra você? Do jeito que a Maureen tava hoje, achei que eles fossem um casal."

Quando terminei de arrumar o bife Salisbury, deslizei o feijão com salsichas pra fora da caixa. Tinha uma aparência pior do que me lembrava, como um projeto de ciências nota 4. Desenrolei o fio do telefone pra ter folga suficiente e alcançar o freezer. Vasculhei lá dentro, na esperança de desencavar uma refeição de comercial de TV escondida no fundo, uma que eu tivesse deixado passar batida, qualquer coisa que não fosse salsicha e feijão.

Sem sorte. Por que o meu pai tinha escolhido essa opção, afinal?

"Não, os dois não estão juntos", Brenda disse, depois de fazer uma pausa bem longa. "Você sabe como é a Mo. Ela gosta de flertar. Ricky me disse que eles nunca engataram e que soube hoje que ela tá a fim do Ed. Acho que ficou animada porque vamos nos apresentar na feira e queria 'agradecer a ele da maneira apropriada'. Você acredita que vamos fazer um show de verdade? Vai ser animal demais! Como nossa High Roller particular!"

"Vamos torcer pra não ser o caso", disse, rindo de novo, relutante. Os pais dela tinham levado a gente à Valleyfair, o novo parque de diversões nos arredores de Minneapolis, duas semanas depois da inauguração. Tivemos que esperar uma hora na fila pra andar na montanha-russa. "Você saiu de lá uns quilos mais leve."

Brenda deu uma risadinha. "Como a High Roller *sem* o vômito, então. E aí, você topa ir à festa?"

Suspirei. "Claro."

"Que bom." Ela ficou quieta por alguns instantes. "Ouviu falar daquela garçonete? Beth alguma coisa."

"Não." Abri a última caixa, o prato polinésio da Junie que tinha a cor de um pôr do sol. "Que que tem ela?"

"Ela trabalha na lanchonete Northside. Frequenta a Saint Patrick, acho. Meu pai encontrou a mãe dela no mercado Warehouse. Tava preocupada pra valer, disse que a Beth tinha desaparecido. Pensei que talvez seu pai tivesse mencionado isso."

Concordei com a cabeça, ainda que ela não pudesse ver. "Não, o que quer dizer que a garota não deve estar de fato desaparecida." Mordi a língua antes de acrescentar uma maldadezinha, como *provavelmente fugiu com um garoto como você e a Maureen fazem*. "Tenho certeza que a menina vai aparecer a qualquer hora. Ei, quer vir aqui pra casa hoje à noite e jogar pique-TV nos túneis? Depois do jantar?"

Não sabia por que tinha falado isso. Pique-TV era um jogo de criança, que a gente não jogava fazia uns dois verões. Era um cruzamento de pique-esconde e pique-cola. Se não conseguisse berrar o nome de uma série de televisão — e era surpreendentemente difícil pensar numa sob pressão — antes que quem fosse o pegador encostasse em você, teria de ficar colada no chão até que alguém do time fosse corajoso o suficiente pra sair do esconderijo e te libertar.

Era um jogo de bebê, mas do nada eu tava desesperada pra acreditar que ainda podíamos brincar de jogos de bebê.

Não precisava ter me preocupado com a Brenda, cujo coração era maior do que toda a Pantown. Brenda, que chorara até cair no sono depois de ver aquele comercial de seguro de vida do "você não precisa morrer para receber", que organizara uma limpeza no bairro depois que seu pai passou com ela de carro pelo outdoor com o indígena chorando por causa da poluição.

"Pique-TV hoje à noite é uma ótima ideia!", disse. "Vou convidar a Maureen. Você fala com o Claude e a Junie."

"A missão será cumprida", disse. Meu alívio era totalmente desproporcional naquela situação.

Capítulo 5

"Isso aqui tá uma delícia, pudinzinho!", meu pai disse. "Você sabe como amo bolo de carne."

"Fico contente", disse, cuidando pra não corrigi-lo. Ficou trabalhando até tarde de novo. Não precisava que o fizesse se sentir burro ainda por cima. De qualquer forma, bolo de carne e bife Salisbury eram basicamente a mesma coisa: carne que não precisava de faca para comer. Meu pai gostava de ambos muito mais do que filé de verdade por algum motivo. E não apreciava comida que você tinha que labutar pra aproveitar, uma vez me confessou quando os Pitt lhe serviram costelinha num churrasco da vizinhança.

Meu pai costumava trabalhar no horário normal antes, quando era um advogado comum. Desde que fora eleito promotor do condado de Stearns, porém, saía antes de o sol nascer e, às vezes, só voltava à noite. Jurava que era só até se acostumar com o lugar e o lugar com ele. Não gostava que ficasse fora o tempo todo, mas alguém tinha que pagar as contas, pelo menos era o que minha mãe dizia. Eu *gostava* do meu pai sentado à mesa com a gravata ainda no colarinho, como era o caso agora. Ele ficava tão bonito, tão dono de si.

Quando alguém da igreja ou um professor me perguntava o que queria ser quando crescesse, costumava dizer baterista, mas, algumas vezes — apenas pra mim; Maureen tinha me passado tanto sermão a respeito do feminismo que sabia que era melhor não falar em voz alta —, eu sonhava em ser dona de casa. Sem as esposas, o mundo pararia nos trilhos, minha mãe dissera. Era uma sensação boa me imaginar assim vital, ter este papel me aguardando para encarná-lo, a mão direita de um homem forte e bonito. Eu saberia exatamente como agir.

Às vezes, até me imaginava como a esposa dessa casa. Não dum jeito nojento, não como se pensasse em estar casada com meu pai. Só fantasiava que seria assim quando *estivesse* casada. Meu marido à mesa, apreciando a comida que eu havia cozinhado, a casa limpa em que entrara. Ele estaria cuidando das coisas do mundo lá fora e, no fim do dia, seu prêmio seria poder voltar pro seu castelo, onde seria mimado por mim.

Me sentei mais aprumada na cadeira. Junie estava enfiando um naco de carne alaranjada e úmida na boca. Dei-lhe uma piscadela, como imaginei que uma mãe faria. Ela revirou os olhos e colocou a língua pra fora. Estava coberta de pedacinhos de comida.

"Mastigue com a boca fechada", disse, empertigada. Voltei a atenção pro meu pai. "Estava pensando que, se você e a mãe quiserem organizar uma festinha, eu poderia cozinhar. Tô acostumada a fazer a janta pra nós quatro. Não me importaria de cozinhar pra mais gente. Poderia pesquisar."

Meu pai coçou o queixo. "Isso seria legal", disse, claramente sem prestar atenção no que acabei de falar.

Eu sabia que precisaria mudar de assunto pra mantê-lo entretido.

"Como foi o trabalho hoje?", perguntei.

Seus olhos foram se fechando. Meu pai havia tirado o paletó quando chegou em casa, alisado as rugas do tecido e o colocado sobre o encosto do sofá antes de se juntar a nós na mesa de jantar, onde Junie e eu esperávamos diante de nossas travessas de comida que esfriavam havia quase vinte minutos. Ele avançou direto na carne, que nem morna estava mais.

Nesse momento, ele pausou pra descansar o garfo na travessa de alumínio.

"Foi tudo bem", disse, mas de um jeito que eu sabia que tinha sido tudo menos isso.

"Caso novo?", perguntei.

"Algo do tipo." Passou as mãos no rosto. "Tem um cara bem barra-pesada agindo lá nas Cidades Gêmeas. Seu nome é Theodore Godo. O pessoal tá preocupado porque ele pode estar se encaminhando pra Saint Cloud. Até mandaram, pra ajudar com essa missão, um agente do

Departamento de Apreensão Criminal, que já está aqui há alguns dias. Jerome não tá nada feliz. Me pediu pra participar de uma reunião hoje, embora eu normalmente não me envolva até alguém ter sido acusado."

O xerife Jerome Nillson e meu pai trabalhavam bem próximos agora que meu pai era promotor. O xerife Nillson tinha vindo numa festa em nossa casa na noite em que meu pai foi eleito. Minha mãe havia se arrumado e ficado tão linda que quase quebrou o espelho, e deve ter durado uma meia hora completa antes de dizer que não estava se sentindo bem. Eu ficara orgulhosa dela. Meu pai também. Ele segurara o seu braço como se carregasse um tesouro de verdade enquanto a levava ao quarto deles, colocando-a cuidadosamente na cama antes de voltar para dizer a todo mundo, num tom de voz baixo, que a festa tinha acabado.

Meu pai continuou: "Acho que Jerome queria dar uma demonstração de força pro agente. Você sabe como esse povo da cidade grande pode olhar pra gente com o nariz empinado".

Sorri deliberadamente, pulando a menção ao agente do departamento e o que o povo da cidade grande achava de nós — o último era um tópico favorito do meu pai — pra tocar no ponto central. "Aposto que o xerife Nillson não chamou esse Godo de 'um cara bem barra-pesada'. Eu não sou mais criança, pai. Você pode me falar o que de fato tá acontecendo."

O olhar dele viajou até Junie e seu rosto inclinado sobre o bolo de chá de laranja, a intenção dele era clara. Ela podia não ser mais criança, também, mas era nova, não era nem mesmo (quase) uma adolescente.

"Podemos conversar depois", eu disse, sentindo uma pequena rajada de calor no peito. Algumas vezes, depois que Junie dormia, meu pai me relatava todo o seu dia tomando um copo de conhaque, como se não conseguisse mais manter as coisas guardadas. E me fazia prometer não contar a ninguém pois eram todas coisas confidenciais. Adorava o fato de ele confiar em mim a tal ponto, mas, honestamente, todas as histórias soavam iguais. Pessoas machucando outras pessoas, roubando, traindo ou batendo nelas, e meu pai caindo de paraquedas pra resolver tudo.

"Hoje não, infelizmente." Seus olhos ficaram carregados de novo. "Tenho que voltar ao gabinete. Aquele cara de quem estava falando pra vocês, Godo. Preciso me certificar de que estou com todas as pontas alinhadas para fazer uma acusação se ele der as caras em Saint Cloud."

Concordei com a cabeça, me sentindo surpreendentemente triste.

"Não fica assim, Heather. Meu trabalho é importante." Então pegou o garfo. "Olha só... Conhece uma tal de Elizabeth McCain? Ela estava no quarto ano do ensino médio, no ano passado. É garçonete na Northside."

Meu estômago se contorceu de preocupação. Devia ser a Beth a que a Brenda havia mencionado por telefone, aquela cujo desaparecimento eu ignorei. "Sei quem ela é. Por quê?"

Usando o garfo pra cortar um triângulo delicado de carne, como um cavalheiro, me disse: "Pelo jeito, ela está desaparecida. Sumida por quase três dias".

Isso capturou a atenção total de Junie. "Alguém a sequestrou?", ela perguntou.

Meu pai franziu a testa enquanto mastigava; um fole de rugas se formou acima de suas sobrancelhas. Quando engoliu, disse: "Acho que não, Joaninha. Provavelmente deve estar viajando de carona por aí. Jovens dessa idade inventam moda e simplesmente somem. Ela tá com tudo arrumado para se mudar pra Califórnia em algumas semanas, para ir pra faculdade. Tenho certeza que, até lá, irá aparecer!".

Concordei balançando a cabeça pra mim mesma, sentindo o conforto da satisfação. Afinal havia chutado certo quando disse pra Brenda não se preocupar com a menina. Mas estava errada quanto ao meu feijão com salsichas não ser tão ruim quanto o nome fazia parecer, então, nesse momento, brincava com os pedaços de salsicha pela travessa. "Que horas vai chegar em casa?", perguntei.

Queria saber se precisava encher o saco dele avisando sobre o jogo de pique-TV. A gente não tinha um toque de recolher no verão. Meu pai dizia que confiava em mim e na Junie e que era nossa responsabilidade continuar a merecer essa confiança. Isso queria dizer que não deveria fazer coisas estúpidas. Tempo nos túneis não contava como estupidez — era parte da essência de Pantown —, então, caso não estivesse em casa, ele nem precisava saber o que faríamos.

"Quando você tiver no quinto sono", respondeu, por fim. Então, voltou a atacar sua comida congelada, com os olhos mais brilhantes do que o normal. Devia haver muito mais coisa relacionada a esse caso do Godo do que ele deixava transparecer. Eu lhe perguntaria mais a respeito quando Junie não estivesse por perto.

Uma batida na porta fez todos nós darmos um pulo. Visitas durante o jantar eram raras em Pantown, pois a maioria de nós comia as refeições no mesmo horário. Empurrei a cadeira pra trás, mas meu pai ergueu a mão. "Eu atendo", disse.

Então pousou o guardanapo na mesa e andou a passos largos até a porta. Seus ombros endureceram quando a abriu. "Gulliver!", disse, com a voz mais grave que o normal.

Junie estava se inclinando tanto pra trás, tentando espiar para ver quem era a visita, que quase tombou. Puxei os pés da frente da cadeira e eles voltaram ao piso causando um estrondo. "Sem xeretar", lhe disse, sussurrando.

Ela fez uma careta. "Mas nós não conhecemos nenhum *Gulliver*", ela disse.

E estava certa. Na verdade, talvez essa fosse a primeira vez em que um estranho que não era um vendedor aparecia à nossa porta. Nunca tinha acontecido. Não sabia qual era minha obrigação nessa situação, com minha mãe acamada me deixando com o papel de mulher da casa. Me levantei, andei até o sofá e parei, nervosa. Ainda não conseguia ver o homem na porta. O estranho estava falando com meu pai numa voz baixa e urgente, mas então a conversa parou de repente. Meu pai ficou de lado.

"Gulliver, estas são minhas meninas. Heather e Junie."

O homem se inclinou em direção à sala de jantar e nos cumprimentou com a cabeça uma vez, num movimento rápido e duro. Era a pessoa mais pálida que eu já tinha visto. De tão branco, era quase translúcido; sua pele era salpicada com sardas cor de canela que combinavam com a cor dos seus olhos; o cabelo era cortado baixinho, e o bigode também. *Irlandês* foi meu primeiro pensamento — tão diferente do creme e do azul saudáveis dos suecos de Pantown ou dos olhos e cabelos cor de terra dos alemães.

Forasteiro foi meu segundo.

"Prazer em conhecer vocês", disse, erguendo a mão num aceno estranho.

"Este é o sr. Ryan", disse meu pai. "O agente do departamento, do qual estava falando pra vocês."

"Olá", eu disse.

"Oi", disse Junie, com o olhar baixo, mas, como o de uma raposa, não submisso.

Nós ficamos em silêncio por alguns segundos, e então o sr. Ryan agradeceu ao meu pai e se desculpou por ter tomado o seu tempo.

"Desculpa incomodá-lo em sua casa", continuou. "Mas não queria passar a mensagem por telefone."

"Agradeço", meu pai disse, mas sua voz era áspera. "Gostaria de jantar conosco? Heather pode esquentar outra refeição."

"Não, obrigado", disse o sr. Ryan. "Vou passar lá no xerife Nillson."

Ele se despediu. Voltei à mesa. Meu pai também, mas não pegou mais o garfo. Junie e eu o vimos vislumbrar algo a um milhão de quilômetros de distância. Por fim, falou: "Encontraram um corpo em Saint Paul. Outra garçonete, mas não é Elizabeth McCain. Apesar de não terem nenhuma prova concreta, acham que pode ser aquele cara que comentei com vocês".

"E você acha que ele tá vindo pra cá?", Junie perguntou, com a voz estridente. "Pra Saint Cloud?"

Essa pergunta trouxe a mente do meu pai de volta à sala. Ele apertou a mão dela. "Não, querida, provavelmente, não. É um tiro no escuro, de qualquer forma, mas estamos de olho nele. Não se preocupe com isso."

"É isso aí, Junie", eu disse, tentando apoiar meu pai. "Você não precisa se preocupar."

Ele me lançou um olhar agradecido, e então peguei a deixa. Meu trabalho era tirar a cabeça de todo mundo das coisas ruins, pelo menos até nosso pai terminar de comer. Desisti do meu monte de mingau de feijão e me inclinei em direção a ele, com o queixo pousado sobre as mãos cruzadas do mesmo jeito que via minha mãe fazer. "Eu lhe falei que nossa banda vai tocar na feira do condado?", perguntei.

"Eu também vou! Vou tocar pandeiro", Junie disse, empinando a frente de sua camiseta favorita, que agora era mais um top que qualquer outra coisa. PARCEIRO DE PESCARIA DO PAPAI, estava escrito acima da imagem de uma perca de desenho animado, toda sorridente e curvada. Meu pai, que não pescava, quando ainda trabalhava como advogado, ganhou aquela camisa de presente de um cliente que ouvira Junie e entendera Johnny. Ele adorava contar aquela história.

"Não, com certeza, vocês não me contaram isso, garotas", meu pai disse, relaxando um pouco seu semblante. "Quero saber todos os detalhes. Vou ter que acampar pra conseguir ingresso? Quanto vão custar as camisetas do show?"

Então, deu aquele sorriso de Kennedy mais novo que tinha sido bom o suficiente pra conquistar minha mãe linda-como-num-conto-de-fadas quando estava cem por cento viva, e nós terminamos nosso jantar.

Beth

Beth estava esparramada num chão imundo; tudo à sua volta era tão escuro que não lhe era possível saber se os seus olhos estavam abertos ou fechados. Ela contava as batidas do coração batucando-as na terra fria com os dedos. Sessenta batidas eram um minuto.

Um, um. Um, dois. Um, três.

Sessenta rodadas eram uma hora.

Sessenta e um. Sessenta e dois. Sessenta e três.

Nada mudou. A escuridão não se alterava, o cheiro de terra de sepultura não desaparecia; não se ouvia som nenhum a não ser o da batida de coelho do seu coração.

Cento e um, cento e dois, cento e três.

A princípio, ouvira os passos dele como um contraponto, um tremor suave vindo de cima que a fez perder a conta. Sentou-se lentamente, lutando contra as ondas de tontura. Afastou-se para trás até encontrar a face gelada de uma parede de concreto. Sua boca estava seca, os lábios, rachados, sua sede era uma coisa viva. Já havia urinado duas vezes, com relutância, num canto afastado. Precisava urinar de novo.

Lá em cima, uma porta pesada rangeu e gerou um estrondo. O som parecia ter vindo do teto, mas não era perto, ainda não. Então ouviu os passos cuidadosos do carrasco numa escadaria, distantes, mas se aproximando.

Depois houve um silêncio, exceto pelo ruído agudo dos seus batimentos cardíacos.

Tentou engolir aquilo como a escuridão a engolira.

O ruído de um molho de chaves ressoou do outro lado da porta do cativeiro.

Mordeu a língua para evitar gritar.

A porta se abriu.

O que ocorreu na sequência foi muito rápido. Mais escuridão o delineando, não a escuridão ventre-da-fera como aquela em que se encontrava. Uma escuridão normal. Ela vislumbrou o que parecia ser um corredor atrás dele. Sorveu aquele detalhe, o engoliu feito água gelada.

Ele entrou no cômodo e fechou a porta atrás de si.

Escuridão de novo.

Beth ouviu o retinir de metal sendo pousado sobre a terra, sentiu o cheiro de querosene, então, sentiu as íris ardendo com a chama de um isqueiro. A iluminação que se seguiu foi imediata e quente. Um lampião.

Ele o colocou no chão perto de dois potes de metal. "Vou deixar isso aqui se você for boazinha. Se gritar, levo embora."

A chama bruxuleante o iluminava por baixo, transformando seu rosto numa máscara demoníaca.

Ele havia visitado a lanchonete tantas vezes... Sentara-se na sua seção. Ela se sentira um pouco lisonjeada, ainda que algo nele a deixasse desconfortável, como sussurros percorrendo a curva macia do seu pescoço. Mas com quem comentaria isso? Quem ouviria sem lhe recomendar que apreciasse aquela atenção?

Fica feliz. O cara gosta de você.

"Você não vai querer queimar tudo de uma vez, no entanto", ele disse, trazendo a atenção dela de volta pro cômodo.

O cômodo.

Era um cubo, talvez quatro por quatro. Paredes de cimento. Chão de terra. Uma única porta. Ela ergueu o pescoço, ainda que aquilo doesse de um modo terrível. Vigas de madeira no teto. Ela explorara tudo aquilo andando de quatro e, depois, em pé. Não havia surpresas.

"Isso vai consumir seu oxigênio, e vai sufocá-la." Ele ficou de lado e apontou para a base da porta. Estava lacrada com uma vedação de borracha.

Ele tinha planejado levá-la ali.

Ou talvez ela não fosse a primeira.

"Não pode fazer isso", ela disse, com a voz quebradiça e lamuriosa. "As pessoas nos viram juntos. Tenho certeza. Viram a gente conversando fora da lanchonete."

"Garota, se eles viram, decidiram cuidar da própria vida. É o que a maior parte das pessoas faz, se for esperta." Ele riu, rápido e sem graça, e então pegou os potes. Empurrou-os até o canto atrás da porta, exatamente onde ela já tinha urinado. "Um tem água limpa. O outro é pra água usada."

Ele enganchou os dedões nos passantes da calça. Sombras brincavam sobre seus dedos longos e serpentiformes. Beth observou enquanto ele abria o cinto, sentiu algo como se uma coisa pastosa e estranha estivesse preenchendo suas veias.

Movendo as mãos lentamente por trás do corpo, para evitar que o movimento fosse percebido, começou a procurar uma pedra, uma lasca de algo afiado, qualquer coisa para colocar entre eles, quando ele se aproximasse.

"Lembre-se", ele disse. "Se você gritar, levo a luz embora."

Capítulo 6

Se você comparasse pais e portas, veria que Claude tinha o melhor acesso ao túnel do nosso grupo. Minha mãe e meu pai haviam mantido a nossa entrada subterrânea original, uma porta pesada de carvalho tão requintada como a porta da frente, com o *P*, que era a marca registrada de Pandolfo, incrustado na moldura superior, da mesma forma que a família de Claude fez. Infelizmente, a situação da minha mãe tornava o nosso lugar um ponto incerto. Os pais da Brenda eram tecnicamente os mais tranquilos do grupo, mas um dos seus irmãos — Jerry, acho — foi pego fugindo quando estava de castigo uns dois anos atrás, então, o sr. Taft bloqueara o acesso deles ao subterrâneo. Agora, a porta do porão deles parecia aquela página do *The Monster at the End of This Book*, no qual Grover tentava manter alguma criatura terrível pra fora com um padrão todo entrelaçado de tábuas amarradas e pregos enormes. O porão da casa da Maureen estava tão atulhado de coisas que alcançar a porta dela era uma dor de cabeça.

Então, escolhemos a casa de Claude.

Nós quatro tínhamos explorado a maior parte do sistema de túneis e conhecíamos a nossa seção de frente, de costas, de pé e de ponta-cabeça. Chegamos a explorar todo o trajeto até a fábrica original, contudo aquelas enormes portas de metal tinham sido soldadas havia muito tempo. Nunca nos preocupamos com o fato de não conseguir encontrar o caminho de volta pra casa, não importa quão longe viajássemos, porque, na lateral do túnel, algumas paradas ainda tinham o número da casa entalhado nos tijolos acima da porta. Essa marcação foi jogada de mestre, seja quem quer que tenha pensado naquilo, pois não dava para entrar por acidente na casa errada depois de um longo dia de trabalho. Algumas pessoas haviam lascado o número da casa delas, mas uma quantidade suficiente ainda permanecia pra que nunca ficássemos perdidos muito tempo.

O que não tínhamos contado a nenhum dos pais era que a mesma chave funcionava em mais de uma das portas na área do túnel. A gente descobriu isso por acidente, uma vez em que a mãe do Claude trancou a entrada do porão depois que passamos por ela, numa tarde. Foi antes de os pais da Brenda bloquearem a porta deles, então Brenda estava com suas chaves. Tentamos usar a chave da porta do porão dela na porta de Claude e, dito e feito, entrou fácil. Aí vimos que aquela chave servia para todas as outras portas de porão que tentamos abrir. Era uma falha técnica no projeto de Pantown, uma falha que explorávamos com gosto.

Claude ficou tão empolgado quando liguei pra falar do pique-TV que estava nos esperando na varanda da frente quando Junie e eu aparecemos. Ele pulou para o gramado, mostrando um novo corte de cabelo que a mãe devia ter feito, deixando-o mais parecido com o Robby Benson do que nunca. Era uma loucura ver como tinha crescido, espichado feito uma erva daninha ao sol. Ele era uma gracinha, não tinha como negar. Nós tínhamos um plano, em que eu deveria avaliar qualquer namorada em potencial, primeiro.

"Você se lembrou de convidar a Maureen?", Claude perguntou. Ele vinha tentando descolar um apelido desde o jardim de infância, qualquer coisa além de Claude-rima-com-aplaude, que as pessoas constantemente pronunciavam errado, como "clód". Tendo o sobrenome de Ziegler, seu pedido mais recente era pra ser chamado de Ziggy, o que soava até muito razoável. O problema era que o conhecíamos desde criança, por isso não dava pra deixar de pensar nele pelo primeiro nome.

"Brenda se lembrou", eu disse, olhando pra casa da Maureen do outro lado da rua. A casa estava escura, combinando com o céu carregado. Minha esperança era de que a chuva chegasse pra detonar a muralha de calor em que estávamos vivendo. O ar parecia sopa quente. "Somos os primeiros a chegar?"

"Sim", Claude disse. "Acho que as outras duas vão chegar a qualquer momento."

Durante nosso cabriolar mormacento até a casa de Claude, Junie tinha implorado pra jogar palavra-atenta em vez de pique-TV. Palavra-atenta era o nosso jogo mais astuto. A gente colava a orelha nas portas das pessoas tentando entreouvir qualquer frase que escolhêssemos, como a música da salsicha viena Oscar Mayer ou "dois hambúrgueres, alface, queijo, molho especial, cebola e picles num pão com gergelim" do McDonald's. Quando a gente captava a primeira palavra, corria, rindo, até a próxima porta, esperando até entreouvir a segunda palavra, e assim por diante. Raramente a gente coletava a frase toda. Ouvíamos um bocado de silêncio, algumas conversas abafadas, pessoas discutindo, ou, pior, pessoas fazendo amor. Quando ouvíamos isso acidentalmente, eu ficava agradecida por nem todo mundo ter o número da casa visível na lateral do túnel. Não queria ver as caras das pessoas na igreja e saber o que tinham feito à noite.

Foi assim que ouvimos o pai de Ant gritando com ele. Aconteceu em janeiro do ano anterior, durante um intervalo, quando o bairro se reuniu pra assistir *Raízes* na casa dos Pitt. Depois de forrar as tripas, várias das crianças foram brincar nos túneis pra queimar energia. Foi aí que percebi que Ant não estava na festa. E então fomos direto pra porta dele tentar ouvir.

Adivinha se a gente não flagrou os berros do sr. Dehnke. Do jeito que ele falava, dava pra notar que era algo recorrente. Mas o engraçado foi que, embora estivesse gritando com o Ant, seu pai falava *da* esposa.

Sua mãe não quer que eu seja feliz, não é mesmo, moleque? Nada, ela quer me torrar a paciência o dia todo. Ela quer dizer pro seu pai o que devo fazer, não é, Anton?

Claude se afastou da porta no momento em que sacou o que estava acontecendo. Dava pra ver na cara dele que achava que não devíamos espionar um amigo. No entanto, fiquei sentindo algo novo, algo quente-frio, como vergonha e prazer espiralados numa bolinha de goma. Tentei imaginar o que Ant fazia enquanto seu pai estava falando com ele, mas *sem* falar com ele. Será que a mãe dele também estava lá?

Acho que sou péssimo, Ant, é isso. Acho que não consigo fazer nada direito. Sua mãe odeia que a gente se divirta um pouco, deve ser isso. Ela acha que não tô procurando um trabalho, não sabe que tô lá fora todo dia, gastando a sola do sapato.

Ouvi Ant resmungar em resposta, pra mostrar como ele estava perto da porta do porão. Foi o suficiente pra eu afastar minha orelha. Claude e eu refizemos o caminho até a festa juntos, quietos, sem olhar um pro outro, sem dizer uma palavra até chegarmos à casa dos Pitt.

Quando encontrei o Ant de novo, foi como se soubesse que a gente tinha escutado a briga. Ele estava todo envergonhado e agressivo, empurrando o Claude no pátio congelado, gritando pra mim quando lhe disse pra dar o fora. Foi mais ou menos na mesma época em que ele gemeu dormindo durante o simpósio, no inverno passado. Queria lhe dizer que não precisava se sentir mal, que todos nós tínhamos coisas estranhas passando pela cabeça e rolando atrás das nossas portas, mas não disse.

De qualquer forma, Ant meio que foi sumindo do nosso convívio pouco depois da noite em que Claude e eu (mais eu do que o Claude) o espionamos do outro lado da porta. As poucas vezes em que andava com a nossa patota, agia de forma tão estranha, soltando *eu sei lá* numa vozinha miúda toda vez que alguém lhe perguntava qualquer coisa, que foi quase um alívio quando ele começou a passar um tempo com o Ricky.

Claude estapeou um mosquito que tinha pousado no seu pescoço enquanto esperávamos Brenda e Maureen. Isso era outra coisa boa a respeito dos túneis — nada de insetos. Ele me deu um soquinho no braço. "Qual é o babado?", perguntou.

"Minha mãe não saiu do quarto", Junie disse, respondendo por mim, com a voz melancólica.

Aquilo me surpreendeu. Achava que minha irmã nem percebia mais. No entanto, suponho que essa impressão não seja realista. Toda a nossa casa era afinada na tonalidade da minha mãe e de seus humores.

"Ela tá bem", eu disse ao Claude. "Só está megacansada."

Ele concordou. Não apenas era alto pra idade dele; também era esperto. De coração esperto, minha mãe falava, quando ainda prestava atenção nessas coisas. Isso me fez pensar no último dia da escola este ano.

Estava todo mundo mergulhado nuns exercícios inúteis de álgebra, um código bonito emergindo a partir daquele monte de x e y, quando a professora substituta chamou minha atenção na frente da turma toda.

Heather Cash, tire o seu cabelo da frente do rosto.

As palavras dela me fizeram colar o queixo ao peito com tamanha velocidade, como se algum um botão de comando houvesse sido acionado. O movimento transformou meu cabelo na altura dos ombros num escudo protetor, o oposto do que ela tinha exigido. Foi instinto, não desrespeito, no entanto ela viu o topo da minha cabeça como uma afronta.

Você não me ouviu?, perguntou, com a voz vacilante.

Os lápis de todo mundo pararam no momento em que sentiram o cheiro do meu sangue na água. Meu braço se contraiu, empurrando minha caneta favorita, aquela que tinha a silhueta de Paris rolando de um lado pro outro dentro dum líquido pegajoso, no chão. Me abaixei pra pegá-la, encarando as pontas cacheadas do meu cabelo pajem — deixei as franjas em volta dele todo — pra evitar chorar.

O ranger de uma cadeira chamou a atenção de todo mundo, de repente. Era o Claude. É claro que era o Claude. Ele sempre fora *aquela* criança, a que não conseguia deixar as coisas simplesmente acabarem. Amava isso nele, mas, naquele momento, sua atitude me fez ficar tão enfezada que eu era capaz de ouvir o sangue correndo por minhas veias. Ele andou a passos largos até a frente da sala, onde sussurrou algo pra professora. Tenho certeza de que lhe disse que minha ex-orelha tinha sido queimada, e que era por isso que meu cabelo era todo fechado e pra frente e que, portanto, eu não devia ser punida por isso. Ao menos é o que supus que fora dito, já que ela me pediu desculpas logo depois, e o resto daquele período foi tão embaraçoso como se fosse feito de cordas e sinos.

Fiquei quieta, no entanto. Eu era uma seguidora de regras.

"Alguns dias são megacansativos", Claude disse, me trazendo de volta ao presente, à nossa conversa sobre minha mãe.

As palavras dele me acalmaram. Era um alívio tão grande não ter que explicar nada. Isso era minha coisa favorita em Pantown, o fato de que conhecíamos as histórias um do outro. "Ei, a Junie quer jogar palavra-atenta em vez de pique-TV. O que você acha?", perguntei.

"Acho que me prometeram pique-TV, e pique-TV é o que terei!", Brenda gritou lá da calçada. Fiquei aliviada ao ver que estava usando a mesma roupa que vestia mais cedo: short felpudo, com a ponta da frente da sua camiseta cor de framboesa enfiada pela gola e puxada pra mostrar a barriga, uma camisa verde-exército amarrada na cintura. Parte de mim estava preocupada, pensando que ela viria toda arrumada e espremida em algo apertado. Esse era o vírus que a tinha infectado e a Maureen.

Falando nisso. "Ainda estamos esperando a Mo."

"Ela não vai vir. Falou que tá ocupada", Brenda disse, esfregando os braços e olhando pra cima, pro céu rajado. Certeza de que teríamos chuva pela frente. Conseguia farejar no ar.

"Ocupada fazendo o quê?", Junie perguntou.

Tive a mesma dúvida, mas pareceu intromissão perguntar.

Brenda deu de ombros. "Ela não falou."

"Meninos", Junie disse, toda sabichona.

Escondi um riso atrás da minha mão, meus olhos viajaram até o Claude. Eu e ele sempre compartilhávamos o mesmo senso de humor. Não éramos tão próximos quanto eu era de Maureen ou Brenda, mas isso era porque ele era um garoto. Fiquei surpresa ao percebê-lo grilado encarando a Junie, em vez de estar compartilhando um sorrisinho comigo. Coloquei o semblante dele na conta da tempestade retumbante que se aproximava. A formação da chuva tornava o ar quente e desagradável, espesso, com aquele cheiro de céu rachado.

"Provavelmente, Joaninha", Brenda disse. "Vamos pro subterrâneo antes que caia o toró?"

"Vamos", Claude, Junie e eu dissemos ao mesmo tempo, imediatamente antes que um alarme em forma de relâmpago rasgasse o céu. Corremos pra dentro da casa de Claude.

Capítulo 7

Apesar de nunca ter dito isso em voz alta, nem mesmo pra Brenda, a verdade era que, embora os túneis fossem tão familiares pra mim quanto meus joelhos, eles sempre fizeram eu me sentir *engolida*. Matutava a esse respeito enquanto Claude e eu abríamos caminho até o porão, deixando Brenda e Junie no piso principal. O sr. Ziegler as havia encurralado pra que admirassem seu mais recente navio dentro da garrafa, que eu já tinha visto.

Quando cheguei ao final da escadaria de Claude, uma frase brotou na minha cabeça.

Você não pode viver na escuridão e se sentir bem consigo mesma.

Me detive nas palavras como se elas fossem as contas de um rosário, esfregando-as até brilharem.

Você não pode viver na escuridão e se sentir bem consigo mesma.

Onde é que eu tinha ouvido isso?

"Você tá quieta agora à noite", Claude disse, segurando a porta aberta que dava nos túneis. "O negócio com a sua mãe é pior do que nos deu a entender?"

O cheiro de terra úmida e fria invadiu o porão. Pensei em confessar que hoje parecia que o diabo estava botando ordem na casa — desde que Ricky e Ant tinham aparecido e nos falado que tocaríamos na feira do condado, não era apenas por causa da minha mãe —, mas falar em voz alta tornaria isso verdadeiro. "Não é nada, só tô cansada."

Ele fingiu aceitar a desculpa. Pareceu que estava prestes a falar mais alguma coisa, mas eu não queria ouvi-lo. Abri caminho empurrando a névoa invisível que separava a casa da escuridão dos túneis assim que

Brenda e Junie apareceram. Um zunido à minha esquerda me chamou a atenção, um barulho baixinho. Ant jurava que tinha visto ratos ali uma vez, gordos e rosados, com os rabos feito minhocas grossas se arrastando atrás deles, porém eu nunca vi nada disso. Senti um arrepio que me deu uma comichão na espinha.

"Brrr!", deixei escapar dentro do breu do túnel. "Junie, coloca a sua jaqueta."

Eu havia lhe dito para trazer uma. Queria ter feito o mesmo.

"Quer minha camisa extra?", Brenda perguntou, parando ao meu lado no túnel.

Apertei o botão da minha lanterna e iluminei para a esquerda e para a direita. A luz do porão de Claude criava um círculo meio cor de creme no chão imundo, contudo, a partir dessa circunferência, o mundo sumia em qualquer direção.

"Daí *você* vai ficar com frio", eu disse.

Ela ligou a própria lanterna e então a segurou entre os joelhos, criando um fulgor amarelo e frio que balançava conforme ia desamarrando a camisa verde da cintura. Era o uniforme do Exército de Jerry, irmão dela, que tinha o emblema no peito com as letras TAFT.

"Aqui", me entregou a blusa. "Você sabe que sou encalorada. Sou mais fogosa que você." Após isso, piscou para mim.

Peguei a camisa. Tinha um cheiro forte, típico do sabão "Era o que a sua mãe usava". "Obrigada", eu disse.

"Não me agradeça", ela disse, dando palmadinhas no topo da minha cabeça. "Isso significa que você é a pegadora."

Claude soltou uma vaia. Ele fechou a porta atrás de mim, agarrou a mão da Junie e correu numa direção enquanto a Brenda disparava noutra.

"Seus perdedores", gritei, rindo.

Ali embaixo, você não tinha que fechar os olhos pra contar. Bastava apenas desligar a lanterna para mergulhar na escuridão infinita; então, foi isso que fiz. "Um, dois, três..."

Me apoiei contra a porta dos Ziegler conforme contava, sentindo a dureza da madeira nas minhas costas, sentindo o cheiro forte das costeletas de porco e do chucrute que a sra. Ziegler tinha preparado pro jantar se mesclando ao almíscar dos túneis. Por mais arrepiantes que fossem os túneis, algo neles nos encorajava a dar asas à imaginação, a esticá-la em direções que não podíamos alcançar na superfície, não com o sol nos olhando.

"...quatro, cinco, seis, sete..."

Brenda era sortuda de ter um irmão nas forças armadas, pra poder pegar seu uniforme. A maioria das garotas tinha que namorar um cara pra vestir o uniforme dele.

"...oito, nove..."

Continuei até completar trinta, sentindo a emoção da caçada se alastrar pela minha pele, me deleitando na inquietação do escuro. Era bem provável que eu conseguisse navegar por esta seção dos túneis — minha quadra — sem uma lanterna, entretanto a ideia de dar um encontrão em alguém no breu profundo me provocava calafrios. A gente já tinha topado com outras crianças ali várias vezes, e até mesmo com adultos, porém com um estranho, apenas uma vez.

Tinha acontecido no verão passado. A gente foi parar na borda mais distante dos túneis de Pantown, a ponta oposta à fábrica. Alguém tinha espalhado o boato de que aquela seção em particular era assombrada. Tudo o que sabíamos era que ninguém naquela área tinha filhos e, por isso, nos parecia ser ainda mais sinistra que o restante dos túneis. Num desafio, no entanto — feito pelo Ant, na sua última volta no subsolo com a gente; ele amava desafios quase tanto quanto adorava fazer suas imitações de John Belushi, *Sou uma abelha assassina, me dê seu pólen, bem-vindo ao Hotel Samurai, smash smash*[*] —, ele, Maureen, Brenda, Claude e eu percorremos a toda velocidade e aterrorizados o trajeto inteiro até o final assombrado. Na verdade, possuía uma aparência semelhante ao restante dos túneis — portas e alcovas e ramificações sem

---

[*] Referências a dois personagens interpretados por John Belushi em esquetes de comédia do *Saturday Night Live*. [NT]

saída —, porém nosso medo tornava-o especial. Tocamos o canto mais distante e corremos de volta pelo nosso direito de se vangloriar, rindo, nos sentindo seguros juntos.

Foi aí que Claude tropeçou no mendigo.

A princípio, pensamos que fosse um monte de trapos.

Então, o homem se moveu.

Nós voamos até a porta familiar mais próxima, a de um aluno da quarta série que frequentava a nossa igreja, gritando por ajuda. Os pais dele chamaram a polícia. O xerife Nillson — isso foi antes de ele se tornar colega do meu pai — levou o morador de rua pra fora pela sua própria porta, nos disseram. A entrada daquele homem teve que ser pela porta de *alguém*, pois não havia como entrar nos túneis pela rua, uma vez que inexistia forma pública de acessá-los.

Foi isto em particular que nos causou estranheza em relação à presença do mendigo: como ele tinha entrado?

"Prontos ou não, aí vou eu!", berrei e, então, liguei minha lanterna.

Capítulo 8

Era algo óbvio correr na direção que Claude e Junie tinham ido. Dois pelo preço de um. Provavelmente, três, na verdade. Tirando umas duas ramificações cujo final sem saída ficava muito além de Pantown, os túneis espelhavam as seis quadras quadradas do bairro, mais ou menos, o que significava que eles completavam voltas em si mesmos.

"Fi, fi, fo, fum!", eu estrondeava, batendo de modo ritmado em minha coxa.

Qualquer um do lado de lá das portas que me ouvisse saberia exatamente o que a gente estava aprontando. Estava preparada pra receber algumas críticas por isso na Saint Patrick no próximo domingo por causa da minha idade — velha demais pra brincar a maioria dos jogos de túnel.

"Vocês podem correr, mas não se esconder!", berrei, indo no encalço dos meus amigos.

Virei à esquerda, seguindo na direção da casa da Maureen. Estava propensa a apostar que ela tinha ido farrear com o Ricky nessa noite, ou, pior ainda, com o Ed. Que talvez até fosse um cara maneiro, mas eu duvidava, visto como Ricky costumava ficar chapado desde que começara a andar com o cara e o jeito que a Maureen falava dele. *Sexy pra caramba.*

Não gostava de pensar na importância que minha amiga começara a dar aos garotos de repente.

Também sentia ciúme disso.

Um som de arranhão adiante, perto da porta dos Pitt, chamou minha atenção. "Tô vendo você!", disse, e segui correndo pra frente. Virei a esquina, na expectativa de apanhar Junie tentando desaparecer dentro da parede, "Laverne e Shirley" engatilhada nos lábios. É o que ela sempre gritava durante a primeira rodada de pique-TV.

No entanto, quando virei a esquina, não havia ninguém lá. Parei, ergui a cabeça, percorri minha lanterna pra cima e pra baixo nas paredes, jogando luz nas alcovas dos depósitos que apareciam a cada seis metros, mais ou menos, uma por casa. O ruído da minha respiração era o único som que estava ouvindo, o ar da escuridão sepulcral ao redor estava me comprimindo. Porém ouvi aquele som de novo; sem dúvida, alguém falando.

Não vinha da porta dos Pitt, como suspeitei a princípio.

Vinha da direção do lugar em que tínhamos tropeçado no morador de rua.

A ponta supersinistra.

Uma brisa lambeu meu pescoço exposto. Virei, mirando minha luz. "Olá!?"

Ninguém. Atrás de mim, o som se repetiu. Girei de volta, com os músculos dos ombros tão esticados quanto cordas de guitarra. Estava sendo tola. Não havia ninguém nos túneis exceto eu, Brenda, Claude e Junie. Claro, nunca tinha andado até essa ponta sozinha, mas eu não estava sozinha. Meus amigos estavam aqui, provavelmente se escondendo atrás da próxima esquina. Mirei a lanterna bem à minha frente.

"Prontos ou não, tô indo pegar vocês!"

Quanto mais andava na direção da ponta assombrada, mais alto o barulho ficava, apesar de continuar soando abafado e com um ritmo distinto. Sabia o que aquele som normalmente significava: alguém estava fazendo uma festa no porão. Bom, isso era um direito das pessoas. Lancei a luz da lanterna acima das portas pelas quais passava. A maior parte tivera os números removidos, porém, mais ou menos a cada cinco casas, ele continuava lá.

Ouvi um grito — seria uma música? Alguém estava curtindo pra valer. Percorri um bom trecho rapidamente, tentando alcançar a fonte dos sons da festa, adivinhar quem era. Talvez a gente pudesse mudar o jogo pra palavra-atenta, como a Junie nos tinha implorado pra fazer.

Estava sorrindo, pensando na frase que usaríamos, quando a mão fria se fechou em volta do meu pulso.

Capítulo 9

Brenda me puxou até uma alcova e mirou o facho de luz no próprio rosto, com o dedo sobre os lábios. Então, iluminou Claude e Junie, que estavam agachados ao lado dela e olhando pra frente. Brenda guiou a luz até a parede oposta pra me mostrar por quê.

A maçaneta de bronze da porta estava se mexendo.

Acima da porta ornamentada — uma das originais, como a minha e a de Claude —, tudo, exceto o número 23, tinha sido desbastado. Como conhecia toda essa área, mesmo sem ver o número completo da casa, então, fiz as contas rapidinho. Estávamos exatamente no centro da seção assombrada. Como nenhuma criança morava nesse lado, isso significava que um adulto iria passar por aquela porta. Nós conhecíamos a maioria das famílias de Pantown, contudo não conhecíamos todas elas. Senti uma pontada de medo.

A maçaneta parou. Suspirei bem alto.

"Eles estão realmente arrebentando a boca do balão lá dentro", Brenda sussurrou.

Música — Elvis Presley, garantindo que quem quer que estivesse curtindo do outro lado da porta, era *velho* —, alguns gritos de torcida, risadas masculinas.

Algo referente aos barulhos fez minha pele se arrepiar e me fez querer rastejar pra longe dali. "É melhor a gente ir embora", lhes disse.

Claude concordou com a cabeça. Brenda também. Nós três sentimos aquilo, uma imundície escura e oleosa exsudando junto com a música fanhosa e as risadas rosnadas. A gente já tinha espiado uma pá de festas jogando palavra-atenta. Porém isso era diferente. Algo ruim estava acontecendo do lado de lá daquela porta.

Entretanto Junie não sentiu a ameaça. Pode ter sido a idade dela, ou sua personalidade. Minha irmã trata todas as pessoas como se fossem amigas, meu pai sempre falava isso. Ou talvez estivesse empolgada por ficar com a gente e quisesse se exibir. O que quer que a tenha motivado, ela agiu antes que eu pudesse pará-la, disparando pro outro lado do túnel — a lateral do seu rosto cintilava com a luz refletida.

"Vou assustá-los, girando a maçaneta", ela sussurrou. "Fiquem prontos pra correr."

Girar a maçaneta era outro dos nossos jogos. A gente ficava ouvindo numa porta de porão até ter certeza de que havia alguém do outro lado e, então, girava a maçaneta. Depois saíamos correndo e gritando, nos convencendo de que o dono da casa só podia ter pensado que fosse um *poltergeist*. Tolice, mas, nesse momento, era algo bem pior que isso.

Parecia perigoso.

"Junie! Volta aqui", sibilei, pulando atrás dela. De repente, estava desesperada pra nos tirar dali, no entanto o ar me empurrava de volta, transformando tudo numa gelatina de câmera lenta.

Junie alcançou a maçaneta, a agarrou e girou. A lanterna dela transformou seu rosto numa abóbora de Halloween risonha. Ela olhou na minha direção, e sua expressão exultante se transformou numa cara confusa quando me viu voando pelo túnel pra alcançá-la. O facho de luz da lanterna dela foi parar no chão, mas sua mão estava no automático e ela continuou girando a maçaneta.

A porta se abriu.

Brenda, Claude e eu inspiramos o ar em choque.

As portas dos estranhos não deveriam se abrir.

Nenhum de nós tinha sequer tentado, não que eu soubesse. Supúnhamos que estariam trancadas.

A música vazou pela porta entreaberta, música e fumaça de charuto e algo salgado e suado, no entanto mal consegui classificar o cheiro e o som pois o que estava *vendo* me impactou como se eu levasse um soco na cara.

Luzes estroboscópicas.

Uma fila de três homens.

Não.

Flashes de claridade e, na sequência, escuridão picotando suas imagens, iluminando apenas de suas cinturas até os joelhos, aquela mesma luz fatiando meu peito, revelando o emblema TAFT costurado no uniforme emprestado.

Elvis cantando. *Well, that's all right, mama, that's all right for you.*

Não, não.

Uma garota de joelhos, sua cabeça balançando diante da cintura do homem do meio.

That's all right, mama, just anyway you do.

O cabelo dela era longo e loiro.

Flash. Efeito estroboscópico.

Picotado com escovinha, com mechas verdes.

A mão atrás da cabeça dela pressionava seu rosto contra a virilha dele. Ele usava um bracelete de cobre que parecia familiar.

Não, não, não, não, não.

Não estava conseguindo manter um pensamento na cabeça, minha mente tentava negar o que via enquanto assistia àquela cena.

*Well, that's all right, that's all right.**

"Fecha!", Brenda gritou, e a garota de joelhos cujo rosto eu não queria ver estava se virando; seu queixo, sua bochecha e seu perfil apareceram. Num segundo, nós duas estaríamos nos encarando direto, uma no olho da outra.

A porta se fechou com um estrondo.

Antes de eu ver o rosto dela.

---

* *É, tá tudo bem, mama, tá tudo bem e você tá certa / Tá tudo bem, mama, o que quer que você faça / É, tá tudo bem, tá tudo bem.* Trecho de "That's All Right (Mama)", composição de Arthur "Big Boy" Crudup gravada por Elvis Presley em 1954. [NT]

Isso não é verdade... Era a Maureen, é claro que era a Maureen... Quem mais teria mechas verdes no cabelo... Quem eram aqueles homens...?

Claude agarrou minha mão e a da Junie, e Brenda seguiu na frente, e corremos tão determinados e rápidos, adentrando as entranhas escuras e grosseiras dos túneis, seguindo o círculo oscilante de luz da Brenda, nossa respiração esfrangalhada, sem olhar pra trás, nem parando direito pra destrancar e tropeçar porta adentro pela saída mais próxima — a minha e a de Junie — e atravessar correndo nosso porão e escadaria acima e sair pro gramado do jardim encharcado da chuva, onde me dobrei e vomitei sob o olhar desinteressado da lua.

Capítulo 10

"O que foi, Heather, o que você viu?", Junie estava se equilibrando num pé e depois no outro, mordiscando a pontinha da polpa do dedão. A tempestade tinha vindo e passado enquanto estávamos no subterrâneo. Ela deixou pra trás um céu noturno limpo, cravejado de estrelas brilhantes, terra esponjosa e a fragrância pronunciada de minhocas.

Limpei minha boca com as costas da mão, com o estômago se contorcendo de novo diante da pilha fumegante de feijões parcialmente digeridos que eu expelira. A não ser que a tempestade voltasse, teria que desenrolar a mangueira e limpar os pedaços de vômito com água.

"É... O que que foi?", Claude perguntou. "O que você viu?" Ele estava ao lado da Junie, com o rosto ruborizado, esperançoso. Sua expressão me dizia que, por algum milagre de posicionamento, não tinha visto o interior daquele porão.

Não estava conseguindo me segurar. Arrastei meu olhar até a Brenda.

Os olhos dela eram círculos vazios, seu queixo estava trêmulo. Brenda parecia tão nova, nova estilo menininha, então fui instantaneamente transportada para o verão no qual ela concordou em saltar comigo do trampolim na Muni. Tínhamos talvez sete anos. Enquanto os adolescentes e os mais velhos frequentavam as pedreiras, as crianças de Saint Cloud passavam os dias quentes na piscina municipal.

Acho que todas nós teríamos ficado de boa nadando cachorrinho na parte rasa da Muni naquele primeiro verão. Mas aí o Ant encontrou a mim e a Maureen sentadas na borda da piscina, perto da escada. Brenda estava boiando na água, próxima aos nossos pés. Ele tentou nos provocar, porém nós não demos bola. Aí, do nada, desafiou a Maureen a pular do trampolim.

"Não", ela disse, inclinando-se para a frente pra apanhar água fresca com a mão em concha e jogar sobre os seus braços rosados.

Não falou porque estivesse com medo. Maureen nunca sentia medo de nada na vida. O lance era que, mesmo com 7 anos, não se preocupava muito com o que Ant achava dela, pra se dar ao trabalho.

Maureen, o que você estava fazendo com aqueles homens?

Eu era uma nadadora terrível, tinha medo da parte funda. Pra minha surpresa, no entanto, respondi: "Eu vou!".

Brenda olhou pra cima de dentro da piscina, tão impressionada que seus globos oculares ganharam uma borda adicional de branco. Também ela não sabia o que tinha dado em mim.

"Você não precisa fazer isso", disse Maureen, com o nariz franzido.

"Eu sei", disse, me erguendo num pulo e marchando até o trampolim, que ficava bem lá no alto. Não tinha avançado nem um metro antes de questionar por que diabos havia concordado em fazer algo tão disparatado e como eu poderia pular fora daquela.

Foi então que a Brenda saiu da água pra me seguir; as pontas de babados do maiô rosa dela pingavam sobre o concreto quente. "Vou pular também!", disse, com suas coxinhas fortes de menininha mais duras a cada passo.

"Não vou deixar vocês duas fazerem isso sem mim!", disse a Maureen, gritando. Ela até espantou um pato que vinha dando trabalho pra um salva-vidas. Nós três saltitamos até o lado fundo da piscina, serpentando por entre aglomerações de crianças. O sol estava quente, intensificando o cheiro do cloro, quando nos amontoamos na sombra da plataforma de cinco metros de altura, tremendo enquanto esperávamos nossa vez.

"Posso ir primeiro", Maureen sussurrou. "Pra mostrar pra vocês que é seguro. Pode ser, Heather?"

Concordei com a cabeça. Acho que já estava consciente de que nada me faria subir aquela escada.

Vimos a bunda da Maureen escalar na direção do céu, e aí, quando chegou a sua vez, ela correu e saltou da ponta dando um brado rebelde. E passou por nós, rápida como uma bala de canhão, com os olhos bem abertos e o protetor nasal no lugar. Brenda agarrou meu pulso, sem largar, até a Maureen ressurgir com um sorriso e um sinal de joinha.

"Posso ir agora, se você quiser", Brenda disse, olhando pra mim, com a boca frouxa, como se tivesse acabado de perceber o trato terrível que tinha feito.

A mesma cara que estampava agora.

Maureen, quem eram aqueles homens? Eles sabem que você pulou do trampolim pra que eu não precisasse pular?

"Você tá bem?", perguntei pra Brenda.

Ela confirmou, aérea, e se jogou ao meu lado, ainda que estivéssemos perto do vômito. Então apanhou uma folha de grama e a despedaçou.

"A gente vai entrar em apuros?", Junie perguntou. "Desculpa por ter aberto a porta."

"A gente não precisa se lembrar disso", Brenda disse, ignorando a Junie, com seus olhos tão profundos e desesperançados quanto as pedreiras. "Não tínhamos que ter visto nada."

"Qual é...", Junie disse, choramingando. "Que é que tinha lá dentro?"

"Nada", Brenda disse, com os olhos ainda travados em mim. "Tava escuro demais pra enxergar."

Ela estendeu a mão. Eu a segurei. Estava trêmula e fria.

"Você jura...?", disse, com uma voz tão abrasiva quanto uma esmerilhadeira. "Vai jurar que tava escuro demais pra ver qualquer coisa...?"

No entanto, nem precisava de alguém me falando que não podia contar. Meu cérebro já estava removendo o que sobrara da memória. Descartei os pedaços nos quais procurava encontrar algum sentido, da história que teimava em se formar. *Deixa pra lá. Você não precisa se lembrar.*

Brenda confundiu meu silêncio com incerteza.

"A reputação dela...", disse. "Vai, jure que tava escuro demais..."

E aí estava. Não era apenas o horror do que tínhamos visto, mas o que custaria a Maureen se os outros descobrissem. Podia até ouvir o padre Adolph como se estivesse em pé diante de nós, sorrindo tristemente por ainda ter que dizer: *Uma boa reputação é mais valiosa que um perfume caro.*

Apertei a mão da Brenda, depois tossi, minha garganta estava dolorida por ter vomitado. "Juro", disse.

A memória voltou: Brenda, Maureen e eu na piscina, três mosqueteiras contra o mundo. Isso nunca aconteceria de novo. Naquele aperto de mão, um pedaço da Brenda se fechou pra mim e um pedaço meu se fechou pra ela, e nós viramos as costas pra Maureen.

Beth

Na primeira vez, Beth achou que enlouqueceria.

Na seguinte, ficou anestesiada.

Nas horas intermináveis desde que fora sequestrada, ela continuava voltando àquele lugar. Ao Vazio. Ao *Não Aqui*.

Já não era mais virgem. Mark tinha sido seu primeiro, tinha sido seu único. Fora ela quem rasgara a carteirinha de virgem dele também. Ele queria esperar até depois do casamento, no entanto Beth sabia que não haveria matrimônio algum no futuro deles. Quando o convenceu de que nunca se casaria — com ninguém —, o garoto, enfim, concordou em realizar o ato. A primeira vez foi atrapalhada, seca e dolorosa, porém, desde então, tinham compreendido o corpo um do outro. Agora, era uma das poucas coisas que gostava de fazer com namorado. Estava tentando arrumar coragem para abrir o jogo e terminar. Ele merecia isso.

Mas não dava pra pensar em Mark, não agora, ou seu cérebro se desataria e flutuaria para longe como um balão rosa cheio de nós. Tentou pensar na faculdade, em vez de pensar nisso. Ela era boa na escola e excepcional nos esportes; tinha recebido ofertas de bolsa de atletismo em diversas faculdades estaduais, inclusive em Berkeley. Seus pais diziam, no entanto, que seria um desserviço aos seus talentos concedidos por Deus escolher qualquer outra carreira que não fosse advocacia ou medicina.

Em outras palavras, qualquer trabalho que não viesse com prestígio e dinheiro.

Beth adorava crianças; amava suas carinhas emporcalhadas e suas risadinhas ridículas e a luz preciosa e perfeita que traziam a este mundo. Queria ser a professora delas, aquela pessoa com quem poderiam contar para qualquer situação, a pessoa que descobriria suas aptidões, fosse uma proficiência em leitura ou escuta ou a habilidade de desenhar perus em forma de mão com lápis de cera coloridos. Haveria algum chamado mais nobre que educar crianças?

Um som vindo do fundo da garganta surpreendeu o cômodo iluminado pelo lampião.

Beth percebeu que era ela mesma.

Ele tinha entrado no cômodo havia alguns segundos, estava parado em pé ao seu lado, tirando o cinto.

Ele parou quando ouviu aquele barulho. "Que foi?", perguntou.

Ela o encarou, olhou para o homem-que-ela-conhecia-que-era-um--estranho, esta pessoa que arriscara tudo no seu mundo para sequestrar outro ser humano e poder saciar seus desejos feito um macaco de zoológico, sempre que quisesse. Este fracassado havia tornado um ato biológico tão imperativo que se arriscava a ir pra cadeia apenas para sentir o mesmo alívio que conseguiria sentir com a própria mão.

Beth fez um barulho estranho de novo, porém desta vez era uma risadinha.

A risadinha virou uma gargalhada.

E, uma vez desencadeada, não conseguia parar. O homem podia matá-la por isso, ela sabia bem, mas quem diabos se importava? Ele a prendera num calabouço. Não havia mais regras a seguir.

"Que foi?", seu algoz repetiu a pergunta, com a cara agora se fechando.

Olhando para ele, ela percebeu que ele poderia escolher a mulher que quisesse, pelo menos em Saint Cloud. Pensar nisso a fez rir ainda mais alto; era um cacarejo estridente misturado com pranto. Será que ele pelo menos sabia o que era sentir amor de verdade, um *amor generoso*? Será que ninguém tinha lhe falado que o ato animal embaraçoso era a porta de entrada, não o destino, que a parte divertida, a magia, *o ponto todo em si* era baixar completamente a guarda com outra pessoa? Que era a conexão e a vulnerabilidade que elevavam o que era essencialmente um espirro e o estendia a algo pelo qual se valia a pena lutar guerras? Ele roubara uma Maserati para meter a mão em seu chaveiro. Era um idiota de nível olímpico. O Rei dos Babacas.

Ela riu-chorou ainda mais alto.

"Puta estúpida", ele murmurou com raiva, enfiando o cinto de volta no lugar. A iluminação transformou seus olhos em cavidades vazias, porém eram as mãos trêmulas que contavam a história toda.

"Você não vai ficar rindo da próxima vez", disse, com sua voz grossa. "Pode acreditar."

Então marchou para fora do cômodo.

Ela ouviu o som de fechaduras arranhando e se fechando.

E começou a planejar.

Ela não voltaria ao Vazio.

Não agora que havia lembrado quem era.

Capítulo 11

Acordei triste e com dor de cabeça. Só depois de alguns instantes de desorientação é que lembrei do motivo. Não queria pensar em Maureen e no que ela vinha fazendo. Não era problema meu. Se quisesse me contar a respeito, contaria. Caso contrário, eu e Brenda tínhamos feito a escolha correta: tirar isso de nossa cabeça.

O problema era que aquela cena voltava a minha mente implorando atenção. De tal modo era a coisa que, em vez sair da cama, arranquei meu caderno de debaixo do colchão. Ele já havia me distraído de coisas ainda piores do a que testemunhei na noite passada. Costumava usá-lo como um diário tradicional, registrando meus sonhos, contando por que estava grilada e anotando quem achava uma gracinha. Também escrevia músicas nele, palavras pra acompanhar as batidas que continuavam a pipocar na minha cabeça. Entretanto, agora, não estava com vontade de fazer nada disso, pois não conseguia conjurar um pingo de força criativa, então, o enfiei de volta no esconderijo e fui para o andar de baixo.

Não tinha ouvido meu pai chegar em casa na noite anterior. Tentei ouvir os sons que ele fazia pela manhã. Nada. Já devia ter saído pro trabalho. A porta do banheiro estava parcialmente aberta. Via de regra, bateria pra me certificar de que estava vazio, mas, devido ao meu mau humor, entrei com tudo.

Junie estava inclinada na direção do espelho. Ela pulou pra trás.

"Para de xeretar!", gritou.

"Desculpa. Achei que não tinha ninguém aqui." Olhei ao redor, minhas sobrancelhas se contraíram. "O que você tava fazendo?"

"Praticando meu sorriso", disse, taciturna. E então sorriu.

Era um belo sorriso. Quando crescesse pra emoldurar aqueles dentes, seria a garota mais bonita de Pantown, com seu cabelo castanho-avermelhado ondulado, olhos verdes e a pele cor de creme. Inquieta por causa de ontem à noite, quebrada depois de uma noite de sono de bosta, minha reação instintiva foi sorrir de volta. "Não esqueça de levar o almoço pra mãe, tá? Eu trabalho até as duas."

Por reflexo, puxei o cabelo pra frente pra tampar aquele lado da minha cabeça enquanto pedalava pelo estacionamento do Zayre Shoppers City. Não era preciso fazer isso. Meu cotoco de carne derretida já estava escondido, os quadrafones assentados de modo aconchegante no topo de minha cabeça tocando a escolha do mês, *Presence*, do Led Zeppelin. Passei a usar fones logo depois do acidente, após cicatrizar o suficiente pra não doer, a fim de esconder minha deformidade. Em retrospecto, vejo que essa foi oficialmente a coisa mais boba que podia ter feito, já que atraía atenção pra eu usar aqueles fonões de ouvido sem estarem conectados a nada. Agora, havia me tornado esperta o suficiente pra carregar um gravador de fitas.

Graças ao Clube de Discos e Fitas Columbia, minha vida inteira tinha uma trilha sonora.

"Nobody's Fault But Mine" começou a soar pelos meus fones. Era minha música favorita da fita. Uma pena que eu já estava quase na entrada de funcionários do Zayre. Teria que ouvir o resto depois.

Tinha começado a trabalhar no Zayre uma semana depois que terminaram as aulas. Meu pai insistiu para que eu arrumasse um emprego. Dizia que uma mulher precisava ser capaz de cuidar de si neste mundo, e não queria que eu dependesse de ninguém, nunca. Daí, cobrou um favor pra me arranjar a vaga. Ficava no balcão da delicatéssen, com Claude e Ricky e algumas mulheres mais velhas. A gente servia refrigerante com gelo e sanduíches com adicional de fritas e uma fatia de picles com cor de sapo.

Nossos fregueses eram os clientes do shopping que estavam fazendo uma pausa. Precisavam disso. O Zayre era mercado, loja de ferramentas, ponta de estoque de móveis, loja de roupas — diabo, tinha até uma barbearia lá dentro. Jamais comentei com meu pai que preferiria trabalhar no setor de roupas, dobrando saias de seda bonitas e endireitando as mais novas calças jeans boca de sino, ou no balcão da joalheria, organizando as pedras de esmeralda, rubi e safira.

Em vez disso, me mostrei agradecida por ter conseguido o trabalho na delicatéssen.

Não era de todo ruim. Na verdade, foi bem empolgante no começo. Gostava de ser responsável pelo caixa. Me agradava deixar os clientes felizes. Alimentá-los me proporcionava um bom sentimento. Brincara tanto de caixa de loja quando menina... caixa de loja e professora e atriz e dona de casa, que parecia o meu destino de fato fazer aquilo na vida real.

Trabalhar com o Claude na maioria dos turnos não me incomodava. Às vezes, a gente se lembrava da época em que éramos crianças e que colocávamos a língua pra fora pra dizer "Zayre Shoppers City", e então quase mijávamos na calça de dar risada quando "city" soava como um palavrão. Agora, nós trabalhávamos lá. Claude ficava na frente comigo, onde enchia os copos de refri, e ficava de olho no Ricky pra ver se ele preparava os pedidos certos. Não havia um grande leque de opções. *Club sandwiches*, cachorros-quentes, hambúrgueres e um queijo quente que era Velveeta fatiado no pão branco. Três tipos de fritas mais aquela fatia de picles. Ketchup, mostarda e *relish*, dos quais os próprios clientes se serviam. Apesar do menu limitado, ficávamos ocupados. O Zayre era o lugar pra se visitar desse lado da cidade. Algumas pessoas o usavam pra interagir socialmente.

Encostei minha bicicleta contra uma placa de sinalização nos fundos da delicatéssen e passei o cadeado nela. Faltava só mais um minuto pra acabar a música, mais ou menos, no entanto não pretendia bater o ponto atrasada, de tal modo que apertei o *pause* no John Bonham e deslizei os quadrafones pro pescoço. O ar estava tão desconfortável e viscoso quanto o abraço de um estranho.

"Ei, Cabeça."

Dei um pulo. Ricky estava em pé entre a lixeira e o prédio, prestes a acender um cigarro.

"Oi", disse, com o coração disparado.

Ricky era o único cara que me chamava de Cabeça. Não era um apelido carinhoso, porém não era tão maldoso quanto soava, também. Isso era pronunciado com um tom de voz normal, e, de qualquer forma, era melhor do que fingir que ainda possuía minhas duas orelhas. Ele apareceu com essa logo depois do acidente, quando eu ainda estava toda enfaixada. Meus pais não me deixavam sair de casa. Acho que não queriam que as pessoas vissem como estava ferrada, mas agiam como se aquilo fosse pro meu próprio bem. Ricky era o único que aparecia com regularidade.

Foi antes de ele ter aquela febre, quando sua idade não devia passar dos 8 anos. Levava consigo a velha gata ranzinza da sua casa. Sra. Brownie, era como a chamava. Ela rosnava pra todo mundo, menos pra mim e pra ele — que sabia o prazer que me proporcionava acariciar o pelo sedoso da gata. Embora tolerasse a mim e ao Ricky, ela odiava que a segurassem, e mais ainda que a segurassem e andassem, de modo que os braços do meu visitante estavam cheios de arranhões sangrentos quando chegava na minha casa. Depois de colocá-la na cama perto de mim, Ricky se jogava na cadeira, reclamando das irmãs e dos irmãos e da mãe e do pai, falando até atingir um ponto que apenas o próprio falante conseguia compreender o que era dito, e nessa hora catava uma furiosa sra. Brownie e desaparecia até o dia seguinte.

Suas visitas me impediam de sentir autocomiseração, digo, Ricky aparecendo com sua velha gata malhada, nunca me perguntando sobre o acidente, fingindo que estava tudo normal, exceto o fato de me chamar de Cabeça, em vez de Heather. Ele parou de me visitar quando deixei de precisar das faixas. Nós nunca conversamos acerca dessas visitas e, desde então, agimos como se nunca tivessem acontecido.

Meu coração inflava ao pensar nelas.

Estava prestes a lhe perguntar se ele se lembrava disso quando soltou uma baforada do cigarro. "Você tá com uma cara horrível", disse, me olhando de soslaio.

"Obrigada, Ricky", disse, revirando os olhos, me lembrando do motivo de nunca ter trazido aquilo à tona. Eu o mandei pastar naquele dia que já estava sufocante e entrei no ar fresco da sala de descanso.

Claude estava puxando uma caixa de canudos da prateleira e me esboçou um sorriso seco. É claro que havia notado algo de estranho no ar na noite anterior. Nós nos conhecíamos a vida toda. Mas ele não forçou a barra.

"Vai ser uma correria", disse, apontando para a frente da loja com a cabeça. "Já temos fila."

Bati o ponto. "Quem é que come cachorro-quente às dez da manhã?" Meu estômago deu um mortal quando lembrei da refeição que tinha vomitado na noite anterior e limpado do gramado com a mangueira antes de montar na bicicleta.

"Já tá fazendo 25 graus lá fora", ele disse. "As pessoas vão comer baldes de cachorro-quente só pra ficar no ar-condicionado."

"Você vai na minha festa amanhã?"

Ricky usava um chapéu de papel sobre a redinha de cabelo, eu e Claude também usávamos. Ele estava debruçado diante da máquina de refrigerante, enchendo seu copo plástico com um *suicídio*, um pouco de cada sabor. Essa era a primeira respirada que a gente dava em duas horas. Os clientes tinham circulado por lá num fluxo contínuo. Quando os homens chegavam ao balcão, me pegava observando seus pulsos, procurando um bracelete cor de cobre, embora tivesse me convencido a me esquecer disso na noite anterior, embora tivesse prometido a Brenda que o faria.

Também tinha falado que daria um pulo com ela na festa do Ricky. "Provavelmente", respondi.

Senti um palpitar de empolgação quando falei aquilo em voz alta, apesar de mim mesma. Se o chalé fosse onde Brenda disse que era, seria a minha primeira festa na pedreira. Isso era uma grande coisa pra uma garota de Pantown. Pular daquelas rochas de fortaleza enormes nas profundezas congelantes. Nenhum lugar que dava pé pra recuperar o fôlego, porque não havia fundo, só um buraco escancarado que podia muito bem se estender até o centro da terra. Um buraco que provavelmente escondia monstros aquáticos pré-históricos, criaturas serpenteantes de dentes afiados que precisavam das imensas profundezas para sobreviver, mas que, às vezes, apenas a cada par de anos ou algo assim, desenrolavam um tentáculo pra enrolar no seu tornozelo e te puxar pra baixo, pra baixo, lá pra baixo.

"Posso ir?", Claude perguntou, emergindo dos fundos com um pacote de guardanapos pra encher o dispensador de metal.

"Nada de machos solteiros", disse um homem se aproximando do balcão.

Cerrei os olhos para observar o cara. O sujeito parecia ter saído do set de um filme dos anos 1950. Seu cabelo era preto feito azeviche e penteado com brilhantina, as correias da jaqueta de couro retiniam, usava uma calça jeans gasta, dobrada nas bainhas. Como é que ele conseguia vestir tantas camadas de roupa nesse calor?

"Ei, Ed!", Ricky disse. Ele tomou um gole da sua bebida antes de acrescentar um pouco mais do suco de laranja. "Cabeça, já conhece o Eddy?"

Ergui a cabeça. Ali estava, enfim, o lendário Ed. O homem que Maureen descrevera como *sexy pra caramba*. Senti um calafrio na parte inferior da barriga. O cara era baixo, tinha dentes num tom de amarelo-fumante, e ainda assim *era* atraente, mas não dava pra dizer se por causa ou apesar do jeito estranho que se vestia, como se não tivesse medo de ser diferente. Esse tipo de confiança valia muito em Pantown. Será que era isso que Maureen via nele?

"Como vai, minha querida?", disse, me analisando. "Qual é o seu nome?"

Apesar de ter formulado a frase daquele jeito, como se estrelasse uma peça do Tennessee Williams, ele *soava* como alguém de Minnesota, do mesmo jeito que nós, feito suecos que tinham esquecido de descer do barco. Ainda assim, fiquei impressionada com o tom grave da sua voz, dado o seu corpo compacto.

"Heather."

Ele tocou a ponta dum chapéu imaginário. "Prazer em te conhecer, Heather."

"Ela é a baterista da banda que tava te falando", Ricky disse, trocando seu peso de um pé pro outro, meio nervoso. "Aquelas garotas pra quem você arranjou um espaço na feira, sabe?"

Percebi que Ricky não estava mais assumindo o crédito compartilhado por aquilo, não com o Ed bem na sua frente.

Ed, que não tirara os olhos de mim, sorriu lentamente e de uma forma deliciosa, como o ato de se espreguiçar pela manhã. "Tá bem, entendi", disse. "Você é amiga da Maureen."

Confirmei gesticulando a cabeça. Foi quando me perguntei onde aqueles dois haviam se conhecido, pois Ed era velho demais pra ficar andando com crianças do ensino médio, ainda mais um miolo mole como o Ricky. No entanto, era difícil manter essa questão em mente. Ed era empolgante, assustador e tão diferente... Seu cabelo preto com brilhantina e sua jaqueta de couro em contraste com os tons suaves e o tom pastel dos nativos de Pantown fazendo compras atrás dele me lembravam um elegante lince à solta num zoológico de animais domesticados.

"Maureen é uma gata atraente", Ed disse, alargando seu sorriso. "Você tem rc Cola aí atrás?"

"Com certeza", disse Ricky, puxando um copo de papel do dispensador.

"Você não pode servir comida", Claude disse, com os olhos esquadrinhando o recinto à procura do gerente. Ricky já tinha tomado duas advertências esse mês, uma por não vestir a redinha de cabelo e a outra por tirar muitas pausas pra fumar. Ele estava brincando com o perigo.

"*Você não pode servir comida*", Ricky disse, imitando Claude. E continuou enchendo o copo. "Que tal assim, *Claude*, você pode ir à festa se levar duas garotas."

Ed soltou uma vaia como se Ricky tivesse dito algo engraçado e se inclinou sobre o balcão pra dar um soco no ombro de Claude. "Que tipo de nome é esse... Cloudí?", perguntou. "Qual foi, você tem uma irmã chamada Jaci? Se for o caso, gostaria de conhecê-la, mas aposto que ela *já si* mandou."

Ed e Ricky racharam o bico depois disso, o que fez com que, na hora, qualquer feitiço que Ed tivesse jogado sobre mim se desfez. Lancei um olhar de desprezo a ele.

"Não queremos mesmo ir pra sua festa estúpida", Claude disse, esfregando o braço onde Ed o tinha socado.

Meus olhos despencaram, evitando os de Claude. Não queria mencionar que já havia prometido a Brenda que iria. Não era só a minha promessa, também. Durante a correria do almoço, enquanto meus dedos estavam ocupados, e minha mente ficou livre pra vagar, comecei a pensar se o que tinha visto na noite anterior significava que eu tinha ainda mais coisas para fazer do que imaginava.

Não queria fazer o que a Maureen estava fazendo, claro, mas devia estar fazendo *algo*, não devia? Foi aí que passou pela minha cabeça que ela podia estar sendo paga pelo que eu a vira fazer na noite passada. Isso explicaria como conseguiu arranjar dinheiro pra comprar o anel Black Hills, com aquelas uvas rechonchudas róseo-douradas envoltas pelas folhas verde-ouro recurvadas. Minha esperança era de que ela não estivesse sendo paga. Se eu ganhasse o sorteio da PCH,* lhe compraria todas as joias de ouro da Black Hills no mundo pra que ela nunca mais precisasse pagar boquete por grana de novo.

Ainda assim, não conseguia deixar de imaginar como seria. Meu estômago escoiceava de pensar nisso, mas... aqueles homens estavam esperando por ela. Eles estavam *esperando*. Numa fila. Focados demais na sua vez pra sequer notar a porta do porão se abrir e então fechar. Como é que aquilo a fazia se sentir? Poderosa? Bonita? Será que era o brilho labial Kissing Potion que lhe dava aquele controle sobre os homens? A prima da Maureen em Maple Grove dizia que os meninos não conseguiam resistir se você passasse aquilo. Transformava até os lábios mais sem graça em ímãs de garanhões. Eu comprara meu próprio tubo de Cherry Smash na mesma hora. Escondera-o do meu pai como se fosse drogas, porém a bola aplicadora tinha acidentalmente pulado pra fora, arruinando minha calça roxa de veludo cotelê preferida.

---

* A Publisher's Clearing House era uma empresa de marketing direto pelos correios que oferecia assinaturas de revistas e produtos, utilizando sorteios lucrativos como incentivo para os assinantes. [NT]

"Obrigado, bicho", Ed disse, pegando o refri que Ricky ofereceu. Ele puxou um frasco marrom de aspirinas Anacin do bolso interno do casaco, bateu até saírem três comprimidos, jogou-os na boca e começou a mastigá-los.

Me pegou o encarando. "Quer uma?", perguntou, me oferecendo o frasco, olhando pro meu peito em vez de olhar pra minha cara.

Boa sorte pra encontrar qualquer coisa aí.

"Peguei esse hábito na Geórgia quando tava servindo", continuou, intrépido. "Faz com que meus dentes não doam. Não há nada melhor pra mandar Anacin pra dentro do que uma boa e velha coca."

Como não estendi a mão, ele girou a tampa do frasco, deixou-o deslizar pro bolso do casaco e tomou um gole do refri. Olhei o seu pulso de relance, buscando o lampejo do bracelete de cobre que tinha visto naquele homem na noite anterior, com sua mão enlaçada nos cabelos da Maureen.

Mas os pulsos de Ed estavam sem nada.

Beth

Beth presumiu que teria uma chance de acertar o lampião nele.

O penico era leve demais; a garrafa de água, muito desajeitada.

Tinha que ser o lampião.

Ela tentaria acertar sua cabeça com força suficiente para que o cérebro vazasse. Além de ser uma corredora de longa distância, tinha passado o verão erguendo travessas cobertas de pratos pesados da lanchonete. Sabia que tinha força suficiente nos braços, só teria que pegá-lo de surpresa e acertá-lo antes que ele erguesse um braço para se defender.

Ficou agachada atrás da porta na escuridão infinita.

Quando a cãibra nas pernas começou, resolveu andar pelos cantos silenciosamente, mantendo-se atenta a qualquer som, qualquer coisa além do palmilhar suave dos próprios pés.

Seria uma sensação boa demais machucá-lo.

Cabeças sangravam. Sangravam muito. Ela se lembrava disso das aulas de saúde na escola.

Não ficaria por ali para ver. Arremessaria o lampião e então correria. Dispararia para fora daquela porta e pelo corredor sem se importar onde fosse parar. Continuaria correndo e correndo para sempre. A polícia precisaria viajar para o Canadá a fim de interrogá-la a respeito do caso desse cara e seus miolos sangrentos e gosmentos espalhados pelo piso do porão.

Talvez para o Polo Norte.

Capítulo 12

O ar estava denso com o cheiro de minidonuts e pipoca. As pessoas berravam e riam, suas conversas eram pontuadas com os sons da área de tendas e jogos — um sino ressoando quando a martelada de alguém fazia o disco subir até o topo do Martelo de Força, o delírio sibilante das máquinas de Skee-Ball, a voz cantada do funcionário da feira que cuidava do arremesso de argolas quando lembrava às pessoas que "é só acertar e ganhar" um gorila de pelúcia gigante.

A gente estava pronta pra tocar no palco principal.

As Garotas da Pedreira, em breve, ao vivo pra você.

Formar a banda tinha sido ideia minha. A bateria fora meu refúgio desde a segunda série. Antes disso, eu era uma criança apagada. Você conhece o tipo, invisível a não ser que a provoquem. Aí veio a ligação telefônica. Estava cavando na caixa de areia do quintal, enterrando tesouros que escavaria na sequência. Ao fundo se ouviu o toque do telefone específico da nossa casa, seguido pela voz abafada da minha mãe, e então a porta dos fundos se abriu. Minha mãe apareceu, com o aparelho aninhado no peito, um lenço no cabelo. Estava usando batom coral, ainda que não tivesse intenção nenhuma de sair de casa.

"Heather", me chamou. "O sr. Ruppke precisa de alguém pra tocar bateria na banda. Você quer tocar bateria?"

"Claro."

E foi isso.

Entrei na banda e depois na orquestra, até pendurei a caixa com correia pra tocar na equipe de fanfarra no verão. Ficava contente com qualquer tipo de música que me pedissem pra tocar até que topei com a Fanny no programa *American Bandstand* em 3 de agosto de 1974. Assistir àquelas quatro mulheres — quatro *mulheres* — tocarem rock and roll como se tivessem todo o direito de fazer aquilo, pirando e sorrindo ao longo de "I've Had It"? Bom, não tinha como voltar atrás. Fiquei desesperada pra ter uma banda, uma banda de verdade, toda minha.

Brenda tinha a voz, e Maureen, a garagem, e o resto se encaixou como chocolate e manteiga de amendoim. Os pais da Brenda doaram um rolo mofado de carpete felpudo verde-limão, e eu levei meus pôsteres, de Fanny e Runaways e Suzi Quatro, o suficiente pra pendurar um ao lado do outro em todas as paredes da garagem. Quando terminamos de arrumar nossos instrumentos e as lâmpadas de lava, e acendemos um incenso Nag Champa, o lugar havia se tornado um clube aconchegante. As Garotas da Pedreira era pra ser um nome temporário. Tão estúpido que era interessante, sabe? Mas a gente nunca chegou a mudar.

E aqui estávamos nós, As Garotas da Pedreira, prestes a fazer nossa primeira apresentação ao vivo.

Encarei uma multidão que tinha ido assistir ao Johnny Holm tocar e provavelmente pensava "que diabo essas três garotas estão fazendo no palco?". Meus joelhos estavam visivelmente trêmulos. *Batilda bate bate*. Maureen aninhou o baixo no peito e Brenda ergueu a guitarra, e eu estava sentada em frente à bateria do baterista do Johnny Holm pois não haveria tempo suficiente entre as apresentações pra desmontar a minha bateria e montar a dele. O batera tinha sido maneiro quando me mostrou como ajustar o assento, todo mundo foi bacana, e ainda assim estava tão aterrorizada que sentia como se o corpo de pele branca que me constituía tivesse sido galvanizado por algum tipo de carga elétrica. E se alguém me olhasse de cara feia, eu me despedaçaria por eletrólise num milhão de átomos e nunca mais conseguiria me reintegrar novamente.

Brenda estava testando os pedais, com seu cabelo escovado e brilhoso, suas orelhas cintilantes com os brincos de pavão que sua mãe havia lhe emprestado para a grande apresentação. Maureen parecia destemida perscrutando a multidão. Também usava brincos novos nessa noite, com bolas de ouro do tamanho de uvas balançando na ponta de correntinhas. Pareciam caros. Não tínhamos conseguido achá-la pra ensaiar mais cedo, então, só eu e Brenda ensaiamos na garagem, preocupadas, sem saber se nossa baixista apareceria à noite.

Mas é claro que ela foi. Pois estava ansiosa para que essas pessoas a amassem, o que fariam uma vez que nos ouvissem tocar. Depois do que vi na noite passada, a imaginei se mantendo distante hoje, talvez chorosa, contudo ela agia como sempre, casual e confiante, e estava vestida pra tomar o mundo de assalto. Usava calças pantalonas com cintura alta de veludo cotelê e minúsculas flores laranja e amarelas bordadas por toda a sua extensão. Tinha pareado a calça com uma blusa de camponesa branca com gola de cordão, larga o suficiente pra deixar o ombro nu à mostra. Escovara o cabelo como a Farrah Fawcett, e as luzes do palco deixavam suas mechas verdes chocantes.

Maureen era uma estrela do rock. Brenda também, com sua camiseta laranja vibrante, calça jeans H.A.S.H. com a estrela na bunda e sandálias plataforma de couro e madeira da Candie's. Ela apareceu com anéis do humor pra cada uma de nós, nos presenteando de um modo solene.

"Pra dar sorte", ela disse. "Mirem no azul-escuro. Significa que tá tudo bem com o mundo."

Coloquei o meu no dedo. Ficou imediatamente dum amarelo doentio.

"Espera um minuto", Maureen disse, rindo e me dando um soquinho antes que Brenda nos puxasse pra um abraço.

Nos soltamos uma da outra, fomos pros instrumentos, ficamos à espera do sinal pra tocar.

Eu encarava a multidão, ainda sentindo o calor da Brenda e da Maureen no peito. Apesar do medo, podia sentir o pulso do momento. Com o crepúsculo amortecendo o horizonte, as luzes cintilantes da área de tendas e jogos faziam aquilo parecer Las Vegas. Essas pessoas podiam não ter vindo pra nos ver, mas nós lhe daríamos um show.

Uma batida forte no palco me chamou a atenção. Percebi que estava encarando a roda-gigante lá em cima, com a boca aberta e seca. Fechei-a rápido e olhei pro Jerome Nillson de uniforme completo. Maureen, Brenda e eu tínhamos visto *Agarra-me se Puderes* no Cinema 70 no começo do verão, e quando saímos do cinema, no final, Maureen jurou que se Jackie Gleason e Burt Reynolds fossem jogados juntos num liquidificador, o que você despejaria se pareceria exatamente com o xerife Nillson.

Brenda e eu tínhamos rido muito daquilo, principalmente porque era verdade.

Meu pai estava ao lado do xerife Nillson, dando um sorrisão pra mim como se eu estivesse prestes a descobrir a cura do câncer. O agente do Departamento de Apreensão Criminal, o cara que parecia irlandês, estava atrás deles, com sua expressão inflexível.

"Estamos tão contentes que vocês vão tocar", o xerife Nillson falou alto, recolhendo a mão do palco. "Garotas locais. Coisa boa. Vocês são motivo de orgulho pra Pantown."

"Obrigada, senhor", eu disse, embora duvidasse que ele conseguisse me ouvir por sobre o barulho da feira.

"No entanto", ele continuou, olhando pra Maureen e pra Brenda e então pra fila de funcionários da feira com olhos de gavião em seus estandes, "no futuro, talvez não queiram usar tanta maquiagem. Vocês não vão querer atrair o tipo errado de atenção."

Os ombros da Maureen se retesaram. "Por que você não pede pra eles pararem de olhar em vez de pedir pra gente parar de brilhar?", ela disse.

A boca do agente do departamento se contraiu como se quisesse sorrir. Gulliver Ryan, esse era o seu nome. O fato de ainda estar na cidade não podia ser bom sinal.

O xerife ergueu as mãos como se quisesse aplacar a Maureen, com um sorriso apaziguador. "Calma lá, os homens são assim mesmo. Por baixo das palavras e das roupas bonitas, somos animais. É bom se acostumarem logo com isso."

O pandeiro da Junie retiniu, cortando a estranheza daquele momento. Ela se manteve escondida atrás de uma caixa de som; seus sapatos de salto plataforma eram quase tão altos quanto os da Brenda. Seu short curto cor de cereja e o top da Mary Ann combinando, tão vermelho quanto sangue, revelavam mais do que cobriam.*

---

*   Mary Ann Summers era uma personagem interpretada por Dawn Wells na sitcom da CBS *Gilligan's Island* (Ilha dos Birutas) de 1964 a 1967. [NT]

Achei uma gracinha o modo como estava tentando parecer adulta. Pelo menos até o momento no qual me falou que eu parecia uma vovó logo antes subirmos no palco, quando era tarde demais pra fazer algo a respeito. Eu vestia uma camiseta folgada, calça *palazzo* franzida e meu tamanco malandrinho favorito da Dr. Scholl's. Dado o que o xerife Nillson tinha acabado de falar sobre a gente não querer atrair o tipo errado de atenção, o comentário dela tornou-se engraçado — irônico, não ha-ha —, porque, a certa altura, cheguei a sugerir que trocássemos o nome da banda para As Vovós da Pedreira. Podíamos repartir o cabelo no meio, usar óculos redondos e vestidos retos, e não teríamos que nos preocupar quase nada com a nossa aparência, apenas com a música. Brenda e Maureen tinham vetado essa ideia tão rápido que quase fizeram o tempo recuar.

"Estou muito orgulhoso de vocês, meninas", meu pai disse, ecoando o xerife Nillson.

Brenda, que tinha desviado o olhar do xerife, sorriu educadamente pro meu pai. Maureen estava encarando a multidão. Quem ela estava esperando? Dei uma pisadinha no pedal do bumbo, um *tum* suave que só daria pra ouvir em cima do palco. Era grosseiro da parte dela ignorar meu pai.

Ela voltou o olhar. Pude vê-la de perfil, piscando como se estivesse acordando de um cochilo. E abriu um sorriso. "Obrigada", disse na direção geral do meu pai e do xerife Nillson antes de se voltar pra mexer nos botões do amplificador.

"Vocês não ligariam se eu subisse no palco e apresentasse vocês, ligariam?", o xerife perguntou, dirigindo a pergunta pra mim.

Aturdida, relanceei na direção da Brenda. Ela parecia estar meio enjoada, do nada. Aquilo realmente estava pra acontecer. "Todo mundo pronto?", ela perguntou.

Maureen confirmou com o rosto cintilante. Junie tremia tanto que o pandeiro que segurava se tocava sozinho. Ver como ela estava com medo me deu um arroubo de confiança.

"Tá pronta, Joaninha?", gritei, piscando pra ela.

Ela fez que sim, mas não abriu a boca. Suspeitei que ouviria seus dentes batendo, caso a abrisse.

"Tamos prontas", falei pra Brenda, lançando um sorriso reconfortante junto.

Brenda sorriu ferozmente pro xerife Nillson. "Pode nos apresentar."

Ele pulou pra cima do palco.

Capítulo 13

"Isso foi insano", Claude celebrava. "O som de vocês nunca soou tão bom."

Concordei, ainda atordoada. Ele tava certo. A gente tinha começado dum jeito meio atrapalhado, como se estivéssemos tocando três músicas diferentes. Algum sujeito vaiou. Porém, na segunda canção, pessoas que nem estavam lá pela música saíram da área de tendas e jogos e começaram a afluir na direção do palco, carregando os bichos de pelúcia que tinham ganhado, mordiscando algodão-doce grudento.

Na nossa terceira música, já estavam dançando.

Dançando.

Pessoas que nem eram nossas parentes.

Foi quando a Maureen gritou *Valhalla!* e compartilhamos um sorriso secreto exultante por sobre nossos instrumentos, pois estávamos *lá dentro*, completamente mergulhadas na música e juntas contra o mundo, voando e despencando, fazendo magia.

Eu podia ter tocado a noite toda, no entanto o negócio acabou logo depois de ter começado.

O xerife Nillson pulou de volta no palco, agarrou o braço da Maureen, sussurrou algo em seu ouvido e, então, bufou no microfone.

"Vamos dar uma salva de palmas para As Garotas da Pedreira, aqui da nossa Pantown!"

Os aplausos pareciam ter sido injetados direto nas minhas veias.

Os *roadies* do Johnny Holm começaram a correr pelo palco, ajustando e arrastando as coisas, nos cumprimentando com as mãos lá em cima antes de guardarem os instrumentos da Maureen e da Brenda num canto pra que a gente pudesse curtir a feira. Estávamos flutuando nas nuvens nos bastidores. Claude, Ed, Ricky e Ant nos esperavam. Maureen correu direto pros braços do Ed. Nem isso conseguiu me derrubar. Eu estava voando alto demais.

"Que que você achou, Ed?", Maureen perguntou. "Gostou do meu som?"

"Claro", Ed disse, com seus lábios repuxados dum jeito que o deixavam descolado, ou pelo menos era isso que o sujeito pensava, eu certa disso. Ele estava com uma aparência super Fonzie agora, de camiseta branca e calça jeans, o cabelo preto com brilhantina refletindo as luzes do estádio.* Suas botas tinham uns saltos que deviam acrescentar uns quatro centímetros à sua altura.

"Acho que ainda não conheci essa aqui", disse, girando a Maureen pra poder dar uma boa olhada na Junie, que estava corada e suada da apresentação. "Qual é o seu nome, lindinha?"

"Junie", ela guinchou, arrumando seu top cor de cereja.

Ed esmagou sua lata de refri e jogou pro lado antes de arrancar um maço de Camels do interior da jaqueta de couro apoiada no ombro. Bateu um cigarro pra fora do jeitinho que fazem nos filmes. Segurou-o nos dentes enquanto acendia. Tava fazendo um showzinho pra gente, isso era óbvio, mas por que tava todo mundo assistindo?

Com o cigarro aceso, deu uma tragada funda e então soltou a fumaça. Piscou pra Junie através da névoa. "Você é igualzinha à minha primeira namorada, sabia disso?"

Junie sorriu.

"Ela partiu a droga do meu coração", ele disse. Sua boca se crispou como se tivesse mordido um amendoim estragado. "Mulheres, né?"

Junie continuou sorrindo, porém seu rosto perdeu o brilho, e sua boca assumiu contornos estranhos. Ela não tinha traquejo pra manter esse tipo de conversa. Eu também não, e uma ova que o deixaria fazer minha irmã se sentir mal assim.

---

* Personagem interpretado por Henry Winkler na sitcom da ABC *Happy Days* (entre 1974 e 1984). [NT]

Mas Ed virou-se pra Maureen antes que eu pudesse pensar numa réplica. "Que tal a gente se misturar na multidão pra eu poder te exibir?", ele perguntou.

Aquela era a coisa certa pra dizer a Maureen.

"E quanto à minha festa?", Ricky se queixou.

"Só vai começar quando a gente chegar lá", Ed disse. Apesar da rispidez, ainda assim, percebia o que a Maureen vira nele, sua incisividade aveludada. Mas será que ela não conseguia sacar o que eu sacava, que aquele cara exibia uns cinquenta sinais gritantes de perigo?

"Garotas!"

Virei na direção da voz familiar. O padre Adolph Theisen, da Igreja de Saint Patrick, vinha andando na nossa direção. Nunca o tinha visto sem o colarinho clerical, e essa noite não era exceção.

Ricky travou. Ant derreteu atrás dele, claramente na ânsia de desaparecer. Ed fuzilou o padre Adolph com o olhar, como se o estivesse desafiando a falar com ele.

Se o padre Adolph percebeu qualquer uma dessas coisas, não transpareceu. "Que maravilha ouvir aquela música vindo de quatro das minhas paroquianas preferidas. Posso contar com vocês voltando ao coro pra compartilhar um pouco dessa beleza com os filhos de Deus?"

Ele estava fitando a Brenda, a única de nós que sabia um canto paroquial inteiro — o que o padre sabia muito bem —, seus olhos piscavam.

Brenda balançou afirmativamente a cabeça, mas não respondeu de nenhuma outra forma. Ela tinha saído do coro no ano passado, pouco depois de, junto com Maureen, voltar de um retiro de verão do padre Adolph. As pessoas ficavam alojadas num chalé na mata nos arredores de Saint Cloud, na ponta da cidade próxima à pedreira. Meu pai e o xerife Nillson ajudavam o padre Adolph a organizá-los como uma de suas iniciativas comunitárias. Corria o boato de que o chalé tinha uma sauna e que lá você podia comer pizza a semana toda, mas nem Maureen nem Brenda quiseram falar muito a respeito disso quando voltaram.

"Excelente", ele disse pra Brenda, antes de se voltar pro Ricky. "E eu verei você na igreja neste domingo?"

"Sim, padre", Ricky disse. Não importava o quanto você era durão perto dos amigos; quando o padre lhe fazia uma pergunta, você respondia.

"Que bom", o padre Adolph disse. Como era novo pra um padre, não muito mais velho do que nossos pais, e tinha todos os dentes e cabelos, cada uma de nós, meninas, tivéramos uma quedinha por ele num momento ou outro. "E quanto a você, Anton? Sabe que consigo vê-lo aí atrás, né?"

Claude e eu reprimimos uns risinhos.

"Sim, senhor", Ant disse, permanecendo atrás do Ricky.

"Maravilha", o padre Adolph disse. "Se me dão licença, as amêndoas assadas com canela que farejei mais cedo estão me chamando. Espero que aproveitem a noite."

Ed esperou até que o padre Adolph desaparecesse atrás do palco antes de cuspir ruidosamente. "Padres nojentos, malditos. Não dá pra confiar em nenhum deles."

Foi necessário todo o meu autocontrole pra não surtar.

Um chiado de guitarra indicou que a Johnny Holm Band tava pra começar.

"Vamos embora dessa joça", Ed disse. "Pra mim deu de feira."

Brenda olhou na minha direção. Ambas amávamos a Cadeira Maluca, e andávamos nela toda vez que tinha feira. Neste ano, a gente tinha ganhado um rolo de ingressos grátis como pagamento pelo show.

"A gente encontra vocês lá no chalé", Brenda disse pro Ed. "Me dá o endereço."

Ricky e Ed trocaram um olhar de desaprovação, como um rosnado, ou como que considerando a fala arrogante.

"Temos que dirigir até lá juntos", Ricky disse por fim.

Brenda deu de ombros. "Então, vocês terão que esperar. Eu, Maureen e Heather acabamos de fazer a apresentação das nossas vidas. Merecemos andar em alguns brinquedos."

Houve um pouco mais de negociação, com Claude concordando em deixar nossos instrumentos no carro dos pais da Brenda (eles tinham assistido ao show inteiro de longe), Ricky, Ed e Ant saindo pra comprar um pouco de erva de um dos funcionários da feira e Brenda garantindo que Junie voltasse sã e salva com o meu pai.

Foi assim que me vi sozinha com a Maureen por um período curtíssimo, nós duas próximas no meio daquele calor da multidão, tão próximas que consegui o controle da situação e pude ver o que ela estava tentando esconder a noite toda com sorrisos largos e sombra brilhante e o traçado escuro do delineador: seu semblante estava atormentado, deixando transparecer alguns sinais — memórias — pulsando atrás da pele macia. Eu a puxei pros meus braços.

"Você tá bem, Mo?", disse bem pertinho do cabelo dela. Ela estava tremendo.

"Eu sempre procurei por algo", ela sussurrou.

Não sabia se a tinha ouvido direito. Me afastei, olhei pro seu rosto despojado e bonito.

"Você também entende isso", ela disse, tentando sorrir e falhando, com uma voz tão fina quanto uma teia de aranha. "Eu tento de tudo. Comida. Cigarros. Pílulas. *Tudo.* Porém nunca me sinto plena. Nem mesmo o show de hoje à noite conseguiu. Isso me cansa tanto, Heather."

Eu não fazia ideia do que ela estava falando. Puxei-a de volta pro abraço.

Essa última conversa me assombraria pra sempre.

Beth

Beth sabia que precisava continuar acordada. Se dormisse, ele poderia entrar de fininho e pegá-la quando estivesse vulnerável. Não permitiria que isso acontecesse duas vezes. No entanto estava andando de um lado pro outro havia horas, o metal quente do cabo do lampião já estava penetrando na palma da sua mão.

Sua melhor estimativa era a de que estava presa naquele cômodo havia quatro dias.

Neste período, ele tinha lhe trazido apenas a metade de uma fatia de pão e um pote quase vazio de manteiga de amendoim. Ela deixou aquilo de lado o máximo que conseguiu, porém estava com fome e cansada de cheirar suas próprias excreções, seus pés doíam de caminhar, caminhar, sempre caminhar na jaula quadrada. Vinha fazendo flexões, também, e agachamentos e *burpees*, tudo que podia para manter seu corpo forte.

Contudo a fadiga a importunava.

Colocou o lampião no chão batido. Descansaria os olhos só por um instante. Ficaria tudo bem. Não se deitaria completamente. Só se apoiaria contra a parede fria, inclinaria a cabeça para trás e daria uma relaxada. No momento em que ouvisse os passos dele, daria um pulo, com o lampião na mão, golpeando sua cabeça medonha, esmagando-a como uma abóbora.

Pôu. Créc.

Ela se encolheu toda no canto.

A exaustão jogou sua manta sobre ela.

Antes que se tocasse disso, sonhava com uma abóbora que desaparecia sob o pneu de um carro quando, de repente, percebeu que ele estava sobre ela, com uma das mãos em sua boca, a outra na garganta. Sentiu que estava emergindo de uma piscina de cola, seus membros quase não reagiam, tudo numa escuridão de pesadelo. Estava tão desorientada que levou um tempo para identificar o novo cheiro, tão forte que cobriu o odor avinagrado da sua urina e de dias de suor de medo. O cheiro novo era gordurento. Espesso. Doce.

Inconfundível.

Comida de verdade.

Capítulo 14

Eu já tinha visitado a Pedreira do Morto durante o dia. Ficava a uns cinco quilômetros de Pantown se você andasse em linha reta. Quando Brenda, Maureen e eu estávamos velhas *o bastante*, pedalamos até lá com a ideia de nadar. Na verdade, era uma desculpa pra olharmos e sermos olhadas. Não cheguei a entrar na água. A altura das rochas e a profundidade da água me aterrorizavam. Além disso, uma história contada ao redor da fogueira sobre as pedreiras — às vezes, era a do Morto, às vezes, uma diferente, dependia de onde você tinha nadado recentemente — afirmava que eram assombradas pelo cadáver inchado de um cara que se afogara nas profundezas de suas águas. Uma vez por ano, enganava um nadador fazendo-o acreditar que nadando em direção ao fundo ele alcançaria a superfície. Eles pulavam dando risadas e fazendo sinais de paz e amor. Assim que afundavam abaixo da superfície, no entanto, eram virados. Davam braçadas na direção do fundo insondável, achando que estavam prestes a emergir na superfície, com o fôlego cada vez mais curto, seus chutes iam se tornando mais frenéticos conforme a água ficava mais gelada, a luz doce do sol passava a ser uma promessa evanescente.

Quando se tocavam do que estava acontecendo, era tarde demais.

Eu sabia que aquilo era apenas uma história. Também sabia, no entanto, que nunca nadaria nas pedreiras.

Brenda também não entrava na água, no entanto fazia isso pois não desejava desmanchar o penteado. Nós duas nos jogávamos sobre uma toalha, perto da água, porém não tão perto, e nos lambuzávamos com óleo para bebês misturado com iodo, borrifando clareador Sun-In com fragrância de limão nos cabelos e nos ajeitando pra um dia de bronzeamento.

Maureen era o oposto. Era apenas o tempo de arrancar a camiseta e o short antes de correr até o penhasco mais alto com seu biquíni verde. E começava a andar sobre aquela parede de pedra carcomida que se elevava quinze metros acima da água, com seus rochedos imensos de granito espalhados atrás dela como blocos gigantes de brinquedo. A água lá embaixo era límpida, mas tão profunda que ficava escura; o ar, saturado com seu cheiro de sapo.

Quando Maureen terminava de percorrê-la, pisava no ar de forma despreocupada, com os olhos abertos e o protetor no nariz, exatamente como no dia em que conquistara o trampolim na Muni. Brenda e eu torcíamos; algumas vezes, outras crianças de Pantown apareciam e conversavam conosco, e, no fim do dia, pedalávamos pra casa, suadas e assadas, sentindo nossa pele retesada agradavelmente após um dia no sol.

Além dessas viagens diurnas à Pedreira do Morto, suspeitava que a Brenda e a Mo também tivessem ido em festas por lá. Pras quais elas não tinham me convidado. Era doído pensar nisso. Não queria ser a caretona do grupo, mas, quando me confessaram que fumavam maconha, qual foi a primeira coisa que eu fiz? Isso mesmo, fiz um sermão sobre os perigos. Tinha ouvido esse mesmo discurso do meu pai, e o repeti pras duas. Depois disso, passaram o zíper na boca e não falavam mais sobre fumar nem sobre os barris de *wapatuli* a partir do momento em que eu pisava no cômodo, ou, pior, começavam a sussurrar tampando a boca com a mão.

De modo que era uma coisa boa que eu estivesse, enfim, indo à minha primeira festa na pedreira.

Ed e Ant estavam sentados à minha esquerda; Ricky e Brenda, na minha frente, todos nós encarapitados em placas de granito ao redor das chamas bruxuleantes de uma fogueira; o calor e o movimento do fogo estavam me deixando enjoada. Contei mais de duas dúzias de outras pessoas rindo e bebendo; algumas, parte da molecada de Saint Cloud que eu conhecia de vista, e também estranhos que suspeitava que fossem funcionários da feira que Ed tinha convidado. Pensei ter visto a

Maureen, também. Como fui com Ant e Ed, suponha que ela devia ter ido no carro do Ricky, junto com a Brenda. Fiquei preocupada depois da coisa bizarra que ela dissera na feira, porém não conseguia localizá-la, ainda que fosse uma festinha pequena e as pessoas estivessem meio espalhadas.

Com certeza, não era uma festa lendária como as do Jerry Taft. Todas as crianças de Pantown tinham ouvido falar delas. Tinha esperança de ir a uma delas, entretanto Jerry partiu pro Exército antes que tivesse idade suficiente para comparecer numa de suas festas. Ele tinha voltado pra casa uma semana atrás, ou algo assim, sob circunstâncias estranhas. Não cheguei a cruzar com ele, e Brenda não queria falar a respeito; apenas confirmou que o irmão tinha, de fato, organizado uma festa enquanto estava na cidade.

Acho que foi uma daquelas em que ela foi sem mim.

Me abracei forte. As pedreiras pareciam antigas e sinistras à noite, um vento quente assobiava pelos pinheiros pescoçudos. Ed tinha dirigido comigo e Ant no carro até depois do estacionamento da Pedreira do Morto, por uma estrada de cascalho com uma entrada tão coberta de galhos que você passaria batido se não soubesse pra onde olhar. Acabamos chegando a essa pedreira menor rodeada por árvores oscilantes, pretas sob a luz do luar. A água me deixava inquieta. Parecia um olho de tempos imemoriais nos encarando, com sua pálpebra pesada e a parede de rocha que se erguia atrás do local onde os mineiros haviam empilhado a terra escavada. Nossa fogueira estava de frente pra pálpebra de rocha.

"Bad Moon Rising", do Creedence, tocava alto no carro do Ed, que estava com as portas bem abertas. Meus dedos batucavam o ritmo no meu joelho. Ed acendera o fogo e colocara a música quando chegamos; depois, desapareceu na mata antes de voltar com um saco de papel pardo. Ant, Ricky, Brenda e eu ficamos sentados por ali como um bando de bocós, esperando por ele. Ainda não conseguia entender exatamente o que é que tinha nele que nos atraía, que fazia parecer que tínhamos que conferir tudo com ele, ou esperar por ele, mas foi exatamente isso que começamos a fazer.

"Puta merda", Ed disse, acendendo um baseado que tinha acabado de bolar. "Nunca vou me cansar dessa música."

Não tinha como discutir isso, não que eu tenha aberto a boca pra falar alguma coisa.

Do outro lado do fogo, Ricky começou a se pendurar na Brenda, tratando ela de um modo diferente do que eu já tinha visto. E não gostei.

"Vamos lá", ficava dizendo alto demais, com sua boca bem na orelha dela, a mão pegando no seu pescoço. "*A Noite do Terror Rastejante* também não é um filme asqueroso! Não seja medrosinha."

Ela tentou escapar dele. "Para."

Ele agitou os dedos na frente do nariz. "Você vai ficar *ca* cara do verme!"

Reconheci a fala do filme, mas foi a voz dele, aguda e infantil, que me levou de volta praquela tarde fria de outono na qual não pensava havia anos. Eu devia ter 4 ou 5 anos, e Junie era só um bebê. Foi bem antes do meu acidente, então, minha mãe ainda era ela mesma algumas vezes. Aquele tinha sido um dos dias bons.

A sra. Schmidt não tá se sentindo bem, minha mãe dissera, *então, vamos levar um prato de assado pra ela.*

Ela tinha embrulhado a Junie no seu carrinho de bebê, colocado seu melhor casaco verde, que eu amava tanto, me ajudado a vestir minha própria parca, e lá fomos nós. Eu tava tão orgulhosa de poder empurrar a Junie enquanto minha mãe carregava a travessa de vidro... Havia folhas crocantes espalhadas pela calçada, finas como papel. A princípio, ninguém atendeu à porta nos Schmidt, mas aí, do nada, lá estava o Ricky, ainda vestido com seu pijama do Tom & Jerry, embora já estivéssemos mais perto do jantar que do café da manhã. Fiquei envergonhada por ele.

Olá, Heinrich, minha mãe disse. *A sua mãe está em casa?*

Ricky olhou por cima do ombro. *Ela não tá se sentindo bem.*

Entendo, minha mãe disse, contudo entrou na casa mesmo assim, como se não tivesse entendido nada. Acomodou o prato quente de carne moída com arroz na mesa mais próxima, tirou Junie de sua carruagem, colocou-a no chão e me disse pra tomar conta dela. Então, entrou no quarto dos Schmidt como se fosse a sua casa.

Ricky, Junie e eu ficamos nos encarando.

Quer ver os novos trens da minha coleção? Ricky enfim perguntou, com a sra. Brownie roçando seus tornozelos, os olhos cor de laranja dela não se despregavam de uma Junie choramingante. *Vieram com os melhores vagões que já vi no bairro*, garantiu, mas pronunciou *cos melhores* porque era assim que se falava na época.

Claro, eu disse.

Ajudei a Junie a ficar em pé e seguimos Ricky até o quarto que ele dividia com os irmãos. No caminho, tive um vislumbre da sra. Schmidt na cama, com um olho roxo e inchado; seu lábio estava com uma rachadura tão funda que o corte tinha ficado preto. Ela me viu a encarando e virou o rosto pro berço do lado da cama dela. Minha mãe se levantou pra fechar a porta, me lançando um olhar de advertência, com sua cara tão fechada quanto uma casa de botão.

A fogueira da pedreira estalou, me trazendo de volta ao presente. Engoli a saliva e desviei o olhar de Ricky e Brenda. Ant dava um pega no baseado que Ed havia lhe passado. Depois que o Ant fumou, me ofereceu. Ele parecia tão assustado quanto eu. Seria a primeira vez dele, também? Segurei o cigarro fininho entre meu dedão e o indicador e o coloquei perto da boca. Meus olhos se cruzaram com os da Brenda do outro lado do fogo. Ricky estava falando em seu ouvido como se escavasse ouro, mas ela me encarava; sua expressão era bem clara.

Você não precisa fazer isso.

Dei uma tragadinha e segurei a fumaça no fundo da boca. Não queria tossir e passar vergonha. Não queria ficar chapada, também. Só queria fazer parte. Tinha visto minha mãe fumar cem milhões de vezes. Dei uma bicada no baseado como ela dava num cigarro.

"É isso aí, garota", Ed disse, aprovando.

Sorri, me levantando pra levar o baseado até o Ricky. Ele se desvencilhou da Brenda e deu uma tragada. Voltei pra minha pedra, tentando identificar se minha cabeça estava turva ou se estava imaginando aquilo. Alguém soltou uma vaia de longe, e na sequência se ouviu um barulho de água.

"A gente devia nadar", Ant disse quando voltei a me sentar perto dele. Soava desesperado, porém, nos últimos tempos, ele sempre parecia assim.

Fiz um barulho evasivo.

"Sabia que tem um chalé no meio das árvores?", me perguntou.

Dei uma espiada na direção para a qual ele apontava, enxergando apenas a floresta fechada em sombras, e então olhei de volta em sua direção. Ant cortou seu cabelo preto igual ao do Ricky, curto na frente, longo atrás, e algo nele me lembrava um brinquedo que Junie ganhara da nossa avó em algum Natal passado. *Freddy Quatro.* Freddy era um retângulo de madeira de trinta de altura por cinco de largura. Possuía quatro lados, um homem diferente desenhado em cada lado, e cada um desses homens era dividido em três partes móveis: cabeça, torso e pernas. Quando você apertava o pino no topo da cabeça do Freddy, as três seções giravam, todas separadamente. Era muito difícil elas combinarem no final. Por isso, você acabava com algo como um homem careca com peito de menininho e pernas musculosas.

Ant vinha me lembrando aquele brinquedo nos últimos tempos, como uma tentativa de se tornar algo que nunca era concluído.

"O chalé é de um amigo de um amigo de um amigo meu", Ed disse, rindo de um jeito sombrio. "Ele me deixa usar quando tá fora da cidade."

Meteu a mão no casaco, retirou seu frasco de Anacin e jogou uns dois na boca, fazendo os músculos da mandíbula trabalharem.

Quando viu minha cara, ele piscou.

"Como é que você consegue mastigar essas pílulas?", deixei escapar. Tomei aspirina pra adultos apenas uma vez na vida, quando estávamos sem a do tipo mastigável. Meu pai me dissera pra mandar pra dentro rápido porque era amarga.

"Gosto do sabor", ele disse. "Faz eu me lembrar que tô vivo."

Ele tava bebendo cerveja Grain Belt em garrafinhas que o Ricky trouxera, chamando-as de "granadas de mão" e fazendo barulhos explosivos quando abria uma, porém parece que as cervejas não eram suficientes, porque ele catou o saco de papel pardo aos seus pés e puxou de lá uma garrafa de licor Southern Comfort. Desenroscou a tampa e deu um gole; então, inclinou-se pra frente e me ofereceu.

Peguei. O lado de fora estava grudento. Coloquei perto do nariz e cheirei. Tinha cheiro de diarreia de bebê.

108

"Experimenta", Ant disse. "O gosto é melhor que o cheiro."

Dei um golão. O gosto *não* era melhor que o cheiro. Daria pra dizer que um pato tinha cagado na minha boca, o gosto parecia mais isso. *Cospe*, pensei. No entanto, engoli.

"Que que tem de errado com a sua orelha?", Ed perguntou.

Abri meus olhos. Ele estava me encarando, um olhar intenso.

"Ela queimou num acidente", disse Ant. "Eu falei pra você."

"Sei quem é o seu pai", Ed disse, ignorando o Ant.

Estiquei a mão devolvendo a garrafa, mas ele balançou a cabeça.

"Aproveita e dá outro gole", disse, abrindo uma RC Cola. "Dá pra empurrar com isso aqui."

A bebida forte desceu bem mais suave quando seguida imediatamente pelo refri.

"Obrigada", disse, limpando a boca com o pulso antes de devolvê-las pra ele.

"Suponho que você queira dar no pé desta cidade assim que tiver idade pra isso", Ed comentou, enquanto pegava o Southern Comfort de volta.

Senti a minha pele ruborizada. "Quê?"

Ele sorriu, e parecia genuíno. "Dá pra ver que você é esperta. As quietinhas sempre são. E uma garota esperta daria o fora desse buraco de fim de mundo assim que pudesse."

Parei pra pensar naquilo. Sair de Pantown? Achava que sim, mas pra faculdade. Agora, não voltar? Todo mundo volta.

"Você é a favor da pena de morte?", Ed perguntou, ainda me encarando; seu sorriso foi sumindo.

De repente, deixei de gostar da atenção dele. "Claro, pras coisas muito ruins."

"Como o quê?"

Dei de ombros, passeei com a língua por dentro da boca. Estava seca, apesar de eu ter acabado de beber. Tinha a impressão de estar demorando mais pra piscar, também, como se o mensageiro entre meu cérebro e meus olhos estivesse pegando no sono.

"Assassinato", disse.

Ed torceu os lábios, num gesto feio. "Então, você é tão má quanto qualquer outro. O assassino sempre bola uma razão que faz sentido pra ele, porém matar um homem é matar um homem, seja um policial ou soldado ou algum mendigo de merda com uma faca. Fala isso pro seu papaizinho promotor, que tal?"

Anton riu de um jeito estúpido. "Papaizinho promotor", ele disse. "Pa-pro."

Fui subitamente tomada por uma ânsia estranha e selvagem de jogar Banco Imobiliário com a Junie e comer pipoca Jiffy Pop, ou talvez dançar. Quando éramos crianças, costumávamos dançar no nosso porão de madeiras ripadas ao som de "Twist and Shout", dos Beatles. Sempre usávamos saia pra que pudéssemos ver elas girarem. Queria estar girando com minha irmã agora, tonta e dando risadinhas, com minha mãe e meu pai nos protegendo.

O baseado apareceu na minha frente de novo. Fiz sinal pra passarem adiante.

"Sua amiga deu outro pega", Ed disse, indicando a Brenda. "Não seja uma mosca morta."

"Isso aí, Heather", disse Ant. "Não seja uma estraga-prazeres."

Dei outra tragada e, quando a garrafa passou de novo, tomei outro golão dela, também.

Começou a tocar Fleetwood Mac no rádio, porém não saberia dizer qual música. Os sons se tornaram anasalados, como se alguém estivesse tampando meus ouvidos.

Olhei fixamente através do fogo crepitante e vi a Brenda; o brilho da fogueira iluminava seu rosto em formato de coração. Meu amor por ela estava entalhado nos ossos. O baseado tinha parado nela, tinha parado na sua mão do mesmo modo como os cigarros da minha mãe às vezes ficavam na mão dela. Os olhos da Brenda estavam vidrados. Seria por causa da maconha, ou ela e Maureen e Ricky teriam tomado algo no caminho? Nós falamos a respeito de tomar ácido juntas, mas sempre parecia um futuro muito distante. Será que isso era mais uma coisa que ela tinha feito sem mim?

"Você tá bem?", perguntei, sentindo que minha boca era uma lagarta felpuda, uma imagem que fez meu estômago borbulhar. Uma risadinha

110

explodiu feito um arroto. Queria que a Maureen estivesse ali, sentada ao redor do fogo conosco. Olhei fixamente na direção da água, pra um grupo de três caras e uma garota. A garota parecia a Maureen. Por que ela não tinha se juntado a nós na fogueira?

"Cuida da tua vida", Ricky disse, chamando minha atenção de volta enquanto se enganchava no pescoço da Brenda de novo. "Melhor ainda, por que você e o Ant não dão o fora e cuidam um do outro?"

Ant estudava os próprios pés.

Haverá uma prova sobre eles mais tarde. Isso soou excepcionalmente engraçado, então, comecei a rir de novo, contudo não deve ter sido alto, porque aparentemente ninguém percebeu. Ed tava contando uma história de combate. Algo relacionado a bombardear e atirar. Se ele estava na casa dos vinte anos, como achara no começo, isso significava que talvez tivesse visto algum combate no Vietnã. Tentei fazer as contas, todavia os números colocavam chapeuzinhos na cabeça e dançavam. Mais risadinhas.

"A garota tá achando algo engraçado", Ed disse de muito longe. "Por que você não a leva pro chalé e mostra onde estão as piadas de verdade?"

Não sabia com quem ele tava falando, mas de repente algo prendeu meu braço perto do ombro. Fiquei chocada, surpresa, ao descobrir a mão do Ant ali, ao sentir que tentava me puxar pra ficar em pé, me forçando a ir na direção onde dissera ficar o chalé. Brenda tinha sumido, ficou um lugarzão vazio onde ela e o Ricky estavam. Pra onde teriam ido? Também não havia mais ninguém perto da água.

Ficamos só Ed, Ant e eu.

Meu coração batia feito um beija-flor enquanto Ant me guiava pela mata.

Capítulo 15

Quando o chalé se materializou no centro sombrio da floresta, senti um alívio e, depois, algo como uma empolgação. Nunca tinha planejado beijar Anton Dehnke, mas era isso que estava prestes a acontecer. Tinha certeza disso. Me sentia grata pela bebida e pela maconha. Não teria tido a coragem de ir em frente sem isso.

A porta do chalé estava destrancada.

Ant me puxou pra dentro e acendeu a luz. Ele ainda não tinha largado o meu pulso. Queria lhe dizer que não iria correr, que queria dar logo aquele primeiro beijo pra não ser mais o peixe fora d'água e que, portanto, o *timing* era impecável. No entanto, minha língua parecia seca e pegajosa demais pra falar.

Esperava que ele não achasse nojento me beijar.

Aquele era um chalé de caça, pelo estilo das decorações; galhadas emolduradas e peixes rígidos com olhos de granito nas quatro paredes. Ficamos no cômodo principal, uma combinação de cozinha e sala de jantar e estar, com uma geladeira e um fogão estreito próximos a uma pia de um lado e, no outro, um sofá com uma coberta xadrez vermelha de aparência rústica jogada por cima e uma mesa de cartas no meio. Um tapete marrom imundo cobria o centro do piso. O tapete parecia ser o responsável pelos cheiros azedos do chalé — em grande parte, xixi de rato e fumaça de cigarro entranhada e, sob aquelas duas fragrâncias, algo sórdido e com um toque de cogumelo.

O cômodo principal tinha duas portas além daquela pela qual tínhamos entrado, uma que se abria pra um banheiro e outra que estava fechada. O quarto.

Ant me puxou até lá.

Tropecei no tapete carcomido de traças, meus joelhos rasparam no chão e senti uma dor lancinante.

"Do que é feito esse tapete?", perguntei, tentando alisar a parte que me fizera tropeçar. Parecia que aquilo estivera vivo em algum momento; era seboso e triste.

"Quem se importa?", Ant perguntou, sua voz oscilava enquanto me erguia. Seus olhos azuis estavam superbrilhantes, seu cenho franzido, igual ao do Popeye, estava exagerado, o olho direito agora parecia duas vezes maior que o esquerdo. Foquei sua boca, os lábios rechonchudos que pareciam macios, seus dentes brancos e alinhados. Era uma boa boca para o primeiro beijo.

"Você é muito bonita", ele disse.

Eu ri.

Suas sobrancelhas se juntaram. "Papo firme."

Isso me fez rir mais alto.

Ele largou minha mão. "Ninguém gosta dos caras legais", reclamou. "As meninas sempre querem os caras malvados, como o Ed ou o Ricky. É o *seu* caso?"

"Não", respondi. Tentei imaginar como seria ficar sozinha com qualquer um deles. Esse pensamento me fez arrepiar. Pelo menos o Ant enxerga o Ed por trás da aparência, o via pelo perigo que era. "Por que você anda com ele? Ed, quero dizer."

Ant se contorceu como se algo o tivesse mordido. "Sei lá", disse, olhando pra algum ponto além do meu ombro, sua voz ficando vaga. "Passo tanto tempo pensando que tô ferrando com tudo. Com o Ed, não preciso nem pensar."

Parei pra considerar aquilo. Achei que talvez entendesse o que ele queria dizer.

"Posso tirar uma foto sua?", Ant perguntou, me encarando de repente, de uma forma bem honesta.

Foi aí que me lembrei de outra coisa a respeito do Ant, algo além da cola que tinha comido na primeira série ou do seu pai gritando com ele no porão ou do ronco que soltara durante o simpósio de inverno. Anton Dehnke costumava fazer móveis de boneca Barbie pra todas nós, meninas de Pantown. Era um mago com papelão, cola e tecido. Construía sofás minúsculos pra gente, armários com gavetas funcionais que fazia com caixas de fósforos e palitos de picolé, cadeiras acolchoadas com restos de tecido que sua mãe descartava. Lembrar disso aqueceu minha barriga.

"Claro", disse. "Você pode tirar uma foto minha."

Pensei que minha resposta o deixaria feliz, porém, em vez disso, algo feio brotou em seu rosto, e vi um calombo escorregadio rastejando sob sua pele. Ele se virou rápido, me dando uma chance de me convencer que havia imaginado aquilo. Então, apagou a luz do cômodo principal, que ficou iluminado pela luz do luar, e indicou que deveria segui-lo até a porta que estava fechada, que — eu tinha adivinhado certo — levava a um quarto.

"Senta aqui", disse, apontando, em meio à penumbra, para uma cama de casal toda desconjuntada socada num canto. Ele fechou a porta atrás de mim e, então, caminhou até um abajur que tinha um formato de urso segurando um pote de mel; uma sombra cobria o rosto do urso. Ele acendeu a luz do abajur. Uma câmera Polaroid estava do lado dele. Antes que eu tivesse a chance de fazer alguma pergunta, Ant jogou um cachecol vermelho sobre o abajur, colorindo o quarto com um matiz sangrento. Pegou a câmera e virou-se em minha direção, com o rosto oculto, rodeado por uma aura de luz vermelha.

"Falei sério que acho você muito bonita", frisou com a voz rouca. "Você poderia tirar a camiseta?"

"Que nojo, Ant", eu disse.

Ele largou a câmera, foi até a cama e se jogou ao meu lado. "É porque sou bonzinho demais, não é?"

Comecei a rir de novo. Não achei o que ele falou particularmente engraçado, mas rir parecia mais fácil que discutir. Parei apenas quando vi a expressão de Anton. Seu olhar estava petrificado.

Cocei uma picada de inseto no meu braço. "Que é que você quer?", perguntei.

Não me referia ao que estava acontecendo naquele momento. Queria saber o que ele almejava, andando com Ricky e agora com o Ed, fumando maconha como eles e cortando seu cabelo igual ao do Ricky e, mesmo antes disso, se afastando do nosso grupo, se tornando um estranhozinho maldoso.

"Eu falei pra você", disse, brusco. "Acho que é bonita. Acho que você é muito, *muito* bonita. Isso não faz com que se sinta bem?"

"Honestamente, me faz me sentir meio esquisita", disse. A gente estava sentado perto o suficiente pra eu sentir a perna dele tremendo sob a calça jeans.

"Sou o único cara que nunca beijou uma menina", disse; sua voz estava descambando pro desespero.

"Eu nunca beijei um menino, também."

Seu olhar esfomeado fez com que me sentisse poderosa. Enfim, senti o que Brenda e Maureen perseguiam, pelo menos achei que senti, e queria mais daquilo. Fechei meus olhos e me inclinei na direção dele. Algo úmido e grudento se prendeu à minha boca. Tinha gosto de Southern Comfort. Um arroto bruto irrompeu de dentro de mim.

A umidade se afastou. "Credo, Heather. Isso foi nojento."

Abri meus olhos. "Desculpa. Vamos tentar de novo."

Dessa vez, nos aproximamos tão rápido que nossos dentes se bateram. Doeu. Achei que não teria a coragem de tentar uma terceira vez, então, só continuei beijando ele. Ant me beijou de volta, sua língua parecia um mexilhão musculoso vasculhando o fundo da minha boca.

Não foi a coisa mais nauseante que já havia experimentado. Não foi tão horrível como a vez em que fui levada ao dr. Corinth em razão de uma febre que tive aos meus 8 anos de idade, e ele disse à minha mãe que o melhor lugar pra checar minhas glândulas inchadas era o sulco entre minha perna e minhas partes íntimas. Bem abaixo da linha da calcinha. Minha mãe pareceu acreditar que ele sabia o que era o melhor, e supus o mesmo. Beijar o Ant não foi *tão* ruim assim, no entanto havia algo tão nojento quanto aquilo nesse ato.

Embora não tenha achado bom, achei que ainda gostava de *algo* a respeito.

Pelo menos até ele agarrar um dos meus seios como se estivesse roubando uma barra de Snickers da sorveteria Dairy Bar e apertá-lo. Eu desejei lhe dizer que, se quisesse leite, deveria procurar uma vaca, contudo isso trouxe a risadinha de volta, que fiz o melhor possível pra esconder com uma tossida.

A mão dele despencou do meu peito e ele se afastou. Parecia atordoado e ávido. "Você devia parar de rir de mim. Sei que um monte de gente a acha nojenta por causa da sua orelha, mas eu nem reparo. Só vejo seus olhos bonitos."

Era uma coisa terrível de se dizer. De alguma maneira, no entanto, aquilo me fez sentir mal por ele, em vez de me ofender. "Desculpa. Não devia estar rindo."

"Não, você *não devia*." Ele olhou pras próprias mãos e, então, de volta pra mim com olhos de cachorrinho. "Posso tirar uma foto sua agora?"

Parecia melhor do que aquilo que estávamos fazendo. "Claro", disse.

Ele saltou da cama e já estava com a câmera na mão antes que eu pudesse mudar de ideia. Era lisonjeiro, achei, e me sentia solta por causa da bebida e da maconha, e aquecida pelo beijo, e conhecia o Ant a minha vida toda e me sentia tranquila na sua companhia, embora ele estivesse se comportando como um esquisitão.

Decidi posar como faziam na capa da *Vogue*, inclinada de modo provocante e ocultando qualquer sinal de inteligência do rosto. Inflei os lábios formando um biquinho. Aposto que minha boca parecia machucada e inchada por causa dos beijos. Aquilo parecia bobo e legal, o que era um alívio depois dos beijos de língua asquerosos. Minha intenção era contar tudo pro Claude quando o encontrasse. Ele iria pensar que essa noite tinha sido divertida do começo ao fim.

"Tá ótimo", Ant disse, me encorajando; sua voz era quase um rosnado. "Sexy."

Seu short tinha formado um volume sólido na frente. Desfiz a névoa mental e encarei aquilo com curiosidade, e aí tudo clareou e entendi. Uma vergonha quente tomou conta de mim.

"Tenho que ir, Ant."

Ele baixou a câmera, seu rosto expressou todos os tipos de sentimentos, se detendo mais longamente na raiva antes de, enfim, aterrissar em algo vago, que era o olhar mais amedrontador de todos. Eu tinha visto o rosto do pai dele seguir a mesma fórmula na igreja quando Ant dava trabalho; aquelas mudanças em *looping* e, então, um florescer de fúria, e, por fim, todas as emoções zeradas.

"Você não pode ir pra casa até eu conseguir minha foto", Ant disse, com a voz tão insípida quanto sua expressão. A frente do seu short continuava firme. "Você me *deve* isso."

"Quê?" Eu tinha dificuldade pra acompanhar o raciocínio.

"Você não pode vir até aqui e não me dar nada." Seu ressentimento era uma coisa viva no quarto, tão concentrado que quase podia vê-lo.

"Tudo bem", disse, espremendo meus joelhos que estavam colados, apoiando os cotovelos neles, com o queixo nas mãos. O fundo da minha garganta ficou apertado de revolta por conta da injustiça daquilo tudo.

Ele clicou. A câmera cuspiu um quadrado de filme.

"Agora, tira a sua camiseta", disse.

"Quê?" Aparentemente, essa era a minha nova palavra favorita.

"Você me ouviu. Não é diferente de ficar de roupa de banho. Tira."

Meu estômago gorgolejou. "Acho que vou vomitar, Ant. Quero ir pra casa."

"Me mostra seu sutiã." Ele nem parecia mais o Ant.

Comecei a chorar. Não sei por quê. Era o *Ant*. "Tá bom."

Puxei a camiseta por sobre a cabeça, olhando pro meu peito. A frente de cada bojo branco estava enrugada. Minha mãe havia dito que, com o tempo, eu preencheria o sutiã, que economizaria dinheiro se a gente comprasse o tamanho maior.

Lágrimas corriam pelo meu rosto. "Tira a sua merda de foto."

Ele removeu a primeira foto e bateu a segunda, o som fez um estalo no quarto pequeno. No momento em que a segunda foto foi ejetada, ele a agarrou e começou a sacudir no ar pra secá-la.

"Não foi tão difícil, foi? Agora, o Ed vai levar você pra casa."

Capítulo 16

"O que aconteceu ontem à noite?"

Pulei pra longe da geladeira. Não tinha ouvido minha mãe entrar na cozinha, nem sabia que ela estava acordada. *Ah, meu deus, será que ela sabe? Será que ela sabe que eu deixei o Ant tirar uma foto minha de sutiã?* O odor pungente da fogueira no meu cabelo de repente me deixou tonta.

"O que você quer saber?", perguntei.

Ela usava o seu melhor roupão. Seus cabelos estavam com bobes, sua maquiagem tinha sido aplicada com perfeição. "Quero saber sobre seu show na feira do condado. Foi ontem à noite, não foi?"

O alívio me fez ficar tonta. "Foi bom, mãe. Foi bem bom." Corei lembrando daquilo. "O público era de um bom tamanho, talvez tivesse umas duzentas pessoas. Eles estavam lá pra ver a banda principal, mas acho que gostaram da gente."

Ela cerrou os olhos. "Não se vanglorie, Heather. É deselegante." Ela se aproximou da cafeteira, arrancou a jarra da base. "Isso aqui tá gelado."

Andei até onde ela estava e senti a temperatura do café com a mão. "O pai deve ter saído cedo", disse.

"Ou ele nem voltou pra casa ontem à noite."

Os pelos da minha nuca se eriçaram.

"Ele não foi pra cama?", perguntei.

Algumas vezes, topava com meu pai saindo de fininho do seu escritório pela manhã, via que o sofá atrás dele abrigava um cobertor e um travesseiro amassado. Ele retorcia a boca, triste, murmurava algo a respeito de minha mãe ter tido uma noite ruim. Seu escritório era zona proibida nessa época — seu reino pessoal, ele dizia. Não cabia a mim questionar isso. Além do quê, eu sabia quanto trabalho minha mãe podia dar.

As pálpebras dos olhos dela baixaram. "Não disse isso", falou baixinho.

Ela me lembrava a mãe dela — minha avó — quando ficava assim. Vó Miller, aquela que deu o Freddy Quatro pra Junie, morava em Iowa, e a gente a visitava na Páscoa e no Natal. Ela tinha capas de plástico grossas e enrugadas sobre todos os móveis e apenas balas de caramelo duro de sobremesa, mas era legal comigo e com a Junie. Algumas vezes, a pegava olhando pra minha mãe como minha mãe me encarava nesse momento, no entanto, como se a outra pessoa tivesse pregado uma peça que ela estivesse tentando decidir se aceitaria ou não.

"Vou fazer um pouco de café fresco", disse. Peguei a jarra e estava andando na direção da pia pra lavar quando ela me parou.

"Posso fazer isso", ela disse. "A Junie ainda tá dormindo?"

"Tá", respondi, hesitante. Ela estava agindo de um jeito estranho. *Alerta.*

Foi aí que me lembrei quem tinha dito a frase que me acompanhara nos túneis na outra noite. *Você não pode viver na escuridão e se sentir bem consigo mesma.* Minha mãe a dissera à sra. Hansen, a mãe da Maureen, pouco depois do meu acidente. Era uma das últimas vezes de que me lembrava da minha mãe atendendo à porta. Lá estava a sra. Hansen, com a cara molhada de lágrimas, inchada de tanto chorar. A sra. Hansen estava esbelta na época, vestida de uma forma elegante, com seu cabelo preto tão macio e brilhante quanto o pelo de um gato. Isso foi antes de o pai da Maureen abandonar elas, ou mais ou menos na mesma época.

Você não pode viver na escuridão e se sentir bem consigo mesma, minha mãe tinha gritado e batido a porta na cara da sra. Hansen.

"Que bom", minha mãe disse, me trazendo de volta à nossa cozinha. "Junie precisa de descanso pra desenvolver ossos fortes. Vou garantir que ela coma o almoço e depois a envio pro ensaio com vocês, meninas." A mão dela veio na minha direção, ela hesitou, e então continuou, pra me acariciar o braço. "Não era pra você já estar lá?"

Olhei por cima de seu ombro, depois, de volta pra ela, pensando em quem era essa mulher. Tinha meses que ela não saía do quarto antes do almoço, mais tempo ainda que havia se preocupado com minha rotina ou me tocado. "Como você sabe que temos ensaio hoje?"

Ela fez uma cara como se eu tivesse dito algo ridículo. "Você ensaia quase todo segundo em que não está no trabalho. Tenho certeza de que não vai abrir uma exceção no dia em que tem outro show na feira."

Sorri, louca pra abraçá-la, mas sem querer forçar. "É verdade."

"Pode ser que eu vá vê-la tocar hoje à noite. Seu pai não pode ficar com a diversão toda só pra ele." Ela ficou em silêncio um instante. "Você tem sorte de ter amigas tão próximas. Eu também costumava ter amigas, sabia?"

Confirmei com a cabeça. Eu me lembrava.

Fiquei pensando naquele encontro na porta enquanto andava, indo pra casa da Maureen, tentando descobrir sobre o que era. Havia muita coisa de que não me lembrava dos meus primeiros anos de vida. Acho que isso ocorre com a maioria das crianças. Minha mãe e meu pai estavam lá, no fundo, cuidando do que precisava ser cuidado. Havia risadas, refeições em família à mesa. Havia um álbum de fotografias inteiro que provava que tínhamos até mesmo viajado pra Disney, eu encarapitada nos ombros do meu pai usando orelhas de Mickey Mouse, minha mãe com seu penteado bufante, nas pontas dos pés, beijando a bochecha dele. Eu também tinha memórias da minha mãe e da sra. Hansen rindo tão alto que uma vez esguichou café Sanka pelo nariz da sra. Hansen.

De fato, a sra. Hansen estava na maioria das minhas memórias mais antigas; ela e minha mãe eram muito próximas, como se fossem irmãs.

Aí a Junie nasceu.

Depois disso, a sra. Hansen parou de nos visitar. Minha mãe desaparecia de várias memórias minhas e meu pai surgia com foco maior, fazendo café da manhã no lugar da minha mãe, me levando pra escola nos dias em que chovia... Quando minha mãe aparecia, era uma potência, cintilando nos jantares entre amigos, correndo pela cozinha e preparando suas refeições de quatro pratos, mas aquilo pareceu lhe custar caro. Ela continuou naquele nível — cinquenta por cento dela — por uns dois meses.

Até o meu acidente.

Coloquei a mão no cotoco enrugado onde minha orelha ficava.

"E aí, que que tá pegando?", disse Brenda, me trazendo ao presente.

"E aí!" Quase havia passado reto pela Brenda, que estava sob a sombra de um enorme bordo no jardim da Maureen. A gente tinha balançado nos seus galhos e, ao longo dos anos, rastelado montanhas de folhas de debaixo dele. Apontei a cabeça para a direção da porta fechada da garagem. "A Maureen não se levantou ainda?", perguntei.

Brenda se afastou da árvore e atravessou aquela luz solar úmida. Foi necessário todo o meu autocontrole pra não suspirar alto quando vi o inchaço roxo, preto e azul circundando o olho dela.

"O que aconteceu?", perguntei.

Ela enfiou o cabelo atrás das orelhas. "Você quer a versão que contei pros meus pais ou a verdadeira?"

Quando viu que eu não responderia, ela esfregou o nariz. "Fiquei muito grogue ontem à noite. Dei com a cara numa árvore."

"Essa foi a história que você contou pros seus pais?" Senti espasmos na pele lembrando como o Ricky tinha sido agressivo com ela na noite passada. "Bren, quem bateu em você?"

Ela balançou a cabeça e olhou direto nos meus olhos. "Não, foi pra valer. Dei de cara com uma árvore. Aquele carvalho enorme, mais próximo da fogueira, sabe? Acho que estava indo fazer xixi atrás dele, mas acabei batendo o rosto contra um galho. Mas é só questão de tempo até eu ficar ferrada de verdade se continuar com o Ricky. Pra mim já deu, Heather. Nem sei que bicho me mordeu ontem à noite."

Abri a boca pra contar a ela a respeito de mim e Ant, estava na ponta da língua, mas me sentia envergonhada demais. Não queria que ele tirasse aquela foto, no entanto não consegui pará-lo, também. Meu estômago ficou todo bichado quando tentei imaginar pra quem ele mostraria aquilo.

Engoli em seco e olhei de soslaio pra casa. "Será que a gente devia acordar a Maureen?", perguntei.

Capítulo 17

Ao longo dos anos, tinha ficado cada vez mais difícil entrar na casa da Maureen.

Na casa da Brenda ou na do Claude, me sentia confortável de entrar sem bater na porta.

"E aí, Heather...?", os irmãos da Brenda diziam quando ainda moravam lá.

"Quer um suco?", a mãe do Claude perguntava.

Costumava ser a mesma coisa na casa da Maureen, mas a sra. Hansen começou a mudar mais ou menos na mesma época em que minha mãe mudou.

"Você pode bater?", Brenda perguntou, apontando seu olho roxo.

"Claro." Subi os degraus, deixando a manhã mormacenta pra trás.

A varanda dava pistas do que havia dentro. O sofá laranja aveludado estava forrado de caixas, e havia pilhas de jornais mofados encostadas num canto. As pilhas, às vezes, ficavam mais altas, mas nunca diminuíam.

Esperei depois de bater. A gente conhecia o esquema. Bater muitas vezes não faria a sra. Hansen vir mais rápido, mas, com certeza, a deixaria irritada.

"Que horas você chegou em casa?", perguntei, jogando conversa fora.

"Não muito tarde." Brenda estava com os braços cruzados, apesar do calor e da umidade. Ela olhava pra rua. "Ricky e eu saímos de lá, demos uns amassos. Não me lembro de muita coisa, só de voltar pra fogueira e você e o Ant e o Ed já terem ido. Ficamos ali por um tempo até que senti vontade de fazer xixi, como já falei. Foi aí que dei de cara com a maldita árvore. Quando percebi o quanto estava grogue, implorei ao Ricky pra me levar pra casa. Cara, como ele ficou puto. Ele quase não quis me levar, mas levou. Entrei de fininho pela porta dos fundos. Meu pai ainda estava acordado. Encontrei ele no corredor." O rosto dela murchou. "Heather, eu *menti* pra ele."

Os pais da Brenda, Roy e Cheryl, eram duros na queda, mas amavam seus filhos. Roy era o diretor de atletismo da Universidade Saint John, e Cheryl começara a trabalhar meio período na faculdade quando a Brenda entrou no ensino médio. Eles punham a Brenda entre as estrelas. Eu ficaria com inveja se ela não fosse minha melhor amiga.

"Que que você disse?"

"Disse a ele que fiquei curtindo com você e a Maureen na feira a noite toda. Quando viu meu olho, disse que tinha entrado numa briga com a Cadeira Maluca, e que a Cadeira Maluca tinha ganhado. Ele agiu como se acreditasse em mim, mas eu fedia tanto, Heather. Meu pai deve ter sacado que fiquei bebendo a noite toda."

Ela parecia desolada.

"Se ele conseguiu lidar com Jerry e Carl, dará conta de uma Brendinha", eu disse.

Ela exibiu um breve sorriso agradecido. "Espero que sim. De qualquer forma, ele não tem que se preocupar em fazer minha cabeça quanto ao Ricky. Esse é um erro que não pretendo repetir. Ontem à noite, eu..."

A porta se escancarou. Gloria Hansen estava do outro lado, carrancuda. Usava um lenço na cabeça e seus óculos de olhos de gato encarapitados no nariz. Eu a tinha visto sem eles, pouco tempo antes, e quase não a reconheci. Eles davam forma e cor à sua cara rechonchuda cor de creme. Ela também vestia um cafetã bonito de seda verde. O cheiro que veio com ela — papel velho e algo floral — era forte, mas eu estava preparada pra isso.

"Bom dia, sra. Hansen. A senhora pode pedir pra Maureen sair? A gente tem que ensaiar."

Ela ficou de lado pra que pudéssemos entrar. "Ela ainda tá dormindo. Fiquem à vontade pra acordá-la."

Eu tinha uma lembrança do meu pai falando com a sra. Hansen durante um dos churrascos do bairro, na época em que costumava jogar a cabeça pra trás quando ria e ela e minha mãe ainda andavam juntas. Meu pai falava a respeito de Pantown, nossa comunidade maravilhosa, e como era injusto que todo mundo fora de Saint Cloud pensasse que havia sido apenas a fábrica falida de Pandolfo e a prisão na ponta da cidade que nos tinham colocado no mapa. A sra. Hansen resmungara: *Falência e uma prisão? Acho que foi na mira.* Sua mão agarrava com tanta força o copo de ponche que ele vazava pela lateral, um líquido vermelho cor de sangue e viscoso escorria pelos seus braços.

Pensara que era algo estranho de se dizer, mas aí ela e meu pai desapareceram nos túneis porque ele tinha algo que queria lhe mostrar, e eu havia me esquecido disso até agora, quando a vi se pondo de lado e encarando os próprios pés, essa mulher que costumava encarar todo mundo nos olhos até que finalmente desviassem o olhar, momento esse em que ela desatava a rir alto.

Falência e uma prisão? Acho que foi na mira.

Perguntei ao meu pai, uma vez, se ele se preocupava com o estado em que a casa da sra. Hansen se encontrava agora. Antes de a Junie nascer, quando minha mãe me arrastava pra lá e me jogava na frente da televisão com a Maureen, apenas algumas das quinas da varanda tinham caixas, e elas ficavam etiquetadas e ordenadas. Mas aí o pai da Maureen deu o fora, e as caixas se espalharam por todos os cômodos. Agora, havia apenas um único caminho de um lado da casa até o outro. Caixas com pechinchas de vendas de garagem, sacos de roupas, jornais e revistas *Life* e *Time* nunca lidas empilhadas até o teto de cada lado da passagem estreita. A cozinha tinha virado o último refúgio, mas mesmo este cômodo agora era basicamente um estoque, apenas com espaço suficiente na frente da geladeira pra abri-la. Maureen e sua mãe não conseguiam mais usar o forno, embora o topo do fogão estivesse livre.

Apesar da quantidade absurda de *coisas*, a casa estivera limpa até pouco tempo antes. Quase parecia um ninho grande e seguro, que eu supunha ser o que a sra. Hansen estava almejando. Porém, a certa altura, um roedor morreu em uma das pilhas ou nos dutos de ventilação inacessíveis, e seu cheiro gasoso passou a se espalhar por todo lugar. Foi quando puxei o assunto com meu pai.

"Boas mulheres mantêm suas casas limpas, e bons vizinhos cuidam dos seus próprios narizes, querida", ele dissera.

Meu pai era esperto. Quase sempre concordava com o que ele dizia, mas essa resposta me fez pensar. Me parecia que a Gloria Hansen podia se beneficiar de alguma ajuda. Eu tentara levantar essa lebre com a Maureen, mas minha amiga me dissera que sua mãe tinha deixado a casa do jeito que gostava.

"Obrigada", disse à sra. Hansen, puxando o ar pra conseguir passar espremida por ela pelo único caminho, que seguia direto pra escadaria com uma ramificação na sala de estar. Dava pra ouvir a tv ligada, mas não conseguia ver o que estava passando. Fui direto pra escadaria e subi, Brenda nos meus calcanhares, a trilha parecendo mais apertada do que parecera na última vez em que visitei a casa. Não me lembrava das pilhas roçando nos meus braços quando eu passava. A catinga de animal em putrefação estava mais forte, também. Esperava que isso significasse que o cheiro havia atingido seu ápice e que logo se dissiparia.

"Maureen?", chamei-a na porta. Estava tomada por pôsteres do Andy Gibb. "Pronta ou não, aí vamos nós!"

Bati uma vez e entrei. O quarto dela estava a bagunça de sempre em vez da bagunça nível resto da casa. Havia mais roupas no chão do que no armário ou na cômoda, e sua penteadeira estava coberta de tubos de brilho labial Kissing Potion e rímel e brincos cintilantes. Sua cama estava desarrumada.

E vazia.

"Olha no banheiro", disse pra Brenda, mas ela já estava seguindo pelo corredor.

Ela reapareceu em segundos. "Ela não tá aqui em cima."

*　　*　　*

A gente teve que implorar um bocado pra fazer a sra. Hansen ligar pra polícia. Primeiro, tivemos que convencê-la de que a Maureen não estava lá em cima. Quando já tínhamos vasculhado os poucos lugares restantes em que caberia uma pessoa, a sra. Hansen ainda jurava que não tinha nada com o que se preocupar.

Porém não era do feitio da Maureen desaparecer, não sem contar pra Brenda, pelo menos.

Brenda parecia insegura de ligar pra polícia também, mas eu insisti. Havia algo muito errado naquela história. Por fim, a sra. Hansen me deixou ligar pro gabinete do xerife.

Eles mandaram Jerome Nillson.

A gente estava de pé na varanda da frente, no aguardo, então, vimos o carro dele chegando. O xerife Nillson tinha uma barriga saliente, mas não era alto, e ainda assim parecia largo, imponente. E tinha o uniforme, e o jeito como se portava, e a voz estrondosa. Brenda olhou pra longe quando ele caminhou até onde nós estávamos, da mesma forma que fizera quando o xerife falou com a gente antes do show na noite anterior. Calculei que, dessa vez, era por causa do olho roxo dela.

Encontrei-o no meio da calçada e repeti o que dissera à telefonista. O xerife Nillson concordou na mesma hora com a avaliação da sra. Hansen, de que não havia nada com o que se preocupar.

"Ela provavelmente fugiu."

Não tive coragem de discutir, entretanto a Brenda apareceu colada ao meu cotovelo, com a cara amarrada. "Ela *não* fez isso. Temos outro show hoje à noite. Na feira. Ela não perderia isso por nada no mundo."

Fiquei feliz por saber que a Brenda estava tão preocupada quanto eu.

O xerife Nillson observou o olho roxo dela. Fez isso de modo displicente. Estava usando aqueles óculos espelhados de policial, sua boca era uma linha fina. "Bem, então, que tal assim: se ela não aparecer pro show de hoje à noite, aí vamos começar a investigar."

Ele sorriu em direção à sra. Hansen. Ela estava de pé na porta da frente entreaberta, pra que pudesse deslizar pra fora ou pra dentro conforme a situação demandasse.

"O que você acha disso, Gloria?", ele perguntou, elevando a voz. "Nem vamos começar a nos preocupar com a Maureen ainda. Ela estará na feira hoje à noite, pode apostar. Não há motivo pra desperdiçar toda a força de trabalho, certo?"

A sra. Hansen deu de ombros.

O xerife Nillson pareceu não gostar de algo naquele movimento. "Como é que você tem passado, Gloria? Quer me convidar pra tomar um café?"

Ele andou em direção à varanda. A sra. Hansen entrou na casa, carrancuda, no entanto não fechou a porta. Eu e Brenda ficamos na calçada.

"Ela não vai aparecer no show hoje à noite", Brenda disse entredentes. "Tenho certeza absoluta disso."

Eu sentia a mesma coisa. Isso me deixava agitada. Quando fechei os olhos, a imagem dela de joelhos me arrancou o ar. Será que aqueles homens tinham machucado a Maureen? "Será que devemos dizer a ele... dizer ao xerife aquilo que vimos na outra noite? Aquilo que nós vimos a Maureen fazendo?"

Ela girou o corpo na minha direção e, a princípio, pensei que fosse gritar comigo por trazer à tona aquele assunto que tínhamos prometido esquecer. Mas ela não parecia grilada. Parecia surpresa e, depois, assustada.

"Heather, o xerife Nillson estava *lá*. Achei que você soubesse."

Capítulo 18

As costas de Jerome Nillson eram um quadrado, bloqueando nossa visão da sra. Hansen. Suas mãos rechonchudas estavam caídas ao lado do corpo. A respiração da Brenda estava desigual na minha orelha enquanto esperava eu responder. Senti como se ela tivesse me dado uma mãozada na cara.

O xerife Nillson tava lá?

Fechei meus olhos, lembrei-me da luz estroboscópica, daquela mão encravada na parte de trás da cabeça da Maureen, afundando-a nele, aquele bracelete de identificação de cobre em volta de um pulso muito mais fino que o do xerife Nillson. Meus olhos se abriram.

"Pensa", Brenda disse.

As luzes intermitentes. Fatiando todo mundo no meio. Iluminando meu torso, escondendo meu rosto, fazendo o mesmo com os homens lá dentro, uma fila deles, Maureen no centro, se virando. O grito da Brenda. E então a porta se fechando com um estrondo, mas não antes de o homem na ponta, o barrigudo, abaixar o rosto, sem deixá-lo visível, embora não precisasse, porque eu sabia como ele se movia por ter observado todas as vezes que sentara atrás dele na igreja.

Lágrimas inundaram meus olhos. "Nossa."

Ela balançou a cabeça. "Estava certa de que você o reconheceu tão claramente quanto eu. Por isso fiquei tão incomodada quando ele apareceu no palco ontem à noite. Você viu como a Maureen ficou chateada?" Ela deu outra olhada pra porta da frente. O xerife Nillson entrou na casa. "Vamos picar a mula daqui."

"Quem mais estava lá?", perguntei conforme apressávamos o passo, já virando a esquina, perdendo a casa da Maureen de vista. Me sentia insegura, apesar dos braços verdes familiares das árvores da vizinhança.

Ela abriu as mãos, com as palmas pra cima. "O rosto do Nillson foi o único que vi. O dele e o da Maureen, quando ela se virou. Acho que aquela era a casa do Nillson, onde eles estavam. Passei de bicicleta por ela, mas não deu pra ter certeza. Ele mora na Vinte e Três, então, se não foi no canto dele, foi perto."

O xerife do condado organizando uma festa do boquete no seu porão. Isso mexeu com minha cabeça. "O que ela estava fazendo lá?"

Brenda esfregou a nuca. "Não sei, Heather, honestamente não sei. Ela nunca me falou nada a respeito. Você conhece a Maureen. Ela gosta de receber atenção, e também de dinheiro. Talvez estivesse conseguindo ambos."

Meu estômago deu um salto. A mesma coisa tinha me ocorrido, contudo causava muito desconforto ouvir aquilo dito em voz alta. Já que estávamos falando desse assunto, então vamos *falar* disso. "Mas eles são adultos, não são? O que eles estavam fazendo não é ilegal?"

"Acho que sim", Brenda respondeu, olhando por cima do ombro na direção da casa da Maureen. "Estava com a esperança de que não mandassem o Nillson. E se ele fez algo com a Maureen, algo pra forçá-la a ficar quieta, e é por isso que ela não tá em casa?"

Sacudi a cabeça. O xerife Nillson trabalhava com o meu pai. Ele tinha visitado a nossa casa. Ele era um *agente da lei*. "O que quer que tenha acontecido lá embaixo, foi nojento, com certeza, mas não o imagino sequestrando a Maureen por conta disso, ainda mais porque ela estava guardando o segredo deles. Se ela não contou pra nós, não contou pra ninguém. Além disso, o que ele faria com nossa amiga?"

"Amarraria em algum canto", Brenda disse. "Porque não tem como ele saber se ela *tá* mesmo guardando o segredo dele."

Agarrei o braço dela. "Você tá falando sério?"

Ela me ignorou. "Não. Sei lá. Tô só preocupada."

"A Maureen disse alguma coisa pra você no carro, indo pras pedreiras ontem à noite?"

Os olhos da Brenda se arregalaram. "Achei que ela tinha ido com você."

* * *

Brenda foi embora pra se aprontar pro seu turno no asilo. Eu estava apreensiva demais pra ficar sentada em casa, então, dei uma volta de bicicleta. Não tinha um destino, no início. Pedalei sem rumo, procurando a Maureen e os braceletes de identificação de cobre na mesma medida. O sol batia no meu nariz e em minhas bochechas, torrando-os, pouco se importando que eu já estivesse machucada.

De repente, me vi atraída pra rua Vinte e Três. A maior parte das pessoas estava no trabalho ou bebendo chá gelado na sombra das suas varandas, entretanto, a meio caminho da ponta assombrada de Pantown, passei pelo sr. Pitt cortando grama, usando um boné que lançava uma sombra em seu rosto. Ele acenou, e o sol rutilou em algo brilhante em seu pulso. Um ácido inundou o meu estômago.

Quando ele baixou o braço, vi que era só um relógio de pulso.

Dobrei rápido à direita e entrei na Vinte e Três. Esta era a área de Pantown com a qual não tinha familiaridade, contudo chutei que o porão onde tinha visto a Maureen podia ser em uma de cinco casas. Os donos pareciam ter saído de todas as cinco. Elas também tinham a aparência dos sobrados tradicionais de Pantown, não pareciam antros de depravação pra onde garotas adolescentes eram atraídas pra um trenzinho do boquete.

"Olha por onde anda!"

Na bicicleta, quase trombei com alguém na calçada. Ele me fuzilou com o olhar e, então, se virou. Só tive um vislumbre dele — era alguém que tinha mais ou menos a idade do Ricky, afundado, com olhos inquietos, nada de bigode, e sim uma barbicha de cortina espetada no queixo, feito um Abe Lincoln do mal —, no entanto eu sabia que o conhecia de algum lugar. Um cliente do Zayre?

"Desculpa!", falei pras costas dele.

Ele trotou pra longe, xingando entredentes.

Eu pedalei pra casa.

Beth

Beth acordou com barulhos que vinham lá de cima. Soavam como rangidos de passos. Depois, ouviu uma voz masculina e uma feminina, mas ela havia perdido a noção do tempo, do som, do cuidado. Suas roupas estavam duras e fedidas, o cabelo, engordurado, os dentes, cobertos por uma gosma grossa. Ela ficaria ali para sempre. Não havia como escapar. Nada mais importava.

Ela bateu na testa, meteu a palma da mão no crânio, tentando desalojar aquele pensamento perigoso. Não podia deixar aquela ideia criar raízes. Precisava manter-se firme e forte, imaginar-se escapando, *vislumbrar* uma vida depois disso. Como poderia ser professora se não lutasse? Ela se libertaria dessa prisão. Tinha coisas para fazer com sua vida.

Ela importava.

Além disso, havia esperança.

A mais fina lasca dela.

Ela conseguiu achar uma coisa.

Uma forma na terra, a ponta de algum objeto, uma extremidade áspera.

Seu pé descalço topara com aquilo num de seus muitos revolteios pelo quarto úmido, um sussurro que teria perdido não fosse o escuro amplificando seus outros sentidos. Ela havia caído de joelhos e cavado até suas unhas virarem pra trás e os dedos ficarem em carne viva, até ficar tão exausta quanto um cachorro faminto.

Acabou caindo no sono jogada contra a parede, mas estava pronta para voltar a cavar. Aquilo significava algo.

Ali embaixo, tudo significava alguma coisa.

Capítulo 19

Demorei até depois do jantar naquela noite pra lembrar de onde conhecia aquele homem, o Abe Lincoln esfarrapado com a barba sem bigode que eu quase atropelara de bicicleta na área assombrada da cidade.

Eu o tinha visto na feira do condado.

Ele trabalhava em uma das barracas da área de tendas e jogos; seus pelos faciais impregnavam a minha memória.

Não deveria estar aqui, em Pantown, assim tão longe do local da feira.

Na hora que me lembrei de tudo isso, a gente já tinha cancelado o show da noite. Os pais da Brenda queriam mantê-la em casa até a Maureen aparecer. O pai da Brenda estava na feira nesse momento procurando a Maureen. Fiquei contente pelo fato de algum adulto parecer preocupado com o desaparecimento dela. Meu pai ainda não tinha voltado do trabalho, embora fosse sábado. Minha mãe estava no seu quarto dormindo.

Éramos eu e Junie na frente da TV pro jantar, assistindo ao *Show dos Muppets* e comendo a última leva de refeições congeladas — frango frito pra nós duas.

"Eu queria tocar o pandeiro de novo hoje à noite", Junie disse. Estava enrolando pra comer o frango, vestida com sua camiseta PARCEIRO DE PESCA DO PAPAI. Pra mim, aquela camisa precisava ser lavada. "E se a Maureen estiver lá agora mesmo, esperando a gente?"

"Se ela estiver", eu disse, "o sr. Taft vai lhe dizer onde estamos e por que não fomos, e todos nós ficaremos felizes por ela estar a salvo."

Junie mordiscou uma ponta da coxa de frango, fez uma cara de nojo e a largou. "Ed falou que compraria um empanado de salsicha pra mim depois do show de hoje, se eu voltasse."

Meu garfo congelou a meio caminho da boca, pérolas de milho verde despencaram sobre a travessa. "O Ed que arranjou o show?"

"Isso. O que se parece com o Fonzie."

"Você não devia conversar com ele. Ele é velho."

"Ele é legal", disse. "E falou que eu sou bonita."

Apertei o cotovelo dela com tanta força que ela guinchou. "Junie, não é pra falar com ele. Tá me entendendo?"

Ela puxou o braço com tudo. "Você tá com ciúme."

"Não tô. Um homem adulto não devia ficar falando com uma menina de 12 anos. Quando que isso aconteceu?"

"Ontem à noite."

Repassei os nossos movimentos em minha mente. "Você ficou sozinha com ele?"

Ela deu o seu sorriso presunçoso, como se escondesse um segredo, mas não respondeu. Agarrei-a de novo e a sacudi. "Junie, você ficou sozinha com ele?"

"Não!" Ela começou a chorar. "Brenda estava me levando de volta pro papai, e, no caminho, o homem que cuida do arremesso de argolas quis falar com ela. Brenda e ele foram até os fundos da barraca. Foi aí que o Ed apareceu. Ele prometeu me dar algodão-doce. Eu disse que não gostava de algodão-doce, que gostava de salsicha empanada, e ele achou aquilo engraçado."

Soltei-a, tentando desacelerar meus batimentos cardíacos. "Desculpa, Junie. É que tô preocupada com a Maureen, é só isso. E acho que o Ed é problema."

"*Você* anda com ele."

Pensei no que Brenda tinha me falado sobre ter acabado com o Ricky. "Não ando mais. Me promete que você também não vai andar com ele."

"Como você e a Brenda me prometeram que praticariam os sorrisos este fim de semana?"

Revirei os olhos, exasperada. "Junie."

"Tá bom", ela disse. "Eu prometo."

Agradeci gesticulando a cabeça, satisfeita. Nós mastigamos e assistimos TV por um tempinho. O Gonzo apareceu, o predileto da Junie. Ela riu.

"O pai e eu demos uma volta na feira, depois que vocês foram embora, sabia?", ela disse. "Ele comprou bolinho frito pra mim."

"Bacana." Eu tinha terminado meu frango com purê de batata e milho, o que significava que podia chafurdar no brownie, ainda quentinho do forno.

"Vi a Maureen quando eu comia meu bolinho", ela disse. Podia senti-la me olhando. "Achei que ela iria praquela festa com você, mas ela não foi. Ficou na feira."

O brownie ganhou um gosto de poeira na minha boca. "O que você viu ela fazendo?"

"Ela entrou na barraca de arremesso de argolas, também. E desapareceu nos fundos, igual a Brenda."

Tentei engolir o brownie farelento, mas não tinha saliva que chegasse. "Junie, como é que era o cara das argolas?"

"Parece o Abe Lincoln, mas não é tão velho."

Brenda estava "carinhosamente de castigo" (*parece mais o castigo* castigo *de sempre*, ela resmungara pela linha compartilhada) até a Maureen aparecer. Claude não atendia o telefone. Isso significava que, quando tivesse certeza de que Junie tava pronta pra dormir, precisaria ir à feira sozinha. Não havia um plano definido. Só sabia que o funcionário da feira — que não devia estar no nosso bairro — poderia ter sido a última pessoa a ver a Maureen.

Desejei por um instante ser corajosa o suficiente pra pegar carona. Seria mais rápido e talvez até mais seguro, visto como o trânsito na área da feira era atravancado, mas havia uma boa chance de que, se ficasse com o dedo esticado na calçada, isso fosse parar no ouvido do meu pai. Brenda e Maureen tinham pegado carona até as Cidades Gêmeas em junho passado pra visitar o mirante do IDS Center, o edifício mais alto em todo o estado de Minnesota. Fiquei com medo demais de sair escondida com elas.

Evitei ficar perguntando sobre a experiência delas naquele dia bem como trazer à tona esse assunto de pegar carona em geral, porque não queria deixar transparecer pra Brenda que suspeitava que ela e Maureen faziam um monte de coisas sem mim, também, que era parte da sua nova linguagem secreta, aquela que incluía maquiagem e roupas e festas e pitadas rosa-choque daquela coisa que eu sentira quando o Ant olhou pra mim com sua ânsia desnudada.

Montei na minha Schwinn, pois se eu não tinha sido corajosa o suficiente pra sequer lhes perguntar como era pegar carona, eu de fato era medrosa demais pra fazer aquilo. Foi um passeio longo e pegajoso de bicicleta, para a feira do outro lado do rio Mississippi, saindo de Pantown. A roda-gigante se erguendo sobre os apartamentos da zona leste de Saint Cloud foi a primeira coisa que vislumbrei. Pouco depois, veio o zumbido de enxame de uma multidão, o som metálico do rock and roll e os chamados dos pregoeiros na área de tendas e jogos. Por último, veio o cheiro denso de comida frita. Normalmente, eu me sentiria elétrica por estar rodeada de tantas pessoas. A gente amava nossas confraternizações de verão no Minnesota. Nós passávamos o inverno todo engaiolados, daí a neve derretia, os botões despontavam nas folhas, e o sol botava a cabeça pra fora. Abruptamente, desesperadamente, *precisávamos* estar entre pessoas. É por isso que tínhamos uma feira ou um festival a cada quinzena, parecia.

Contudo o único sentimento que experimentei foi o pavor quando passei a corrente na minha bicicleta perto do portão. Maureen podia ter fugido, mas não fez isso. Ela não teria feito isso, não sem contar pra mim e pra Brenda. Queria acreditar nisso, me apegar a essa ideia, portanto, lutei contra as dúvidas sussurrando para mim mesma que fazia muito tempo que Maureen e Brenda vinham escondendo as coisas de mim, e que, se eu empurrasse com muita força, se cavasse bem fundo, descobriria que o que realmente estava acontecendo é que elas tinham crescido sem mim.

Esse era um segredo que eu não queria descobrir.

Fucei no meu short de jeans rasgado pra achar os cinquenta centavos da taxa de entrada, mas a moça que trabalhava no portão me reconheceu do show da noite anterior e acenou pra eu entrar. Tive que passar bem ao lado do palco pra chegar na área de tendas e jogos. Estava preparado pra Johnny Holm Band, nenhum sinal de que já estivéramos lá.

Não imaginava que gostaria tanto daquilo, de tocar na frente das pessoas.

A feira só começaria a ferver mesmo dali a uma hora, mas já havia um monte de gente, muitas pessoas pareciam ter pulado uma refeição caseira pra aproveitar batatas fritas e pizza. Supus que não seria muito pior do que as refeições congeladas que eu Junie tínhamos comido. Fiquei na fila pra pegar uma coca gelada e aí andei até a área de tendas e jogos, bastante focada em parecer casual. Havia um punhado de pessoas jogando nas barracas, mas fila nenhuma perto do arremesso de argolas. Ninguém trabalhando por ali, também.

Dei um gole na minha bebida e perambulei até a fileira seguinte, fingindo curiosidade pelo jogo do pato de borracha cujo prêmio era um peixinho dourado vivo flutuando numa sacola de água caso você escolhesse o pato correto. Depois de tomar cotoveladas de algumas crianças que tentavam encontrar um ângulo melhor do peixe ensacado com olhar caído, segui em frente, fingindo interesse nas máquinas de Skee-Ball e no tiro ao alvo com garrafas de leite e, então, no Estoure o Balão. Cheguei ao fim da fileira e comecei a andar pela fileira seguinte, ainda sem ver movimento algum no jogo de arremesso de argolas.

"Procurando por mim, garotinha?"

Um arrepio percorreu todo o meu corpo enquanto me virava pra barraca de Bola na Cesta. Era o mesmo homem que eu quase atropelara com minha bicicleta mais cedo, o homem do arremesso de argolas, o Abe Lincoln esfarrapado que Junie tinha visto com a Brenda e, depois, com a Maureen. Ele estava à espreita na sombra da máquina de Bola na Cesta, fumando. Seus olhos estavam tão frios, tão duros, que me congelaram onde eu estava.

Você é o Theodore Godo?, queria perguntar. *Você pegou a Maureen?*

O homem apalpou o bolso da frente da calça, como se tivesse algo lá dentro pra mim, e depois deslizou por uma cortina nos fundos.

136

"Heather! Você tá aqui sozinha?"

Pulei pra longe da barraca, me sentindo culpada como um bandido.

Jerome Nillson vinha dando passos largos pelo campo na minha direção, com uma expressão indecifrável, com seu corpo abundante de poder. Podia ouvir seus passos dizendo: *Esta feira é minha, esta cidade é minha, esta feira é minha, esta cidade é minha.* Eu o imaginei naquele porão com a Maureen e minha respiração travou.

Corri pra longe dele, pra fora da feira, joguei o resto da coca no lixo mais próximo, destranquei minha bicicleta com mãos trêmulas e fui pra casa a toda velocidade.

Capítulo 20

"Tá quente demais pra usar vestido", Junie reclamou, puxando sua gola de renda.

Ela não tava errada. Não era nem 9h30 ainda e o sol já derretia as nossas melhores roupas e as grudava em nossa pele. Minha mãe conseguia ir à igreja com a gente a cada quatro domingos, mais ou menos. Hoje, não era uma dessas vezes. Meu pai estava falando com o padre Adolph nos degraus da igreja enquanto Junie e eu disputávamos a sombra que a porta aberta oferecia. Seria uma grosseria entrar na paróquia sem o meu pai.

Um assobio chamou minha atenção. Brenda e Claude estavam em pé sob o guarda-sol fresco do carvalho no adro. Metade dele sombreava o cemitério, a outra metade, os vivos.

"Já volto", disse a Junie. "Se o pai acabar logo, fala pra ele que encontro vocês lá dentro."

"Não é justo!", disse ela, mas eu já estava na metade da escadaria.

"E aí", cumprimentei. As folhas mosqueavam seus rostos, no entanto eles não conseguiam esconder sua preocupação.

"Brenda me contou da Maureen", Claude disse. Ele parecia tão adulto na sua calça preta, em sua camisa de botão passada impecavelmente enlaçada com uma gravata azul. "Falou que ela não foi pra festa da pedreira depois do show de vocês."

Meu cabelo ficou arrepiado com a menção à festa. Provavelmente, veria o Anton hoje pela primeira vez desde então. Estava arrumada dos pés à cabeça, com cabelo lavado e escovado sobre as orelhas, usando meu melhor vestido regata de lese, mas de repente me senti suja. O que Claude pensaria de mim se descobrisse o que eu tinha feito? Custava a acreditar que tinha imaginado ele rindo daquilo.

"Junie disse que viu a Maureen na barraca de arremesso de argolas depois que saímos", comentei, olhando pra Brenda, pra receber uma confirmação. "Eu vi o mesmo cara, o cara das argolas, na parte assombrada do bairro ontem."

Os olhos da Brenda deslizaram pra longe. "Aquele com a barba de Abraham Lincoln? Comprei maconha dele."

"Acha que ele estava vendendo pra Maureen também?", Claude perguntou.

Brenda encolheu os ombros e começou a esfregar um dedão no outro. "Talvez", ela disse.

Claude franziu o cenho. "A polícia ainda acha que a Maureen fugiu?", perguntou.

Ele não sabia o que tínhamos visto naquele porão, não sabia que o xerife Nillson estava lá. Brenda e eu trocamos um olhar.

"Foi isso que ele disse ontem", Brenda confirmou, inclinando a cabeça na direção da igreja.

Me virei pra ver Jerome Nillson entrando. Ele vestia um terno bege com uma gravata cinza. Parecia apertado nos ombros. Percebi como sabia pouco a respeito dele. Morava em Pantown, e era a lei. Isso tinha sido o suficiente até agora. Nunca havia visto um anel de casamento em sua mão, e nunca tivera motivo pra pensar em sua vida pessoal.

Não teria me ocorrido nem em um milhão de anos que envolveria uma das minhas amigas mais próximas. Será que ela tinha pensado que estava namorando o xerife Nillson?

Foi nesse momento que tive a ideia de entrar de fininho no quarto da Maureen.

Eu leria o diário dela.

*   *   *

Minha mente divagava enquanto seguia os ritos da missa católica, ajoelhando, rezando, *e esteja convosco*-ando. A sra. Hansen estava sentada três fileiras à nossa frente, no mesmo banco que Jerome Nillson, mas na outra ponta. Ainda não tinha avistado Ant nem a família dele, o que provava (pra mim, pelo menos) que Deus podia operar milagres.

Decidi que falaria à sra. Hansen que tinha esquecido algo no quarto da Maureen. Não era papo furado, exatamente — esqueci uma camiseta lá, uma vez —, mas seria muita sacanagem me fazer esperar até sairmos da igreja pra falar com ela. Eu não sabia onde a Maureen guardava o diário, nem sabia se ela de fato tinha um, mas, se tivesse, poderia nos revelar por que estava naquele porão e onde estava agora.

"... Heather Cash e Claude Ziegler", o padre Adolph disse; seu tom de voz indicava que ele tinha acabado de chegar ao fim de uma lista de nomes.

Meu coração trovejou enquanto olhava ao redor, com os olhos arregalados, caçando pistas do que ele acabara de dizer. Claude estava me encarando, de cara fechada.

"... são os jovens convidados pra estreia do meu acampamento de Dia do Trabalho no chalé da igreja. Então, conversem com os seus pais e vejam se poderão participar."

Meu pai apertou minha mão. O verão todo ele vinha tentando me convencer a participar de um dos acampamentos do padre. Me dizia que ficaria bem na foto se a filha do promotor fosse. A ideia dele e do xerife Nillson de promover os retiros com o padre Adolph visava a criação de um local seguro para os adolescentes passarem um tempo durante o verão, algo pra mantê-los afastados de drogas e de pedir carona e para ensiná-los coisas inúteis dos pioneiros, como fazer fogueiras e dar nós. Acho que meu pai acreditava que eu poderia até falar sobre minha mãe se fosse receber algum apoio, no entanto eu não *queria* falar a respeito dela. Só queria que ela melhorasse.

"Por fim, vamos todos tirar alguns instantes para rezar por uma integrante desaparecida da nossa comunidade."

Meus olhos cravaram na nuca do xerife Nillson. Se o padre sabia que a Maureen tava desaparecida, isso significava que Nillson não poderia mais esconder aquilo.

Mas o padre Adolph não tava falando da Maureen.

"Ninguém viu Elizabeth McCain nos últimos seis dias. Por favor, mantenham Beth e sua família em suas orações."

Eu estava olhando atentamente pro pescoço do xerife Nillson, então, percebi quando ele arrepiou.

Capítulo 21

Minha mãe deixou o quarto pra se juntar a nós pro jantar. Meu pai ficou tão feliz em vê-la. Beijou seus cabelos cacheados, puxou a cadeira pra ela, falou durante toda a refeição do queijo quente e sopa de tomate que eu fizera, falou tanto que quase não percebi que minha mãe estava quieta. Ela mordiscava as bordas do seu sanduíche.

"Esquentei demais?", perguntei. Ela gostava dos sanduíches grelhados macios, não crocantes.

Ela não pareceu me ouvir. Assim que meu pai se levantou, indicando que a refeição tinha acabado, ela correu de volta pro quarto. O semblante do meu pai despencou ao vê-la partir, e de repente eu quis tanto dar um abraço nele. Não havia tempo, contudo. Ele já estava a caminho da porta da frente, como se o desaparecimento da minha mãe o tivesse liberado pra fazer o mesmo.

"Obrigado pelo jantar, querida. Não me espere acordada."

Concordei balançando a cabeça.

Ele dissera que encontrar a Maureen não era o seu departamento, que o xerife Nillson provavelmente estava certo de achar que ela tinha fugido; ele dissera a mesma coisa a respeito da Elizabeth McCain, e que eu não devia me preocupar, mas também tinha me prometido dar um pulo no gabinete dele nesse dia, depois do serviço, pra "dar uma averiguada". Soou como um bálsamo ele ter me dito isso. Não tinha como eu lhe contar que tinha visto a Maureen naquele porão com o Nillson, mas estava me comendo viva o fato de que o homem responsável por a encontrar provavelmente não ligaria se ela desaparecesse pra valer. Com o meu pai metendo o bedelho, Nillson teria que se manter na linha.

"Junie, vem me ajudar a limpar a cozinha", disse quando a porta da frente se fechou atrás do meu pai.

"Mas eu quero assistir tv... Tá passando *The Hardy Boys*."

"Então é bom você se apressar pra não perder muita coisa."

Enquanto ela lavava os pratos e eu secava e guardava, ela tagarelou sobre como estava empolgada pro episódio de hoje dos *Hardy Boys* e como ela estava triste porque a feira tinha acabado, e também como mal podia esperar pelo próximo ano, como achava que brilho labial de uva tinha gosto melhor que o de morango porque morangos faziam o nariz dela coçar, por favor, será que a gente pode comer espaguete e almôndegas na janta amanhã, se eu achava que nosso pai me deixaria levá-la pra ver *Quadrilha de Sádicos*, e quem seria estúpido a ponto de sair do carro se ele quebrasse como haviam mostrado aquela família fazendo no trailer, era quase tão estúpido quanto pedir carona.

Minha respiração travou na garganta.

Quase tão estúpido quanto pedir carona.

"Junie, preciso sair."

"Você não vai assistir à série comigo?"

"Volto em uma hora", disse. "Agora, vá lá pra cima. Preciso fazer uma ligação particular."

"Então, faz lá do porão", ela disse, apontando a escadaria que descia da cozinha. "O fio é longo que chega."

Rosnei pra ela.

Ela sorriu e fugiu da cozinha pro sofá, na sala de estar, de onde poderia ouvir tudo. A fedegosinha. Meu plano era ligar pra Brenda e perguntar de supetão se ela e a Maureen tinham pedido carona pra qualquer lugar que não fossem as Cidades Gêmeas. Não importava que a resposta fosse com toda certeza machucar meus sentimentos. O comentário relativo à *Quadrilha de Sádicos* da Junie tinha me alertado. E se um estranho tivesse pegado a Maureen e a estivesse mantendo cativa em algum canto neste momento?

Acoplei o telefone na orelha e tava prestes a discar quando ouvi alguém na linha. Por reflexo, fiz menção de desligar — cortesias de linha compartilhada —, antes de reconhecer a voz do Ant.

"...foto...", ele resmungou. "Você disse que, se eu conseguisse, teria a minha vez."

Meu sangue congelou.

Como a pessoa do outro lado da linha não respondeu, o Ant continuou, com sua voz aguda de emoção. "Não se preocupa com o Nillson. Sei me virar num porão. Ela não vai..."

"Ligação particular!", Junie guinchou, pulando de volta na cozinha.

Bati o aparelho de volta no suporte da parede. "Junie!"

Ela riu.

Meu coração martelava num contratempo contra minha caixa torácica. Não tinha como o Ant saber que era eu do outro lado da linha, a não ser que reconhecesse a voz da Junie. Vislumbrei os túneis serpenteantes sob meus pés. Se eu corresse até a casa do Ant e enfiasse minha orelha na porta dele, o que mais eu ouviria? Que outras coisas terríveis estaria dizendo? Que segredos tenebrosos sobre porões e Jerome Nillson e uma *ela*?

Uma Maureen.

Agora que deixara minha mente vagar até os túneis, queria seguir em frente, voar pela seção assombrada até o porão onde eu testemunhara a Maureen de joelhos. Brenda havia mencionado que poderia ser o porão do xerife Nillson. Ela até dissera que ele poderia ter sequestrado a Maureen, mas aí voltou atrás. É claro que voltou. Um xerife não *sequestraria uma menina*. Mas e se a gente tivesse desconsiderado a possibilidade cedo demais? E se o Nillson estivesse com ela, e Ant e mais alguém — Ricky? Ed? — soubessem a respeito e estivessem tirando vantagem de uma Maureen ferida e assustada?

Meu estômago se revirou com esse pensamento.

As chaves da nossa casa ficavam penduradas num gancho perto do telefone. A que estava marcada com um pedaço de fita isolante era a chave da porta do nosso porão.

A chave que também destrancava as portas do porão da Brenda e do Claude.

Arrepios acenderam minha pele.

Talvez destrancasse a porta do porão do Ant, também.

E a do xerife Nillson.

Eu não tinha coragem de fazer isso sozinha.

Estava com muito medo de pegar o telefone de novo — Ant poderia estar à espreita do outro lado, amolado feito um machado de açougueiro, esperando a pessoa que o entreouvira voltar pra linha —, então, andei até a casa da Brenda em vez de ligar. Os pais dela me disseram que ela tava no trabalho e que a buscariam mais tarde. Então fui à casa da Maureen. Ainda queria vasculhar o quarto dela pra ver se achava o diário, mas ninguém atendeu à porta. Após esperar cinco minutos na varanda da frente, atravessei a rua e fui até a casa do Claude.

"Que bom ver você, Heather!", a sra. Ziegler disse, abrindo a porta pra mim, liberando uma lufada de aroma de cookies recém-assados. Ela usava seu avental de sempre, xadrez vermelho, sobre um vestido de ficar em casa, com seus cabelos bem cacheados. Ela possuía o sorriso mais acolhedor de todo o bairro. "Pode entrar."

"Obrigada", disse, analisando a imagem mental de como estava. Era algo que fazia quando chegava perto de adultos. Boné com a aba abaixada, camiseta de arco-íris, tênis branco. Não usava meus quadrafones desde que a Maureen tinha desaparecido. Queria poder ouvir o que vinha pela frente.

"O Claude tá em casa?"

Ela apontou pra escadaria. "Ele tá no quarto dele. Pode subir, e já já levo um suco Kool-Aid pra vocês."

"Obrigada, sra. Ziegler, mas não sei se vou demorar muito." Planejava fazer a cabeça do Claude pra entrar nos túneis comigo. Ou ele iria ou não iria.

"Leva só um minutinho de nada pra beber Kool-Aid", disse, sorrindo calorosamente. O sr. e a sra. Ziegler estavam numa disputa acirrada com os pais da Brenda pra decidir quem eram os pais mais legais de Pantown. Eles eram simplesmente *muito normais*.

"Obrigada, sra. Z."

Subi correndo a escadaria. A casa dos Ziegler tinha o mesmo projeto da nossa, com a suíte principal no térreo e dois quartos e um banheiro no segundo andar. Como Claude era filho único, ele era basicamente dono do segundo piso. A porta do quarto dele estava com uma fresta aberta, a do banheiro, fechada. *Melhor esperar no quarto dele*. Tinha passado boa parte da minha infância ali, descansando sobre a sua colcha azul nodosa costurada à mão pela sra. Ziegler, encarando os pôsteres de filmes — *Carrie, Rocky, Tubarão, Monty Python em Busca do Cálice Sagrado* — tantas vezes que podia vê-los de olhos fechados.

Já tinha aberto metade da porta antes de perceber que havia cometido um erro, que ele não estava no banheiro, e sim sentado na cama, de costas pra mim. Ele olhou pra trás, fez um som de gorgolejo quando me viu e rapidamente enfiou o que estava segurando embaixo do travesseiro, mas não antes de eu captar o brilho de uma corrente de cobre.

Beth

Beth tinha um ritmo. Ela cavoucava em volta do objeto na terra batida o máximo que conseguia.

Então, aninhava seus dedos ralados no colo, soprando-os para aliviar a dor, e descansava.

Quando acordava, cavava um pouco mais.

Já havia dragado o suficiente para deduzir que o objeto que desencavava provavelmente era de metal, tinha uns doze centímetros de comprimento, e era tão grosso quanto o seu dedão. Talvez fosse um velho prego de trilho de ferrovia. Agora que suas unhas tinham se acabado, as pontas dos dedos estavam esmagadas de tanto cavar, precisaria modificar seu método. Se empurrasse forte demais, simplesmente compactaria ainda mais a terra. Se não cavasse fundo o suficiente, os dedos deslizariam pela superfície. Havia encontrado um meio-termo de um jeito fortuito, em que balançava de modo firme — mas não firme *demais* — uma seção de terra batida sob a almofada do indicador. Assim, desprendia uma quantidade microscópica, suficiente para que pudesse atacá-la pelo lado usando o topo do dedo, onde costumava ficar a unha, como se fosse uma pá minúscula.

Esse empenho exigia paciência e uma vontade de ferro.

Ela possuía ambas.

E mantinha a terra que removia por perto. Quando ele voltava, a jogava de volta no buraco e o tampava. Ela teria que recavar mais tarde, mas era melhor do que ser descoberta. Além disso, era mais fácil cavar pela segunda vez. A parte difícil era, a princípio, deixá-la descompactada.

O que ela não daria por uma caneta, ou um cortador de unha, ou mesmo uma presilha de cabelo, todas as conveniências minúsculas que subestimara. Porém ela perseveraria com nada além de suas mãos e seu foco obstinado e, quando estivesse livre, contaria esta história aos seus alunos. Não toda ela, não as partes em que ele vinha visitá-la. Deixaria essas de fora. Mas e a lição de nunca desistir mesmo quando seu sangue parecia lodo e cada centímetro quadrado seu estava cinzento de cansaço e a rendição sussurrava seu nome prometendo aquele descanso paradisíaco?

Essa era a parte que compartilharia.

Continuou trabalhando em busca do prego de trilho feito uma arqueóloga, removendo com delicadeza a terra um átomo por vez, mantendo seu foco de modo tão absoluto que quase não ouvia as vozes acima. Desta vez, soavam como vozes de homens, apenas. Em pânico, jogou toda a terra de volta no buraquinho, apalpou e se precipitou pelo chão de barro até o canto mais distante, tudo sem ligar a lamparina de querosene. Ela conhecia o espaço de cor, havia mapeado cada centímetro.

Então, encostou os joelhos no peito e ficou esperando.

Capítulo 22

"Heather!" Ele pulou da cama e correu na minha direção, ficando próximo demais, tão próximo que tive a impressão de que dava pra ouvir nossas batidas do coração caudalosas ecoando uma na outra. "O que você tá fazendo aqui?"

"Eu estava no bairro", disse; senti a platitude me doendo enquanto as palavras saíam da minha boca. Era óbvio que eu estava no bairro. Eu *morava* no bairro. Lutei contra o impulso de sair correndo e, em vez disso, encarei o Claude; realmente *olhei* pra ele. Tive que esticar meu pescoço. Medindo mais de um metro e oitenta, com seu cabelo castanho-areia caído sobre a testa, aqueles olhos verdes firmes me encarando, me implorando pra não perguntar a ele o que estava fazendo quando entrei de supetão.

Eu estava mais do que feliz e agradecida.

Seria impossível ele ser o homem que estava usando a pulseira de identificação cor de cobre naquele porão, de qualquer forma, o homem horrível em quem a Maureen estava chupando, uma vez que o Claude-rima-com-aplaude estava em pé ao meu lado enquanto aquilo acontecia. Não é como se fosse um clube asqueroso em que todos os membros ganhavam um bracelete e um aperto de mão secreto.

"Quem quer Kool-Aid e cookies?", a sra. Ziegler chamou a gente, subindo a escadaria.

Tanto Claude quanto eu demos um pulo, mas ele se recuperou primeiro. "Obrigado, mãe."

"É, obrigada, sra. Z."

"Por Deus, por que você dois estão aí de pé na soleira da porta? É porque o quarto do Ziggy tá um chiqueiro, não é? Eu falei pra você limpar."

Seus pais sempre o chamavam pelo seu apelido corrente preferido. Ser lembrada disso aliviou a tensão em meus ombros. Este era o Claude para quem eu estava olhando, não algum pervertido.

Ele agarrou um cookie com gotas de chocolate e um copo de plástico suado com Kool-Aid de uva da travessa que a sra. Ziegler trouxera. Apanhei o outro copo e dois dos três cookies restantes. É uma regra do Minnesota que você nunca pegue o último pedaço de nada. A gente ia comendo pelas beiradas até chegar às moléculas pra não ser o babaca que acabava com tudo. A sra. Z conhecia o jogo tão bem quanto qualquer um, então, ela carregou o último cookie escada abaixo. Segui o Claude pra dentro do quarto. Ele se sentou na cama, com uma perna dobrada sobre o corpo, e me larguei na cadeira perto da janela. Nossas posições de costume.

"Pensei que o padre Adolph ia mencionar que a Maureen tava desaparecida", ele disse, tomando um gole. Falou e não limpou o bigode de Kool-Aid da boca, então, apontei pra minha. Ele pegou a deixa.

"Eles pensam que ela fugiu", eu disse, repetindo o que ele já sabia. "Eles provavelmente não querem fazer propaganda disso pro resto das crianças."

Pensei em Beth McCain, a garçonete desaparecida da Northside. Conseguia formar uma imagem vaga dela de algum grupo da igreja: cabelo ruivo encaracolado, sardas polvilhando um nariz de botão perfeito. Uma risada gostosa, acolhedora como um achocolatado. Fui tão insensível quando a Brenda me contou que ela havia desaparecido... Fiquei tão satisfeita quando meu pai confirmou meu palpite de que não era nada grave... No entanto, parecia algo gigantesco agora que estava acontecendo com alguém que eu conhecia. Então, me lembrei de outro detalhe. "Não acredito que o padre Adolph nos chamou pro acampamento bem na frente de todo mundo", disse.

Claude fez uma cara de dor de estômago.

"Eu não vou. Você também não deveria ir", falou.

A contundência dele me surpreendeu. "Por quê?"

"O Ant não te falou?", ele perguntou.

"Me falou o quê?"

"Aquele campo é furada. Ant disse que o padre Adolph ficou no pé dele o tempo todo. Achei que a Maureen e a Brenda teriam ao menos contado isso a você."

Abri minha boca e fechei. Elas não tinham me contado. Tinham? Elas voltaram tão quietas de lá... mas minha mãe estava no hospital, numa das visitas dela, nessa época.

"Elas não me contam mais tantas coisas quanto me contavam", disse. Claude inclinou a cabeça.

"O que você quer dizer com isso?", ele perguntou.

Tentei parecer tranquila, mas de repente estava tão consciente das reações do meu corpo... "Parece que elas não querem mais andar muito comigo, só isso. Não me importo, sério. E isso não importa. Tudo que importa é encontrarmos a Maureen."

Claude não se deixou distrair. "Heather, vocês três são melhores amigas. Vocês tão numa banda juntas."

"Só porque as obriguei!", eu disse; ouvi meu maior medo se pronunciando. Minha voz afundou. "Não porque elas queriam."

Claude colocou a bebida dele de lado e franziu o cenho; seus olhos claros pareciam honestos. "Isso não é verdade. Vocês são amigas pra valer. Todos nós somos. Nada pode mudar isso."

Ele parecia tão sério que não quis discordar, mas sabia o que meu coração estava me falando. "A gente não gosta mais das mesmas coisas."

"Dores do crescimento", ele disse. "Você falou para alguma delas como se sente?"

Uma erupção de raiva aqueceu minha garganta. Isso não era culpa minha. "*Você* contou pros seus pais o que ouviu a respeito do padre Adolph e do Ant?"

O rosto dele ficou vermelho. "Sim. Eles disseram que não preciso ir pro acampamento, mas só isso."

Puxei o ar com força. Não tinha intenção de machucá-lo. "Desculpa, Claude. Você tá certo. Eu devia falar logo com a Brenda, e com a Maureen, quando a gente a encontrar. Tô sendo boba."

Ele deu um sorriso torto, se parecendo tanto com o Robby Benson que fiquei tentada a pedir um autógrafo.

"Você sempre marchou no ritmo da sua própria bateria", disse.

Soltei um gemido.

"Não começa a contar as piadas do seu pai", falei.

O pai do Claude era daqueles caras que achavam que, se você não risse, era porque não tinha entendido a piada direito.

O sorriso do Claude se alargou, e do nada a mão dele foi na direção da minha orelha ruim, como se fosse tirar meu cabelo de cima dela ou algo assim. Foi tão íntimo que botei pra fora a primeira coisa que me veio à mente pra fazê-lo parar.

"Claude, acho que o Ant pode saber onde a Maureen está."

Ele recuou. "Por que você acha isso?"

Contei pra ele do fragmento de conversa que entreouvira na linha conjunta.

Ele balançou a cabeça. "Isso pode ser qualquer coisa."

"Pode ser. Ou pode ser sobre a Maureen. Foi por isso que passei aqui. Vou entrar nos túneis pra ouvir na porta do Ant. Quero que venha comigo." Parei e fiquei olhando pra ele. Não queria dedurar a Maureen, mas queria que o Claude soubesse onde estava se metendo. "Também vou até aquela porta que a Junie abriu na outra noite, aquela com o 23 no topo. Acho que pode ser a casa do Jerome Nillson. As coisas degringolaram desde que a gente abriu aquela porta."

Os olhos dele deslizaram pra longe e, então, voltaram, como se quisesse me perguntar algo, mas achasse melhor deixar pra lá. "Se você puder esperar até amanhã, posso ir junto", ele disse, enfim. "É noite de jogo aqui."

Todo domingo os Ziegler jogavam jogos de tabuleiro. Algumas vezes, eu participava. "Tá, tudo bem", disse, soando muito mais corajosa do que me sentia. "Vou ficar bem. São só os túneis. Se eu não voltar, você sabe onde me procurar."

*   *   *

A entrada da garagem estava vazia quando voltei pra casa, o que significava que meu pai ainda não havia chegado. Junie estava plantada na frente da TV. Eu lhe disse que iria ao porão lavar as roupas. Ela nem olhou pra cima, as luzes dançavam pelo seu rosto, hipnotizando-a. Minha mãe, com certeza, estava na cama.

Corri lá pra cima pra pegar roupas sujas do meu cesto e do da Junie, garantindo que eu usaria a camiseta PARCEIRO DE PESCARIA DO PAPAI dela. Já podia logo matar dois coelhos com uma cajadada só. Bati o olho no meu rádio-relógio, o que me lembrou que havia esquecido de gravar as músicas do *American Top 40* do Casey Kasem. Queria muito gravar o "Who'd She Coo?", do Ohio Players, antes que caísse nas paradas de sucesso. Meu gravador de fita cassete estava bem ao lado do rádio-relógio, preparadinho, no entanto eu perdi todo o programa. Peguei lápis e papel pra escrever um lembrete pra próxima vez quando percebi o que, de modo inconsciente, fazia.

Ficava postergando minha entrada nos túneis.

Apesar do que dissera ao Claude, me sentia aterrorizada com o que poderia encontrar, sobretudo porque me convencera, no caminho entre a casa dele e a minha, que não só ouviria, mas que levaria a chave mestra de Pantown e invadiria a casa do Ant e depois aquela que pensava ser a do xerife Nillson. Meu coração arremeteu pro lado só de pensar naquilo. No entanto, se a Maureen estava trancada em um desses lugares, era minha obrigação libertá-la.

Me veio uma lembrança de Maureen, Claude e eu, nós três brincando na casa da Maureen. Foi depois que o pai dela tinha dado no pé, mas antes de a casa ficar totalmente entupida de coisas. Uma cortina de contas cor de âmbar separava a cozinha da sala de jantar naquela época, e ainda dava pra ver decorações nas paredes da sala de estar, incluindo o garfo e a colher imensos e os belos tapetes de parede de macramê da sra. Hansen. Nesse dia do qual estava me lembrando, a Maureen nos chamou pra brincar de *A Feiticeira*. Você poderia pensar que, por ser a casa dela e a ideia dela, ela escolheria ser a Samantha, mas não. Ela queria ser a Endora, porque era "a única divertida". Claude era Darrin, e Maureen me deixou ser a Samantha, o que significava que eu podia mexer meu nariz e lançar feitiços.[*]

"Faça a gente desaparecer!", ela berrou.

Eu mexi o nariz, e ela e Claude mergulharam debaixo de um cobertor, rindo com tanta força que a Maureen perdeu o fôlego. Quando puxei o cobertor com tudo, o cabelo de Claude estava em pé, carregado de estática. Minha amiga era bem loira nessa época, e seu cabelo estava amarrado em lindas tranças francesas que a sra. Hansen gostava de fazer nela.

"Me faz flutuar!", Maureen gritou na sequência.

Mexi meu nariz de novo, deliciada com a brincadeira. Ela ficou deitada numa cadeira da mesa de jantar, dura feito tábua. "Joga o cobertor sobre a minha cintura", falou para o Claude.

Ele obedeceu.

Se você franzisse os olhos, ela parecia uma assistente de mágico flutuante.

"Você é a melhor bruxa de todas", me disse, com os olhos fechados, o sorriso largo.

Quando a Maureen falava, tudo parecia verdade.

Tirei a chave mestra do gancho quando passei pela cozinha e a larguei no topo do cesto de roupas sujas. Me encontrava tão perdida na minha própria mente que não vi a pessoa no sofá do porão até meu pé encostar no carpete.

---

[*]   *Bewitched*, no original, foi ao ar de 1964 a 1972 no canal ABC, com
        Elizabeth Montgomery interpretando a protagonista Samantha
        Stephens, uma dona de casa com poderes mágicos. [NT]

Capítulo 23

"Ouvi uns barulhos", minha mãe disse suavemente empoleirada na ponta do sofá.

Baixei o cesto de roupa suja devagar, minha nuca estava gelada, sentia o sangue pulsando em minhas veias. Minha mãe nunca descia no porão, não desde o acidente. Minha mão voou pra minha orelha distorcida. Ela parecia tão frágil no sofá... a pele branca de filhotinho de pássaro com veias azuis aparecendo.

"Que tipo de barulho?", olhei de volta pro topo da escada. Precisava que Junie descobrisse onde meu pai estava *agora mesmo*, mas não podia arriscar deixar minha mãe, não com ela naquele estado.

"Você não consegue ouvi-los?", perguntou, seu rosto foi suavizando com alívio. "Graças a Deus eu a salvei daquilo. Graças a *Deus*."

Concordei movendo a cabeça. Não queria chegar perto dela, apesar de saber que era maior que ela agora, e que não conseguiria me subjugar como fizera da última vez. Pelo menos, acreditava que não. Às vezes, quando ela chegava perto de mim, ficava tão complacente... Era como um feitiço, o jeito que ela fazia aquilo, sinistro e indescritível, não a mágica de risadinha meiga que eu fazia com a Maureen e o Claude brincando de *A Feiticeira*.

Ela apontou pra porta que dava nos túneis. "Os barulhos estão vindo de lá. Arranhões. Uma mulher chorando. Homens gritando. Vou pedir pro seu pai colocar uma fechadura nessa porta. Tá na hora. Já passou da hora. Ora, *qualquer um* poderia se esgueirar aqui pra dentro e nos machucar enquanto dormimos. Você consegue ouvir?"

Andei devagar na direção dela, sem fazer movimentos exagerados, tratando-a como uma criatura selvagem que poderia sair em disparada. Uma ideia passageira, de que eu devia deixá-la ali embaixo, correr escadaria acima e ligar pro meu pai no serviço atravessou minha cabeça. Não. Não podia arriscar. As cicatrizes salientes nos seus pulsos, como se alguma criatura horrível tivesse se embrenhado sob sua pele, eram testemunho do que ela podia fazer neste estado de espírito.

Do que ela fizera.

"Mãe?" Fiquei surpresa com a maneira como eu soava nova, como soava assustada. "Não é melhor irmos lá pra cima? Podemos ficar longe da porta. Longe desses sons."

Um estado de confusão enevoou seus olhos. Tentei alcançá-la. Ela olhou minha mão avançar, encolheu-se diante dela. "Não posso sair", disse, em choque. "Não até seu pai chegar em casa. Quem vai ficar de guarda na porta?"

De repente, agarrou minha mão e me puxou pro sofá ao seu lado, me envolvendo num abraço. Estava fria e tremendo. "Eu morreria por você, Heather. É por isso que tive que fazer aquilo. Sinto muito, filha. Não podia deixar você ouvir as vozes. Não queria que elas morassem no seu cérebro como moram no meu. Você entende, não entende?"

Sacudi afirmativamente a cabeça nos braços dela, meu coração era como um pássaro se debatendo contra a grade do meu peito. A mão dela achou meu cotoco, o aninhou. Era a primeira vez que o tocava desde o acidente.

A primeira vez que a gente ficava junta no porão desde então.

Naquela noite, tínhamos acabado de voltar de um churrasco na casa dos Taft. Tinha sido um dia quente, então, pegamos os túneis. Trouxemos os apetrechos de churrasco e uma melancia. Algo que aconteceu na festa chateou minha mãe, e se relacionava com a sra. Hansen, então, saímos mais cedo, minha mãe catou nosso fluido de isqueiro e seu isqueiro quando saímos. Me lembrava daquilo, e do meu pai trotando escadaria acima pra colocar a Junie na cama quando chegamos em casa, e da minha mãe ficando lá embaixo, no nosso porão.

Fui atrás da minha mãe, talvez pra ela ler uma história pra mim, ou escovar meu cabelo. Eu a encontrara neste local, num móvel diferente, mas no mesmo estado mental. Ela havia sido tão rápida, eu era tão pequena.

Assim que cheguei perto o suficiente, ela pegou o fluido de isqueiro e me agarrou, o esguichou no meu cabelo — senti o cheiro, aquele cheiro oleoso e enjoativo — e depois o acendeu, me segurando forte. Eu gritei e a chutei, no entanto ela possuía a força de uma mulher surtada. Meu pai pulou escadaria abaixo em questão de segundos, jogou um cobertor na minha cabeça, mas o estrago já estava feito.

Minha orelha tinha derretido.

Minha mãe sacrificara um pouco de cabelo, seu suéter favorito, o sofá.

Ela também tirou suas primeiras "férias".

Agora eu sabia de suas internações na ala psiquiátrica do hospital, mas parecia mais fácil continuar a chamar aquilo de férias. Essa suavização da realidade, especialmente quando se tratava de algo feio, não acontecia apenas na minha casa. Era assim em toda a Pantown, talvez em todo o Meio-Oeste. Se a gente não gostava de algo, a gente simplesmente fazia de conta que não via. É por isso que eu nunca falava em voz alta as palavras que li na ficha da minha mãe (*transtorno maníaco-depressivo*), por isso que meu pai não havia ajudado a sra. Hansen, por isso que os pais de Claude não deduravam o padre Adolph. Em nosso bairro, o problema não era a pessoa que cometia o erro; era a pessoa que reconhecia a verdade.

Essas eram as regras.

Todo mundo aqui as seguia, incluindo eu. Era assim que mantinha a mim e a Junie a salvo.

"Mãe", tentei mais uma vez, torcendo meu pescoço pra poder ver o rosto dela, minha voz saía rouca. "Você gostaria de subir?"

As nuvens nos olhos dela clarearam por um instante, tempo suficiente pra eu vislumbrar sua essência, presa dentro do próprio corpo.

"Eu *gostaria* de brincar com a Junie", ela disse de um jeito hesitante, me soltando. "Eu *gostaria* de passar maquiagem nela."

Meus músculos relaxaram de uma forma tão dramática que temi cair do sofá. O comportamento reconfortante favorito da minha mãe era tratar a linda da Junie como uma boneca. Me agarrei àquilo.

"Isso seria ótimo", disse. "Aposto que ela gostaria disso."

*   *   *

Junie não gostou. Ela queria assistir ao seu filme — dava pra ver na cara dela —, mas, na hora em que bateu os olhos na nossa mãe, que eu guiara escada acima gentilmente, como se ela fosse feita de porcelana, Junie entendeu. Desligou a televisão no botão sem reclamar e nos seguiu até o quarto dos meus pais. Minha mãe a encarapitou na ponta da cama e correu pra pegar seus bobes no banheiro.

Meus ossos pareciam feitos de mingau de tão cansada que eu fiquei, do nada. Se me sentasse naquela cama, pegaria no sono, e não podia deixar isso acontecer, não até meu pai voltar. Então, me apoiei contra a parede, enterrando as unhas na palma da mão quando ficava sonolenta, e assisti... Fiquei observando enquanto minha mãe preparava o rosto da Junie, colocando seu cabelo cor de cobre atrás das orelhas.

Atrás das suas orelhas rosadas e perfeitas de concha do mar.

Vasculhar os túneis teria que ficar pra depois.

Capítulo 24

Minha cara pegava fogo.

Não fazia sentido ficar assim envergonhada. Como funcionária do Zayre Shoppers City, eu tinha visitado cada canto do complexo. Me sentia mais confortável na delicatéssen, obviamente, mas comprava minhas roupas lá, pegava comida, até parava na seção de ferramentas quando meu pai precisava de algo pra casa. Nunca conversei com alguém no balcão da joalheria, no entanto, por isso mesmo, de alguma forma, ficar parada ali fazia eu me sentir enorme e desajeitada, uma gigante sem a menor habilidade para lidar com aquelas coisinhas lindinhas debaixo do vidro.

"Posso ajudá-la?"

Tentei dar um sorriso, mas meu lábio enroscou num dente. Minhas duas mãos batucavam nas coxas, as batidas iniciais de "Toad", do Cream. "Queria ver um bracelete de identificação."

A ideia tinha surgido de madrugada, porque eu não conseguia cair no sono na noite anterior, mesmo depois que meu pai chegou em casa, embora estivesse exausta. Eu o chamei num canto depois de confirmar que Junie já estava deitada na cama. Disse a ele como a gente tinha ficado perto de outras férias pra minha mãe. Ele ficou furioso.

Me senti terrível por fofocar. Achava que minha mãe não conseguia ter controle algum sobre si mesma quando piorava. Meu coração doía pelo meu pai, também. Não devia ser divertido chegar em casa e dar de cara com tantos problemas. As vozes deles haviam começado raivosas, mas urgentes, aquele zumbido de briga que zunia nas tábuas do assoalho sob meus pés descalços. Daí escalou, meu pai gritando com ela por ter me assustado, minha mãe gritando e dizendo que devia ser *ele* a pessoa que todos devêssemos temer. Por fim, enfiei minha orelha boa no colchão e cobri a ruim com um travesseiro, espremendo os olhos pra tentar fechá-los.

Foi aí que esse novo plano caiu de paraquedas.

Precisaria esperar antes de dar uma volta nos túneis, mas podia visitar o balcão da joalheria do Zayre e perguntar a respeito do bracelete de identificação de cobre. Era um tiro no escuro, mas talvez tivessem vendido um recentemente e pudessem me dizer quem havia comprado. Era um artigo de joalheria tão único que imaginei não ter nada a perder.

Não imaginei quanto me sentiria um animal de fazenda grande e estúpido erguido contra a mulher pequenina atrás do balcão, com sua blusa branca nova em folha revestindo o corpo na medida, sua gola com gravata-borboleta num ângulo galanteador, seu batom pêssego-gelo brilhante e suculento.

"Não vendemos mais pulseiras de identificação", ela disse, com seu sorriso afetuoso parecendo genuíno. Relaxei um tiquinho. "Eles foram populares há cerca de dez anos. Antes da minha época."

Dei uma espiada na vitrine do balcão.

"O Zayre já vendeu alguns de cobre, que você saiba?", perguntei.

"Hummm", ela disse. "A maior parte das nossas joias masculinas é feita de ouro ou de prata. No entanto, nós temos alguns berloques de cobre bem bonitos." Ela batucou no vidro sobre um coração do tamanho de uma moeda de 25 centavos, que tinha a cor da moeda de um centavo de dólar, tão pura que era quase rosa.

"Que bonito...", eu disse.

"Não é?" Apontou para minha camisa verde do uniforme. "Você é a segunda pessoa que trabalha na delicatéssen que passa aqui esta semana."

Meu cabelo se arrepiou. "Quem foi a primeira?"

Ela fez um movimento de zíper na frente da boca. "Discrição é uma lei no ramo de joalherias. Nunca sabemos quem está comprando presentes pra quem, sabe?"

Fim da linha. "Obrigada, de qualquer forma."

Estava me virando pra sair quando um par de brincos de bolas de ouro pendentes dentro da vitrine me chamou a atenção. Maureen estava usando um par idêntico na noite em que tocamos na feira. Na última vez em que a vi. "Quanto custam estes?"

A vendedora olhou pra onde apontei. "Ah, sim... 49,99 dólares. Eles são de ouro de 24 quilates. A gente costumava deixar à mostra em cima do balcão, mas alguém insistia em usar o descontinho da mão ligeira. Perdemos três pares num único dia."

Era possível que a Maureen tivesse roubado todos eles.

A vendedora se movimentou pra abrir a caixa. "Você gostaria de ver? Este é o nosso último par."

"Não, obrigada", disse. "Talvez outra hora."

As segundas-feiras eram paradas, então, éramos só eu e Ricky no balcão da delicatéssen. Não falamos muito, mas isso não era incomum. Eu *fiquei* surpresa quando ele me ofereceu uma carona de volta pra casa no fim do expediente.

"Vim de bicicleta", disse.

"Posso colocar sua bicicleta na minha caçamba", ele falou.

Tinha alguns dias que ele não se barbeava, seu cabelo oleoso havia aderido ao formato da redinha de cabelo que ele usava. Seus olhos ficavam dardejando sobre meus ombros, como se estivesse esperando alguém aparecer. Até olhei pra direção na qual ele olhava, mas só vi pessoas correndo pra fazer compras.

"Não, obrigada", disse, enfim. Desliguei as luzes pra sinalizar que a delicatéssen estava fechada. Com isso, eu também esperava emitir ao Ricky a mensagem de que nossa conversa tinha acabado. Fui até os fundos e bati o ponto, mas ele me seguiu.

"Tem certeza de que não quer uma carona?"

"Tenho."

Ele nunca tinha se oferecido pra me levar em casa antes, e agora ficava me pressionando. Não estava gostando nada daquilo. Minha mão já tocava na porta quando ele agarrou a maçaneta pra me impedir de sair. Eu me virei. Ricky bloqueou minha passagem.

"Tô preocupado com a Maureen", sussurrou assustado, olhando pra trás de novo. Eu não acreditava que cheguei a considerá-lo bonitinho. Seu corpo era ok, esguio e musculoso, e uns poucos centímetros maior que os meus um metro e setenta e dois de altura, mas, de perto, podia ver seus poros entupidos e sentir o cheiro do seu cabelo sem lavar. "Você sabe onde ela tá?"

"Não sei."

"Você não teve *nenhuma notícia*?"

"Ricky!", uma voz grave gritou da frente. "Você tá aí no fundo?"

Ricky travou a mandíbula. "Sim, Ed, tô saindo." Voltou o rosto em minha direção com um olhar intenso. "Ela não foi à festa naquela noite, depois do show", ele disse.

Não conseguia identificar se ele estava tentando convencer a mim ou a si próprio.

"Se alguém contar outra coisa a você, tá mentindo", ele disse, por fim.

Com a cabeça, fiz um gesto de que havia compreendido.

"Se souber de algo relacionado a Maureen, você me procura primeiro. Entendeu?"

Ele saiu pra frente da loja, me deixando com meus pensamentos trôpegos.

"Maureen amava cavalos", a sra. Hansen disse, pousando um límpido copo de água na minha frente — um copo de vidro jateado com palominos galopantes. Eu esperava que, ao menos, o copo estivesse limpo. De alguma forma, a família Hansen havia acumulado ainda mais coisas na casa do que havia na última vez em que eu a visitara, e o cheiro de lixo tinha se juntado à fragrância de carcaça em decomposição. Aquilo fazia minhas mãos coçarem.

"Não sabia disso", comentei e então desejei ter mordido a língua pelo jeito que ela olhava pra mim. Como se a tivesse pegado mentindo no flagra.

Mas essa expressão sumiu da cara dela rapidinho. Ela parecia estar lutando pra se agarrar a alguma coisa. Sentia-me agradecida por ela ter me deixando entrar, apesar do fato de que o único lugar restante pra gente ficar era debaixo da escadaria. Até mesmo a artéria que levava ao espaço da televisão estava entupida, cheia de sacos brancos infestados de moscas de frutas.

"Eles parecem não se importar", ela disse, balançando a cabeça. "A polícia. Todo esse bairro de merda... Ninguém aqui se importa com as meninas, não aquelas que se fazem ouvir. Aposto que a Beth McCain foi outra que não conseguiram fazer ficar quieta, como a Maureen. Meninas fortes, as duas. Ouço os murmúrios. Você acredita que as pessoas estão dizendo que ela fugiu de mim?"

Levei a água à boca e fingi beber. Precisava entrar no quarto da Maureen. Se a sra. Hansen ficasse apreensiva, eu perderia essa oportunidade. Ela não ligava lé com cré ao trazer a Beth McCain pra conversa, mas felizmente eu tinha muita prática em lidar com o que meu pai chamava de "mulheres excitáveis". Era tudo questão de movimentos estáveis e não discutir, não importa o que dissessem.

"Ouvi o xerife Nillson falar isso a respeito da Maureen", concordei.

"No dia em que ele passou aqui?", a sra. Hansen perguntou, esfregando a parte de cima dos braços. "É mesmo, você e a Brenda estavam aqui."

Fomos nós, na verdade, que lhe dissemos que a Maureen tava sumida, que insistimos pra ela ligar pros policiais. "Pois é", confirmei.

"Ele estava errado aquele dia", disse ela. "Não falei isso pra ele. A gente não consegue falar nada pro Jerome Nillson. Mas soube, na hora em que ele disse aquilo, que a Maureen não tinha fugido. Agora, que minha filha já tá sumida há três dias, o xerife deveria enxergar isso também. Mas você acha que ele enxerga? *Não*."

Tentei relembrar a conversa daquele dia. A sra. Hansen não parecia preocupada com a ausência da Maureen no início, no entanto sua expressão mudou quando o Nillson apareceu. "Ele voltou aqui, depois disso?"

Ela suspirou. "Passou aqui ontem à noite. Cometi o erro de contar que umas pílulas minhas desapareceram na mesma época que a Maureen. Meu remédio do coração. Agora, ele tem certeza de que ela pegou um pouco pra vender, ou pra ficar doidona, e que não vai voltar pra casa até ter feito de tudo e mais um pouco."

"Ficar doidona com remédio do coração?"

A sra. Hansen fez um bico. "Os comprimidos parecem ser da coisa boa. A Maureen provavelmente os confundiu."

O armarinho de remédios da sra. Hansen era algo realmente admirável. Maureen dizia que sua mãe tomava um pouco de tudo, apesar de sofrer de um monte de nada, exceto solidão. Eu sabia que ela havia roubado um pouco da "coisa boa" antes, pois havia me mostrado. Era um comprimido idêntico a uma aspirina, a não ser que você espremesse bem os olhos pra ver os números entalhados nele. Era possível que a Maureen tivesse confundido aquelas pílulas com o remédio do coração se ambas fossem brancas e estivessem lado a lado na sua mão, mas ela teria lido a etiqueta do frasco antes de ir tão longe. De qualquer modo, roubar as pílulas não queria dizer que ela tinha fugido.

"Você acha que ela pegou aquelas pílulas?", perguntei.

Ela deu aquele suspiro de novo.

"Talvez...", ela disse. "Jerome pode ser muito convincente. Quase me convenceu a acreditar que a ligação telefônica não foi importante."

Meus olhos voaram até os dela. "Que ligação telefônica?"

"Na noite em que a Maureen desapareceu, o telefone tocou por volta da meia-noite. Nosso toque, tenho certeza, mas parou quase imediatamente. Não dei muita bola pra isso na hora. Logo caí no sono de novo. Não era uma de vocês, meninas, era?"

Balancei a cabeça. "Não, acho que não. Nem Claude nem Brenda teriam ligado assim tão tarde, e eu com certeza não liguei."

A expressão dela murchou. "Jerome disse que devo ter imaginado a ligação. Maldito seja."

Pensei em todas as razões pelas quais o xerife quisesse descartar a possibilidade de uma ligação telefônica. "Você conhece bem o xerife Nillson?"

Os olhos dela pousaram nos meus feito um gavião sobre a presa. "Não tão bem quanto o seu pai", ela disse.

Fiquei atônita com a resposta. "Eles trabalham juntos", eu falei.

Ela balançou a cabeça. "Antes disso. Todos vocês, crianças, acham que seus pais não existiam até vocês nascerem, mas Jerome, sua mãe e seu pai, eu, todos nós cursamos o ensino médio juntos." A expressão dela se tornou vaga. "Sabia que Jerome seria um policial ou um diretor de escola, algum dia. Mesmo naquela época, ele se satisfazia dizendo às pessoas o que elas deveriam fazer."

Ela moveu seu corpo como se fosse tossir, mas não emitiu nenhum ruído. "Jerome e Gary não se davam muito bem no colégio", ela disse. "Seu pai era um esnobe, é duro dizer isso." Do jeito que ela olhou pra mim, com a boca retesada, pude notar que ela não se importava em me dizer aquilo. "E Jerome era da classe trabalhadora, como tantos outros. Mas seu pai acabou absorvendo o jeito de Jerome de enxergar o mundo, não foi? Bem tranquilo e colado ao chão, onde estão as cobras." A mandíbula dela ainda se mexia, mas nenhuma palavra saiu dali por alguns instantes.

"É claro, você poderia dizer a mesma coisa a respeito de quase todo mundo em Pantown." Ela riu uma risada oca, como um vento de inverno atravessando galhos que pendem feito garras. "Por isso que sei que alguém lá fora tem conhecimento do que aconteceu com a Maureen. Nada acontece em Pantown sem que *alguém* não saiba a respeito. Línguas chicotearam quando meu marido me abandonou, você pode ter certeza absoluta disso, mas suponho que eu tenha merecido aquilo. Sem dúvida, Maureen nunca me perdoou."

Franzi a testa. Maureen nunca falava do motivo de o pai dela ter ido embora.

A sra. Hansen se encolheu como se o ar tivesse saído de repente do seu corpo. Então, ela apontou para a escadaria. "Você disse que tinha vindo aqui pra pegar sua camiseta no quarto da Maureen... Aproveita e sobe lá."

Pegou o copo da minha mão, ainda cheio de água. Fiquei agradecida por ela não me seguir até o quarto da Maureen, embora me doesse o coração imaginar pra *onde* ela iria. Havia tão pouco espaço sobrando... Ela estava se enterrando viva. O quarto da Maureen, por mais bagunçado que fosse, parecia o único lugar da casa em que se podia respirar.

Comecei pelas gavetas dela. Não localizei diário algum, mas encontrei a camiseta que havia lhe emprestado há muito tempo, e que não caberia mais em nenhuma de nós. Enfiei-a no bolso traseiro pra mostrar para a sra. Hansen se topasse com ela na saída. Então passei a mão por trás do espelho da penteadeira, escarafunchei as quinas do armário, baguncei a pilha grudenta de brilho labial na mesa de cabeceira. Nada. Me larguei sobre a cama dela e olhei lá pra fora. A casa do Claude ficava bem em frente, a janela do quarto dele era quase perfeitamente alinhada com a janela do quarto da Maureen. Ele já tinha dito a ela pra baixar a persiana em mais de uma ocasião.

O único lugar no qual ainda não havia procurado era debaixo do seu colchão, exatamente onde guardava o meu diário. Enfiei a mão entre a cama e o colchão. Parecia clichê demais, algo muito menina-adolescente-padrão alguém como a Maureen não apenas ter um diário, como enfiá-lo debaixo do colchão; no entanto, lá estava ele, num ângulo tão estranho que machucou meus dedos. Puxei. Era um caderno colegial pautado em espiral, com um cachorro babão e claramente infectado com raiva desenhado na capa acima das palavras "Abra por sua conta e risco!".

Passei as mãos sobre a figura. Nem imaginava que a Maureen sabia desenhar.

O que mais não sabia a respeito da Maureen?

Abri na primeira página. Tinha duas frases sombrias, escritas com tanta força que atravessavam pra página seguinte.

Se eu desaparecer, é porque fui assassinada.
Não deixem ele se safar.

Beth

As vozes dos homens que ela havia escutado ficaram mais altas, como se estivessem se aproximando.

Beth não o achou grande coisa quando ele visitava a lanchonete. Era só um homem que conheceu no contexto de seu trabalho. Claro, algumas vezes, ele esperava uma mesa na seção dela, em vez de pegar outra que já estivesse liberada. A pele dela se arrepiava com o jeito como aquele homem sempre mantinha um olho nela mesmo quando conversava com outras pessoas, achando que ela não perceberia.

Ela percebia.

O problema é que ele era apenas um em meio a um punhado de homens que a tratavam desse jeito.

Toda garçonete atraía um grupo de caras que confundiam cortesia profissional com relação pessoal. Ela não gostava disso, mas compreendia como algo inerente ao ofício. Até onde ela podia ver, os homens não mantinham amizades íntimas, não como as mulheres, mas ainda tinham aquela necessidade humana de conexão. Os filmes e os programas de TV e os artigos de revistas lhes dizia que era seu dever ir lá e pegar o que quisessem, ao mesmo tempo que diziam que as mulheres estavam disponíveis. Fazia sentido que algumas das facas mais cegas da gaveta acabassem invertendo os cabos, confundindo tocaia com cortejo; e quem poderia culpá-las?

Era isso que ela costumava pensar.

Agora, já estava escolada.

Não é que estivessem *equivocados*, é que na verdade não conseguiam se mancar que continuavam dando em cima de uma mulher claramente desinteressada. Eles eram fracos. Poucos iriam tão longe a ponto de sequestrar uma mulher, é claro, no entanto estavam atrás de alguém que pudessem *humilhar*, alguém que imaginavam lhes ser inferior, e eles consideravam toda mulher como inferior.

Ele a forçara a este jogo antes que ela soubesse das regras, mas agora suas vendas tinham caído.

Ela estava perto de conseguir libertar o prego de trilho, talvez ainda tivesse que passar mais umas duas horas cavando, mas, se o homem entrasse no porão antes que conseguisse desenterrá-lo, estava decidida a não se entregar a ele de novo. Não importava que ainda não tivesse conseguido soltar o prego do chão. Morderia seu rosto. Torceria suas bolas. Pegaria impulso suficiente para conseguir enfiar o punho em sua garganta, do mesmo jeito que ele fizera com ela, e iria gargalhar feito uma alma penada para sempre.

Ela percebeu que estava ofegante.

Ele tinha passado na lanchonete Northside um dia antes de sequestrá-la. Era o início do horário de pico do jantar, então, tivera que esperar quinze minutos para liberar lugar na seção dela. Ela o tinha visto andando de lá pra cá, observando-a, mas tentando disfarçar. Era tão óbvio. Ele não sabia como era óbvio? Então, se sentou. Nem se preocupou de abrir o cardápio porque sempre pedia o especial de Pantown — bife Salisbury com purê de batatas e molho de carne, com adicional de creme de milho —, mas desta vez, pela primeira vez, perguntou a ela como estava seu dia.

"Tá tudo bem", disse, tirando o cabelo do rosto e inclinando-se para trás para checar a cozinha. O peixe frito da mesa sete estava pronto. "O de sempre?"

"Você não vai me perguntar como está sendo o meu dia?", ele disse. Sua voz saiu meio esganiçada.

Ela estampou seu melhor sorriso. "Como foi o seu dia?"

"Ruim, até agora."

Ela balançou a cabeça. Ele fez o pedido. Viu? Foi tudo tão *normal*.

Chegou até a perguntar sobre a faculdade, mais tarde, depois que o movimento diminuiu. Sentindo-se generosa, com o avental recheado de gorjetas, dissera que iria para Berkeley dali a apenas três semanas. Ele pareceu encantado com aquilo.

Legal, até.

Estava se escondendo. Estariam todos eles se escondendo à vista de todos, esses monstros? Pensou no pai, e aquilo meio que partiu seu coração em dois. Era um homem gentil, um contador que adorava jardinagem. Casara-se com a mãe dela durante o segundo ano da faculdade, vinte e quatro anos atrás. Seus olhos ainda brilhavam de amor quando olhavam um pro outro e, até este dia, apoiavam-se mesmo quando estavam irritados. Ficavam de mãos dadas quando assistiam televisão, pelo amor de Deus. Era o amor deles que a havia feito perceber que Mark não era o cara *para sempre* dela, embora fosse um homem amável, verdadeiramente amável.

As vozes pararam do lado de fora da porta do cativeiro. Ela prendeu o fôlego.

O pai dela e Mark cresceram recebendo as mesmas mensagens que esse cara e quem quer que estivesse com ele, entretanto, haviam conseguido tornar-se seres humanos decentes; não tratavam as mulheres como se fossem sub-humanas, não as espreitavam, nem as espiavam, nem prolongavam os encontros para conseguir algo à força.

Sabe por quê? *Porque o pai dela e Mark não eram desgraçados dementes.*

O sangue bombeava feito poder nos seus braços, descendo até os punhos, preenchendo suas pernas que eram fortes de correr e servir mesas, ainda que ela estivesse vivendo no escuro e com uma dieta pobre durante uma semana. Tentaria matar o que quer que atravessasse aquela porta ou morreria tentando. De qualquer forma, para ela, essa miséria tinha chegado ao fim.

A maçaneta se virou. Será que era ele? Ela não ouviu o retinir familiar das chaves. O babaca guardava um molho enorme de chaves no cinto como se fosse algum zelador. Como se, de alguma forma, aquelas chaves fossem algo além de um monte de chaves.

Devia ser ele.

Não importava. Era um animal pronto para atacar, à espreita, com todos os pelos ouriçados.

As vozes recomeçaram. Aumentaram, desembocando em algo que soava como uma discussão.

Então, retrocederam até que sua caverna úmida ficasse silenciosa de novo, feito um túmulo. Ela arfava em meio ao silêncio. Entretanto, de repente, saltou no local onde o prego de trilho estava semienterrado e começou a remexer a terra com a energia das Fúrias.

Capítulo 25

"Quem quer donuts?"

Minha espinha congelou como fazia sempre que minha mãe tinha um de seus dias bons. Eles eram mais assustadores que os dias difíceis. Quando ela estava fora do ar, sabia que nunca podia baixar a guarda. Mas, às vezes, quando minha mãe estava de bom humor, aquilo me relaxava, me atraía, me lembrava como ela costumava ser.

Doía tanto quando mudava... Muito.

"Eu quero!", Junie disse, se aproximando por trás de mim com um sorriso enorme.

Eu olhei pra ela. Nenhuma de nós tinha mencionado como minha mãe havia chegado perto de outras *férias* no dia anterior, mas isso fazia com que o bom humor que exibia agora fosse extra-alarmante.

"Já sei", Junie me disse, abrindo caminho pra se enfiar no cantinho do café. "É um dia de coma-seus-vegetais."

Respirei um pouco mais aliviada. *Dia de coma-seus-vegetais* era um código pra *prepare-se pra uma viagem esburacada*. Explicara a Junie desta forma, quando ela tinha idade suficiente: alguns dias eram miseráveis do nascer ao pôr do sol, e isso era, na verdade, algo positivo, porque significava que a gente estava gastando nossa parcela de urucubaca num dia só. O dia seguinte, *com certeza*, seria um dia de sorte. A mesma teoria que estava por trás de comer seus vegetais primeiro para que restassem apenas as coisas mais gostosas no prato.

Minha mãe sorriu pra mim.

"E quanto a você, Heather? Quer donuts?", me perguntou.

Ela havia arrumado seu cabelo do meu jeito favorito, cacheado de um modo desgrenhado, com uma echarpe branca amarrada feito uma bandana com as pontas soltas caídas sobre o ombro. O olhar dela era fluido e claro; usava delineador e uma sombra azul-pavão que faziam seus olhos parecer incrivelmente largos. O blush combinava com o batom. Ela parecia uma estrela de TV, ali em nossa cozinha, preparando a máquina de donuts antiaderente da Pandolfo. Eu presumia que todo mundo em Pantown tivesse uma. Tinha sido a última invenção de Sam Pandolfo, o fazedor de carros, um molde de ferro fundido que preparava seis rosquinhas por vez. A receita original pedia farinha de trigo integral e uvas-passas, mas minha mãe fazia a dela de um modo que ficava mais saboroso, tirando a fruta seca e polvilhando os donuts com açúcar e canela.

"Seria ótimo", disse, me sentando de frente pra Junie. "Obrigada."

Enquanto trabalhava, minha mãe cantarolava "My Sweet Lord", do George Harrison; cada balançada que ela dava com os quadris e o sorriso particular que brotava de seus lábios me davam nos nervos. Junie permanecia alheia a tudo.

"Queria que a Maureen não tivesse fugido", Junie disse, alcançando a caixa de suco de laranja.

Minha mãe parou. Virou-se em nossa direção. Seu rosto ficou petrificado. "Quê?"

Junie balançou a cabeça dizendo: "A Maureen fugiu, uns dois dias atrás. É por isso que não conseguimos tocar na feira as duas noites".

"Quem disse que ela fugiu?", eu perguntei.

Eu havia trazido o diário da Maureen pra casa, onde folheei o restante dele. Continha apenas mais quatro entradas, todas datadas deste verão, cada uma delas listando o que tinha vestido (*short de veludo rosa, camiseta de softbol com mangas rosa, #7 da sorte*), o que tinha feito e o número de homens pra quem tinha feito (*dois hoje à noite, apenas bocs!!! Ele prometeu...*), e quanto havia recebido (*$75 — mais fácil que servir mesas. homens são tão burros...*). Ler aquilo me deu a certeza de que o xerife Nillson sabia o que havia acontecido com ela.

"Charlie", Junie respondeu, referindo-se a um rapaz da sua classe que morava a duas quadras de distância. "Ele disse que a Maureen estava andando com uma turma da pesada."

"Fique quieta", minha mãe disse, com a voz afiada. "Não fale dos amigos da Heather assim."

Olhei pra minha mãe surpresa. Ela raramente me defendia.

"Tá tudo bem, mãe. A Junie só tá repetindo o que ouviu."

"Bem, ela estava?", Junie perguntou. "Andando com uma turma da pesada?"

Considerei a questão. Ed tinha ligado o meu radar, mas ainda não tinha feito nada de errado, ao menos que eu soubesse. Ricky estava dando o sangue pra ser um cara durão, e Ant vinha logo atrás, mas ambos eram familiares, e moleques. Aqueles três homens no porão com a Maureen, entretanto... Eles eram podres até o caroço.

"Pode ser que sim", respondi, "mas ela não fugiu."

"Como você sabe?", minha mãe perguntou.

O interesse repentino dela no mundo era inquietante.

"Ela não tinha razão pra fazer isso", lhe disse. "Não havia nada de novo acontecendo na casa dela. Do que ela estaria fugindo? Além disso, se resolvesse fugir, ela teria me dito."

Eu acreditava cada vez menos nisso toda vez que repetia pra mim mesma.

"Como estão minhas lindas damas nesta manhã?", meu pai perguntou, aparecendo na cozinha, ajustando a gravata azul royal no pescoço. Ele beijou a bochecha da minha mãe, sua mão se demorou na cintura dela e, pra variar, ela não se esquivou.

Aquilo foi demais pra Junie ignorar. "O que é que vocês dois têm?", ela perguntou.

Eles olharam um pro outro e riram, emitindo um som ronronante que não ouvia vindo deles havia um bom tempo. Tudo nessa manhã parecia estranho. E isso estava me incomodando.

"Pai, você ouviu mais alguma coisa sobre a Maureen ou sobre aquela outra menina que tá sumida?", perguntei. "Elizabeth...?"

O sorriso dele congelou. "Nada, eu receio. Mas Jerome e a equipe dele estão fazendo o seu melhor. Trabalhando sem atentar pro relógio."

Eu imagino. "Então, eles não acham mais que a Maureen fugiu?"

Ele fechou a cara. "Eu não disse isso, querida. Mas sei que estão empenhados em localizá-la, qualquer que tenha sido o motivo de ela ter desaparecido."

"Estão mesmo?", perguntei.

"Heather!", minha mãe me repreendeu. "Não fale assim com seu pai."

Por um instante, quase saí batendo os pés igualzinho as crianças fazem nos programas de TV quando seus pais dão bronca nelas. Contudo isso não era um programa de TV. Precisava manter a cabeça fria pra proteger Junie caso precisasse, salvaguardá-la da minha mãe quando esse humor fosse ladeira abaixo, o que sempre acontecia.

"Desculpa", murmurei.

Meu pai se aproximou e apertou meu ombro. "Prometo que ela vai aparecer", disse. "É difícil quando essas coisas demoram mais do que deveriam, mas eu juro, o gabinete do xerife do condado de Stearns tá levando isso a sério. Na verdade, receberei uma atualização hoje à noite. Fui convidado pra jantar na casa do Jerome."

Meu coração deu um salto. Se pudesse convencê-lo a me levar, poderia, enfim, averiguar o porão.

Meu pai olhou pro relógio de pulso como se esse fosse o fim da história, mas minha mãe surpreendeu todos nós.

"Quero ir", ela disse.

"Eu também", fiz coro.

Junie ficou quieta.

Meu pai franziu o nariz enquanto olhava para mim e depois para a minha mãe. "Vocês têm certeza? Vai ser chato. Conversa de trabalho..."

"Tenho certeza", minha mãe disse, apoiando-se no peito dele e passando os braços ao redor da sua cintura. Eu conhecia esse lugar, sabia como era segura a sensação, como ele sempre tinha um cheiro reconfortante, como de torrada amanteigada. Minha mãe não reivindicava esse lugar havia um bom tempo.

Meu ciúme me pegou desprevenida.

"Tá combinado, então", meu pai disse, sorrindo. "A família Cash vai pra uma festa no jantar, hoje!"

Capítulo 26

Meu pai insistiu em dirigir até a casa do xerife Nillson, embora tivesse dito que poderíamos chegar lá andando em quinze minutos. Não queria que o calor da tarde "murchasse minha bela flor". O clima entre ele e minha mãe ainda estava fluindo de vento em popa. Ela havia mantido seu bom humor o dia todo, pra lá e pra cá pela casa, espanando, regando as plantas, aspirando e depois penteando o tapete felpudo. No almoço, fez sanduíches de banana e manteiga de amendoim em pão branco macio servido com um copo de leite gelado pra Junie e pra mim. Até assou um bolo caseiro que deixou a casa abafada demais. Pousei a palma da minha mão nele enquanto esfriava, sentindo sua carícia quente.

Ainda assim, não baixei minha guarda nem por um segundo.

Sentia em meu peito uma serenidade e estava feliz por poder ver a Junie se esbaldar com tudo aquilo. Estava cintilando com a luz solar da nossa mãe, abrindo-se pra ela como se fosse uma flor. Minha mãe começou a se aprontar pro jantar à tarde e convidou Junie para ficar com ela em seu banheiro, para que pudesse fazer o cabelo e a maquiagem delas juntas. Quando tentei me juntar às duas, minha mãe disse que era um momento especial, apenas pra Junie.

Coloquei meus fones e ouvi Blind Faith. Eu vinha tirando a discografia do Ginger Baker e já havia chegado na música "Do What You Like". Eu meio que tinha sacado a levada principal e tinha uma ideia de como conseguir algo parecido com aquele som com apenas um pedal de bumbo em contraste com o duplo dele quando minha mãe e Junie saíram do banheiro.

Elas tiraram o meu fôlego.

Minha mãe tinha se superado — cachos macios no cabelo, maquiagem tão perfeita quanto a de uma rainha, o vestido verde na medida abraçando sua silhueta de ampulheta. E Junie estava arrumada como ela, mas em miniatura, até mesmo nos cabelos cacheados e no vestido verde.

"Vocês duas estão lindas."

Meu pai concordou quando chegou em casa. Ele trocou o terno por um melhor e nos conduziu até o carro, dirigindo devagar até o lado assombrado de Pantown. Passamos pela casa da Maureen. Parecia morta, não havia nenhuma luz acesa. No dia seguinte, daria uma checada na sra. Hansen, para confirmar se estava tudo bem.

Esta noite, meu único objetivo era me esgueirar até o porão do xerife Nillson.

Precisava ter certeza de que era o mesmo onde tínhamos visto a Maureen naquela noite.

"Parece que somos os primeiros a chegar."

Meu pai estacionou o Pontiac na frente do número 2311 da rua Vinte e Três Norte. Era uma casa azul com persianas marrom-barro, bem no meio de uma fileira de cinco casas que eu delimitara como marco zero. Minha mãe segurava o bolo caseiro no colo como se fosse feito de vidro. Ela também *se* comportava como se fosse feita de vidro, na verdade, agora que encarava as costas dela, estudando o recorte dos seus ombros.

"Você não falou que era uma *festa*", ela disse, olhando ao redor, nervosa.

"É claro que falei", meu pai disse num tom jovial, sem perceber a acusação sob as palavras dela, o alerta. "Disse que Jerome iria dar uma festa no jantar."

"Mas achei que era apenas pra nós. Que éramos os únicos convidados."

"*Eu* fui o único convidado, se a gente quiser entrar em detalhes técnicos", meu pai disse, rindo, ainda sem entender. Como ele podia ser tão cego? "Mas ele vai ficar feliz de..."

"Acho que deveríamos ir pra casa", eu disse do banco de trás, gelada e suando ao mesmo tempo. "Agora."

Meu pai se virou pra mim, com sua testa crivada de linhas. Ela se desanuviou quando viu minha expressão aflita, enfim, percebendo o que estava acontecendo. "É claro. Sim, devia ter mencionado que era uma festa maior. Você me perdoa, Constance?"

O clima dentro do carro ficou tenso. Uma criança passou de bicicleta por nós. Junie ergueu a mão para acenar, mas depois se conteve, deixando-a cair sobre seu colo. Mastiguei meu lábio inferior, esperando.

"Besteira", minha mãe disse, por fim. "Agora, já estamos aqui."

Todos nós suspiramos.

Ela esperou meu pai dar a volta, abrir a porta do carro e lhe oferecer o braço. Junie e eu os seguimos pela calçada. A cada passo, tinha mais certeza de que esta era *a* casa, aquela que havia engolido a Maureen e a obrigado a fazer coisas terríveis. A localização estava correta, aquela sensação, um jeito de que não havia nada de feminino nela, nada de flores na frente, nem mesmo arbustos, apenas grama e calçada e casa. Não havia nada suave em suas linhas também, nenhum toque acolhedor, como na maioria dos sobrados de Pantown. Só um quadrado grande e desolado.

O que significava o fato de Jerome Nillson ter obrigado uma adolescente a entrar em seu porão e tê-la forçado a fazer boquete nele e em seus amigos? O que significava o fato de a garota agora estar desaparecida?

Significava que ele era um pervertido, um cara poderoso, e que a Maureen nunca seria encontrada.

Me senti tão oca quanto um ovo de Páscoa na hora em que chegamos à porta da frente. O xerife Nillson provavelmente sabia algum podre da Maureen, deve tê-la flagrado pegando carona ou com os comprimidos da mãe. Talvez tenha dito que, se ela colaborasse numa festinha deles, abafaria o caso. E então deve ter lhe oferecido dinheiro, exatamente como dizia o seu diário. Talvez tivesse até comprado joias pra ela. Isso justificaria seu anel de ouro Black Hills e aqueles brincos novos — aquelas belas bolas de ouro pendentes —, tão caros que nenhuma menina do ensino médio poderia comprá-los por conta própria.

A porta se abriu. O xerife Nillson estava ali de pé, com seus finos lábios vermelhos recurvados pra cima sob o bigode espesso. "Gary prometeu que traria a família toda, e aqui estão todos vocês!"

"Sou um homem de palavra", meu pai disse, apertando a mão do xerife Nillson, embora, com certeza, eles tivessem se cruzado no edifício administrativo do condado de Sterns, onde ficavam os gabinetes de ambos, mais cedo, naquele dia.

Minha mãe lhe entregou o bolo caseiro, que parecia, de alguma forma, menor do que quando o segurava no carro. "Espero que dê pra aproveitar", ela disse.

"Você é muito gentil, Constance, obrigado", ele agradeceu, pegando o bolo com uma das mãos e a abraçando com a outra. Ele franziu os olhos sobre o ombro dela enquanto a abraçava, olhando para Junie. "Junie Cash, você cresceu cinco anos desde que te vi na igreja, domingo!"

Junie ficou corada.

Me senti mal por ele, porque agora teria que pensar em algo legal pra me dizer.

"Você parece bem também, Heather", disse, com seus olhos ainda na Junie.

"Obrigada."

"Entrem, todos vocês", ele disse, dando um passo pra trás para nos deixar entrar. "Deixem-me servir bebidas pra todo mundo. Os outros ainda não chegaram. Devem aparecer a qualquer hora."

"O que você tá bebendo?", meu pai perguntou.

"Só uma coca, por enquanto", o xerife Nillson disse. "Talvez tenha que falar de negócios hoje."

"Aceito o mesmo", meu pai disse.

"Quem mais está vindo?", minha mãe perguntou, parada um pouco além da porta. Queria empurrá-la e passar por ela pra descobrir um jeito de dar uma espiada no porão — ainda havia uma chance de estar errada a respeito de qual casa era —, mas não podia dar na vista.

"Posso dizer quem *não* está vindo", o xerife Nillson disse ao meu pai. "Aquele irlandesinho das Cidades Gêmeas."

"O Gulliver não é tão ruim assim", meu pai disse, sorrindo como se compartilhassem uma piada.

"Se você tá falando", disse o xerife Nillson, piscando antes de atravessar a sala de estar a passos largos até um balde de gelo e uma fileira de garrafas cheias de bebidas cor de âmbar. Ele atirou alguns nomes sobre o ombro, se dirigindo à minha mãe dessa vez. "Estou aguardando o assistente Klug e a esposa dele, e o padre Adolph."

"Ah", minha mãe disse. "Ah."

Estava tudo acontecendo muito rápido, essa conversa e a movimentação normal na superfície, e lá embaixo, o terror da minha mãe crescendo. Olhei ao redor pra ver se mais alguém tinha percebido o sutil limiar indicando que ela se ausentara do seu estado de espírito. Estava flutuando, solta, bem ali depois da porta da frente. Enfiaria as garras na primeira pessoa em quem pudesse se ancorar. Eu já havia testemunhado aquilo uma dúzia de vezes. Não era crueldade; era sobrevivência. Sua cabeça pendia pro lado, me procurando, ou talvez procurando a Junie. Meu pai sorria, puxando papo com o xerife Nillson, alheio a tudo. Atrás dele havia uma porta aberta com degraus acarpetados que levavam para a parte de baixo da casa.

Para o porão.

Era tão perto que eu sentia vontade de chorar.

Será que eu conseguiria arremeter adiante, correr lá pra baixo, verificar se era o cômodo onde vi a Maureen de joelhos, e correr de volta antes que minha mãe desfalecesse? Precisava de uma razão pro meu comportamento volátil, e depois de uma desculpa pra tirar minha mãe dali. Era muita coisa, uma montanha assoberbante pra escalar, mas eu daria conta. Se fosse pra salvar a Maureen, eu conseguiria.

Levei um susto imenso quando senti um toque macio.

A mão da Junie buscava a minha, seus olhos com o delineado azul estavam cravados na minha mãe. Ela percebeu que estávamos na fronteira para uma crise. Fiquei com coração apertado. Não podia deixá-la. Estava tão perto daquele porão, mas não podia abandonar minha irmã.

Nós nos contorcemos quando ouvimos a sirene. O som penetrante logo foi seguido pelas luzes rodopiantes cortando o crepúsculo lavanda que se precipitava e repicando nas árvores. Uma viatura deu uma freada rascante diante da casa do xerife Nillson. Ele levou a mão à cintura como se procurasse a pistola, mas não estava de uniforme. Então correu pra fora com meu pai em seu encalço.

A porta do motorista se abriu, e um policial fardado pulou do assento. "Encontramos a garota, Jerome. Ela tá lá nas pedreiras."

O ar ficou denso.

Viva? Eu quis gritar. *Vocês a encontraram viva?*

"Para o carro", meu pai nos deu a ordem. "*Agora.*"

"Me dá dois minutos", o xerife Nillson disse, correndo de volta pra dentro.

"Vou levar minha família pra casa, e aí encontro vocês lá", meu pai disse ao policial, com uma expressão sombria. "Qual pedreira?"

"A do Morto."

Capítulo 27

Meu pai correu com a gente pra casa e disparou pras pedreiras logo depois que saímos do carro.

Minha mãe ficou assistindo à cena — ele dirigindo pra longe —, com a mão protegendo os olhos do sol que estava se pondo com seu manto violeta. Eu sentia uma dor lancinante, o que me deixou incapaz de decidir se entrava ou ficava ali fora.

"Qual será a menina que encontraram, hein?", Junie perguntou, enquanto nós três estávamos em pé na frente da casa.

Girei na direção dela. "Quê?"

Mas a verdade me estapeou antes que a palavra tivesse saído inteira da minha boca. Maureen não era a única menina desaparecida em Saint Cloud. Beth McCain ainda não tinha aparecido. Me senti culpada por estar torcendo desesperadamente para que fosse a Maureen que tivessem encontrado nas pedreiras, e que estivesse inteira e saudável.

Não é que eu não queria que a Beth fosse encontrada. É que a ausência dela não deixava o mesmo buraco na minha vida que a de Maureen deixava. Antes de acontecer tudo isso, Beth ocupava um espaço remoto na minha cabeça, aquele lugar onde a gente guarda todas as pessoas neutras que se movimentam nas bordas do nosso círculo, aquelas pessoas que não são de fato conhecidas, mas que a gente ficaria feliz de encontrar caso topasse com elas em algum lugar de fora, um lugar onde a gente não conhecesse as regras.

Ei, você é de Saint Cloud!

Isso! Você também é?

Mas a Maureen... Ela era meio que da minha família.

"Vou dar uma volta de bike", disse.

Minha mente estava escalando sobre si mesma. Seria seguro deixar a Junie com a minha mãe?

"Quero ir junto", Junie disse.

Minha mãe passou por nós se arrastando pra dentro de casa. De trás, parecia que alguém tinha borrado as beiradas dela com o dedão.

"Você não pode", eu disse. "Vou pedalar até muito longe."

"Você vai pras pedreiras, não vai?", perguntou, com as mãos no quadril e uma pose desafiadora. "Pra ver se é a Maureen."

"Vou deixar você na casa do Claude", disse, olhando para as costas da minha mãe.

"Mas tô com fome!"

"Você pode jantar com eles." A sra. Ziegler já havia cozinhado inúmeras refeições pra nós. Tinha se tornado menos frequente, agora que eu sabia cozinhar, mas a casa deles era a nossa casa. A sra. Ziegler já tinha falado isso, e foi sincera ao falar. "Pego você quando tiver voltando pra casa, e podemos fazer pipoca Jiffy Pop e assistir TV hoje à noite. Combinado?", eu disse.

Ela resmungou, mas depois que liguei pra sra. Ziegler, com meu coração disparado — *qual era a garota?* — e ela disse que não apenas tinham comida de sobra como estavam prestes a se sentar pra comer uma travessa de lasanha com sherbet de arco-íris de sobremesa, a Junie era só sorrisos. Andei com ela até o final da calçada dos Ziegler, fiquei tentada a esperar pra ter certeza de que entraria, mas mil formigas-de-fogo rastejavam pelo meu corpo, entravam pelos meus poros, arrastavam-se sob minha pele. Eu não podia mais ficar parada, ou brotariam asas nas minhas costas.

"Não saia da casa dos Ziegler sem mim", gritei enquanto pedalava em direção à casa da Brenda. "Lembra que volto para buscá-la."

Fui à toda pelo passeio da casa da Brenda e bati com força na porta da frente. A mãe dela atendeu, esboçando um sorriso sem graça quando viu que era eu e, então, um instante depois, percebeu meu estado de excitação. "O que foi?", ela perguntou.

"A Brenda tá em casa?"

Ela abriu a boca como se fosse falar mais alguma coisa, aí pensou melhor. Então, se virou pra sala e gritou:

"Brenda! A Heather está aqui."

Bati os pés enquanto esperava, tamborilando uma besteirinha nervosa no quadril. Brenda apareceu na porta logo depois. Ela tinha trançado o cabelo, colado lantejoulas nas bochechas, e estava usando o vestido camponesa comprido da Gunne Sax que comprara no brechó.

"Quais são as novidades?", perguntei, impressionada com a sua aparência.

Ela olhou pra trás enquanto saía, me empurrando pra longe da porta.

"Quieta", disse em voz baixa. "Falei pra eles que estava indo no cinema com você e com o Claude. Foi o único jeito de me tirarem do castigo."

"Por que não me avisou?"

A gente já tinha segurado as pontas uma da outra antes. Não com frequência, porque a gente fazia a maior parte das coisas juntas e, portanto, raramente era necessário, mas de vez em quando. Só funcionava se a gente se mantivesse atualizada, no entanto.

"Decidi no último instante. Tentei ligar, mas está perigoso falar. Não consegui completar."

Meu olhar passeou pelo cabelo dela, e por sua maquiagem. Ela ter decidido mentir podia ser algo recente, mas seus planos não eram.

"Onde você tá indo?", perguntei.

"Num encontro", disse, olhando pra baixo.

"Com quem?"

Ela começou a brincar com a sua trança, recusando-se a me olhar nos olhos.

"O que você tá fazendo aqui?", Brenda me perguntou, por fim.

"Encontraram uma menina nas pedreiras."

Ela ficou pálida, sua mão voou até a boca.

"É a Mo?", quis saber.

"Não sei. Tô pedalando pra lá agora mesmo. Quer vir junto?"

"Quero", disse, já se adiantando pra porta. "É claro."

*   *   *

Brenda não trocou de roupa. Não havia tempo, e ela sabia disso. Gritou pros pais que estávamos saindo, amarrou a saia na altura dos joelhos, deu um peteleco nas lantejoulas enquanto corria para pegar a sua bicicleta, e partimos. Seguimos pelas estradas secundárias, atravessando campos vazios, com gafanhotos batendo em nossas pernas, o suor escorrendo pela nossa espinha.

O cabelo dela ainda mantinha uma trança parcial. Isso lhe dava um ar de novinha olhando de trás, como a Brenda que levava o seu abajur da Sininho quando dormia fora de casa até a quarta série.

Como a menina que tinha furado minhas orelhas.

Nós todas tínhamos furado as orelhas umas das outras três verões atrás. Estávamos na casa da Maureen, o lugar onde a gente sempre fazia as coisas que sabíamos que podiam dar encrenca. As portas dos nossos quartos eram sagradas — nenhum dos pais entraria sem permissão a não ser que a casa estivesse pegando fogo —, mas sempre parecia mais fácil desafiar as regras na casa da Maureen.

Maureen mergulhou cinco pinos de segurança em álcool isopropílico, sua fragrância de quina de vidro invadiu o quarto. Também preparou uma tigela de cubos de gelo. Tínhamos disputado no palito: eu furaria as orelhas da Maureen, Maureen furaria as da Brenda, e Brenda furaria a minha. (*Uma orelha, logo metade do trabalho!*, ela brincara.)

Maureen tinha exigido que suas orelhas fossem furadas primeiro e, como de costume, Brenda e eu ficamos felizes por deixá-la tomar a dianteira. Fiz um pontinho com canetinha em cada um dos lóbulos esponjosos e aveludados das orelhas da minha amiga, aproveitando que minhas mãos estavam surpreendentemente estáveis.

"Acha que tá bom?", perguntei.

Ela girou o espelhinho de mão pro próprio rosto, puxou o cabelo pra trás, inclinou a cabeça. "Perfeito", disse.

Sorri. O que a gente tava prestes a fazer era pra sempre. Onde quer que fôssemos neste mundo, quem quer que conhecêssemos e o que quer que nos tornássemos, sempre teríamos isso, uma conexão permanente uma com a outra. Pressionei um cubo de gelo em cada lado da orelha da Maureen, deixando-a dormente.

"Coragem líquida", Brenda disse, oferecendo à Maureen a garrafa de *crème de menthe* que tinha afanado do armário de bebidas dos pais.

Maureen tomou um golão, mantendo a cabeça o mais imóvel possível. "Tem gosto de pasta de dente", disse, fazendo biquinho.

Rimos disso, um riso nervoso, completamente fora de escala. Estávamos prestes a enfiar pinos de segurança uma na orelha da outra.

"Pronta?", perguntei, com as pontas dos meus dedos ficando dormentes do frio.

"Tô", Maureen disse, ainda segurando o espelhinho de mão. Ela queria assistir àquilo. Esse era o seu estilo de fazer as coisas. Não estava disposta a perder nada nessa vida.

"Tá certo." Larguei os cubos semiderretidos na tigela. A marca de canetinha na orelha dela tinha se tornado um riacho preto e fino, porém dava pra ver onde começava.

"Agulha", pedi à Brenda.

Ela puxou um pino do álcool e me entregou com solenidade. Sua fragrância forte fez meu nariz arder. Puxei o lóbulo esticado e inchado da Maureen pra fora e engoli uma onda de náusea. "Conta de dez pra baixo", disse a ela.

Quando chegou no três, furei.

Os olhos dela se arregalaram e sua mão voou pra orelha, tateando com delicadeza as extremidades do pino; sua traseira estava virada pra frente, sua ponta afiada, completamente enfiada. "Você conseguiu!", ela disse.

E riu e me abraçou antes de voltar ao espelho, admirando meu trabalho manual.

"Eu poderia muito bem usar o pino de segurança como brinco. O que vocês acham? Trazer o punk rock pra Pantown!", disse.

Nós rimos daquela ideia.

Ela acabou usando os pinos até o primeiro dia do primeiro ano, quando o diretor exigiu que os retirasse. Ela os substituiu por brincos de bolinhas de ouro, os mesmos que eu e Brenda usávamos.

Dei um impulso pra alcançar a Brenda, pra lembrá-la daquele dia bom, pra convencê-la de que alguém cujas orelhas eu furara não podia estar morta, no entanto o guincho de uma ambulância tinha ficado alto demais, seu lamento invadiu a ponta da cidade onde ficavam as pedreiras. As casas eram esparsas ali. Algumas das pedreiras ainda estavam sendo mineiradas, havia cercas protegendo o maquinário barulhento, escondendo sua violência. Outras, como a do Morto, tinham sido transformadas em buracos de mergulho e locais de festa antes de eu nascer. Meu pai dizia que ele e os amigos costumavam passar um tempo por lá na época do ensino médio.

Brenda guinou pra esquerda, saindo da estrada de asfalto pra de cascalho que levava à Pedreira do Morto. O ar tinha gosto de calcário de tanto tráfego. A clareira à frente abrigava nosso Pontiac verde e três viaturas, suas luzes cor de cereja estavam piscando. Atrás dos veículos, carvalhos e olmos enormes assomavam, vigiando a pedreira. Uma trilha principal e várias outras menores serpenteavam pela floresta, nenhuma larga o suficiente pra comportar um carro.

Quando a ambulância estava quase em cima de nós, Brenda desviou pra valeta gramada. Segui sua deixa. A luz vermelha berrante pulsava na minha cara, no meu peito, enquanto o veículo passava. Brenda cobriu as orelhas, porém eu acolhi o barulho. Ele empurrou todos os meus pensamentos pra fora da cabeça.

O mesmo policial que aparecera na casa do xerife Nillson acenou pra ambulância da trilha principal. Era a única outra pessoa que eu conseguia ver. O restante dos policiais e meu pai deviam estar dentro da mata, perto da pedreira.

"Eles não vão deixar a gente chegar lá no fundo", Brenda disse, com a voz aguda. "De jeito nenhum. Não se houver uma cena do crime. Já ouvi seu pai falar o suficiente pra saber disso."

"Vamos ver", disse, guiando a bike na direção da trilha. Não tinha nenhuma informação privilegiada, nenhum plano. É que simplesmente não conseguia parar de me mover. Acabara de despencar pra um espaço além da borda da realidade. Um fantasma, atordoado e deslizando pela névoa. Brenda me chamou, gritando meu nome enquanto eu costurava o caminho ao redor da viatura mais próxima. A poeira que a ambulância levantara pousou na minha pele feito cinzas.

"Ei!", o assistente disse, ao me ver. Ele estava esperando o motorista da ambulância descer a maca. "Você não pode vir aqui. Fique parada aí onde você está."

Suas palavras me congelaram no lugar, e talvez fosse assim que acontecesse quando você era um fantasma. Quem quer que pudesse vê-la a controlaria. Pisquei, assistindo à maca desaparecer trilha adentro. Registrei o agarrão da Brenda no meu braço como pressão, ouvi a voz dela vindo de algum lugar muito distante.

Ela tem que estar viva. Quem quer que seja tem que estar viva, ou por que precisariam de uma ambulância?

Desejava que aquilo fosse verdade, olhando fixamente pro início da trilha. Não importava mais se fosse a Maureen ou a Elizabeth McCain. Queria tanto que qualquer garota saindo dali estivesse viva que sentia que morreria também, se não estivesse.

Por favor, tragam uma garota viva daí.

O ressoar de vozes sinalizou que as pessoas estavam voltando pela trilha, porém vinham devagar. Muito mais devagar do que o motorista da ambulância e seu parceiro tinham corrido lá pra baixo. Não havia mais necessidade de correr, era isso que seus passos diziam. Meu coração afundou quando emergiram carregando a maca, um lençol branco cobrindo a forma, obscenas manchas molhadas encharcando o tecido sobre o corpo imóvel.

O homem da frente tropeçou. A mão do cadáver caiu pela lateral, puxaram o lençol do seu rosto, o que já fora bonito agora estava cinza e inchado.

Capítulo 28

"Maureen!", Brenda gritou.

Tropecei pra frente e derreti sobre os meus joelhos, o que me colocou no mesmo nível dos olhos vítreos da Maureen, escancarados, me encarando, um fantasma vendo outro fantasma. Parecia que ela havia sido bombeada com água, suas bochechas estavam esticadas, os olhos, vazios, a boca era um buraco preto sem vida, de onde achei que vermes começariam a escapulir.

Brenda estava arquejando como se não conseguisse se lembrar como se respirava, e ainda assim eu não conseguia emitir nenhum ruído.

Maureen, o que fizeram com você?

No entanto ela não respondeu, seus olhos estavam tão frios.

Então, o lençol foi puxado de volta pro lugar, a mão azul-acinzentada foi colocada pra dentro, e seu cadáver foi deslizado pros fundos da ambulância.

"Heather!"

A voz do meu pai caiu como uma corda na minha frente. Eu a agarrei, me puxei pra cima, não lutei quando ele me puxou pra um abraço. Ele passou o braço ao redor da Brenda, também, e nos segurou lá, chorando sobre os nossos cabelos. Brenda tava no mesmo ritmo dele, seus soluços arquejantes sacudiam meu corpo, até que finalmente encontrei as palavras.

"O que aconteceu?", perguntei.

Meu pai nos segurou um pouco mais, até o choro da Brenda diminuir e virar um tremor silencioso. Aí nos deu um apertão rápido e se afastou, dando alguns passos pra trás, olhando pra trilha lá embaixo. Só vi meu pai desmoronar uma vez antes disso, foi quando eu e minha mãe tivemos que ir pro hospital.

Fui arremessada de volta àquela memória, o céu da pedreira foi dando lugar às luzes fortes do hospital. Meu pai tinha ido na ambulância comigo. Minha mãe tinha sido amarrada numa outra.

Ele me escolheu.

"Me desculpe, querida", ele dissera anos atrás, de pé, com a cara acinzentada, no fundo da ambulância. Sua imobilidade era um contraste gritante com os movimentos rápidos do paramédico, cujas mãos esvoaçavam tão gentilmente quanto mariposas, tateando meu corpo procurando queimaduras. "Eu não devia ter feito aquilo. Eu nunca devia ter feito aquilo."

Aquilo me deixou confusa — minha mãe ateara fogo em mim, não meu pai —, mas ele estava fora de si de preocupação. Não sabia o que estava dizendo.

Agora, falava claramente, no estacionamento da pedreira, ainda que seus olhos estivessem inchados de chorar. Ele observou a traseira da ambulância que levava a Maureen embora.

"Jerome acha que pode ser suicídio", disse.

A cabeça da Brenda rodopiou. Vi a verdade refletida nos olhos dela, contudo fui eu quem encontrou as palavras primeiro.

"Não", eu disse. "Não a Maureen."

O xerife Nillson e seu assistente estavam emergindo da mata. Nillson segurava o que parecia ser um dos sapatos plataforma que a Maureen usara em nosso show.

Meu pai deu uns tapinhas no meu braço. "Não há nada que você pudesse ter feito", ele disse.

Porém ele entendeu errado. Maureen estava mais viva do que qualquer um de nós. Ela protegia as crianças dos valentões. Quando os homens a importunavam, ela devolvia a gracinha. Anos atrás, exigiu que a gente furasse a orelha dela primeiro *porque ela era a Maureen.*

"Ela não se mataria, pai."

Uma brisa trouxe o cheiro de água do lago das pedreiras em nossa direção. Se espremesse os olhos, eu poderia ver as pedras rodeando as bordas através das árvores, no entanto não estava olhando naquela direção. Encarava o meu pai, que foi a razão pela qual vi o pesar escorrer do rosto dele, substituído por uma máscara fria e dura.

Cruzei os braços sobre o meu peito.

"Vamos ver o que o legista diz, Heather, entretanto não havia nenhuma ferida no corpo dela."

Capítulo 29

Fui pro trabalho no dia seguinte. Ninguém teria se importado se eu tirasse o dia de folga. Na verdade, minha mãe sugerira isso da sua cama, quando fui dar uma olhada nela. Parecia normal pro seu padrão: olhos claros, boca curvada numa linha bonita. Foi o suficiente pra me sentir segura de deixar Junie em casa, no entanto o que eu faria por lá? Toda vez que piscava, via a Maureen, seus olhos de peixe lustrosos encarando o nada, sua boca aberta num grito eterno.

Era pro Claude abrir a delicatéssen, contudo não o vi quando cheguei, então, comecei a preparar as coisas por conta própria. O shopping estava tranquilo pra um dia quente. Quando a calçada ficasse pegajosa o suficiente pra colar seus pisantes, era batata que as pessoas se amontoariam lá dentro atrás do ar-condicionado. Porém a aglomeração de hoje tinha metade do tamanho de costume. Onde é que todos estavam se reunindo? Estariam falando da Maureen?

"E aí...", disse o Claude, vindo dos fundos. "Parei na sua casa pra ver se a gente podia vir pedalando junto. Junie disse que você saiu cedo."

"Pois é." Olhava pra além da minha caixa registradora, pro mercado. A sra. Pitt estava pegando sabonetes de um mostruário, cheirando-os, colocando-os de volta. Ela pertencia a uma família rica para os padrões de Pantown. Tinham até um micro-ondas. Ela deixava um copo de água dentro pra evitar um incêndio acidental.

"Fiquei sabendo da Maureen."

"Pois é." Queria continuar assistindo à sra. Pitt, porém a voz do Claude tava tão pesarosa... Virei pra ele. Sua aparência — pele pálida, círculos de guaxinim ao redor dos olhos — quase me despertou na base do choque. "Você tá bem?", perguntei.

Sua boca se franziu sem abrir. Então, suavemente, me perguntou: "O que aconteceu?".

Senti que a pergunta era maior que nós dois.

"O xerife tá falando que foi suicídio", disse.

"Ele acha que ela se afogou?"

Brenda e eu tínhamos batido cabeça contra essa ideia como se fosse numa pedra pontuda e inquebrantável na pedalada de volta pra casa.

"Acho que sim. No entanto você sabe como ela nadava bem", lhe respondi.

"Aquelas pedreiras são profundas", Claude disse. "Nós dois já ouvimos falar de nadadores fortes indo pro saco nelas, antes. Basta uma cãibra na perna. Talvez ela estivesse lá com alguém."

"Talvez." *Ou talvez o xerife Nillson a tivesse matado em outro lugar e jogado o corpo lá dentro.* "Mas por que essa pessoa não tentou salvá-la? Ou por que pelo menos não reportou o que aconteceu?"

"Credo, Heather", disse, com as palmas das mãos viradas pra mim, como se pedisse pra que me afastasse dele. "Eu disse *talvez*."

Não havia percebido como minhas palavras soavam amargas. Esfreguei o rosto. "Desculpe. Não dormi quase nada ontem à noite. Obrigada por levar a Junie de volta pra casa. Ela disse que vocês jogaram Banco Imobiliário."

Ele não estava mais me ouvindo. Olhava fixamente pro mercado, sua testa estava crispada de preocupação.

Me virei pra ver Gloria Hansen vindo em nossa direção. O jeito dela andar era estranho, como se tivesse sentado em algo pontiagudo. Sua blusa estava abotoada errado, bem errado, havia um buraco escancarado que mostrava seu sutiã, os dois botões desparelhados em cima faziam a gola dar uma pirueta.

"Você pode tocar bateria na hora que quiser", falou olhando na minha direção, num tom de voz bem alto. Ainda estava a dez metros de distância e tropicava pra dentro da delicatéssen, com os olhos vibrando nas órbitas, as mãos tremendo. "Não é porque a Maureen não pode mais estar lá que você não pode ir."

Ergui o balcão articulável e corri na direção dela. "Você não devia ter saído, sra. Hansen. Deveria ficar em casa."

"Sei como a bateria é importante pra você", ela disse. A mãe de Maureen tinha um cheiro azedo de perto, como de ácido estomacal e roupas sujas. "As pessoas acham que não percebo mais muita coisa, no entanto eu vejo tudo."

"Vamos ligar pro meu pai", disse, tentando guiá-la na direção do balcão da delicatéssen. "Ele pode vir buscá-la."

As mãos dela voaram como pombos assustados, livrando-se de mim. "Não quero ver o Gary."

Desamarrei meu avental e o joguei na direção do balcão, falando mais pro Claude do que pra ela: "Então, vou levá-la até a sua casa. Vamos andando juntas. Gostaria que eu a acompanhasse?"

Ela concordou, acenando com a cabeça, o queixo caindo sobre o peito. Seu olhar fixado na frente bagunçada da blusa, mas não acho que foi por isso que ela começou a chorar.

A sra. Hansen falou pelos cotovelos durante a maior parte da nossa caminhada de trinta minutos; o suor que escorria de seu rosto intensificava seu cheiro. Era uma conversa de mão única. "Essa cidade mói as meninas", continuava resmungando. "É insaciável. Nos pega inteiras ou em pedaços, mas pega todas nós. Eu devia ter falado pra Mo. Devia ter a alertado quanto a esse fato."

Dei uns tapinhas no seu braço, guiando-a pra casa. Ela havia deixado a porta da frente escancarada. Quando passamos pela sala de estar, uma atrás da outra, vi que os copos jateados com palominos descansavam sobre uma torre de caixas, onde tínhamos deixado da última vez em que estive ali; o meu ainda estava cheio de água. Senti que a Maureen podia estar viva, de pé na própria casa, revirando os olhos praquelas pilhas familiares. Era como se eu pudesse escapar por uma fresta de tempo e sair num mundo onde a Maureen não tinha morrido.

Não sabia onde colocar a sra. Hansen, apenas sabia que guardávamos nossos segredos em Pantown. Se ela não queria que eu ligasse pro meu pai, não iria querer que eu ligasse pra *ninguém*, então, a levei pro único lugar que podia: o quarto da Maureen. Me desculpei com ela enquanto subia as escadas, mas não acredito que tenha me escutado.

Quando entramos no quarto da Maureen, fiquei chocada de ver todas as gavetas abertas, pilhas de roupas no chão, a roupa de cama arrancada.

"Sra. Hansen, foi a senhora que fez isso?", perguntei.

Ela balançou a cabeça, aérea. "Jerome mandou um dos assistentes dele aqui pra procurar um bilhete." Ela emitiu um ruído úmido. "Um bilhete de suicídio."

Reprimi um surto de raiva. Não haveria nenhum bilhete de suicídio a ser encontrado porque a Maureen não tinha se suicidado, e, de qualquer forma, o assistente deveria ter arrumado tudo antes de ir embora. Arrumei a cama rapidamente e a ajudei a se deitar, cobrindo-a com o lençol favorito da Maureen, com estampas de limões e framboesas. Acariciei sua cabeça até ela relaxar, como fazia com minha mãe. Quando seus olhos se fecharam de um modo natural e sua respiração ficou estável, comecei a arrumar o resto do quarto no maior silêncio que consegui. Não era muito, contudo foi a única coisa que consegui pensar em fazer.

Quanto estava tudo em ordem, me ajoelhei ao lado da sra. Hansen, como se estivesse rezando.

Os olhos dela estavam abertos.

O choque me atingiu feito um fio desencapado. Ela parecia a Maureen na maca, com a cara inchada, os olhos encharcados e vazios. Ela os fechou com força, sua respiração não estava nem um pouco alterada. Seus olhos abertos haviam sido um reflexo. Acho que nem chegou a acordar.

Em casa, mais tarde, na cozinha, fui tomada por mil pensamentos.

Eu sabia que a Maureen não tinha se matado.

Ainda assim, o xerife Nillson havia enviado um assistente pra vasculhar o quarto da Maureen.

Isso podia significar que ou Nillson acreditava que havia sido suicídio e estava com medo de ser mencionado no bilhete, ou sabia que não tinha sido suicídio e queria que este homem — que até onde eu sabia era um dos outros dois homens que estavam no cômodo com a Maureen naquela noite — desse um fim em qualquer coisa que a conectasse a eles.

Ainda não havia confirmado que tinha sido dentro da casa de Nillson que vi a Maureen. Estava bem segura disso, contudo não tinha certeza.

Essa incerteza descansava no meu estômago feito uma pedra escaldante.

Considerei, de novo, chamar Brenda ou Claude pra entrar comigo nos túneis, ir até aquela porta que Junie abrira e descobrir o que havia do outro lado. Tinha medo de fazer isso sozinha, porém também não queria colocá-los em risco. Se a Maureen tinha sido assassinada por causa do que fez naquele porão, e se seu quarto tinha sido revirado em busca de provas (as quais estavam comigo agora, pois resgatei o seu diário), então, o que eu estava prestes a fazer era perigoso.

Foi nesse momento que percebi que havia uma pessoa pra quem podia contar, e que poderia me proteger.

Meu pai.

Agora que a Maureen tava morta, não tinha que salvaguardar a reputação dela. Podia compartilhar o que tinha visto. A percepção de que não precisava voltar aos túneis, no fim das contas, de que não precisava arrombar aquele porão, me atravessou feito água fresca. Contaria *tudo* ao meu pai, sobre os três homens, sobre o bracelete, a mensagem que descobrira no diário dela, as coisas horríveis que ela descrevera, coisas que, sem dúvida, havia feito naquele mesmo porão. Meu rosto ficou vermelho feito serpentina de fogão só de pensar em lhe contar aquelas coisas, mas eu o faria.

Fiz um cozido de carne moída pro jantar e até misturei um pouco de gelatina de morango pra sobremesa. Fiz o suficiente pra quatro, porém minha mãe nunca saía do quarto e meu pai não voltava pra casa. Pratiquei sorrisos no espelho com a Junie, apesar de o meu rosto parecer uma máscara de Halloween. Passei pano na cozinha, limpei até mesmo dentro da geladeira, preparei um banho pra minha mãe, coloquei-a na cama depois e dei um pulo no quarto de Junie pra lhe dizer boa-noite.

Então, esperei no sofá, olhando pra porta da frente.

A libertação emocional de saber que não tinha de fazer isso sozinha era alucinante.

Meu pai perceberia que não havia sido um suicídio assim que lhe contasse tudo.

Era a tradição de Pantown fazer as coisas por conta própria, contudo por conta própria não significava sem os seus pais.

Capítulo 30

O toque do telefone me acordou.

Seria pra gente? Deslizei na direção da cozinha, puxada por uma linha invisível. Estava meio fora de órbita, desorientada, por dormir no sofá — meu pai teria pelo menos vindo pra casa? —, porém meu corpo sabia que não se deixava a linha conjunta tocar se fosse pra você. Isso era rude com os vizinhos.

A chamada parou quando alcancei a cozinha, então, imediatamente recomeçou. Três toques longos e um curto. Apanhei o aparelho da parede. "Alô?"

"Heather?"

Me apoiei na parede. O relógio acima do fogão marcava 7h37. Eu não conseguia acreditar que tinha dormido ali embaixo a noite toda. "E aí, Brenda. Que manda?"

A preocupação de ontem não tinha acordado junto comigo. Fui me arrastando até o limite entre a cozinha e a sala de estar, puxando o fio retorcido atrás de mim. Nenhum barulho lá de cima ou deste piso. Minha mãe, meu pai e Junie não deviam estar acordados. No entanto isso não fazia sentido no que se referia ao meu pai. Ele precisava estar no trabalho às oito.

"Tô com medo", Brenda disse, me fisgando de volta pra conversa, com sua voz tão retesada quanto uma linha de pesca. "E se a mesma coisa que aconteceu com a Maureen acontecer conosco?"

As regras da linha conjunta eram implícitas, mas rígidas. Era permitido falar *sobre* qualquer coisa escandalosa, nunca mencionando detalhes específicos que pudessem ser usados contra a pessoa. "Não vai acontecer. A gente não estava fazendo as mesmas coisas."

"Tinha o meu nome na camisa."

Pisquei, tirando remela do canto do olho. "Quê?"

"Você vestia a camisa do Jerry, Heather. O nome dele tá no emblema do peito. Meu nome. Taft. Qualquer um... qualquer um naquele cômodo olhando pra fora podia vê-lo. *Ele* viu."

Ele. Jerome Nillson.

"Você tem certeza?", perguntei.

"Sim." A palavra foi disparada feito uma bala, uma pressão enorme a impulsionando.

"Vou falar pro meu pai, Brenda. Tá bom? Precisamos abrir o jogo. Essa é a coisa mais importante. Justiça." A palavra pesou bastante na minha língua, abstrata, mas importante, como "reputação" havia sido até não ser mais.

Brenda ficou quieta por alguns segundos. Uma descarga foi dada acima da minha cabeça. Era cedo demais pra Junie acordar. Devia ser um xixi bate-volta sonâmbulo.

"Tudo bem", Brenda disse, enfim.

"Tudo bem", concordei.

Se meu pai veio pra casa na noite anterior — ele deveria ter vindo; onde mais passaria a noite? —, chegou e saiu na surdina feito um gato. Minha mãe tava sozinha na cama dela, Junie na sua. Penteei meu cabelo pra frente, coloquei minha última calcinha limpa — nunca tinha chegado a encarar aquela leva de roupa suja —, um short, um sutiã e uma camiseta, mandei pra dentro duas fatias de torrada e montei na bike.

Não tinha como dar uma de Sherlock sozinha. Isso não era televisão. Que bom que meu pai calhava de ser um dos oficiais das forças de segurança do mais alto escalão no condado. O infortúnio era ser amigo do xerife Nillson. Tornaria as coisas estranhas, contudo ele sempre fazia a coisa certa.

Sempre.

Passei o cadeado na bike na frente do edifício administrativo do condado de Stearns e andei até o gabinete do meu pai. Senti uma pontada de nervosismo entre minhas escápulas, e sua secretária sorriu de um jeito acolhedor e acenou pra eu entrar. Meu short e minha camiseta pareciam tão deslocados quanto um vestido de festa enquanto eu vagava pelo carpete fundo pra bater suavemente na porta de mogno.

"Pode entrar."

O gabinete cheirava a couro, madeira e o pós-barba cítrico do meu pai. Sempre ficava embasbacada com as paredes recheadas de livros nas poucas vezes em que o visitara, impressionada com a mesa imensa dominando o espaço, tão grande quanto uma geladeira e do mesmo tom vermelho-escuro que a porta. Nem notei essas coisas direito desta vez.

Meu pai lia algo na mesa e olhou pra cima quando me aproximei.

"Heather!" Sua expressão de surpresa foi substituída por deleite e logo foi dominada por preocupação. "A sua mãe tá bem?"

"Tá", eu disse, fechando a porta atrás de mim. "Ela tá bem. Junie também."

Ele balançou a cabeça. Estava prestes a se levantar, mas voltou à cadeira. Pegou o telefone, apertou um botão claro do tamanho de um torrão de açúcar e disse à Mary na recepção pra segurar as suas ligações.

"Não me diga que veio aqui porque tá com saudade do seu velho", disse, passando a mão pelo cabelo. Havia sempre sido grisalho na altura das têmporas? Lembrei dele fazendo piada com uns fios grisalhos, mas isso não tinha sido no mês passado? Manchas rosa na testa sinalizavam que sua rosácea tinha voltado. Precisava lembrá-lo de reabastecer sua pomada.

"Quero falar sobre a Maureen", disse.

A cabeça dele despencou. Devia estar sendo uma barra pra ele, uma amiga minha morta.

Morta.

Respirei fundo, estava tremendo. "Ela não se matou, pai. Ela tava fazendo algo ruim."

Ele se sentou ereto, com sua atenção focada em mim.

Quase me acovardei. "Como era o xerife Nillson, pai? Na época do ensino médio."

As sobrancelhas dele se juntaram, mas ele me ofereceu a cortesia de uma resposta. "Meio que um encrenqueiro, na verdade. Você não precisava pensar quando estava perto dele, o que significava que quem quer que estivesse no círculo dele ultrapassava um pouquinho a linha da lei. Era na maior parte do tempo um comportamento inofensivo e insensato de adolescente... vandalismo, beber sendo menor de idade, esse tipo de coisa, e como eu não gostava disso, então, não andávamos juntos naquela época. Os pais dele, no entanto, eram respeitáveis. Mantinham-no longe das encrencas maiores. E agora ele é um homem bom. Cresceu. Todos nós crescemos."

"Não acho que ele seja um homem bom, pai", disse, minha voz estava oscilando. Então, a história da coisa terrível que vira naquela noite arrebentou as comportas, uma infecção finalmente libertada.

Contei-lhe a respeito da noite em que eu, Claude, Junie e Brenda fomos nos túneis, disse que vesti a camisa do Exército do Jerry Taft, e que nós, de modo estúpido, abrimos aquela porta. Jurei que eu e Brenda tínhamos visto a cara de Jerome lá dentro. Era uma mentira, no entanto eu não queria a Brenda lá na beira daquele precipício sozinha, e esse foi o mesmo motivo pelo qual não falei pra ele que foi Junie quem abriu a porta. Isso não mudava a parte importante da história — que a Maureen estava de joelhos praqueles homens adultos, e aí, alguns dias mais tarde, estava morta.

"Assassinada." Foi isso que lhe disse.

Ele me deixou colocar tudo pra fora, ficou parado feito a água da pedreira, contudo ergueu a mão ao ouvir aquela última palavra. "Espere um pouco, Heather, isso é uma acusação muito séria." Apanhou um bloco pautado amarelo e uma caneta, seu rosto foi se enrugando como se um sorvedouro começasse a se abrir dentro do seu crânio. "Me diga tudo o que você viu, de novo."

Repeti a história, ponto por ponto. Ele escrevia conforme eu falava, e os arranhões da sua caneta soavam como música. Um adulto estava no comando, um adulto que vivia disso. Meu pai.

"Você não viu o rosto de mais ninguém? Qualquer um além do xerife Nillson?"

Balancei a cabeça. Gostei de como ele se referiu ao Nillson formalmente, distanciando-o de nós, não mais o chamando de Jerome.

Meu pai cravou seus olhos nos meus, com sua caneta posicionada sobre o bloco pautado. "Heather, isso é muito importante. Você tem *certeza* de que era ele? Estamos falando da reputação de um homem aqui. Da carreira dele. Você não pode cometer um erro."

Deslizei um pouco pra longe de mim. Quase abri o jogo, quase lhe disse que não tinha de fato visto o xerife Nillson, apenas a Brenda. Porém me lembrei da cara dela quando me contou. Ela estava segura. Isso era bom o suficiente pra mim. "Pai, tenho quase certeza, mas não importa, você não vê? Se era o porão dele, era *ele*."

Meu pai batucou com a caneta no queixo como se considerasse aquilo. "Beleza", murmurou. Ele parecia tão distante, de repente. "Que desgraça, Heather. Sinto muito. Sinto muito que você tenha visto isso, e sinto muito que a Maureen tenha morrido."

Ele quase nunca blasfemava perto de mim. Aquilo fez com que me sentisse adulta. "Beleza", disse, sem me tocar que estava imitando sua resposta, seu tom, até perceber minha mão prestes a batucar no meu próprio queixo, mimetizando seus gestos.

"Pra quem mais você contou? O Claude sabe? A Junie?"

"Não. Só eu e a Brenda. Juramos manter isso em segredo. Não queríamos que a Maureen entrasse numa encrenca. Mas agora..."

Uma batida na porta quase me fez pular pra fora dos tênis.

"Pode entrar", meu pai disse, erguendo a mão pra mim, com a palma virada pra fora. *Segura o que você tava prestes a dizer*, ela dizia. *Preciso ouvir tudo.*

O agente Gulliver Ryan enfiou sua cabeça salpicada de sardas pra dentro e me viu. "Posso voltar depois."

"O que foi?", meu pai perguntou, com a voz firme. Sentei-me mais ereta. Meu pai era a autoridade ali, era isso que seu tom e sua postura comunicavam. Ele estava no comando.

O agente Ryan estendeu um molho de chaves. "Não preciso mais destas. Tenho as minhas. Devolvo-as pra você ou pro Jerome?"

"Pro Jerome", meu pai disse. Seu rosto estava petrificado.

O agente Ryan sacudiu a cabeça e fechou a porta.

Olhei pro meu pai, que passava as duas mãos pelo rosto como se o estivesse lavando.

"Acontece que o agente Ryan está montando um gabinete temporário aqui. Estávamos com a esperança de ele ir embora ainda esta semana. Não tivemos tanta sorte." Ele sacudiu a cabeça como se quisesse se livrar de um pensamento ruim. "Mas isso não é problema seu. Já tem o suficiente com o que lidar. Brenda sabe que você veio me ver?"

Confirmei com a cabeça.

"Minha garota. Isso foi esperto. Eu lido com isso a partir de agora. Você confia em mim pra cuidar disso?"

"Sim", disse, sentindo as lágrimas esquentando minhas pálpebras. As coisas ficariam bem, tão bem quanto podiam ficar agora que a Maureen tinha partido.

Meu pai me deu um abraço, prometeu que estaria em casa pro jantar hoje à noite. Estava quase chegando na bike quando lembrei que não tinha contado a respeito do bracelete de identificação de cobre ou do diário. O fórum assomava atrás de mim, imponente, fazendo cara feia lá de cima pras minhas roupas de adolescente, meu cabelo bagunçado.

Eu lhe contaria essas coisas quando ele chegasse em casa.

Capítulo 31

Meu pai não chegou a tempo pro jantar. Embora soubesse que o cozido de carne moída da noite anterior continuava guardado na geladeira, pedalei até o mercado do Zayre pra comprar a refeição favorita do meu pai, bife Salisbury, na expectativa de que ele se juntasse a nós.

Esfriou.

Minha mãe até saiu do quarto pra sentar-se à mesa do jantar, com o cabelo arrumado, a maquiagem imaculada, um sorriso frágil. Parecia tão desapontada quanto eu com o fato de que meu pai não estivesse ali. Falamos a respeito da Maureen, fingindo que ela não estava morta, sempre fingindo em Pantown. Minha mãe perguntou do trabalho, lhe perguntei a respeito do grupo da igreja, que ela ainda frequentava às vezes, Junie falou de gatinhos, que a Jennifer de três casas pra baixo na rua tinha um, que ela queria um, também, mas um legal, na verdade, um filhotinho, não uma grã-fina ranzinza como a sra. Brownie do Ricky.

Aí minha mãe voltou pro seu quarto e Junie pro dela depois de me ajudar a limpar tudo.

Estava prestes a pedalar de volta pro fórum quando ouvi um carro parar na entrada da garagem. Corri até a janela. Era meu pai! Segurei a porta aberta. Parecia uma versão de lapso temporal dele mesmo, como dali a vinte anos, mas isso não importava, porque ele estava em casa.

"Vou esquentar a sua janta", disse, correndo de volta à cozinha pra colocar o bife dele no forno ainda quente.

Quando voltei, ele estava se servindo um copo de conhaque. "Quer que pegue gelo?", perguntei.

Ele se largou no sofá com um suspiro tão pesado quanto chumbo. Analisou o líquido cor de mel no seu copo, sem olhar pra mim. "O legista concorda que foi suicídio, Heather."

Fui na direção dele, abrindo os braços e me apoiando no batente da porta da sala. "Quê?"

"E o Jerome nega que a Maureen já esteve em sua casa, ele disse que isso nunca aconteceu."

Minha mandíbula despencou. Meu pai disse que *investigaria*, não que iria direto à raposa perguntar se ela havia visitado o galinheiro. "Você disse a ele o que a Brenda e eu vimos?"

"Não, é claro que não. Protegi vocês. Disse que era um boato. Ele falou que era tudo papo-furado, que Maureen era uma garota cheia de problemas, e que tinha se afogado. Ponto. Fim."

"Ela estava cheia de problemas por causa do que ele fez com ela!", gritei. "Eu vi com meus próprios olhos."

Mas não tinha visto. Não tinha visto nada do xerife Nillson, apenas um homem que acreditava que pudesse ser ele. "Além disso, ela nunca se afogaria. Já falei isso. Ela nadava bem demais." Estava tão ofegante como se tivesse acabado de correr ao redor da quadra. Parei, meus pensamentos estavam se atropelando. Ainda tinha um ás na manga. Algo me dizia pra não compartilhar aquilo, mas segui em frente. Esse era o meu *pai*. "Tem mais coisa."

Ele franziu a testa. "Quê?"

Exalei o ar estremecendo. "Eu li o diário dela depois que ela desapareceu, pai. Ela estava com medo de que alguém a matasse. Disse que, se fosse assassinada, pra não deixar ele se safar."

Meu pai se inclinou pra frente; suas bochechas, do nada, ficaram coradas num tom escarlate. "Deixar *quem* se safar?"

Lutei contra o impulso de pegar o diário e mostrar pra ele. "Ela não disse."

Meu pai olhou pra cima como se eu estivesse abusando, então, tomou uma golada do conhaque. "Adolescentes são dramáticas desse jeito, Heather. Nem todas são tão equilibradas quanto você, nem um pouco."

Balancei a cabeça, relutante de aceitar o elogio, chocada com a facilidade com que ele descartava a arma fumegante. "Ela sabia que seria assassinada!"

"Então, por que não deu o nome do assassino?"

"Eu... Eu não sei."

Ele tomou outro golão da bebida e fez uma careta. Estava bebendo rápido. "Porque foi uma fantasia, e só. Uma fantasia que criou em sua cabeça perturbada. Você sabe que a Maureen estava fora de si desde que o pai foi embora, tanto ela quanto a mãe estavam passando dos limites. Lamento dizer, mas era só questão de tempo até que algo assim acontecesse. O xerife Nillson acredita que a Maureen roubou um pouco do remédio para doenças cardíacas de sua mãe, o Digoxin, pra apagar e não conseguir lutar contra a água. Se não foi o remédio do coração, foi algum dos calmantes. Deus sabe que a mãe dela tem pílulas suficientes pra poder escolher, apesar de não lhe servirem de nada."

Sentei-me cuidadosamente na cadeira de frente pro meu pai. Precisava que ele me ouvisse, que acreditasse em mim. Por que ele não estava me ouvindo? Falei devagar. "Se isso é verdade, o remédio apareceria numa autópsia." Não tinha certeza disso, mas parecia correto.

Meu pai balançou a cabeça. "Jerome não vai solicitar uma autópsia. Elas são feitas apenas quando há dúvida quanto à causa da morte. Ele tem certeza de que foi suicídio, e, mesmo que solicitasse, teriam que saber exatamente pro que testar, ou seria apenas uma caça à agulha no palheiro custando mil dólares."

Abri minha boca pra rebater, mas ele ergueu a mão. "Já ouvi falar disso antes, garotas passam a mão em algo do armarinho de remédios dos pais pra dar uma amortecida e se jogam da ponte. Tudo muito dramático."

"Mas..."

"Chega!", falou com firmeza.

Ele podia ter me dado um soco no estômago que teria me chocado menos. Nunca tinha ouvido meu pai erguer a voz, não pra mim.

Seu rosto fez aquela coisa de desmoronar-pra-dentro de novo. "Lamento muito, querida, realmente lamento. Olha, cá entre nós, vou ficar de olho bem aberto nesse caso. Depende de quem você conhece e a quem você deve no departamento do xerife do condado de Stearns, então, terei de ser cuidadoso, mas não vou desistir." Ele olhou pra mim, suplicante. "Se eu prometer ficar de olho nisso, você pode considerar que o Jerome tá dizendo a verdade? Você mesma disse que havia uma luz que piscava naquele porão, que os rostos não estavam nítidos."

"Não posso", disse, minha voz revelando meu pesar. "A Maureen *não* se matou."

Algum movimento chamou minha atenção. Junie estava descendo a escadaria de mansinho. Ela parecia abalada. Devia ter ouvido a gritaria. Minha mãe também, mas não havia movimento vindo do quarto dela. Fiz um sinal pra Junie se aproximar. Ela atravessou correndo a sala feito um animal caçado, se enrabichando ao meu lado na cadeira. Passei o braço em volta dela.

Meu pai tomou outro gole de conhaque, nem deu atenção à Junie. "Você não sabe de tudo, Heather."

Ele não disse aquilo de um jeito maldoso. Aguardei.

Então olhou pela janela e depois de volta pra bebida, como se ela fosse um telescópio apontado pro centro da Terra. "*Há* outra teoria, uma que não envolve Jerome nem suicídio."

A respiração quente da Junie aquecia minha nuca onde o rosto dela se encaixara.

"O homem de quem lhe falei, aquele que o Gulliver Ryan veio das Cidades Gêmeas pra averiguar, Theodore Godo, sabe? Ele se apresenta como Ed, ou Eddie. Se veste como um motoqueiro. Foi visto andando pela cidade dirigindo um Chevelle azul, andando com o Ricky Schmidt."

Junie ficou dura. Quase engoli minha própria língua. Meu pai e o xerife Nillson pelo jeito não tinham visto o Ed esperando por nós nos bastidores depois do show; eles não podiam saber que tínhamos passado um tempo com ele.

Não reconheci minha voz quando falei: "Jerome acha que Ed... Theodore... está envolvido no... afogamento da Maureen?".

Ele concordou com a cabeça. "E o agente Ryan também. Qualquer suspeita que Jerome tenha da morte da Maureen... e não estou dizendo que ele tenha alguma, oficialmente... estão procurando o Godo pra responder."

De rabo de olho, vi a Maureen flertando com o Ed nos bastidores do show na feira do condado.

"Por que não o prendem?", Junie perguntou, com a voz rouca.

"Não é tão fácil, Joaninha", meu pai disse, e naquele momento percebi o jeito que todos nós a tratávamos, feito um bebê, ou pior, uma boneca, adoçando as palavras, protegendo-a. Como eu nunca tinha notado isso antes?

"O agente Ryan o deteve pra ser interrogado lá em Saint Paul quando aquela garçonete sumiu", meu pai continuou, "mas teve que liberá-lo. Não havia evidência suficiente pra mantê-lo preso. Aí, Godo aparece em Saint Cloud mais cedo do que esperávamos. Na sequência, Elizabeth McCain desaparece, e a Maureen se afoga. O agente Ryan deteve o Godo de novo, desta vez, com a ajuda do Jerome. De novo, não encontraram o suficiente pra mantê-lo preso."

Essas palavras preencheram a sala; eram incrivelmente pesadas. Meu pai encarava o fundo do copo, ele nem olhou pra cima ao terminar a explicação. "Nós temos trabalhado até tarde, algumas vezes, virando a noite, tentando levantar algo contra ele, mas simplesmente não há mais tempo. Decidimos hoje. Jerome e um assistente dele vão botar o Godo pra fora da cidade."

Junie afundou o focinho mais fundo em mim.

Balancei a cabeça. Aquilo não fazia sentido nenhum. Achavam que ele tinha matado duas meninas e sequestrado uma terceira, e iam *botá-lo pra fora da cidade*? "Mas aí ele não vai simplesmente se safar?", perguntei.

Meu pai chacoalhou sua bebida e mandou o último bocado pra dentro. "Vamos continuar investigando. Enquanto isso, a melhor coisa pra Saint Cloud é tirá-lo daqui. Ed e provavelmente até mesmo o Ricky... Ninguém nunca consegue mudar homens como eles." Sua voz pareceu sair andando, porém seu corpo ficou na sala. "Mulheres sempre tentam, mas homens assim já nascem maus."

Queria chamá-lo de volta, lhe dizer pra se livrar desse impostor que achava tudo bem botar pra correr um homem que acreditavam ser um assassino, botá-lo pra correr até outra cidade que também tinha mulheres e crianças, exatamente como esta.

No entanto não consegui encontrar as palavras para expressar isso.

"Entenda uma coisa, essa informação não sai dessa sala, ou me custará o emprego", meu pai disse, focando os olhos em mim novamente, sério. "Preciso que você saiba, Heather... Preciso que saiba que, se houver qualquer injustiça aqui, não passará em branco. Dou-lhe minha palavra. Você acredita em mim?"

Ele estava quase implorando.

Meu pai estava suplicando pra eu acreditar nele.

Então, confirmei com a cabeça, sentindo uma desolação me invadir.

A casa estava silenciosa, uma paralisia pontuada pelos roncos barulhentos do meu pai. Ele só roncava quando bebia muito. Ele continuou mandando ver na bebida enquanto lhe contava tudo que sabia do Ed, o que não era muito. Pelo menos, pude confirmar que Ed e Maureen se conheciam. Meu pai ligou pro xerife Nillson pra lhe contar, mas suas palavras saíram arrastadas. Aí voltou pro sofá e pegou no sono logo depois. Cobri-o com um cobertor e, então, andei quietinha até o meu quarto.

Fiquei sob as cobertas, completamente vestida, ouvindo o tiquetaquear do relógio e meu pai roncar. Quando percebi que já fazia uns trinta minutos que tudo continuava do mesmo jeito, desci sorrateira até a cozinha e tirei a chave mestra do gancho. Peguei uma lanterna e me dirigi ao porão.

Meu pai podia confiar no Jerome Nillson.

Eu não.

Beth

Um ruído como o de um roedor correndo sobre uma tábua arrancou Beth do seu semissono, e a fez se erguer num salto, preparada para lutar ou fugir antes de se lembrar onde estava. Ela havia involuído e se tornado uma criatura da escuridão, dormitando e então acordando no susto, instantaneamente alerta a qualquer mudança no ambiente. Esse barulho era suave, vinha do teto. Ou seria do lado de fora da porta? Um som de patinhas. Fazia seu estômago rugir. A última coisa que havia comido tinha sido um pedaço de pão, duro feito pedra. Dois dias atrás.

Ela pensou em comer terra. Lembrou-se das aulas de saúde no colégio, que algumas mulheres grávidas ficavam com desejo por isso, mãozadas enormes e imundas de terra. Normalmente, aquilo indicava deficiência de ferro. Se chegasse a comer terra, iria retirar do canto mais afastado do seu penico com cheiro de amônia. Havia dias que não defecava — o que teria para evacuar? —, mas o xixi ainda aparecia. Não muito, e o que saía estava lodoso, pois vinha racionando a água.

A terra no canto mais distante, contudo, tinha um cheiro bom, traços de chocolate com um toque de café. Ela riu, assustando-se. Poderia moldá-la no formato de um cookie, ou de um bolo, e mordiscá-la com seu mindinho para cima. A risada dela ficou mais alta.

Ainda posso rir, seu desgraçado.

Se aquilo que estava fazendo o som de arranhar fosse um rato, não o comeria, embora estivesse faminta. Ficaria amiga dele. Esperariam juntos, porque, em breve, ela estaria livre: havia desencavado o prego de trilho. Aquela chave de caveira de doze centímetros. Era assim que tinha decidido chamá-la porque iria enfiá-la no olho dele, e isso abriria a porta da sua jaula e a libertaria.

Viu? Chave de caveira.

chaveira chaveira chaveira

Sua risada era encorpada e meio estridente.

Capítulo 32

Congelei, sentia uns arrepios de susto pipocando pelos meus braços.

Pensei ter ouvido risadas mais adiante, agudas e graves, e então vozes, mas, assim que parei, o barulho também parou. Provavelmente, os fantasmas no canto mais distante de Pantown — a ponta assombrada, a ponta onde Nillson morava — ganhando vida como criaturas de casa assombrada. Eu não podia me preocupar com fantasmas, ou nunca chegaria aonde estava indo.

Ainda assim, me escondi dentro de uma das alcovas de frente pra uma porta pra acalmar meus nervos, a fenda em si tinha uma forma de fantasma, marcando o porão duma casa que nunca chegara a ser construída. Que grande projeto teria sido, na superfície e no subsolo, se o sonho de Pandolfo tivesse virado realidade. Mas não era pra ser. Saint Cloud era uma cidade de granito, terrestre, pesada. Não foi construída pra alçar voos muito altos.

Contei até cem naquela alcova enquanto meus batimentos cardíacos se acalmavam.

As risadas não voltaram. Pantown estava adormecida.

Recomecei, parando em duas portas diferentes, a do Ant e a dos Pitt, aninhando a orelha contra elas, reafirmando para mim mesma que ninguém pularia pra fora. Então, segui até o porão que eu tinha certeza pertencer ao xerife Nillson. O ar era mais espesso naquela ponta, mais lamacento. A escuridão engolia minha luz, abocanhando um caminho até mim, de modo que lancei o facho de luz no chão, concentrando-o, e contei as portas até alcançar aquela que Junie abriu naquela noite.

A porta de Pandora.

Não, isso não era justo. Pandora havia libertado malefícios no mundo. Nós não tínhamos libertado nada. Só testemunhamos acidentalmente o que já estava lá. Minha mão voou no meu peito, tateando onde o emblema em que se lia TAFT estivera. Quase podia ver as luzes estroboscópicas cortando-o, deixando o nome em destaque.

No entanto o xerife Nillson não tinha vindo atrás de Brenda Taft.

Apenas de Maureen.

Descansei a cabeça debaixo da marca registrada *P* incrustada na porta pesada de madeira e ouvi um silêncio tão profundo que tinha seu próprio som, antigo como o oceano. Eu deveria mesmo fazer isso? Arrombar a casa de alguém? Passei a lanterna pra mão esquerda, pra pegar a chave mestra com a direita. Deixaria ela decidir. Se abrisse a porta, eu entraria. Se não abrisse, bom, acharia outra forma de entrar. Imploraria a meu pai pra me levar à outra festa, ou apareceria com cookies e pediria pra usar o banheiro, ou rastejaria pra dentro por uma janela, ou...

Funcionou.

A chave se encaixou, se virou, liberou a tranca com um *tlac*.

Funcionou.

Virei a maçaneta, minha nuca dançando, os pelos do braço erguidos.

Quando a porta se abriu, o cheiro de casa me assaltou. Fígado e cebola, café, charutos pungentes, almíscar humano. Tudo dentro de mim ficou imóvel, e meu foco ficou absurdamente concentrado. Pisei no porão de paredes forradas com painéis. Fechei a porta atrás de mim e me apoiei nela. Meus olhos se ajustaram ao breu e alguns objetos entraram em foco: um sofá, um armário de armas, uma televisão modelo de gabinete agachada feito um buldogue imenso, um toca-discos com uma pilha de LPs ao lado. A parede mais distante, onde eu vira os homens alinhados, tinha prateleiras que haviam ficado escondidas atrás de seus corpos.

Minha garganta se fechou. Eles tinham exaurido a Maureen.

Pela primeira vez, considerei que poderia ser suicídio, mas, mesmo que fosse, o dono da casa tinha alguma responsabilidade. Maureen não passava de uma menina. Me aproximei duma foto emoldurada, vinte por vinte e cinco centímetros, repousando sobre a televisão agachada. Liguei a lanterna, rezando pra que fosse uma foto pessoal, não uma obra de arte.

Me vi encarando um Jerome Nillson sinistro.

Capítulo 33

Era a sua foto oficial de xerife, a mesma que ficava pendurada no fórum. Teria ficado à mostra naquela noite, ou ele teria tido a decência de guardá-la antes de molestar a minha amiga? Tremi com a vergonha e a raiva daquilo, pois era isso que tinham feito: molestado ela. Maureen tinha — *tinha* — apenas 16 anos.

Respirei fundo pra me controlar e passeei a luz pelo cômodo. Meu pai tinha me ensinado que havia diversos tipos de criminosos, e o xerife Nillson era um desses. Um criminoso. Era do tipo que tinha um ego grande, é o que meu pai teria dito se soubesse que o xerife deixava a própria foto à mostra. Criminosos com ego eram os mais fáceis de capturar, pois se acham invencíveis.

Então, cometiam erros por displicência.

Eu descobriria o erro de Nillson e o levaria ao meu pai, uma evidência do que Nillson havia feito com a Maureen, ou ao menos uma prova de que ela estivera ali, naquele porão.

Então, meu pai teria que acreditar em mim.

Com uma orelha ligada no piso acima, comecei a esquadrinhar cada centímetro do covil. Procurei dentro dos encartes de lps, espiei nos cantos das prateleiras, ergui as almofadas do sofá e enfiei as mãos nas reentrâncias, até abri a moldura da foto do xerife Nillson pra ver se havia algo escondido algo na parte interna da chapa de madeira.

Nada.

Chequei a porta do porão pra garantir que não havia trancado quando passei, caso precisasse fugir rápido; depois, fui nas pontas dos pés até a despensa. Era isso ou subir a escadaria, o que não estava disposta a fazer, não com Nillson estando em casa, que eu supunha ser o caso.

Sua despensa continha um filtro amaciador de água, um aquecedor de água e um aquecedor central, exatamente como na nossa. Também havia lá duas pilhas de caixas de arquivo, uma dúzia no total. Nenhuma delas estava etiquetada. Olhando pra porta que deixei aberta e depois pra escadaria escura — eu podia alcançar o túnel em três segundos, tinha minha rota de fuga mapeada pra sair dali —, tirei a tampa da caixa do topo.

Decorações de Natal.

Me fez pensar no motivo de o xerife Nillson não ser casado. Teria ele sido? Era divorciado ou viúvo? Debaixo daquela caixa havia outra que continha suprimentos de correspondência. As quatro seguintes continham arquivos, do tipo que meu pai trazia direto pro seu escritório em casa, o único lugar da casa em que Junie e eu estávamos proibidas de entrar. Folheei os arquivos, não reconheci nenhum dos nomes, e empilhei as caixas de volta do jeito que havia encontrado.

Um arranhão lá em cima transformou meus ossos em sopa. Afinei a orelha pra ouvir, com os olhos disparando entre a porta e a escadaria, a porta e a escadaria, a porta e a escadaria.

O som não se repetiu.

Inspirei o ar bem fundo, ainda tremendo, e alcancei a caixa do topo da segunda pilha; puxei a caixa e a coloquei no chão. Era mais pesada que a outra, a que armazenava os enfeites de Natal, porém mais leve que as caixas de arquivos.

Removi a tampa e lancei a luz da lanterna lá dentro.

Uma fotografia em preto e branco de Ed Godo me encarou de volta.

Meus batimentos cardíacos disparam.

Ed parecia zangado, com seu cabelo cortado rente. Sem aquela onda alta e cheia de brilhantina na testa pra distrair, seus olhos eram insondáveis, dois buracos escavados no rosto. Sentei-me no chão com as pernas cruzadas e enfiei a lanterna na boca pra poder usar ambas as mãos. A foto estava pregada com um clipe no arquivo do Ed. Ele servira o Exército, exatamente como tinha dito.

Peguei esse hábito na Geórgia quando eu tava servindo. Faz com que meus dentes não doam. Não há nada melhor pra mandar Anacin pra dentro do que uma boa e velha cola.

Ele havia recebido dispensa honrosa ao fim do seu termo. Pela lista de pequenos delitos que cometera desde então, parecia que tinha aberto caminho roubando pela Costa Leste antes de aportar em Minnesota. Não havia registro de acusações formais desde que chegara, porém uma cópia borrada em papel carbono de notas escritas à mão dizia que estava sob vigilância por atividade violenta. Meus olhos voaram pelos detalhes, que eram esparsos, basicamente o que meu pai já tinha me contado. Achavam que ele havia assassinado uma garçonete em Saint Paul, mas dois dos seus parceiros juravam que Ed estivera com eles a noite toda, e a polícia não encontrou nenhuma prova na cena do crime que o vinculasse ao que ocorreu naquele local.

Virei a página, no entanto não havia mais informação. Remexi os papéis, lendo ambos os lados novamente, contudo não descobri nada de novo. Reorganizando os registros de Ed do jeito que os encontrara, alcancei o envelope pardo que repousava ao lado deles na caixa. Desenrolei a cordinha que o mantinha fechado e enfiei a mão dentro. Senti quinas pontudas. Virei o envelope de cabeça pra baixo e vi as fotos de Polaroid caindo feito neve escorregadia.

Pisquei, sentindo a boca seca ao redor da lanterna. Peguei-a de entre os dentes, a luz tremulava nas minhas mãos. As polaroides eram fotos de meninas nuas, todas elas com aparência de novas, algumas mais novas que a Maureen, tão novas que não tinham pelos entre as pernas. Muitas das fotos eram apenas dos corpos, suas cabeças tinham sido cortadas pelo ângulo da câmera. Virei cada foto. Datas, sem nomes, algumas até mesmo de 1971. Meus olhos borraram. Percebi que estava chorando. Estas não eram fotos policiais, pelo menos não todas, não aquelas com o carpete felpudo maçã-verde do xerife Nillson visível nelas.

Aquelas pobres meninas, três dúzias de Maureens, teriam sido convencidas — forçadas? — a fazer algo que não queriam fazer. Como eu tirando minha camiseta pro Ant porque não tinha escolha, não de fato, se não quisesse ser deixada pra trás.

Fiquei enjoada.

Devolvi as fotos pro envelope, reenrolei a cordinha fazendo um oito, e estava pensando se teria estômago pra pegar o próximo envelope quando ouvi o som inconfundível de uma porta de carro batendo, tão próxima que só podia vir da entrada da garagem do xerife Nillson.

Minhas lágrimas secaram imediatamente.

Joguei o arquivo do Ed de volta na caixa, fechei-a, devolvi pro topo da pilha, e enfiei o envelope com as fotos atrás do meu short. O som da porta da frente se abrindo acima coincidiu com o *tlac* mais suave da porta da despensa se fechando abaixo.

Os passos pareciam vir direto pra escadaria do porão, no entanto eu jamais teria certeza, pois já estava do lado de fora da porta do porão, nesse momento, trancando-a atrás de mim e correndo pra casa pelos túneis antes que ele alcançasse o primeiro degrau.

Capítulo 34

Meu pai estava fora quando desci a escadaria na manhã seguinte, e, pra variar, estava tranquila com isso. Precisava de um plano. Não podia simplesmente lhe entregar as polaroides. Na verdade, acordei me arrependendo de ter passado a mão nelas, pra começo de conversa. Teria sido melhor se, de alguma forma, a polícia — aqueles que não eram amigos de Nillson — descobrisse as fotos por conta própria, talvez depois de receber uma dica anônima. Talvez até Gulliver Ryan pudesse ser alertado, um forasteiro em quem o xerife Nillson não confiava. Se fossem descobertas dessa forma, as fotos poderiam ser usadas como prova. Caso contrário, Nillson simplesmente negaria que estivessem em sua casa, jamais! Alegaria que era uma coincidência o carpete lembrar o seu.

A partir de agora, minha melhor aposta parecia ser devolver o envelope pardo à caixa em que o encontrara e, então, ligar pra dar a dica de um orelhão. Hiperventilei com a ideia de voltar de mansinho ao porão do xerife Nillson, no entanto. Meu medo me deixou paralisada, portanto, fiquei aguardando uma ideia melhor aparecer. Fazia tanto tempo desde que tive uma boa noite de sono que sentia meu cérebro meio lodoso.

Me peguei pensando no sabonete sacana. Eu o ganhei de Amigo Oculto na sexta série. Parecia um sabonete comum, cheirava a detergente, mas, quando você o usava, deixava as suas mãos pretas. Era assim que me sentia, como se, quanto mais eu esfregasse a superfície das coisas, mais suja ficasse.

Decidi guardar as fotos embaixo do meu colchão, por ora. Elas podiam ficar escondidas ao lado do meu diário e do diário da Maureen. De repente, fui tomada por um desespero de tocar minha bateria, uma fome de pôr as coisas em ordem, de encontrar o núcleo sólido que experimentava quando me sentava atrás do meu kit. Nunca havia passado tanto tempo sem tocar bateria desde que comecei a aprender o instrumento. Eu visitaria a sra. Hansen, pra ver como ela estava, e, se parecesse tranquilo, perguntaria se poderia passar um tempo na garagem. Ela já havia falado que eu podia fazer isso, porém temia que tocar bateria pudesse fazê-la se lembrar da Maureen.

Dei uma checada na minha mãe, que estava dormindo. Junie havia deixado um bilhete dizendo que passaria o dia na casa da sua amiga Libby. Liguei pra mãe da Libby, pra garantir que estava tudo certo.

"Tá tudo bem", a sra. Fisher disse. "Na verdade, estava prestes a ligar pra saber se você se importaria de ela dormir aqui. Queremos ir ao cinema drive-in hoje à noite. Libby implorou pra levarmos a Junie, e você sabe como aquilo pode acabar tarde."

"Isso seria ótimo", disse. Menos uma pessoa com quem me preocupar. "Vou mandar um dinheiro junto, da próxima vez que ela for aí, pra pagar vocês."

"Não se preocupe", ela disse. "Isso é o de menos."

Desliguei e preparei café da manhã pra mim. Normalmente comia torrada, mas a missão de ontem à noite me tirou o apetite. Coloquei uma frigideira de ferro fundido sobre a boca mais larga e liguei no máximo. Quando o ar acima dela ficou enevoado, taquei um naco generoso de manteiga. Enquanto chiava, cortei um círculo no centro de duas fatias de pão de forma, usando uma desses círculos pra empurrar a manteiga derretida ao redor da frigideira. Então, acrescentei o pão, ouvindo-o absorver a manteiga, e quebrei um ovo em cada buraco. O segredo pra um ovo frito perfeito no ninho é não deixar o pão absorver muito a clara, porque, senão, ele fica empapado. Você vai querer virá-lo assim que a gema ficar parada na frigideira. Espere mais um minuto ou um pouquinho mais do outro lado, e *voilà*, o café da manhã maravilhoso. Junie sempre implorava pra pegar os círculos que eu extraía do pão, pois achava que eram ótimos pra embeber na gema. Era um deleite acertar as duas coisas.

Comi a refeição em pé no balcão e a empurrei pra dentro com um copo de leite. Me perguntei se a sra. Hansen estaria comendo. Precisava levar a ela alguma comida. Foi isso que o bairro fez quando Agatha Johnson, que mora mais pra cima na rua, perdeu seu marido, que enfartou. Os pratos quentes não paravam de chegar.

Inspecionei nossos armários de cozinha, empurrei latas de vagem e ervilha até localizar uma lata vermelha e branca de sopa condensada Campbell de galinha e macarrão em formato de estrela. Eu a esquentaria, despejaria no pote Thermos do meu pai, e a levaria pra lá com uns dois sanduíches de mortadela. Não era um prato quente, mas também não queria ter que ocupar meu tempo pra fazer um e, além disso, o dia já tava embaçado.

Tomei um banho gelado enquanto a sopa fervia no fogo baixo; depois, vesti um macaquinho amarelo de tecido felpudo. Num dia tão quente como esse, gostaria de amarrar meu cabelo em rabos de cavalos curtos, porém isso chamaria tanta atenção para a minha orelha mutilada quanto se eu a pintasse com alguma cor extravagante. Por fim, decidi usar um prendedor de cabelo largo na nuca, que pelo menos erguia um pouco o meu cabelo. Dei uma espiada na minha mãe de novo. Pelo cheiro, devia ter se levantado pra fumar um cigarro, mas agora permanecia imóvel. Embrulhei a comida da sra. Hansen num saco de papel, joguei uma maçã vermelha dentro, calcei os meus tamancos Dr. Scholl's e parti.

Meu pescoço pinicava enquanto ia andando, pulsava como se alguém estivesse me vigiando, contudo, quando me virei, não havia ninguém lá. Considerei que aquilo era uma reação ao sol escaldante até que cruzei a rua na mesma hora em que um Chevelle azul virou em nossa quadra, parando do meu lado.

Ed estava atrás do volante.

Senti o medo como um sopro sufocante perto do rosto. Meu pai tinha falado que iriam botar o Ed pra correr da cidade. Aparentemente, haviam feito um trabalho de merda. Continuei andando, meus tamancos ressoavam na calçada, mas o Chevelle continuou rastejando ao meu lado feito um tubarão.

"Ei, lindeza", Ed chamou.

Me envergonha dizer que minha resposta intuitiva foi garantir que minha orelha estava coberta pra que ele não tivesse que retratar a parte do "lindeza".

"Não tenho tempo pra conversar", disse, erguendo o saco. "Tenho que levar comida pra uma amiga."

"Eu não sou um amigo?", ele perguntou.

Como não respondi, parou o carro e começou a falar em voz alta. "Você não era boazona demais pra falar comigo quando arranjei aquele show na feira pra vocês, ou quando fumou minha erva ao redor da fogueira."

Uma porta telada se fechou com força mais adiante na rua. Se eu podia ouvir isso, significava que podiam nos ouvir. Andei alguns metros na direção do Ed, perto o suficiente pra que pudéssemos falar sem todo mundo ouvir, longe o suficiente pra me assegurar que não seria agarrada. Não o achava capaz de me sequestrar em plena luz do dia, porém, se aquele cara já me causava calafrios antes de me dizerem que ele podia ser um assassino, agora, me fazia querer mergulhar na terra e desaparecer.

Ele apontou para o saco. "Que tipo de comida tem aí?"

Segurei o papel vincado contra meu peito, com o pote térmico emanando calor feito um segundo coração. "Sopa. Sanduíches."

"Gosto de sanduíches."

O saco continha dois sanduíches. Pensei em lhe dar um sanduíche como uma forma de escapar, no entanto não consegui, não sem ser rude. Enfiei a mão lá dentro, puxei um sanduíche embrulhado em papel-manteiga, e lhe entreguei cuidadosamente, como um tratador de zoológico alimentando um tigre.

"Isso aí", ele disse, pegando e abrindo. "Meu sanduíche de mortadela tem um nome, e é M-E-C-O-M-A." Ele riu enquanto enfiava uma ponta na boca. "Pra quem é o outro?"

"Para a mãe da Maureen." Comecei a apontar pra cima, na rua, antes de me lembrar de que ele poderia ser um dos culpados.

"Porra, é verdade, que notícia dura essa da menina se afogando. Ouvi falar que ela se atirou das pedreiras quando descobriu que a Brenda tava namorando o Ricky."

Parecia que alguém tinha dado um nó no meu cérebro. "Quê?"

Ele deu de ombros. "Foi só o que eu ouvi."

"Mas achava ela tava namorando você. A Maureen, quero dizer."

"Não fico atrás de mulher dos outros, não quero nada de segunda mão, morou? Você ouviu errado." Seus lábios estalavam conforme ia avançando no sanduíche.

Repassei todas as minhas memórias da semana passada. Claro, Brenda tava com o Ricky na festa, mas Maureen não teria ligado. Ela tinha terminado com o Ricky, se é que tinha chegado a começar algo com ele.

"Acho que *você* ouviu errado", eu disse.

O rosto dele estalou na minha direção. Estava ruborizado, roxo. "O que foi que você acabou de falar?"

"Eu... Nada. Desculpe. Tô chateada, só isso. Minha amiga tá morta."

Ele me encarou por mais alguns instantes com aqueles olhos de drogado.

"É melhor você parar de me encher o saco", rosnou.

Então jogou o sanduíche pela metade através da janela aberta do passageiro. O lanche aterrissou diante dos meus pés e se desfez. Eu encarava o molho Miracle Whip que me esforçara pra fazer chegar às pontas de ambas as fatias quando um chocalhar atraiu meu olhar de volta. Ed havia pegado o frasco de Anacin e estava jogando uns comprimidos brancos na boca.

"Por acaso, você não teria uma RC Cola nesse saco?", perguntou, com sua boca parecendo gentil agora que estava cheia de pílulas.

Sacudi a cabeça, negativamente.

"Bom, que azar", ele disse, mastigando-as ruidosamente. Engoliu. "Parei você pois queria perguntar se estaria interessada num encontro duplo."

Minha cabeça voou pra trás. "Com quem?"

Ele riu com força disso, tanta força que seus olhos lacrimejaram. "Ant", Ed disse, quando conseguiu se controlar. "O garoto não para de falar de você. Suponho que vão precisar de mim, pra dar uma carona. Que tal você levar aquela sua irmãzinha querida?"

"Junie tem 12 anos", disse, sentindo o choque estrangulando minha voz.

Ed encolheu os ombros. "Parece um bocado mais velha."

"Meu pai é o promotor do distrito", disse. Tentei fazer aquilo soar como uma ameaça. Saiu parecendo que eu estava fazendo uma pergunta.

"Foi o que ouvi", Ed disse, engatando a marcha. "Pensa a respeito. Sei como fazer uma garota se divertir."

Ele partiu tão rápido que o molho de chaves no painel caiu no banco da frente.

"Não consigo engolir pão, mas agradeço a sopa", a sra. Hansen disse quando expliquei por que tinha vindo. Estava com os olhos mais claros, no entanto proferindo as palavras levemente arrastadas, e tinha um cheiro doce, como se tivesse tomado banho com suco de maçã. Ainda não havia me deixado entrar, contudo eu podia ver uma área do piso aparecendo atrás dela, e a luz passava por uma janela no lado oposto da sala de estar que já havia esquecido que existia, uma vez que ela estava há tanto tempo escondida pelas caixas.

"Você tá limpando?", perguntei. Ainda tava tensa do encontro com o Ed, lutando contra o impulso de vigiar a rua pra ver se ele voltaria.

"Limpando, não", disse, andando na direção da cozinha e me indicando que deveria segui-la. "Estou me mudando."

Apesar das palavras arrastadas, ela andava em linha reta, porém isso podia ser resultado das caixas ainda alinhadas pelo caminho. A cozinha tava ainda mais surpreendente que a sala. A mesa tava limpa. Coloquei o saco de papel em cima, um monte de perguntas pipocando. Jamais ouvi falar de alguém se mudando de Pantown. As pessoas ficavam no bairro, deixavam as casas pros filhos.

"Pra onde você tá se mudando?"

Ela se curvou diante da geladeira e voltou com uma jarra de chá gelado. "Pra longe desse inferno, isso é tudo que importa. Tô levando meu coração estropiado e caindo na estrada."

Não sabia o que meu rosto transparecia, no entanto a fez dar um riso curto, como se alguém a tivesse apertado no peito. "Você vai entender quando ficar mais velha. Talvez nem demore tanto assim. Você sempre foi esperta."

Retirou dois copos de um armário de cozinha entupido de copos de plástico grátis-com-um-lanche do McDonald's apresentando Ronald McDonald e a turma toda. Encheu-os com chá gelado. Peguei um copo cheio do Papa Burger, e ela, um do Shake.

"Quando vai embora?"

Ela tomou um golão de chá. Aquilo intensificou seu cheiro super-doce, como se o líquido empurrasse a fragrância pra fora de seus poros. "Quando encontrar as coisas aqui que me interessam, e tô pra chegar à conclusão de que nada do que tem aqui me interessa. Não sem a Maureen." Uma onda de pesar lamacento rebentou em seu rosto, mas apesar disso ela prosseguiu. "Tenho uma amiga que mora em Des Moines. Ela disse que posso ficar por lá durante um tempo; depois... quem sabe? Las Vegas sempre precisa de dançarinas de cabaré."

Ela riu disso. Tinha a mesma idade da minha mãe, na casa dos 30, lá pela metade. Ainda era bonita.

"É bom eu retirar meu kit de bateria da garagem, então", falei.

Tinha ido tocar, no entanto, durante a caminhada, também consi-derei perguntar a ela o que fazer com as fotos. Não diria por que tinha ido ao porão, apenas o que encontrei. Ela parecia ser a única adulta que conhecia capaz de ficar confortável com as coisas mais pesadas, porém estava tão estranha nesta manhã... triste, mas sólida dum jeito que não via há anos.

Ela concordou com a cabeça, mas seus olhos claros ficaram tempes-tuosos. "Você podia ir embora comigo, sabia? Não há nada pra ninguém aqui. Eu devia ter saído há um bom tempo, lá pela época em que seu pai começou a galinhar na minha porta depois de passar o rodo no resto do bairro. Se seus pais não conseguiram sobreviver a Pantown com as almas intactas, nenhum de nós consegue."

Ela agarrou meu queixo, me assustando. "Desculpe por aquilo, pelo que causou à sua mãe... o fato de eu ter tido um caso com o seu pai. Constance nunca mais foi a mesma depois que descobriu."

Capítulo 35

"Sei que não foi o único fator, que havia alguns genes ruins da própria mãe e que ela ficou com depressão pós-parto depois que a Junie nasceu, porém eu dormir com o marido dela não pode ter ajudado", continuou, como se não tivesse acabado de arrasar o meu mundo, como se estivéssemos falando sobre nossos programas de televisão favoritos ou sobre qual restaurante deveríamos escolher pro almoço, e não sobre meu pai pulando a cerca com a Gloria Hansen, com a *mãe* da Maureen.

"Não", eu disse.

Ela assentou o copo, me observando, com sua cabeça inclinada. "Vai me dizer que você não sabia sobre mim e seu pai? Ele a trazia junto algumas vezes, pelo amor de Deus, quando o sr. Hansen tava no trabalho. Você brincava com a Mo." Ela me deu uma olhada como se talvez eu não fosse tão esperta quanto ela pensava, mas aquilo se transformou em compaixão. "Desculpa, querida. Achei que você soubesse. Paguei caro por isso, se é que lhe serve de consolo. Me custou meu marido e minha melhor amiga. Quando a Maureen descobriu, me custou o respeito dela, também."

Imagens se chocavam uma contra a outra como bolas de sinuca na minha cabeça. Minha mãe e a Junie recém-nascida descansado na mesma cama, meu pai perguntando se eu queria sair de casa um pouquinho. Minha resposta era sempre sim. Amava brincar com a Maureen, estava acostumada a ir à casa dela com a minha mãe. Maureen e eu corríamos um monte lá fora, bebíamos um monte de água direto da torneira quando ficávamos com calor, ou, nos dias chuvosos, a gente se entocava no quarto dela; nessa época, a residência Hansen era mais vazia, contudo ainda assim repleta de coisas interessantes. Não dávamos atenção ao meu pai e à sra. Hansen a não ser para nos esconder deles, sabendo que, quando nos descobrissem, a diversão acabaria e eu teria que ir pra casa.

"Posso usar seu banheiro?", perguntei à sra. Hansen.

Parecia que ela queria dizer mais, reembrulhar aquele pedido de desculpas e oferecê-lo de novo, mas, em vez disso, autorizou minha ida ao banheiro e se virou pra tirar mais copos do armário da cozinha.

"Fique à vontade pra pegar o que quiser", disse, de costas pra mim. "No fim das contas, vou acabar deixando quase tudo. Que essa cidade amaldiçoada decida o que fazer com isso."

Naveguei pela trilha até o banheiro, ainda atordoada. Sentei-me na tampa fechada da privada, tentando me ater a apenas um pensamento, porém era como agarrar um peixe debaixo d'água.

Meu pai e a sra. Hansen tiveram um caso.

O armarinho de remédios estava escancarado, a pia, entupida de frascos de prescrição alaranjados. Peguei o mais próximo. Equanil. O seguinte era Diazepam. Minha mãe tinha ambos. Já vira na sua mesa de cabeceira, e sabia que ambos serviam pra relaxá-la. Pílulas da felicidade? Supus que sim. O terceiro frasco estava etiquetado Digoxin. Ouvi a voz do meu pai falando sobre o afogamento da Maureen.

O xerife Nillson acredita que a Maureen roubou um pouco do remédio para doenças cardíacas da mãe dela, o Digoxin, pra apagar e não conseguir lutar contra a água. Se não foi o remédio do coração, foi algum dos calmantes.

Antes que pudesse me convencer a não fazer isso, abri todos os três frascos e deixei um monte de comprimidos de cada caírem no bolso do meu short. Não tinha um plano, só uma necessidade desesperada de decifrar a Maureen, ou de ser como ela. Ou talvez quisesse escapar de tudo por um instante, não pra sempre, apenas tempo suficiente pra parar de me sentir tão triste, tão perdida, com tanta certeza de que as coisas ficariam ainda piores.

E logo.

Fique à vontade pra pegar o que quiser, a sra. Hansen tinha dito.

Capítulo 36

Assim que cheguei em casa, passei as pílulas do meu bolso pra um frasco quase vazio de Anacin e o enfiei debaixo do meu travesseiro. Estava arrependida de tê-las pegado. Pelo jeito, era isso que fazia agora. Pegava estupidamente coisas que não devia.

Depois que as pílulas sumiram de vista, liguei pro meu pai pra lhe dizer que vi o Ed. Ele não gostou de ouvir isso. Me disse pra ficar longe do sujeito — como se eu precisasse de alguém pra me dizer isso — e depois desligou, supus que pra descobrir como fazer o "botar o Ed pra fora daqui" funcionar pra valer. Talvez ele e o xerife Nillson devessem ter assistido a uns faroestes.

Sozinha na cozinha depois da ligação, fui esmagada por uma onda de desespero para falar com o Claude. De todos os meus amigos, era o único que se mantinha firme. Não tinha começado a correr atrás das garotas, entrar de penetra nas festas, usar roupas estranhas. Era simplesmente o "E aí Claude...", tão confiável quanto o sol, firme como cimento, e pra sempre tentando arranjar um apelido que pegasse.

A ideia de lhe contar tudo retirou um peso dos brabos dos meus ombros. Nunca falamos de sexo nem a respeito de qualquer coisa próxima disso, no entanto ele não se importaria de saber o que a Maureen estava fazendo agora que sua reputação não podia mais ser ameaçada. Eu não lhe mostraria as fotos repugnantes, porém seus ouvidos sobreviveriam às minhas descrições delas. Como não podia contar a ele as coisas relacionadas a Ed e Ricky, pois meu pai frisou que aquilo era confidencial, dava pra falar de todo o resto, inclusive o que a sra. Hansen me falou do caso que teve com meu pai.

Contaria ao Claude até mesmo sobre o remédio do coração que roubei dela.

Meu amigo me ajudaria a dar descarga nas pílulas ou devolvê-las, apostava.

Fiquei sorrindo um pouco enquanto pensava nisso. Seria tão maneiro não ter que fazer tudo isso sozinha.

De jeito nenhum poderia lhe dizer qualquer coisa pela linha conjunta, no entanto, era tarde demais pra incomodar os Ziegler. Isso teria que esperar até amanhã, no trabalho.

Na manhã seguinte, quando era a hora de eu sair pro Zayre Shoppers City, vi que a Junie ainda não havia chegado da casa dos Fisher. Minha mãe estava fumando na frente da televisão, com sua maquiagem espessa, incapaz de esconder sua palidez. Tinha dificuldade de olhá-la agora que sabia. Doía pensar em como fora vibrante antes de a Junie nascer. Havia se quebrado feito um espelho depois, e seus pedaços eram tão afiados que nenhum de nós conseguia chegar perto o suficiente pra encaixá-los de novo.

Será que o caso do meu pai com a sra. Hansen teria sido o que a quebrara, no fim das contas?

Num impulso, liguei pra casa da Libby a caminho da porta pra perguntar se seria possível a Junie ficar mais um pouco. Algo a respeito da minha mãe estar fora do quarto me deixava nervosa. A sra. Fisher disse que tudo bem.

Lá fora, o mundo estava tão normal. O sr. Peterson do outro lado da rua aparava o gramado como fazia todo sábado de verão. A barulheira ronronante do seu antigo cortador de grama deixava o ar verde e esfiapado com o sumo da grama; era reconfortante. Uma brisa leve agitou as folhas dos carvalhos e dos bordos pra lá e pra cá na quadra, apenas movimento suficiente pra eriçar os pelos da minha nuca e tornar a umidade da manhã tolerável. Uma grupo de crianças do primário passou pedalando.

"Oi, Heather!", uma delas gritou.

Acenei e montei na minha bike. Elas estavam indo jogar softbol. E nem precisava ter visto seus equipamentos para saber disso. As crianças jogavam softbol todo sábado no parque Pantown. Minha casa, meu bairro, rotacionando feito um relógio calibrado enquanto o veneno o apodrecia por dentro. Tinha sido sempre assim? Brilhante e alegre na superfície, escuro e decadente por baixo? Seria assim em todo o bairro, ou eram os túneis que teriam amaldiçoado Pantown, enfraquecendo nossa fundação desde o começo?

Pensar naquilo me fez lembrar de algo que meu pai disse aos seus amigos mais vezes do que eu podia contar. Ele se vangloriava de nunca discutir com minha mãe em casa porque já encarava o suficiente disso no trabalho. Todo mundo ria. Eu me enchia de orgulho porque parecia uma prova de que meus pais tinham o melhor casamento da cidade.

Mas *havia* discussões, agora eu percebia. Muitas delas. Uma em particular me veio à mente.

Junie era recém-nascida, tinha um rostinho rosado e era tempestuosa. Eu estava com ela no chão, encarando-a, como eu costumava fazer. Minha mãe e meu pai conversavam, pelo menos pra mim era isso, suas vozes formavam um ruído de fundo até que ouvi minha mãe dizer que se sentia como se fosse invisível para ele. Aquilo atraiu minha atenção de menina de 3 anos de idade. Meu pai disse que podia vê-la muito bem, talvez até demais, e que ela havia mudado desde que o bebê chegara. Tracejei as sobrancelhas da Junie com a ponta do meu dedo.

Mudado? Minha mãe ainda estava barriguda. Quando lhe perguntei se havia outro bebê a caminho, ela chorou. A mãe do Claude e a mãe da Brenda começaram a nos visitar com frequência depois disso, se movimentando pela casa, limpando e cozinhando, com suas caras amarradas. Minha mãe dormia o tempo todo; às vezes, nem saía da cama até a hora do almoço. Seu rosto sempre parecia inchado. Não demorou muito pra se consultar com o dr. Corinth e voltar pra casa com seu primeiro frasco de pílulas, porém, seja lá para o que foram indicadas, não funcionou, porque ela queimou minha orelha pouco depois disso.

No entanto, não antes de ir à última festa na casa dos Pitt, aquela em que meu pai disse à sra. Hansen que tinha sido a fábrica Pan Motor Car falida e a prisão que colocaram Saint Cloud no mapa, e aí a levou lá embaixo, pros túneis.

Não sabia se aquela era a primeira ou a última vez que meu pai traíra a minha mãe, ou algum ponto no meio, contudo tive dificuldade pra respirar pensando naquilo, como se do nada o ar tivesse ficado muito espesso. Meu pai sabia que minha mãe estava sofrendo, e ainda assim se engraçara justamente com a melhor amiga dela.

A sra. Hansen havia sido uma constante na minha infância até o acidente, e depois nunca mais apareceu lá em casa. *Meu pai fez isso.* A sra. Hansen também, mas eu não estava com tanta raiva dela quanto sentia dele.

Meu pai era infiel.

Continuei inspirando o ar, tentando encher os pulmões enquanto pedalava sob as nuvens de algodão repuxado, o suor brotava na linha do meu cabelo. Seria corrido no Zayre. O ar climatizado e, além disso, o sábado garantiam isso.

"Há quanto tempo!", Ricky gralhou quando cheguei pedalando nos fundos da loja.

Estava em pé na sombra da lixeira de metal, o mesmo lugar onde sempre fumava. Tirando uma espinha que se projetava feito um chifre da testa, não parecia nada diferente do que era antes de o meu pai me falar a respeito do Ed. Ele não parecia ter matado alguém, pelo menos.

Passei a corrente na minha bike.

"Não estamos nos falando?", perguntou, o que era engraçado, porque parecia que ele nunca queria conversar comigo, exceto pra perguntar o que a Maureen andava fazendo, ou se estava solteira, porém, desde o sumiço dela, não se cansava de tricotar comigo.

"Não tenho muito o que falar", respondi.

Ele riu de um modo sarcástico. "É disso que gosto em você, Cabeça. Não desperdiça palavras."

Ele esmagou a guimba do cigarro na lateral do prédio, faíscas voaram, e então segurou a porta aberta pra mim. "Vou fazer uma festa amanhã. Mesma pedreira da última vez. Pedreira Onze. Quer ir?"

Passei por ele e entrei na cozinha. O ar fresco me envolveu, junto dos cheiros dos restos de comida de ontem. *Ed, e provavelmente até mesmo o Ricky, ninguém nunca consegue mudar homens como eles. Mulheres sempre tentam, mas homens assim já nascem maus.* "Tô ocupada."

"É uma festa em homenagem a Maureen."

Minha mão flutuou diante da fileira de cartões de ponto, o meu, o do Claude e o do Ricky na frente. Éramos os que mais pegavam turnos, então, éramos os que mais ganhavam.

"Por quê?", perguntei.

O que pretendi dizer foi "Por que *você* faria isso?".

Ricky pareceu entender o sentido da pergunta.

"Ela era uma garota boa, cara. Eu a conhecia desde sempre", ele disse.

Bati o ponto, me virei pra ele.

"Você estava namorando ela?", perguntei.

Ele encolheu os ombros.

"A gente engatou algumas vezes. Nada de mais."

"E quanto à Brenda? Vocês estão namorando?"

Ele ergueu as mãos. "Opa, juíza, dá um tempo e larga do meu pé. Gosto da Brenda, é claro. Ela é um avião. Mas não somos namorados, não."

"Ed disse que vocês estão."

A mandíbula do Ricky travou.

"Quando você falou com o Ed?"

"Ontem."

"Pra você ver o quanto ele sabe. Por que você mesma não pergunta pra ela na próxima vez que a encontrar?"

Sem dúvida, perguntaria, no entanto não diria isso ao Ricky. Me mantive ocupada preparando o salão pra abrir, contando os segundos até Claude aparecer. Quando ouvi a porta dos fundos abrir, fiquei tão empolgada que quase o derrubei.

"Ziggy!", disse, correndo até ele.

Ele devia ter pedalado até ali também, porque o suor escorria pelas suas bochechas, encaracolando o cabelo na nuca. Ele olhou pra mim de maneira estranha antes de bater o ponto. "Desde quando você me chama assim?"

"Desde hoje", disse. "Obrigada novamente por acolher a Junie aquela noite."

"Falei pra você que tava tranquilo."

"Mm-hmm." Sorri pra ele, que parecia estar evitando olhar pra mim. "Você tá bem?", perguntei.

"Numa boa", disse, áspero, indo pro estoque. "Nosso dia vai ser corrido hoje, só isso. Não tô muito animado."

Segui-o, dando uma olhada no Ricky pra ter certeza de que ele não conseguiria ouvir. "Preciso falar com você."

Ele puxava um pacote de canudos da prateleira. Suas bochechas tinham ficado rosa. "Preciso falar com você, também."

Pela primeira vez, reconsiderei meu plano de revelar tudo ao Claude. Qualquer que fosse a coisa que tivesse picado a Maureen e a Brenda, parecia tê-lo finalmente infectado também. Não achei que conseguiria lidar com meu último amigo indo pras cucuias. "Sobre o quê?", perguntei.

"Já passou da hora de vocês manés começarem a trabalhar", Ricky disse da porta, nos assustando. Ele segurava uma espátula, que mirou no balcão da frente. "Clientes."

As três horas seguintes se passaram numa alucinação de montagem de cachorros-quentes. Foi como se toda a Saint Cloud tivesse decidido fazer compras, e eles precisavam de *club sandwiches* e batatinhas como combustível. Toda vez que pensava que desaceleraria, pra enfim poder sacar o Claude, descobrir por que ele estava agindo de maneira tão estranha, mais clientes esfomeados faziam fila.

Só no final do nosso turno, quinze pras três, foi que conseguimos dar uma respirada.

"Não sei por que eles passam o dia todo aqui em vez de ir pra piscina", disse, me apoiando no balcão. Tinha servido a última refeição do dia — cinco cachorros-quentes, cinco saquinhos de batata, e um refri *root beer* grande — para um pai, uma mãe e suas três crianças.

Claude não respondeu.

"Tem algo que realmente preciso confessar", ele disse, por fim, alcançando o bolso de trás da calça. "Se não fizer isso agora, eu..."

"Claude! Heather!"

Brenda apareceu do outro lado do balcão. Precisava falar com ela também, perguntá-la se estava namorando o Ricky, como o Ed me falou, mas Claude estava prestes a me contar algo realmente importante. Ergui a mão pra Brenda, no entanto Claude murmurou algo como "deixa pra lá" e desapareceu nos fundos.

O que tinha acontecido com ele?

"Você vai na festa em homenagem a Maureen?", Brenda perguntou.

Me virei pra lhe dar atenção.

Foi aí que notei seus brincos, bolas de ouro balançando na ponta de correntinhas, caras o suficiente pra que uma adolescente conseguisse comprá-los por conta própria.

Os mesmos brincos que Maureen usava na noite em que desapareceu.

Capítulo 37

"Onde você arranjou esses brincos?"

"Gostou?", Brenda correu o indicador por um deles, de alto a baixo.

"Maureen tinha um igualzinho. Lembra? Ela usou na noite do nosso show."

"É mesmo? Deve ser por isso que gostei deles."

Ela não iria me enganar, não, senhora. Por que tava fingindo não se lembrar?

"Saio em dez minutos", eu disse. "Você me espera?"

Ela confirmou balançando a cabeça.

O rosto do Ricky apareceu pela janela da cozinha. "Brenda! Diz pra Cash que não estamos namorando."

Algo como um sorriso percorreu o rosto dela. "Eu e Ricky não estamos namorando", ela disse.

Fiz uma cara feia. Pareciam estar tirando sarro de mim. "Dez minutos", eu disse, apontando pra um banco vago no meio da loja. "Espera ali."

O banco acabou enchendo antes que ela conseguisse alcançá-lo, então, em vez de ficarmos sentadas no ar-condicionado, andamos juntas na direção de Pantown, eu levando a minha bike. A conversa com o Claude teria que esperar. Não tínhamos nem saído do estacionamento quando Brenda abriu o jogo e me confessou onde conseguira os brincos.

"Ed que me deu." Ela estava se abraçando, andando rápido como se tentasse se afastar de uma ideia ruim. "Sabia que não devia ter aceitado. É igual ao que deu pra Maureen. Acho que é assim que recompensa quem é sua favorita."

Engoli uma bolota de cola. "Ele a obrigou a fazer alguma coisa por eles?"

"Não, Heather, não teve nada disso."

Olhei-a de esguelha. Ela era tão bonita, a garota mais bonita que conhecia além da Maureen e da Junie. Não era metida por causa da aparência, no entanto, nunca fora. De uma criança com bochechas de maçã, passara por uma fase estranha e rápida e desembocara de repente numa gatona de parar o trânsito com seu cabelo cor de avelã e olhos azuis, e, quando saíamos de Pantown, sempre era abordada por pelo menos uma pessoa que lhe perguntava se era modelo. Ela ria e abanava a mão para as pessoas, como se estivessem sendo tolas. Algumas vezes, quando insistiam, dizia que queria ser enfermeira quando terminasse o ensino médio. E, de fato, aquilo era verdade. A mãe dela era enfermeira, e isso foi tudo que Brenda sempre quis ser.

Estiquei meus dedos nas manoplas da bike. O odor gordurento do sol cozinhando a comida que respingara em mim revirou meu estômago.

"Se não é assim com o Ed, então como é?", perguntei.

Ela tentou sorrir, mas sua expressão derreteu. "Ando com ele porque não quero ficar sozinha. Penso em coisas demais quando estou só. Não consigo me desligar."

Os ombros dela se ergueram com a força do choro repentino. Levei-a até o abrigo da copa duma árvore solitária no limite do estacionamento, um olmo magricela que quase não oferecia sombra. "Você não tá sozinha, Bren. Tem a mim, e Claude, e Junie. Sua mãe e seu pai, seus irmãos." Atirei todos os nomes em que podia pensar, esperando que fosse suficiente. Precisava trazê-la de volta pro terreno firme, ou afundaria junto com ela.

Brenda finalmente se acalmou o suficiente pra conseguir falar. "Você se lembra de que o Jerry estava em casa de licença, umas duas semanas atrás?"

"Lembro", disse, me esforçando pra acompanhar a mudança na conversa. Achava que isso era sobre a Maureen.

"Ele desertou."

Reconheci o termo da série M*A*S*H.*

"Ele fugiu?", perguntei.

Ela enxugou o rosto antes de olhar para as suas unhas. "Algo assim. Jerry tem problema com a bebida, e acho que engravidou uma garota. O negócio foi demais pra ele, que, então, abandonou as Forças Armadas. Minha mãe e meu pai por fim o convenceram a voltar e enfrentar as consequências, porém ouço minha mãe chorando à noite, e meu pai tá bem tenso o tempo todo. Aí, aconteceu essa tragédia com a Maureen. Parece que tô afundando, sabe? É como se eu pensasse estar vivendo uma vida, enquanto todo mundo vivia outra, e as duas simplesmente se chocaram. Nem sei mais o que é real." Ela sacudiu a cabeça com tanta força que seu cabelo caiu no rosto. "Isso soa estúpido."

"Não, não soa", lhe disse, pronunciando as palavras de um modo mais verdadeiro do que jamais falei em toda minha vida. "Sei exatamente o que quer dizer."

Não me pareceu que ela tivesse ouvido o que eu lhe disse. Ela esfregou o nariz, os brincos balançaram, sua voz foi diminuindo. "É por isso que estava andando com o Ricky... Com ele e, depois, com o Ed. Só pra sentir alguma coisa além de tristeza o tempo todo. Nem acho que o Ed gosta de mim. Me deu esses brincos, mas nem presta mais muita atenção em mim."

Agarrei o pulso dela. Havia prometido ao meu pai não contar o que ele me revelou a respeito do Ed, e, por mais que quisesse puni-lo por ser um traidor, não quebraria minha promessa, sobretudo porque isso poderia

---

*   Acrônimo de Mobile Army Surgical Hospital (Hospital Cirúrgico Móvel do Exército), M*A*S*H foi uma sitcom exibida pela CBS de 1972 a 1983, ambientada na Coreia do Sul durante a Guerra da Coreia (1950-53). [NT]

pôr o seu emprego em risco. Porém não podia ficar sem dizer *nada*. "Ele é um problema, Brenda. O Ed, quero dizer. Você não devia mais andar com ele. Ouvi dizer que... Ouvi dizer que ele machucou alguém em Saint Paul."

"Entrou numa briga? É isso que você quer dizer?"

Mastiguei o interior da minha bochecha. "Algo assim."

Senti ela se jogando um pouco na minha direção, como se pudéssemos ser nós duas contra o mundo de novo. Queria mais daquilo.

"Você vai à festa do Ricky?", perguntei hesitante.

Ela massageou uma das suas bolas de ouro, com a testa crispada. "Estava pensando nisso."

"Não quer ir lá pra minha casa em vez disso?"

Esperava ouvir um não, mas, em vez disso, Brenda jogou seus braços ao meu redor. "Puxa vida, se quero! Podíamos fazer uma noite das meninas. Seria tão melhor. O Ed é mandão demais, Heather. Ricky e Ant fazem qualquer coisa que ele fala, e acho que faço, também. Ed faz parecer que tudo tem importância, pelo menos estamos juntos. Mas assim que vai embora, me sinto uma tola. E você sabe o que mais?" Ela chupou o lábio inferior, e então seu rosto se acendeu. Então se inclinou e sussurrou na minha orelha: "O beijo dele é horrível!".

"Eca", eu disse. "Sério?"

Minha amiga ria. "Sério. Os lábios dele são secos e duros, é como ser bicada por um passarinho. Acho que precisa beijar desse jeito porque os dentes são muito estragados."

"Para com isso!", disse, agora rindo também.

"Ora, vou lhe contar tudo a respeito disso e muito mais à noite, então, é bom você já ter feito uma pipoca quando eu aparecer."

Seguimos cada uma o seu caminho; me sentia melhor do que tinha o direito de me sentir.

Naquela noite, debulhei outra música do Blind Faith, "Can't Find My Way Home", enquanto esperava a Brenda, tocando numa almofada do sofá com minhas baquetas, rebobinando quando errava uma batida, tentando de novo.

Levei umas duas horas, mas finalmente consegui.

A Brenda ainda não tinha chegado, entretanto; então, esperei mais um pouco.

E mais um pouco.

Por fim, depois que o resto da casa tinha ido dormir e o relógio bateu meia-noite, peguei no sono no sofá, com as baquetas no colo.

Capítulo 38

Bam bam bam bam bam!

Dei um pulo do sofá, desorientada, minha pulsação ritmando com as batidas. No meu sonho, eu tocava bateria. Teria carregado aquele estrondo pro mundo desperto? Aí o telefone começou a tocar e as batidas na porta se intensificaram incluindo tentativas de abri-la girando a maçaneta furiosamente.

"Acorda, diabos! Gary, acorda!"

Meu pai correu pra sala de estar, amarrando seu robe, parecendo preocupado. Vinha de seu escritório. Ou estava trabalhando até tarde ou dormindo lá.

Destrancou a porta e a abriu. Jerome Nillson estava parado na nossa varanda, com o cabelo espetado em todas as direções, delineado pelo cair da noite. Estava vestido, mas parcamente — calças largas, uma camiseta branca lisa manchada. Alguém o acordara do mesmo jeito que estava nos acordando.

"O que foi?", meu pai perguntou.

Os olhos do xerife Nillson me encontraram. Ele o empurrou pro lado e entrou a passos largos na sala de estar, o cheiro pungente de bebida o precedendo.

"Cadê a Brenda Taft?", perguntou.

Senti como se tivesse sido arrancada da nossa sala de estar e jogada num palco bem iluminado. Tentei engolir, mas a saliva foi pro lugar errado e comecei a tossir.

O xerife Nillson agarrou meu ombro e me deu um chacoalhão rápido, como você faz com uma máquina de chiclete que não solta a sua bola.

"Ela tá aqui?", gritava.

"Não", eu disse, com os meus olhos se enchendo de lágrimas. "Era pra ela ter vindo, mas não apareceu."

Ele agarrou meu queixo, seus dedos transmitindo fios de dor ao longo da minha mandíbula. "É um pacto suicida? É isso que vocês meninas fizeram?"

"Jerome, já chega", meu pai disse, tirando-o de cima de mim. "Do que é que você está falando?"

O xerife Nillson passou as mãos pelo seu cabelo de algodão-doce, aprumando-o de volta no lugar. Suas palavras saíram espremidas. "Roy Taft estava saindo pra uma viagem de pescaria. Deus ajuda quem cedo madruga. Pensou em dar uma checada na Brenda antes de sair, dar uma beijoca nela. Acontece que a Brenda não estava na cama, não estava em canto algum da casa. Ele me ligou, daí resolvi vir direto pra cá."

O xerife Nillson me encarou enquanto eu esfregava meu maxilar dolorido. "Se você estiver escondendo algo de mim, Deus que me perdoe", ele disse. "Não vou permitir que duas meninas desapareçam sob minha vigilância."

Ele colocou ênfase no "duas" — "não vou permitir que *duas* meninas desapareçam" — como se uma tivesse sido aceitável, mas duas fosse incomum. Ou que talvez soubesse algo a respeito da primeira, tivesse a mão naquilo, mas a segunda fosse uma surpresa inesperada.

Sentia uma dificuldade enorme pra puxar uma golfada completa de ar. "Se a Brenda tá sumida, pergunta pro Ricky", eu disse. "Ricky e Ant, ou Ed. Eles vão saber. O Ed voltou à cidade. Ele comprou brincos pra Brenda."

Meu pai e o xerife Nillson compartilharam um olhar carregado.

"Você sabe onde o Ed tá ficando?", meu pai perguntou.

Balancei a cabeça negativamente, daí pensei no chalé, onde havia ido à minha primeira e única festa. "Ele mencionou o lugar de um amigo lá pelas pedreiras, aquela atrás da Pedreira do Morto. É uma menor, Pedreira Onze, acho. Se você dirigir por aquela estrada o máximo que der e estacionar, o chalé fica a uns cem metros pro norte, no meio das árvores."

O lugar onde Ant tinha tirado minha foto.

O xerife Nillson me fuzilou com o olhar, seus pensamentos fervilhando na cabeça. "E quanto ao funcionário da feira, aquele que vendeu maconha pra Brenda. Você viu ele por aí? Ele tem uma barba de Abraham Lincoln. Se você o visse, reconheceria."

Senti um aperto no peito. Como ele sabia que a Brenda tinha comprado maconha de um funcionário da feira?

"Eu cheguei a vê-lo em Pantown na semana passada. Enquanto a feira ainda estava na cidade. Não o vi mais, desde então." Pausei. "Ele estava na sua área do bairro."

Parecia que o xerife Nillson estava prestes a gritar comigo de novo. Em vez disso, deixou seu corpo cair numa cadeira próxima, como se Deus tivesse largado suas cordinhas. Passou as mãos pelo rosto. Elas fizeram um som rascante contra sua barba por fazer. "Sei o que acha que viu no meu porão, Heather."

Meu pai fez um som de grasnido, mas o xerife Nillson ergueu a mão pra silenciá-lo o impedindo de continuar. "Precisamos de todas as cartas na mesa, Gary. Os casos podem estar conectados."

O chão desapareceu repentinamente como uma daquelas pontes suspensas do Tarzan, eu no meio dela quando o xerife Nillson cortou uma ponta, transformando a ponte em ar a cem metros do chão. Fiquei horrorizada ao descobrir que meu pai revelou ao xerife Nillson que Brenda e eu vimos a Maureen no porão dele. Meu pai prometeu que não tinha dado os nossos nomes.

Não, é claro que não, ele dissera. *Eu protegi vocês. Disse que era um boato.*

Meu pai tinha mentido pra mim. Nem de longe ele havia protegido a mim e a Brenda. A traição engatinhava pela minha pele feito agulhas de tatuagem, profundas e afiadas.

Não conseguia olhar pro meu pai.

"Não sei o que você acha que viu naquela noite, mas seus olhos lhe pregaram uma peça", o xerife Nillson continuou. "Entendeu? Eu fiz uma festa mesmo, tão inocente quanto qualquer outra. Isso é tudo. Preciso que você tire qualquer outra coisa da sua cabeça pra que possa me ajudar a descobrir o que está acontecendo com vocês, meninas."

"Achei que você tivesse falado que a Maureen havia se matado", disse, mordendo cada palavra.

"Sim, e ainda acho isso", disse ele. "Mas com três garotas sumidas... duas delas na sua banda, aliás... eu seria um tolo se não viesse aqui fazer perguntas. Se você, Brenda e Maureen têm algum tipo de trato suicida, isso é estúpido. Morte é morte. Não há glória do lado de lá."

Não achei que o padre Adolph aprovaria essa mensagem. "A Maureen não se matou. A Brenda não se matou. Eu *não* vou me matar." A imagem das pílulas que eu tinha roubado da sra. Hansen relampejou no meu cérebro. Empurrei ela de volta.

O xerife Nillson estava me encarando, sua expressão era indescritível. "Se você se lembrar de qualquer coisa que possa me ajudar a encontrar a Brenda", disse, enfim, com a voz pedregosa, "diga ao seu pai, e ele vai me contar. Enquanto isso, quero que saiba que planejo mandar meus assistentes revistarem a minha casa, sem mim por lá. Não quero ninguém pensando que tenho algo a esconder. Os boatos são cupins. Eles comem sua casa um grão por vez, se você permitir. Não vou deixar vocês, crianças, destruírem o que construí, tá me entendendo?"

Encarei-o furiosamente de volta, me recusando a lhe dar a satisfação de uma resposta.

Me sentia corajosa.

Isso foi quando eu ainda acreditava que a Brenda voltaria pra casa.

Beth

Ribombar de tropeços. Risada. Um grito.

Devia ter muitos homens lá em cima. Pelo menos cinco, pelo som que faziam, e não eram do tipo de caras que ele trouxera antes. Aqueles homens pisavam leve, suas vozes saíam em rajadas curtas de palavras. Tinham sido convidados, era o que ela supunha, e sabiam que não deveriam estar ali. Os de agora não se importavam se haviam sido chamados. Eles estavam *andando a passos largos* lá em cima. Poderiam ser policiais, talvez, ou militares.

Apenas uns poucos metros de ar e algumas vigas isolantes e tábuas de assoalho separavam Beth deles. Falavam tão alto que ela conseguia captar uma a cada seis palavras ditas, mais ou menos.

Garota... procurem... viva.

Algo que soava como "tolo".

Se podia ouvi-los, eles, sem dúvida, a ouviriam se abrisse a boca e gritasse.

"Socorro! Sou Elizabeth McCain, e fui sequestrada! Estou aqui embaixo!"

É isso que gritaria, se pudesse.

Ele a pegara desprevenida. De novo. Era um animal que farejava quando ela dormia. Ou talvez a espiasse por um buraco lá em cima que ela não conseguia ver. Dessa vez, no entanto, a lamparina não estava queimando quando ele entrou no cativeiro, de modo que, a não ser que tivesse óculos mágicos de visão noturna, tinha sido pura sorte encontrá-la dormindo.

Isso, ou uma urgência imprudente.

Talvez soubesse que estes homens estavam a caminho.

Na verdade, quanto mais pensava naquilo, com seu cérebro ressecado e encolhido de sede e de fome, mais parecia fazer sentido. Imaginou que seu raptor estava ali para violentá-la mais uma vez, mas não. Ele tinha corrido para dentro do cômodo e amarrado seus pulsos atrás de suas costas com fita adesiva antes de colar um pedaço em sua boca; ela ouviu aquele som nítido de rasgo tão chocante à meia-luz e depois sentiu um gosto de limão em suas obturações.

Na sequência, a enfiou num canto, como se fosse possível fazê-la ficar *mais* escondida, e sussurrava em seu ouvido para que ficasse quieta, senão, iria se ver com ele mais tarde, e então saiu correndo, trancando a porta atrás de si. Os homens com suas pisadas duras, andar de isso--aqui-é-nosso, tinham aparecido menos de vinte minutos depois.

Pensa, Beth.

Ele estaria infeliz enquanto a amarrava? Com medo? Ela não conhecia os humores dele, não de verdade. Conhecia o homem de faz de conta que se sentava em sua seção na lanchonete, confiante e paquerador, mesmo depois de ela jogar um balde de água fria com tanta força que poderia ter apagado um pequeno incêndio. Também conhecia o homem que vinha e a violentava, um macaco bufante idiota, um escravo dos seus impulsos. Aquele homem entrava e saía rápido.

E havia a terceira versão. Este era o homem que trocava o penico e o balde de água dela três vezes naqueles primeiros dias, o homem que lhe deixava o pão. Aquela versão não aparecia já tinha um tempo.

Não esqueça de alimentar os animais do zoológico, parceiro.

Ela começou a rir, mas então se controlou. Quando foi amarrada da primeira vez, cometera o erro de lutar contra a fita em seus pulsos. O esforço provocou um acesso de tosse que fez com que seu nariz entupisse. Com a boca bloqueada, ela quase sufocou. Custava-lhe todas as reservas de *identidade*, da *Beth* que ainda existia, para acalmar sua mente, depois seu coração, depois sua respiração.

Assim não, disse para si própria.

Não vou morrer desse jeito, seu filho da puta.

Respirou fundo e forte quando seu nariz estava enfim desentupido, e deixou o ar entrar fundo em seus pulmões.

Poderia grunhir e rosnar para tentar chamar a atenção dos homens lá em cima. Mas não funcionaria, ela sabia disso. Já havia testado a voz com a fita adesiva sobre a boca. Era de dar pena.

Se havia um momento para desistir, era este.

O resgate tão próximo e tão impossivelmente distante.

Porém, ele pareceu preocupado, não foi? Esta havia sido sua expressão na última visita, um olhar que ainda não conseguia decifrar até agora. Os passos acima significavam algo. Davam-lhe esperança.

Os passos e o prego de trilho de doze centímetros que desencavou e ele não havia descoberto.

Antes de se deitar para dormir, ela escondeu o prego de trilho junto à borda da parede do fundo, a mesma em que foi jogada agora. Ela o segurava em uma das mãos, esfregando-o furiosamente contra a fita que prendia seus pulsos.

Capítulo 39

A meia hora seguinte foi um borrão entrecortado. Junie, acordada pela comoção, cambaleou escada abaixo. Nillson saiu correndo, meu pai desapareceu pra dentro do seu escritório, e eu fiquei sentada, congelada. Então, Junie foi assistir à televisão, colocando no filme da madrugada da CBS.

Meu pai saiu do escritório logo depois vestindo um terno. Andou ligeiro até a cozinha, puxou o prato quente pegajoso da geladeira e o enfiou na boca, de pé. Não sabia por que ele ainda se preocupava de voltar pra casa, este homem em formato de pai, este traidor, este *mentiroso*.

Ele bagunçou o cabelo da Junie sentada no sofá, me deu uma bitoca na bochecha mais próxima e estava a meio caminho da porta quando percebi que eu começava a desaparecer.

"Fica em casa", implorei.

"Quê?", ele disse, parecendo surpreso. Ele não fez nenhum comentário a respeito do rosto cheio de maquiagem da Junie, e ela desceu com isso no rosto, levemente manchado como se tivesse aplicado antes de pegar no sono. Também não disse nada quanto ao fato da minha mãe não sair de casa por conta própria há um mês. E ainda não havia me perguntado como é que meu coração não tinha parado de bater depois de eu perder a Maureen e, agora, com a Brenda sumida.

"Por favor", disse, com um soluço me surpreendendo. Uma vez liberadas, as lágrimas fluíram quentes. "Por favor, não deixa a gente agora." Me odiei por dizer aquilo, mas, se ele não ficasse, eu afundaria de uma vez.

Ele já estava com a mão esticada pra pegar a maleta. Em vez disso, veio correndo até mim, me arrancou do sofá e me abraçou bem apertado.

"É isso que você quer também, Junie?"

Observei-a pelas dobras da camisa do meu pai, e a vi concordar feito uma boba, embora pensasse ter captado um brilho no seu olho quando ela correu a língua pelos dentinhos afiados de raposa, nos observando.

Meu pai deu um passo pra trás, olhou para o relógio e depois para o telefone. Seu rosto se suavizou. "Vocês preparam a pipoca, que eu vou pegar um jogo de tabuleiro, como a gente costumava fazer. O que acham de brincar de Jogo da Vida?"

"Não era pra ser assim", meu pai disse. Estava guiando seu minúsculo carro de plástico pelas montanhazinhas verdes, um pino rosa e um azul dentro.

"Você vai conseguir mais pessoas", Junie disse, encarando o tabuleiro.

Meu pai sorriu, mas era melancolia. Não o jogo.

Ele olhou pra porta do quarto. Nenhum de nós tinha sugerido convidar minha mãe pra esse bolsão protegido de tempo, este espaço surreal e antipânico às duas da manhã que existia à parte do mundo. "Ela é a mulher mais linda do mundo pra mim. Vocês meninas sabem disso, não sabem?"

Junie concordou com a cabeça. Também queria fazer isso, mas não consegui, não agora que sabia que ele havia traído minha mãe. Talvez até a estivesse traindo agora, e o que explicaria ele quase nunca estar em casa.

Girei a roleta, ouvindo-a clicar.

"Heather!?", meu pai me chamou com delicadeza.

Não queria olhar pra ele, mas não aguentei. Quando nossos olhos se cruzaram, vi que os dele estavam focados, insistentes.

"Amo tanto a sua mãe, e amo vocês, garotas, com todo o meu coração. Preciso que saibam disso." Como não respondi, a voz dele ficou mais grave, retumbante. "Também preciso que se lembre de que sou o chefe desta família."

Percebi que estava espremendo minhas mãos até virarem punhos. Relaxei-as e senti o sangue correr de volta. Não tinha como ele saber o que a sra. Hansen me contou, então, por que parecia que estava confessando um caso? Queria que ele ficasse em casa pra me confortar. Pensei que morreria se meu pai não o fizesse, e aqui estava ele, me oferecendo nada. Nem mesmo isso. Estava me *pedindo* coisas.

Tomando. Tomando tomando tomando.

"Heather?", disse ele, agora, num tom de alerta, o último que receberia, aparentava me dizer. "Você sabe disso, não sabe?"

Nunca o desrespeitara antes. Isso era território desconhecido. Uma veia azul e feia latejou na têmpora do meu pai. Podia sentir a veia correspondente pulsando em mim também.

Junie tossiu, chamando minha atenção. Parecia trêmula, à beira das lágrimas.

"Claro, pai", disse com a mandíbula trincada. Maureen teria forçado a barra ainda mais, mas eu não era ela. Em vez disso, engoli meu redemoinho de sentimentos amargos e azedos, fiquei em pé, andei feito um robô até o seu lugar na ponta da mesa e coloquei meus braços em volta dele. Afinal, ele ficou em casa quando pedi. Isso contava alguma coisa, não contava?

Meu pai sorriu, se apoiando em mim como se eu fosse a progenitora e ele a criança.

O lance era: eu sabia que ele estava dizendo a verdade. Ele *amava* todas nós. Por que aquilo não era mais o suficiente?

"Gary?"

Me virei. Minha mãe estava em pé ao lado do sofá. Vestia um robe florido. Seu rosto estava sem maquiagem, e seu cabelo, bagunçado. Parecia jovem e vulnerável. Olhei pra Junie, para me assegurar de que ela estava a salvo como eu fazia quando minha mãe entrava no cômodo. Fiquei feliz de ver que alguma cor tinha voltado pras bochechas dela.

"Você está bem, querido?", minha mãe perguntou, deslizando na direção do meu pai. "É madrugada."

"Estava consolando a Heather", meu pai disse, se sentando ereto ao mesmo tempo em que me afastava. "Tem sido um período difícil, como você sabe."

"Isso não é trabalho para um pai", ela lhe disse, com sua voz onírica, seus braços estendidos. "Consolar uma criança é o dever da mãe."

Dei um passo pra trás pra acolher o abraço, mas, em vez de me abraçar, minha mãe se dirigiu ao meu pai, beijando-o no topo de sua cabeça, murmurando palavras suaves que fizeram os anos passados deslizarem por seu rosto. Junie e eu compartilhamos um olhar incrédulo, eu porque não podia acreditar que ela quase me abraçara, Junie porque não conseguia se lembrar de quando eles agiram assim antes. Eu até conseguia, com muito esforço, mas já havia um bocado de tempo. Minha mãe abraçava muito o meu pai antes do acidente. O jeito que aquilo o fazia resplandecer, me fazia pensar que ela estava polindo a alma dele.

"Assim é melhor", ela disse, esticando-se pra trás pra observar o rosto dele, e então sorrindo pra mim. "Por que ninguém me disse que teríamos uma noite de jogo?"

"Desculpe", eu disse. "Achei que estivesse dormindo."

"Minha menina responsável", disse ela, vindo até mim pra acariciar minha bochecha e então gentilmente me guiando de volta à cadeira. Minha espinha enrijeceu, o alarme instintivo. "Minha *pobre* menina", continuou. "Seu pai me falou a respeito da Maureen. Ninguém pode carregar o fardo de outra pessoa, porém a gente pode se compadecer da dor. Estou aqui agora, Heather. Sua mãe tá aqui."

Pisquei, a sala estava tão silenciosa que podia ouvir o toque suave das minhas pálpebras. Ela estava dormindo quando Nillson nos falou da Brenda. Ela achou que estávamos acordados porque eu estava chateada com a história da Maureen. Mas praticamente desconsiderei isso.

Ela estava sendo uma mãe de verdade comigo.

"Gary", ela disse, sorrindo vagamente pra ele, "estou pensando em levar um prato quente pra Gloria. Aquela pobre mulher. E todas as vezes que ela tentou me pedir desculpas, e não deixei. Acho que é hora de colocarmos o passado pra trás, não acha?"

Meu pai concordou balançando a cabeça, seu rosto parecia o de uma marionete.

"Foi o que pensei", minha mãe disse. Ela flutuou até sua cadeira de frente pro meu pai, aquela que quase nunca ocupava. "Minha vez é depois de quem?"

Capítulo 40

Minha mãe insistiu em afirmar que estava bem o suficiente pra ir à igreja na manhã seguinte. A princípio, o funeral da Maureen seria logo após a celebração da missa, mas chegou o informe pela linha conjunta de que seria prorrogado em respeito à família da Brenda e à sua busca.

Ficamos todos quietos no caminho até a Saint Patrick, o ar vaporoso da manhã embaçava as janelas. Quando chegamos à igreja, não consegui localizar a perua dos Taft no estacionamento apinhado. Parecia que o restante de Pantown tinha decidido ir, no entanto, junto de alguns forasteiros — repórteres fazendo perguntas. Meu pai nos guiou até debaixo de uma árvore pra esperar por ele enquanto falava com um dos jornalistas que havia reconhecido. Estava quente. Me sentia péssima. Pela primeira vez, perguntei — na minha cabeça, ao menos — por que é que não podíamos entrar num prédio sem meu pai. Estava pelo menos cinco graus mais fresco lá dentro.

Vinha me perguntando várias coisas ultimamente.

Claude e seus pais atravessavam o gramado a passos largos. Acenei freneticamente. Claude virou o rosto. Podia jurar que ele tinha me visto.

"Mãe, vou dizer oi pro Claude."

Ela concordou com a cabeça, sua pele parecia translúcida na sombra ondulante.

Dei uma corridinha pra alcançá-lo. "Claude!"

Ele se recusou a olhar. Devia ter me ouvido. Ambos os pais estavam se virando, sorrindo.

"Claude, posso conversar contigo?", perguntei quando cheguei ao lado deles. "A sós?"

"Vá em frente, Claude", seu pai disse. "Nos encontramos lá dentro."

Claude parecia desconfortável em sua camisa abotoada com gravata, e não era apenas o calor.

"Você ouviu sobre a Brenda?", perguntei depois que seus pais tinham se afastado.

Ele confirmou.

"Claude, por que não olha pra mim?"

Ele se virou, seus olhos estavam ferozes, então, os abaixou, e vi um rubor subindo pelo seu pescoço. "Eu tinha algo pra lhe falar no trabalho, aquele dia, mas suponho que não queira ouvir agora."

Senti linhas de confusão cavoucarem as minhas sobrancelhas. "Do que você tá falando?"

"Ed e Ant passaram na delicatéssen depois que você deu no pé. Ant me mostrou a sua foto." O olhar dele subiu de novo, suplicante, depois irritado. "Você podia ter me falado que estavam namorando."

Minha mão voou pra minha garganta, olhei pra cima, pra cruz. Eu podia não adorar frequentar a igreja, mas era uma pantowniana. Fora criada com um medo saudável de Deus. Sabia que não devíamos falar daquela foto em solo sagrado.

"Não tô. *Nós* não estamos. Foi uma noite estúpida." Minha vergonha se tornou fúria contra o Ant. Que pena que era o Claude aqui no lugar dele. "Mas, afinal, o que você tem a ver com isso?"

A mandíbula dele despencou como se eu tivesse lhe dado um tapa. "Acho que não tenho nada a ver com isso", disse, se dirigindo à igreja.

Fiquei parada ali alguns instantes, em algum ponto entre chorar e gritar. Não conseguia acreditar que Ant tinha mostrado aquela foto pro Claude. Não devia nem ter importância, não com a Maureen morta e a Brenda desaparecida, e não importava, não passava nem perto do que essas perdas significavam, porém era uma ferida num momento em que eu não tinha mais espaço pra dor. Fui arrastando os pés de volta pra sombra da árvore ao lado da minha mãe e da Junie, tentando imaginar quem mais ali tinha me visto de sutiã, chorando, naquela foto de coelha ridícula que eu deixara o Ant tirar.

Depois de alguns minutos, meu pai acenou pra nós, e o seguimos igreja adentro.

"O que os repórteres queriam saber?", minha mãe lhe perguntou.

Ela jogou duas rodadas de Jogo da Vida conosco durante o período mais escuro da madrugada, papeou com a Junie a respeito de cortes de cabelo e comigo sobre o trabalho, perguntou ao meu pai dos seus casos. Parecia que ela tinha polido a alma de *todos* nós, como nos velhos tempos, porém eu seguia desconfiada. Com a minha mãe, o que subia tinha que descer, e era um mistério descobrir qual combinação exata tornaria a vida um peso pra ela.

Está na hora de tirar umas férias, Gary, ela disse, com sua voz parecendo brotar de um poço profundo.

Foi por isso que fiquei tão horrorizada com meu pai lhe contando a respeito da Brenda a caminho da igreja. O que ele estava pensando? A gente não podia protegê-la de tudo, mas normalmente dava para controlar o fluxo com que as más notícias lhe chegavam. Ela parecia ter lidado bem com aquilo, e isso me deixava inquieta. Mas aí pensei que talvez fosse bom, já que o padre Adolph, sem dúvida, mencionaria o sumiço da Brenda durante o sermão. Minha mãe tinha uma alta tolerância a notícias ruins na igreja. Dizia se sentir amparada ali.

"Eles queriam saber se havia alguma atualização a respeito das meninas desaparecidas", meu pai disse, fazendo o sinal da cruz e nos guiando até o nosso banco. Minha mãe, Junie e eu fomos atrás enquanto os últimos sinos dobravam acima das nossas cabeças. O farfalhar no interior da igreja cessou com a deixa do último eco clangoroso do sino. Inspirei os cheiros reconfortantes de incenso e lustra-móveis enquanto as velas eram acesas. O coro deu início ao canto de entrada quando o padre Adolph se aproximou do púlpito, seguido pelos seus coroinhas. Ele fez uma mesura e balançou seu porta-incenso antes de sinalizar com a cabeça pra que um ajudante o levasse embora.

"Todos em pé", disse, e parecia que um vento agourento soprava através dele.

A congregação se levantou de modo sincronizado.

"Em nome do Pai, do Filho e do Espírito Santo", o padre Adolph entoou.

"Amém", dissemos de volta. Minha mãe passou o braço por trás de Junie pra apertar a minha mão. Teria eu dito amém alto demais? Mas ela mantinha os olhos fixos no padre.

O padre Adolph continuou. "Bem-vindos todos os que se uniram a nós hoje para adorar; que possam encontrar consolo e força entre seus irmãos e irmãs. Sou muito grato pela sua presença. Devemos confiar no nosso Senhor Jesus Cristo e, com sua força, confiar uns nos outros. Agora mesmo, neste momento, três das nossas famílias precisam desesperadamente do nosso amor." Do púlpito, olhou pra cima, com seus olhos pesarosos, seu rosto abatido. "Gloria Hansen."

Todos nós olhamos ao redor como se ela fosse se levantar. Não a vi entrar na congregação.

"Sua preciosa filha está junto do nosso Senhor, e é nosso trabalho cuidar de Gloria aqui na Terra." Gesticulou solenemente com a cabeça, e então continuou: "Os Taft também precisam do nosso amor".

Mesma resposta, todos nós procurando, mas nenhum Taft à vista.

"A filha deles, Brenda, está sumida. Se souberem algo a respeito do seu desaparecimento, por favor, conversem com o xerife Nillson."

Isso gerou alguns suspiros dos poucos que não tinham ouvido a notícia, seguidos de uma inquietação murmurante. O xerife Nillson, que estava sentado alguns bancos à frente, à nossa esquerda, ergueu a mão, como se houvesse alguém ali que não soubesse quem ele era.

"Enquanto isso, devemos orar pelo retorno seguro e rápido da nossa querida Brenda. Isso também vale para Elizabeth McCain, que não foi vista desde que desapareceu da lanchonete Northside, há mais de uma semana. Se souberem de algo, mesmo que não achem importante, conversem com o xerife Nillson. Vamos agora entregar nossos corações em oração a estas garotas desaparecidas e a suas famílias."

O padre Adolph curvou a cabeça e começou a rezar baixinho. Todos nós seguimos a deixa. Alguém do meu banco ficou em pé, provavelmente pra usar o banheiro. Não dei muita bola. Apesar de querer desesperadamente a Brenda de volta, sã e salva, tinha vergonha de admitir que estava ocupada demais pensando naquela foto que o Ant andava mostrando pra todo mundo, e isso me impedia de rezar. E se meu pai ficasse sabendo daquilo? Ou, pior, e se ele visse?

"Você sabe onde elas estão!"

O grito estridente interrompeu as orações feitas em voz baixa na igreja feito um estilete. Todos nós olhamos pra cima. Minha mãe tinha passado pelo meu pai e entrado no corredor principal, onde se agitava e gritava com o padre Adolph; seu rosto estava num tom framboesa de fúria.

Eu perdi o ar.

"Você sabe onde essas crianças estão! Eu conversei com o Senhor, e Ele disse que você precisa devolvê-las!" Ela girava num círculo em câmera lenta, com os olhos em brasa. "*Todos* vocês sabem o que aconteceu com elas. As meninas tiveram que pagar o preço de Pantown, e cada um de vocês tem parte da responsabilidade." Ela apontou para os congregantes, cutucando o ar conforme cuspia cada palavra. "Cada. Um. De. Vocês."

O padre Adolph vinha descendo apressado do púlpito, porém meu pai já estava ao lado da minha mãe, com sua mão na cintura dela, tentando levá-la pra fora. Ela se contorcia nos braços dele, lutando pra se livrar, com os olhos ensandecidos, gritando por ajuda.

Amortecida de horror, só consegui puxar a Junie pra perto de mim, cobrindo suas orelhas.

O xerife Nillson se aproximou do púlpito e encarou a congregação, usando sua melhor voz ribombante de homem no comando. "É uma época desafiadora pra ser uma mãe, não há dúvida quanto a isso. Padre, volte a se ocupar do seu rebanho. Gary vai cuidar da família dele."

Nillson se virou pra mim e indicou a saída com a cabeça. *Vai. Agora. Passa.*

Com a cara ardendo de vergonha, agarrei Junie e a levei pelo corredor lateral, tropeçando nos outros na pressa de escapar. Quando chegamos lá fora, meu pai já estava saindo do estacionamento, pisando fundo na direção do hospital.

"Não *quero* parar na casa do Ant", Junie disse, chutando a areia. A Saint Patrick ficava a apenas um quilômetro e meio da nossa casa, mas o calor dobrava a distância. "Quero ir pra casa assistir TV."

"Não tem nada de bom passando na TV no domingo de manhã, e você sabe disso. Além do mais, só vai demorar uns minutos. Ant tá com uma coisa minha, e preciso pegá-la de volta.

"O que está com ele?"

"Uma foto."

"Hum."

Andamos por outra quadra em silêncio. Havia pouco tráfego. A maior parte das pessoas estava na igreja.

"Quanto tempo acha que a mãe vai ficar fora desta vez?", Junie perguntou, quebrando o silêncio. Ela usava um vestido xadrez, fitas no cabelo. Apesar das roupas de menininha, Ed tava certo. Minha irmã parecia muito mais velha do que era; parecia ter, pelo menos, uns 16 anos.

"Quanto tempo for necessário pra ela melhorar", respondi.

Junie franziu o cenho.

"Você sempre diz isso", ela retrucou.

"Porque é verdade."

Ficou quieta por mais algum tempo. Podia avistar a casa do Ant, no fim da rua, a entrada da garagem vazia.

"Posso contar um segredo?", Junie disse baixinho.

Quase havia esquecido que Junie estava ao meu lado. Vinha ensaiando na cabeça o que falaria pra conseguir aquela foto de volta.

"Algumas vezes, desejei que nossa mãe nunca mais voltasse pra casa", Junie completou.

Girei velozmente minha cabeça em sua direção. "Quê?"

Ela projetou o queixo, me encarando com um ar de desafio nos olhos. "A mãe. Algumas vezes, desejei que, quando fosse pro hospital, ficasse por lá e não voltasse mais. A casa parece muito maior sem ela dentro. O pai assobia mais. Você até sorri, às vezes."

Fiz uma careta. "Eu sorrio o tempo todo", disse.

"Você costumava sorrir", ela disse, piscando lentamente. Seus olhos verdes eram enormes e tinham cílios longos, quase como de desenho animado. "Quando eu era bem pequena. Antes de começar a andar, nessa época. Eu sei porque tem as fotos."

"Onde?", perguntei.

Era eu quem limpava a casa. Nós tínhamos fotos expostas onde as pessoas podiam ver, fotos da família, a maioria de antes de a Junie nascer. Umas duas da minha mãe e do meu pai se formando. Dos pais deles. Nenhuma de mim sorrindo.

"No escritório do pai."

Parei no meio do caminho.

"Você não tem permissão pra entrar lá!", eu disse.

"É onde estão todas as coisas boas." Ela encolheu os ombros, depois apontou. "O Ant tá ali na frente."

Olhei pra onde ela indicava. E, de fato, lá estava o Ant em sua varanda, como se estivesse me esperando.

"Espera aqui", disse à Junie. "Melhor ainda, encontro você em casa."

Ela me deu uma última olhada curiosa antes de partir rua abaixo. Marchei até o Ant, minha raiva estava voltando, aumentando a cada passo, até crescer como um escudo ao meu redor.

"Que manda, Heather?"

"Seus pais estão em casa?"

Ele balançou a cabeça, negando.

"Que bom. Quero aquela foto de volta."

Acho que eu tinha decidido fazer a abordagem direta.

Ele se apoiou no corrimão, a maior parte de seu rosto estava oculta na sombra. "Qual?"

Arremeti pela escadaria da varanda e o empurrei com tanta força que ele caiu alguns passos pra trás. "Você sabe qual. A que você tirou no chalé. De mim, de sutiã."

Ant recuperou o equilíbrio e veio na minha direção, enfiando o rosto bem na frente do meu, seu hálito estava cheirando a ovo. "Aquela foto é *minha*. Não vou devolver."

"Mas é de mim!"

"Você me disse pra ficar com ela."

"Mudei de ideia."

"Que pena."

Uma fúria cega tomou conta de mim. Olhei pra porta da frente, me preparando pra atravessá-la e correr até o quarto dele e revirar tudo de cabeça pra baixo até localizar aquela foto. Meu corpo deve ter telegrafado minhas intenções porque o Ant disparou e ficou na minha frente, apoiado contra a porta, com os braços cruzados. Sua boca larga estava solidificada numa linha raivosa abaixo do nariz de Senhor Cabeça de Batata.

255

"Você falou ao Nillson que tive algo a ver com o desaparecimento da Brenda", ele disse, num tom acusatório.

Considerei negar aquilo, mas não via motivo pra fazê-lo. "Você teve?"

"Não."

Meu ombro deu um solavanco. "Então, não tem nada com o que se preocupar."

Ele ficou me olhando por alguns instantes, dando umas piscadas espasmódicas. "Você se lembra do tanto que a gente costumava brincar? A gente meio que andava junto toda hora."

"Lembro, e depois você não apareceu mais."

Depois que ouvimos o pai dele gritar com ele.

Ele só encolheu os ombros, mas aquele movimento pareceu doloroso. "As coisas ficaram difíceis aqui em casa. Não significava que não queria mais ser seu amigo."

"Você não contou nada disso pra gente."

"Como iria contar? Todos vocês estavam me ignorando."

Relembrei do Ant à margem, espreitando, ficando estranho do nada... Eu e o Claude e a Brenda lhe pedindo pra se juntar a nós, Maureen o pirraçando de um jeito amigável. Nada funcionava. Ele só se afastava cada vez mais, até que pareceu nunca ter feito parte do nosso círculo.

"Ninguém ignorou você, Ant."

"Você não vai me ignorar agora", disse, correndo até mim antes que eu pudesse erguer as mãos, com sua boca sobre a minha, faminta, mais mastigando do que beijando.

Enfiei meu joelho nos seus bagos. Quando ele se dobrou, pulei pra trás e pra fora da varanda.

"Quero aquela foto, Anton Dehnke", gritei. "Não é sua, e você não vai ficar com ela."

Corri pra casa, sentindo as lágrimas resfriando minhas bochechas.

Capítulo 41

Meu pai ligou; disse que ficaria no hospital mais um tempinho porque no momento não havia leitos pra minha mãe.

"Posso ir aí esperar, pra você não precisar ficar", disse. Ainda estava furiosa com ele pelo fato de ter dito ao xerife Nillson que Brenda e eu tínhamos visto Maureen no seu porão, e não sabia se conseguiria perdoá-lo algum dia por trair minha mãe, no entanto ainda éramos uma família.

"Obrigado, querida, mas acho que será melhor se eu ficar aqui." Ouvi um som abafado, como uma mulher falando com ele do outro lado da linha. Seria uma enfermeira com uma atualização sobre minha mãe? Ele voltou ao telefone depois de alguns segundos. "Preciso ir. Não me espera acordada."

Ele nem mencionou a Junie. Sabia que eu tomaria conta dela.

Ela estava sentada no sofá folheando um exemplar da *Tiger Beat* que tinha um Shaun Cassidy encantador na capa.* Maureen tinha uma paixonite intensa pelo Shaun Cassidy. Dizia que não era nem pelo fato de ele ser uma gracinha, e sim por parecer honestamente *legal*. Legal pra valer, sabe, do tipo que não precisava anunciar isso pras pessoas.

"Você pegou isso da Libby?", perguntei, apontando para a revista.

"Mm-hmm."

Fiz uma nota mental pra dizer ao meu pai que Junie gostava da *Tiger Beat*. A gente podia fazer uma assinatura pra ela no seu próximo aniversário.

---

* Revista fundada em 1965, direcionada ao público adolescente feminino, trazendo fotos e fofocas de ídolos jovens, além de artigos de cinema, televisão, música e moda. [NT]

"Vou pro meu quarto", disse.

As sobrancelhas dela se franziram como se eu a estivesse incomodando, mas ela não respondeu.

A caminho da escadaria, me vi atraída pro escritório do meu pai no fim do corredor. Não era como se estivéssemos vivendo no castelo do Barba Azul. Podia entrar, mesmo que ele tivesse me pedido pra não entrar. Junie tinha entrado, caramba. Eu apenas não via motivo pra fazer isso. Foi o que disse a mim mesma, e fazia sentido. Além disso, abrir uma porta já tinha nos feito entrar em encrenca suficiente.

Corri escadaria acima e tirei meu diário de debaixo do colchão. O envelope com as fotos que eu pegara do xerife Nillson espetou a pele macia entre meu polegar e o indicador, rápido feito uma aranha. Chupei o local dolorido e pulei na cama, com as pernas cruzadas.

Querido diário:

Você sabe aquela noite em que deixei o Ant tirar uma foto minha de sutiã? Bom, aquilo foi estúpido. É melhor ele me devolver a foto, ou vou arrombar a casa dele e pegá-la. É isso que faço agora, sou praticamente uma das Panteras. Quando botar minhas mãozinhas sujas naquela polaroide, vou queimá-la, e nunca mais farei algo estúpido assim de novo. Prometo.

Olhei pela janela, mandando meus pensamentos pros braços verdes e calmos do carvalho lá fora.

Cadê você, Brenda?

O xerife Nillson parecia ter falado sério quanto ao desaparecimento dela, e aquilo me assustou mais do que qualquer coisa. No entanto, eu saberia se minha amiga estivesse em perigo, certo? Quando Brenda pegou catapora na quarta série, cocei quase tanto quanto ela. Quando me contou a respeito de seu primeiro beijo, um lance fofo e casual com um amigo do seu irmão Jerry, e de como a boca dele tinha gosto forte de cerveja, pude sentir nos meus próprios lábios. Quando ela chorou por causa dos residentes no seu trabalho, aqueles cujos filhos não iriam visitar, senti o aperto dela no meu próprio peito.

Pensar naquelas memórias me deixou sobressaltada. E aí, do nada, não conseguia mais ficar parada um segundo sequer, mal podia aguentar ficar na minha própria casa. Fiz uma ligação rápida pros pais da Libby, carreguei Junie pra lá sob seus protestos amenos — *quero assistir teee-vêêêêê* — e comecei a pedalar. O que começou como uma busca pelo território de Pantown se expandiu. Passei pelos apartamentos de Cedar Crest, lembrando do meu pai empinando o nariz pra eles quando estavam sendo construídos, dizendo que, a não ser que você estivesse na faculdade, era bom ter uma casa de verdade e uma família, não uma vida de apartamento. Eu concordara com ele sem nem pensar. Contudo, agora, olhando pro prédio em formato asseado de cubo, pensei em como a vida deles devia ser perfeita, a dos moradores. Tudo de que precisavam estava bem ali, ao alcance. Nada desnecessário. Nada a esconder.

O que minha mãe gritou pra congregação?

Cada um de vocês tem parte da responsabilidade.

Cada. Um. De. Vocês.

Era mortificante pensar nela se desestabilizando em público. Tentamos tanto esconder aquilo, meu pai e eu. Agora todo mundo saberia, não apenas os vizinhos que tinham nos ajudado quando Junie e eu éramos pequenas. Parei minha bike no semáforo da East Saint Germain. À minha esquerda havia um centro comercial. À minha direita ficava a lanchonete Northside.

As palavras do padre Adolph me vieram à mente.

Isso também vale para Elizabeth McCain, que não foi vista desde que desapareceu da lanchonete Northside, há mais de uma semana.

Fui pedalando até o estacionamento. O cheiro de comida frita estava denso mesmo do lado de fora. A frente da lanchonete era tomada por uma grande janela panorâmica, e havia famílias recém-saídas da igreja aproveitando o especial de domingo, uma fileira de clientes atrás delas tomando café no balcão. Quase amarelei, mas aí uma garçonete que estava anotando o pedido de alguém me avistou e me lançou um sorriso amigável.

Encostei a bike contra a lateral da lanchonete e entrei.

Capítulo 42

"Ouvi falar daquelas duas outras garotas", a garçonete disse, apoiada contra a parede de tijolos da lanchonete, uma fumaça em cascata saía da sua boca. Ela tinha um cabelo loiro com raízes pretas e um aspecto quebradiço, olhos largos e um sorriso fácil. Quando lhe expliquei por que estava ali dando o melhor que podia, ela apontou para o seu broche escrito Lisa, depois me fez um milk-shake de morango por conta da casa e me pediu pra esperá-la até a sua próxima pausa. Cerca de vinte minutos depois, me levou pros fundos e acendeu outro cigarro. "Lamento saber que as meninas são suas amigas. Isso é uma bosta."

"É", disse, dando uma bicada no milk-shake que eu trouxe comigo. O copo ainda estava na metade, a umidade gotejando por todo o revestimento encerado. Tinha gosto artificial, como se alguém pedisse a Deus pra transformar a cor rosa em comida.

"Eu estava trabalhando naquela noite", ela disse.

Parei de fingir que bebia o milk-shake.

"Quando a Elizabeth desapareceu?", perguntei.

"Isso. A gente a chamava de Beth." Ela revirou seu avental e tirou de lá uma foto polaroide dela e da ruiva Beth McCain dentro do restaurante, com os braços jogados sobre os ombros uma da outra, rindo na frente da cozinha.

"Ela frequenta a minha igreja", eu disse, apontando para a imagem da Beth.

"Pois é. A gente tinha combinado de se encontrar numa festa naquela noite, depois do trabalho. Organizada por esse cara chamado Jerry, que tinha voltado do Exército."

"Jerry Taft?"

"Isso mesmo", ela disse, parecendo surpresa. "Você estava na festa?"

"Não." Lisa não era uma pantowniana. Não sabia que nós todos nos conhecíamos. Senti que não valia a pena explicar. "A Beth não chegou a aparecer na festa?"

O cozinheiro surgiu na porta dos fundos, seu avental era uma mixórdia de comida incrustada. Seus parcos cabelos pretos, que penteava sobre a área careca suada, bailavam na brisa. "Um grupo de oito acabou de entrar."

Lisa ergueu seu cigarro. "Já, já eu chego lá."

Ele revirou os olhos e fechou a porta.

"Não que eu tenha visto", ela me disse, depois de dar uma tragada no cigarro. "Karen e eu... ela é outra garçonete, trabalhava naquele mesmo turno comigo e com a Bethie... Nós só chegamos lá pelas duas e meia da madrugada. Todo mundo tava doidaço. Foi difícil entrar no ritmo, então, não ficamos muito, só o suficiente pra procurar a Beth."

Chutei o cascalho, imaginando o que aquilo significava.

"Você acha que o mesmo cara que a sequestrou pegou suas amigas?", Lisa perguntou.

Cerrei os olhos pra ver o outro lado do estacionamento.

"A polícia acha que a Maureen se matou", eu disse.

Lisa bufou. "Isso soa mesmo como a polícia de Saint Cloud. Três garotas desaparecem, eles não conseguem encontrar duas e afirmam que a terceira se suicidou."

"Você conhece alguém da polícia?"

"Somos uma lanchonete 24 horas. A gente acaba conhecendo todo mundo."

Pensei naquilo por alguns segundos. "Havia algum cliente frequente que admirasse a Beth? Alguém que tenha agido de um jeito estranho apareceu naquela noite?"

Ela me observou da ponta do nariz. "A polícia me perguntou a mesma coisa. Beth era popular. Todo mundo ama uma ruiva. Uns dois clientes frequentes fizeram o nosso radar disparar. Um deles parecia que estava fazendo um teste pro *Amor, Sublime Amor*."

Meus batimentos cardíacos tropeçaram, pausaram e voltaram duas vezes mais fortes. "O nome dele era Ed Godo?"

"Não tenho ideia do nome dele. Um cara baixinho, de vinte e poucos anos, cabelo preto com brilhantina; ele usava uma jaqueta de couro mesmo quando estava tão quente quanto o inferno. Bebia coca e mandava Anacin pra dentro como se aquilo fosse seu trabalho. Usava sapatos com saltos."

"Você contou isso tudo pra polícia?"

"Sim. Contei que ele não apareceu naquela noite, também."

A porta dos fundos voltou a se abrir. "Se você quer um emprego, é bom voltar pra porra do trabalho agora mesmo, Lisa."

"Deusulivre!", ela disse, balançando a cabeça, mas apagou a guimba na lateral do prédio e a jogou na lata de lixo ali perto. "Desculpe não poder ajudar mais."

"Obrigada pelo seu tempo", eu disse.

Ela sorriu e se virou pra entrar.

"Péra", eu disse. "Você mencionou que havia uns dois clientes que frequentavam a lanchonete que davam nos nervos. Quem eram os outros?"

Ela parou com a mão na porta. "Não há outros. *Outro.* Jerome Nillson."

O choque me chutou pra fora do meu próprio corpo, mas Lisa continuou falando, alheia.

"Como eu falei, a gente acaba conhecendo todo mundo. Nillson ia para a seção da Bethie com tanta frequência que não podia ser coincidência. Ela dizia que não gostava dele, mas o que se pode fazer?", ela perguntou, dando de ombros. "Pena que ele e o Fonz não se juntaram pra um cancelar o outro."

Capítulo 43

A pedalada de bike pra casa parecia pesada, como se alguém tivesse amarrado alforjes cheios de pedra na minha Schwinn. Ed Godo e Jerome Nillson haviam sido presenças frequentes na vida da Beth assim como na da Maureen, e ambos conheciam a Brenda. Além disso, por mais que estivessem de lados opostos do distintivo, ambos eram homens perigosos. Suas conexões com as três garotas desaparecidas, uma das quais tinha sido encontrada morta, não podiam ser coincidência. Ainda assim, não sabia o que fazer com essa informação. Talvez pudesse me desculpar com o Claude e a gente desvendasse isso juntos.

Acontece que eu não achava que devia uma desculpa pra ele.

O guincho distante de uma ambulância se imiscuiu nos meus pensamentos, me fez pensar na minha mãe, em como ela ficou desesperada quando teve que viver num quarto de hospital, e em como doía vê-la num lugar onde nada podia ter ponta e tudo precisava ser arredondado, onde nenhum fio era permitido, nem mesmo cadarços. Eu usava uma sapatilha especial pra visitá-la.

A lamúria da ambulância se aproximou quando cheguei à borda leste de Pantown, passando à toda pela rua principal. Uma viatura a seguia logo atrás. Eu voltava lentamente pra casa, no entanto virei à esquerda pra seguir as sirenes. A ambulância ia na direção das pedreiras. Não queria observar com muita atenção, pois os veículos de emergência estavam me atraindo feito um ímã. Talvez porque tivessem passado bem ao meu lado e o dia estivesse quente. Ou podia ser porque eu não queria voltar para uma casa vazia, ou porque a preocupação e ansiedade me consumiam já há muitos dias.

Ou talvez porque, sob o lamento das sirenes, eu tivesse ouvido uma cadência que soava como *Brenda, Brenda*.

Balancei a cabeça pra me livrar daquele ritmo e pedalei mais rápido.

O ar estava tão úmido que quase dava pra bebê-lo.

Quente, próximo, grudento feito marshmallow.

Se arrochava em mim, me contendo.

Forcei meu caminho através dele, no entanto, pedalando tão rápido pela rua principal que a corrente da minha bicicleta cheirava a óleo quente. Fui pedalando até a entrada da Pedreira do Morto, e então pela estradinha que levava à Pedreira Onze e ao chalé que eu comentara com o xerife Nillson, aquele que o Ed alegava ser de um amigo, mas que eu suspeitava que tivesse sido arrombado, aquele onde Ant tinha tirado minha foto.

Duzentos metros além daquela estradinha, um grupo de policiais estava reunido perto de uma trilha, com seus veículos e a ambulância estacionados logo adiante. Havia tantas trilhas nas pedreiras. Eu não sabia onde essa iria dar, porém podia apostar que as duas crianças chorando no início dela sabiam. Eram meninos, mais ou menos da série da Junie. Não eram pantownianos.

Brenda, Brenda.

Os meninos estavam falando com um único assistente, que estava separado do círculo de policiais. O que os homens naquele círculo estavam olhando? Larguei minha bicicleta e fui tropeçando na direção deles. Podia ver suas mandíbulas se movendo, seus rostos brilhantes e corados num tom escarlate. Quanto mais perto chegava, mais o ar se preenchia com o cheiro de podridão — balofo e encharcado dela, como carrapatos flutuantes que se agarravam à minha pele e se enterravam no meu cabelo. Os policiais estavam tão focados em algo no chão —

é ela, é a Brenda, Brenda...

— que não perceberam a minha presença nem quando me misturei a eles.

Eu usava minha camiseta boêmia favorita sobre um short azul de seda. Meus joelhos eram salientes, porém tinha batatas da perna bonitas. Ao menos fora isso que a Brenda me dissera — *ela tá morta, a Brenda tá morta* — quando experimentei essa mesma roupa pra ela na semana passada. Maureen estivera lá. Ela e eu levamos todas as nossas roupas favoritas pra casa da Brenda, e as mostramos umas para as outras. Estávamos decidindo o que vestir pro nosso show na feira do condado. No fim, escolhi as roupas de vovó, mas não importava, porque tocaríamos música juntas, nós três, no palco. Naquele dia, sonhos que eu nem sabia que tinha estavam prestes a se tornar realidade.

A memória de estar segura e risonha no quarto da Brenda se instalou no meu cérebro, *clac clac clac*, o som de uma grande máquina de escrever funcionando à toda, tentando desesperadamente me distrair da parte de baixo dos pés dela, uma sola calçada apenas com meias de náilon — *nunca usávamos náilon, nunca mesmo, sobretudo no verão com este ar espesso de marshmallow* —, a outra, com um salto — *você não pode correr de salto, nunca vou usar salto, a gente vivia rindo quando assistia às reprises de* A Caldeira do Diabo — porque... veja só, só de olhar pros pés dela, mesmo que não estivessem calçados como os pés dela, sabia que aqueles pés pertenciam à Brenda.

eles nem mesmo a cobriram com um lençol, por favor, Deus, ela não pode estar morta...

não olhe pra cara dela, não! Você vai perder a cabeça...

Não podia ser assim que acabava, não para uma menina com quem cresci junto, uma menina tão próxima que era como uma irmã. Nossas famílias faziam churrasco juntas, saíam pra comer, viajavam pra Minneapolis quando minha mãe fazia esse tipo de coisa. Passei incontáveis noites da minha infância brincando de forte na sala de estar dos Taft enquanto os adultos berravam jogando *bridge* e *rummy* na mesa da sala de jantar. Quando eu dormia lá, ela me pedia pra traçar meu nome nas suas costas, uma trilha suave que a fazia cair no sono na mesma hora. Brenda, assim como a Junie, tratava todos como se já os conhecesse, mesmo se fosse a primeira vez os visse. E eu que era a quieta.

Quieta como num velório.

Algo se quebrou lá no fundo sob minhas costelas.

Jamais olharia para aquele rosto morto, porém eu sabia que era ela.

Era a Brenda Taft deitada de costas no meio do círculo de policiais. Ela vestia roupas de professora de escola meio esfarrapadas que não eram dela. Seu corpo estava exposto como o corpo de um pistoleiro.

Era a Brenda.

O grito não partiu de mim.

Estava preso no corpo da Brenda, a essa hora frio e duro, porém quando cheguei, quando o terror de Brenda reconheceu alguém familiar, alguém que ela amava, foi transferido, avançando pelo chão feito mercúrio pútrido. Serpenteou pra dentro do meu pé e forçou caminho até a garganta, alto demais, rasgaria meu pescoço pra passar, mas tinha visto a luz e exigia nascer, aquele grito de morte.

Ele saiu feito um uivo lancinante, tão inesperado e elemental que os policiais recuaram, um deles pulando pra longe, com a mão sobre a arma, todos, enfim, percebendo a minha presença.

"Arranca ela daqui."

Me arrastaram até a ambulância. Não lutei contra eles.

Não parei de uivar, também.

Capítulo 44

O motorista da ambulância me deu uma injeção. Não achei que esse fosse o procedimento operacional padrão, mas estava fora de mim. Aquele líquido consolador percorreu minhas veias irrigando todo meu organismo. Quando alcançou meu cérebro sussurrando docemente que *tá tudo bem*, foi que parei de gritar.

Meus ouvidos ressoavam com o silêncio.

Um assistente me cobriu e me transferiu da ambulância pra sua viatura, o que supus ter sido feito para dar espaço ao corpo da Brenda — *ssshhhh, querida, tá tudo bem*. Ele me deixou em casa junto com a minha bicicleta, que colocou na varanda da frente. Depois que o paramédico foi embora, me sentei no sofá da sala, com a cabeça turva e a boca seca, nem um único pensamento passava na minha cabeça, até que meu pai entrou arrebentando a porta algumas horas mais tarde.

Seu rosto estava tão cansado que parecia virado do avesso.

"Jesus!", falou ao me ver no sofá. "Não vi você aí. Cadê a Junie?"

Considerei a pergunta. O medicamento no meu organismo já não era mais tão presente. Eu conseguia conectar pensamentos agora, apesar de eles levarem um tempo pra encontrar a minha boca, como caminhantes perdidos procurando a entrada.

"Ela tá na casa da Libby", eu disse.

Meu pai meneou o rosto, parecia prestes a dizer algo, mas, então, despencou ao meu lado, acomodando a cabeça em minhas mãos. Ouvi uns ruídos de fungada que deduzi que fosse ele chorando.

Eu deveria dar tapinhas em suas costas.

Fiquei satisfeita de ver minha mão surgir perto do seu ombro. Ao sentir o calor do toque, ele aninhou-se nos meus braços. Era um homem de bom tamanho, tinha cerca de um e oitenta. Abracei-o amortecendo seus soluços. Minha mãe comentou certa vez que esse era o dever de uma esposa, mas ela não estava ali. Por que meu pai desfalecia tão facilmente?

"Brenda tá morta", me disse quando o choro diminuiu. Sua voz soava distante. Isolada.

"Eu sei."

"Jerome levou Ant e Ricky pra serem interrogados na mesma hora", meu pai continuou, me ignorando. Ou talvez eu não tivesse falado nada. "Eles juram que não sabem de nada. Ricky disse que não viu mais a Brenda desde que ela passou no trabalho pra vê-la no sábado. Ant disse que a viu na mesma manhã, mas não mais desde então. Isso lhe parece correto?"

Ergui um ombro. Ou meu pai não sentiu ou não se importou.

"Eles concordaram em fazer um teste de polígrafo, e os pais deles autorizaram. Os dois garotos passaram." Ele se afastou de mim, passou as costas da mão na boca. "Me desculpe, Heather."

"E quanto ao Ed?", perguntei. "O que ele tá falando?"

"Não conseguimos encontrá-lo." Meu pai balançou a cabeça como se não conseguisse acreditar no seu azar. "Realmente, estragamos tudo nessa."

Ficamos sentados remoendo aquilo por algum tempo. As pontas dos meus dedos começaram a pinicar, então, estiquei meus braços. Daí, estralei minha mandíbula. Foi uma sensação esplêndida.

"Ela foi estrangulada", meu pai disse.

Aquilo furou minha proteção. Tentei empurrar a visão pra trás, mas ela continuava insistindo, como uma mão vasculhando. "A Brenda?"

Ele confirmou com a cabeça. "Não havia sinais de defesa. Jerome acha que foram dois agressores, um a contendo, o outro a matando."

Pisquei. Pisquei de novo. Eu podia ver as pernas da Brenda cobertas com meias de náilon, a saia esfarrapada que parecia ter vindo do fundo de uma caixa de doação numa venda de garagem. "Por que trocaram as roupas dela?"

"Quê?"

"Brenda estava usando roupas que não eram dela. Por que a vestiram com outras roupas?"

Meu pai olhou pela janela da frente, depois de volta pra mim. Parecia confuso. Ou traído. "Como você sabe que ela estava com roupas que não eram dela?"

A pergunta não foi como eu sabia o que ela estava vestindo quando seu corpo foi descoberto. O que meu pai me perguntou foi como eu sabia que as roupas não eram dela.

"Eu sei. Não eram", respondi.

A boca dele enrijeceu, seus lábios quase não se moviam enquanto falava. "Talvez você não conheça suas amigas tão bem quanto achou que conhecesse."

Um calor passou a consumir minhas entranhas com uma chama que desconhecia existir.

Aciona. Acende.

As palavras dele deveriam ter me intimidado, me congelado, meu próprio pai me dizendo que estava errada a respeito das pessoas que eu amava. No entanto, o efeito foi contrário. Suas palavras quebraram minha inércia. Eu *conhecia* minhas amigas. Podia não saber tudo o que estavam fazendo, ou com quem estavam fazendo, mas sabia o tipo de pessoa que eram.

Conhecia o coração delas.

Deixei aquele fogo arder, em silêncio. Não estava pronta pra mostrá-lo ainda. Não ao meu pai.

"A Maureen também foi estrangulada?", perguntei.

Meu pai suspirou, ficou em pé. "Deixa ela descansar, Heather."

Olhei pra cima, encarando-o; meu pai era forte, bonito como um Kennedy, embora não o famoso, e eu o vi, realmente o *vi* pela primeira vez. Aquilo desbloqueou algo em mim, permitindo que a chama que ele acendeu repentinamente consumisse todas as verdades de papel que havia construído. Era capaz de sentir o cheiro de queimado, ouvir o crepitar das chamas. A sensação era boa, e aterrorizante, e um pouco exagerada demais. Precisava sair dali antes que ela consumisse tudo, o bom junto com o ruim.

Fiquei em pé, me sentindo um pouco tonta ainda. "Vou dar uma volta."

"Tá muito quente lá fora."

"Nos túneis", eu disse, arrastando os pés na direção do porão.

Ainda havia ilusão o bastante no meu coração para pensar que meu pai fosse me conter, dizer que era perigoso, que deveríamos buscar a Junie e lidar com isso como uma família.

Em vez disso, ele se serviu uma bebida.

Foi um alívio, quase, que tivéssemos parado de fingir.

Fui pé ante pé lá pra baixo, apanhei a lanterna, abri a porta. O frescor dos túneis era como um beijo. Pensei em que direção deveria seguir, mas, no fim, percebi que havia apenas uma pessoa que poderia me proporcionar algum alívio, uma pessoa que eu poderia machucar do mesmo modo como eu estava machucada.

Ant.

Andei até a sua casa, colei minha orelha boa na porta do seu porão. Nada. Pensei ter ouvido um arranhar de patinhas vindo da porta falsa no caminho, a que estava enfiada na alcova, mas aquilo era minha imaginação.

Minha vontade era fazer algo com o Ant, algo selvagem, como rasgar a sua pele com minhas unhas, arrancar seu cabelo, fazê-lo sofrer e sentir o fogo que agora queimava sem controle dentro de mim. Todavia, não consegui ouvi-lo dentro do porão.

Me virei e fui pra casa.

Mas a chama ainda ardia, silenciosa.

Por enquanto.

Capítulo 45

"O que você tá fazendo?"

Junie se virou e se afastou da minha cama, onde estava com o braço enfiado até o ombro debaixo do colchão. Sua mão escondida atrás das costas. Junie nunca entrava no meu quarto, não quando eu não estava nele. Mas aí me lembrei de que ela entrava no escritório do meu pai.

Talvez entrasse de fininho em todos os lugares.

"Me mostra", exigi, sentindo ainda o frescor dos túneis que havia despertado os meus membros sedados.

Ela mostrou seu punho, com os olhos baixos. Então, abriu a mão pra revelar um frasco marrom com uma etiqueta amarela. "Estou com dor de cabeça", disse, tentando se defender.

O chão tremeu sob meus pés, e eu agarrei o batente da porta pra me apoiar. O frasco de Anacin continha as pílulas que roubei da sra. Hansen. Se ela tivesse tomado...

"Me dá isso aqui."

Ela me entregou meio tímida. "Desculpe. Não consegui achar aspirina no armarinho de remédios."

"Então, você procurou debaixo do meu colchão?"

Ela parecia chateada. "Olhei em tudo que é canto. Minha cabeça tá doendo. Tomei muito sorvete na casa da Libby."

"Quando que eles a deixaram aqui?", perguntei, levando-a pelo corredor até o banheiro.

"Uns dez minutos atrás. O pai tá no escritório. Ele me pediu pra não incomodar, então, subi aqui. Você tinha sumido."

"Então, você procurou debaixo do meu colchão", repeti. Abri o armarinho de remédios, apanhei o frasco de aspirinas mastigáveis Bayer e entreguei a ela. Queria que ela admitisse que estava procurando o meu diário, mas Junie só pegou o frasco de aspirinas, colocou duas na palma da mão e as mastigou sem dizer nada.

Me deu água na boca, como acontecia toda vez que pensava naquele sabor, laranja e azedo. Talvez esse fosse o gosto do Anacin, e talvez fosse por isso que o Ed o mastigava. Talvez não fosse realmente azedo e meu pai tivesse mentido a respeito disso também. De repente, eu queria tanto a minha mãe que achei que fosse perder o fôlego. Não me importava com seu estado, porque, tirando um momento aqui e outro ali, fazia anos que ela deixou de ser minha mãe de verdade. *Mas eu precisava dela.*

"Acho que vou ao hospital", eu disse. "Visitar a mãe. Você quer ir junto?"

"Você não parece muito bem", Junie disse, escavando um pouco de aspirina dos seus dentes de trás. "Tem certeza?"

"Certeza", eu disse.

Corri até o quarto pra pegar as sapatilhas que o hospital permitia. Junie me seguiu.

"Não quero ir", ela disse.

"Você não precisa ir, mas não quero que você fique aqui sozinha."

"Por que não?"

"Apenas não quero." Não podia lhe dizer que não confiava mais em nosso pai. "Vou deixá-la de novo na Libby."

"Eles estão indo pra Duluth. Não vai ter ninguém em casa."

"Tá. Vou deixar você no Claude."

Ela saiu marchando, o que me deu a chance de pegar meu diário, o diário da Maureen e o envelope pardo com as fotos e colocar num local onde ela nunca encontraria: sob uma tábua de assoalho solta debaixo da minha mesa de canto. Eu os teria guardado ali, pra começo de conversa, se não fosse tão difícil de pegar. Joguei o frasco de Anacin, também. Daria descarga nas pílulas quando chegasse em casa.

* * *

Claude nos encontrou na varanda da frente. Foi estranho vê-lo pela primeira vez desde que contou ter visto minha foto, mas eu não tinha escolha. Empurrei Junie na direção dele.

"Posso falar com você?", ele perguntou, saindo da varanda assim que Junie pisou nela.

Fiquei surpreso por ele querer falar comigo.

"Sobre o quê?", perguntei zangada. "Quer gritar comigo a respeito de alguma outra coisa que não é da sua conta?"

"Junie, minha mãe tá fazendo frango com purê de batata", ele falou por cima do ombro, "se quiser entrar e ajudar..."

Ela desapareceu pela porta telada, e Claude puxou uma caixinha rosa do bolso da camisa de botão.

Senti um impulso ridículo de fugir.

"O que é isso?", perguntei, apontando praquilo.

"Desculpe", ele disse. Claude cheirava a limpeza, como se tivesse acabado de tomar banho. Seu cabelo preto encaracolava na nuca, ainda molhado. "Desculpe ter sido tão estranho no trabalho, e depois maldoso na igreja. Sinto muito que a Maureen se foi, e agora...". Olhou pra rua, sua boca ainda se mexia. "Agora, a Brenda também."

Meneei a cabeça. Era angustiante como Pantown estabelecia o meu formato, o desenho de quem eu era. Enquanto ficasse no bairro, eu estaria inteira. Sempre presumi que não seria nada, ninguém, se em algum momento saísse dali. Seria essa apenas mais uma das mentiras de Pantown?

Claude estendeu a caixa na minha direção. Era de papelão cor de blush, com cinco centímetros quadrados, grafado *Zayre* em relevo na tampa.

"É por isso que tenho sido tão otário", ele disse.

Peguei a caixa, ergui a tampa.

Ele começou a falar rápido, suas palavras foram se encavalando. "Sei que não quer isso, não agora que tá namorando o Ant, mas comprei antes de descobrir, então, é melhor ficar com isso de uma vez. Pode fazer o que quiser com ele." Ele pausou pra puxar o ar. "Enfiei o recibo aí dentro, se quiser trocar por dinheiro."

Um coração de cobre numa corrente de cobre estava aninhado lá dentro, o mesmo colar de moeda de um centavo de dólar que a balconista da joalheria tinha me mostrado no Zayre. Era simples e bonito ao mesmo tempo. Olhei pra frente, pro Claude, meu amigo fiel. Ele olhou de volta, com seu olhar sério com muito, muito medo.

"O que isso significa?", perguntei.

Ele enfiou as mãos nos bolsos, e seus ombros arquearam em direção às orelhas. "Significa que gosto de você, Heather. Gosto *mesmo* de você. Já tem um tempo, mas nunca tive coragem de falar. Acho que o Ant não é um covarde como eu."

Tirei a corrente da caixa, ergui o coração de cobre. Olhar praquilo me fazia sentir como se estivesse crescendo e diminuindo ao mesmo tempo, como Alice no País das Maravilhas. Era tão bonito, tão puro... Eu não merecia aquilo, não depois do que deixei o Ant fazer.

"É tolice, eu sei", Claude disse. "Vou levar de volta e dar a você os dez dólares. Foi o que custou. Sério, us$ 9,99 mais o imposto. Ainda podemos ser amigos, não é? Isso é tudo o que importa. Não posso perdê-la também. Não depois de ter perdido a Maureen e a Brenda."

Lágrimas borraram minha visão.

"Você o coloca em mim?", eu disse.

Entreguei o colar a ele e me virei, erguendo meu cabelo. Claude abriu o colar e o segurou na minha frente. Suas mãos estavam tremendo. Prendeu-o do meu lado bom, não porque minha orelha o incomodava, mas porque incomodava a mim. Senti o coração de cobre contra o meu peito e pensei em quanto aquilo importava, ter um amigo como o Claude, que tesouro era aquilo, e ali estava ele me oferecendo algo mais.

Me virei. "Te amo, Claude."

Suas mãos estavam de volta nos bolsos, suas bochechas brilhavam de esperança.

Entretanto, não tinha nenhuma esperança pra lhe dar, não de verdade. Parecia cruel fingir que merecíamos algo tão rico quanto isso aqui em Pantown. Ainda assim, ouvi as palavras saírem da minha boca: "Você pode esperar?".

Ele franziu o cenho. "Esperar o quê?"

Coloquei a mão sobre o coração, sentindo o pulsar do meu sangue através dele. Tentei imaginar a Maureen e a Brenda vivas, provocando a mim e ao Claude sem um pingo de dó, *dois namoradinhos, só falta dar beijinho*, mas não conseguia. Só conseguia imaginá-las sorrindo pra gente, nos empurrando um na direção do outro.

"Eu não sei", respondi, por fim.

Ele vasculhou meus olhos, parecendo que queria me abraçar, mas se detendo. Deve ter encontrado o que procurava, porque o seu rosto se suavizou. "Claro. Posso esperar."

A onda de alívio me surpreendeu. "É melhor eu ir logo. O horário de visita acaba em breve."

Ele piscou forte, como se tivesse algo no seu olho. "Com certeza. Vamos cuidar bem da Junie."

"Eu sei."

O odor do hospital de Saint Cloud me deixava nervosa. Sempre deixava. Tinha cheiro de álcool isopropílico e lençóis recém-lavados, aos quais amarravam você. Respirei com suavidade enquanto andava pelos corredores familiares que tanto amplificavam quanto abafavam o som. Podia ouvir as pessoas conversando, mas não conseguia entender o que diziam.

"Mãe!?", murmurei, entrando no quarto que a enfermeira me indicara. Era num andar padrão, não na ala psiquiátrica. Aquele andar devia estar cheio.

Esse era um dos maiores quartos em que ela já esteve internada. Continha quatro camas. As duas mais próximas da porta estavam com cortinas de privacidade fechadas em torno delas. As duas próximas à janela tinham as cortinas abertas, e uma dessas camas estava ocupada. Dei um sorrisinho pra senhora de idade reclinada nela.

Ela indicou com a mão as duas camas com cortinas fechadas. "A da esquerda é de uma mulher idosa, como eu, e a da direita é de uma mulher jovem e bela, se isso puder ajudá-la", disse. Não havia nenhuma atadura visível, ou máquina conectada àquela senhora, mas, assim como minha mãe, ela podia estar esperando ser realocada pra seção apropriada do hospital.

"Obrigada." Ergui uma quina da cortina que ela indicou, ainda hesitante.

"Heather", minha mãe disse, e sua expressão foi se iluminando quando me viu. "Me ajude a erguer a cama."

Deixei a cortina cair atrás de mim e alcancei a manivela, minha mão já estava acostumada a ajustar camas de hospital. Girei até minha mãe pedir pra parar.

"Como estou?", ela me perguntou.

Apenas alguns centímetros de luz natural penetravam pelo topo da cortina. O abajur frio destacava seus traços, afundava seus olhos no crânio.

"Você tá bonita, mãe."

Ela afofou os cachos por baixo. Suas mãos tremiam tanto que parecia estar acenando pra si mesma. "Seu pai mandou minha bolsa de maquiagem, mas esqueceu meu batom favorito. Pode trazê-lo pra mim quando voltar?"

"Claro", disse, focando seus olhos, esperando que meu rosto refletisse calma. "Você sabe quanto tempo vai ficar desta vez?"

"Seu pai gostaria que eu relaxasse e não me preocupasse com isso." A tremedeira nas mãos alcançou a boca. Ela deu tapinhas nos próprios lábios, como se estivesse pedindo silêncio a uma criança pequena.

Meus nervos zumbiram. Não devia ter ido até lá. O que foi que estava pensando? Em precisar da minha mãe...? Eu era mais esperta que isso. *Eu era mais esperta que isso.* "Quer que chame a enfermeira?"

"Você sempre foi tão preocupada!", ela disse, emitindo sua risada aguda e metálica. "Apura, escuta, não fica maluca! Se continuar se preocupando assim, vai ficar com rugas bem nova, e aí nenhum homem vai te querer. O que acha disso?"

Enquanto amassava a cortina grossa de algodão atrás das minhas costas, sentia minha boca seca. Já a vi desse jeito lá em casa antes, como se possuísse toda a energia do mundo, porém estivesse amarrada no lugar. Uma viagem ao hospital sempre curava aquilo, sempre a trazia de volta à Terra.

"Seja boazinha com o seu pai enquanto eu estiver aqui, tá bom?", me pediu. "Tem sido tão difícil pra ele, me perder pra vocês meninas. É isso que acontece quando você tem filhos. Eles se tornam seu mundo. Lembre-se disso!"

Se eu saísse pra buscar a enfermeira, minha mãe poderia ficar brava. Já tinha visto isso acontecer antes também. Este humor específico era terrível, no entanto, ainda pior que os episódios de choro. Esfreguei o colar na minha garganta.

"Mãe..."

"Ora! Olha só que balangandã bonito. Isso é um coração de cobre? Um garoto comprou isso pra você?"

Engoli saliva fazendo um ruído.

"O Claude que me deu."

"Ele é um menino querido, aquele Claude. Você podia ter se dado mal. O colar é adorável. Amo cobre. Você se lembra daquele negócio que comprei pro seu pai?"

Comecei a balançar a cabeça, mas, do nada, congelei, meu sangue foi substituído por água glacial.

Não queria que continuasse. Não queria que terminasse a história.

"Economizei meus trocados por semanas pra comprar aquilo pra ele. *Semanas.*" Riu de novo. Soava como um fio entre latas de metal vazias chacoalhando no vento. "A gente praticamente vivia de hambúrguer e macarrão, mas sabia que o sacrifício valeria a pena assim que ele visse o presente."

Abri minha boca pra gritar "*Para!*", no entanto não saiu nada.

"Ele até que usou, no início. Disse que o lembrava como era ser jovem. Porém, depois, acho que ficou velho e antiquado! Escondeu em algum canto. Lembra disso? Você era apenas uma menininha, mas seu pai nunca usou nenhuma outra joia, então, pode ter ficado gravado na sua memória."

Guinei pra frente, com a mão estendida pra silenciá-la, contudo era tarde demais, *tarde demais pra sempre.*

"Acho que a lição aprendida é nunca comprar um bracelete de identificação de cobre pro seu pai."

Capítulo 46

Luzes estroboscópicas.

Uma fila de três homens.

Flashes de claridade e, na sequência, escuridão picotando suas imagens, iluminando apenas de suas cinturas até os joelhos, aquela mesma luz fatiando meu peito, revelando o emblema TAFT *costurado no uniforme emprestado.*

Elvis, cantando.

Well, that's all right, mama, that's all right for you.

Uma garota de joelhos, sua cabeça balançando diante da cintura do homem do meio.

That's all right, mama, just anyway you do.

O cabelo dela longo e loiro.

Flash. Efeito estroboscópico.

Com mechas verdes.

A mão atrás do pescoço dela pressionando seu rosto contra a virilha dele. Ele usava um bracelete cor de cobre que eu reconheci.

Não não não não não...

Meu pai.

Era o meu pai.

Meu pai.

Era o meu pai.

Aquela litania circulou pela minha cabeça enquanto eu pedalava pra longe do hospital. Não sabia como conseguia pedalar, como mantinha o equilíbrio. Havia tomado um tiro na barriga, meu intestino tinha virado pasta, a ferida era tão medonha que não conseguia olhar pra baixo, mas eu a sentia.

Ah, como eu sentia.

Meu pai. Era o meu pai. Meu pai. Era o meu pai.

Desmontei da bicicleta no jardim, me afastei dela enquanto os pneus ainda rodavam, andei a passos largos pela varanda e pela porta da frente, sem fechá-la atrás de mim, porque estava morrendo.

Continuei até o escritório do meu pai.

Meu pai, que não era o Barba Azul: era pior.

Meu pai, que havia colocado a boca da Maureen nele e *a segurado lá*.

Que disse que investigaria o "suicídio" da Maureen, porém é claro que não o faria. O xerife Nillson e o meu pai não iriam seguir naquela direção de jeito nenhum.

O escritório dele estava vazio, mas nem se ele estivesse lá dentro eu teria desacelerado. Já tínhamos passado desse ponto. O cômodo estava organizado do modo como me lembrava desde quando era uma menininha e ele me deixava brincar com bonecas no chão enquanto trabalhava. Uma mesa perto da janela. Um armário. Prateleiras de livros. Um arquivo com gavetas. Marchei até o armário, arreganhei a porta. Havia caixas de sapato empilhadas na prateleira de cima. Quatro ternos e uma camiseta esportiva pendurados nos cabides.

O bracelete de identificação de cobre estava no chão, ao lado de um par de sapatos pretos brilhantes, a joia descartada como uma pele de cobra pra que meu pai pudesse reassumir a forma humana.

Eu o alcancei, convencida de que não estaria quente ao toque.

"Sabia que você tinha me visto."

Me virei. Meu pai estava na soleira da porta, sua cara parecia uma tábua. Ele encarava o bracelete maldito nas minhas mãos.

"Foram apenas algumas vezes", disse, com a voz grossa. "Jerome ia guardando os restos. Maconha e outras coisas mais pesadas, ninharias das apreensões. Quando juntava o suficiente, organizava festas. Era um jeito de a gente espairecer. Juro por Deus que só fui em algumas. Só em algumas."

O bracelete serpenteou pra fora da minha mão e caiu no carpete com um baque.

"Algumas vezes, eles prendiam garotas... mulheres jovens... por porte de maconha ou de pílulas, e as mandavam pros acampamentos de verão do padre Adolph. Porém, se não houvesse um acampamento marcado, as convidavam pra alguma festa em troca de não registrar aquilo em suas fichas. Elas não tinham que fazer nada, só aparecer. Ser um rostinho bonito."

Uma profunda fúria escarlate explodiu dentro de mim. "Maureen era minha *amiga*."

"Eu sei, querida", disse, dando um passo adiante, com sua boca retesada. Imaginei que era assim que se comportava no fórum. Distante. Controlado. No comando. Mentindo com tanta confiança que as pessoas passavam a acreditar que era verdade. "Ela não fez nada que não quisesse fazer, Heather. Juro pela minha vida. Não houve violência, ameaças, nunca aconteceu."

Girou o corpo de repente e esmagou o punho contra a parede, mas aquela explosão pareceu falsa. Mais da sua performance de tribunal. "Jesus! Estou com tanto nojo de mim por ter deixado isso acontecer."

"Você a matou?"

"Não", disse, virando-se pra mim, com um alívio que perpassava por seus olhos. Ele tinha feito coisas ruins, mas não *tão* ruins, sua expressão dizia. "Não tive nada a ver com aquilo. Nem Jerome, nem o assistente que estava conosco naquela noite. Todas as evidências realmente apontam pro suicídio. Você vai ter que acreditar em mim." Sorriu, e sua expressão era um equilíbrio impressionante de remorso e confiança. "As festas acabaram, agora, também. Aquilo foi um erro terrível. O Jerome fez uma limpa no porão."

Por hábito, tentei acreditar nele. Pareceu sentir uma abertura e se espichou até a sua altura máxima, empostando a voz e assumindo uma atitude de promotor. "Ainda sou seu pai, Heather. Não sou perfeito, mas sou um dos caras bons."

Um cara bom. Um cara legal. Era disso que o Ant tinha se chamado.

"E quanto à Brenda? E a Beth?", eu perguntei.

Seu semblante se tornou sombrio. "No início, achamos que Elizabeth McCain estava pegando carona em algum canto, que ela apareceria qualquer dia. No entanto, agora que a Brenda foi assassinada, achamos que Ed sequestrou Elizabeth e matou Brenda. Talvez Elizabeth ainda esteja viva. Se encontramos ele, a encontraremos."

Inclinei minha cabeça. "Se você achava isso, por que botou o Ed pra correr da cidade, pra começo de conversa?"

Os olhos do meu pai desviaram dos meus.

Um caleidoscópio de palavras e imagens girava e estalava, e então as imagens e as ideias entraram num foco nítido: *eles nunca chegaram a botar o Ed pra fora da cidade*. Aquilo havia sido só mais uma mentira que contou pra me tirar do rastro. Eles estavam dispostos a considerar a Beth uma fugitiva em vez de arriscar atrair atenção demais pra Maureen e potencialmente pras festas deles.

Agora que a Brenda estava morta, não podiam mais deixar pra lá.

Foi aí que entendi a verdade nua e crua de tudo: os homens no comando estavam cuidando dos interesses deles.

Nós estávamos por nossa própria conta, as garotas de Pantown.

Capítulo 47

Acordei desesperada pra fugir da nossa casa. A ideia de ficar sentada ali, lembrando e relembrando que Maureen e Brenda nunca mais me ligariam de novo, nem mais apareceriam na minha porta... Aquilo era aterrorizante, como algo escuro rastejando sob minha cama e agarrando meus tornozelos.

Encontrei Junie no quarto dela, ainda na cama, e lhe disse que a levaria pra casa do Claude ou da Libby e mandei que se vestisse rápido. Ela fez um escarcéu. Jurou que ficaria dentro de casa e que não abriria a porta pra ninguém, implorou pra receber permissão de passar um tempo na sua própria casa por um dia inteiro. Eu mal a ouvia. Estava pensando no meu pai.

Na noite anterior, pra encerrar a nossa conversa, ele jurou que estava comprometido a trabalhar sem parar até achar a Elizabeth.

Mesmo que tivesse me falado que a água era molhada, não teria acreditado nele.

A conclusão a que deveria chegar daquilo era que estávamos esboçando um novo início, que, do seu próprio jeito, ele se desculpou por molestar a Maureen e as outras meninas, e agora fingiríamos que nada daquilo tinha acontecido.

Porque era assim que a gente fazia em Pantown.

Pelo menos, era isso que a gente *costumava* fazer.

Mas eu não faria mais parte disso.

"...nem um pouco justo", Junie estava dizendo, seus olhos brilhando com as lágrimas, as mãos fechadas em punhos sobre o seu colo. "Crianças da minha idade estão trabalhando como babás, sabe? Realmente cuidando de bebês, mas eu preciso *ter* uma babá?"

"Você tá certa", disse, surpreendendo a nós duas.

Ela cerrou os olhos me encarando com suspeita, seu cabelo estava despenteado de um modo que a deixava com uma aparência quase cômica.

"Quê?", ela disse.

"Você tá certa", repeti. "Você já tem idade o suficiente pra ficar sozinha em casa."

Aquelas foram palavras difíceis de dizer, mas percebi que o primeiro passo pra escapar das regras de Pantown requeria um ajuste na maneira como tratava minha irmãzinha. Ela já estava com quase 13 anos. Apesar do meu desespero pra protegê-la do mundo, já era tempo de parar de mimá-la como se faz com um lindo bebezinho.

"Mas você tem que me prometer que vai manter as portas trancadas e não deixar ninguém entrar."

Ela me deu um abraço, praticamente espremendo o ar pra fora de mim, de tão feliz que estava.

Depois que fiz café da manhã pra ela — meu pai não estava em casa, o que pra mim era ótimo —, pedalei pro trabalho, não totalmente confiante de que tinha tomado a decisão certa. Poderia estar mudando, mas isso não significava que o restante do mundo começaria a agir de um modo diferente. Contudo, Junie tinha idade suficiente pra ficar em casa sozinha.

Não tinha?

Quando cheguei na delicatéssen, encontrei nosso chefe cozinhando no lugar do Ricky. Ele era um homem baixo e neurótico, e usava uns óculos redondos. Ele gerenciava todo o Zayre Shoppers City, então, nós não o víamos muito, exceto quando havia algum problema ou quando precisava ficar no lugar de alguém, como hoje.

"Cadê o Ricky?", perguntei, passando o avental pela minha cabeça.

Está preso, esperava que fosse a resposta.

"Ele não falou pra você...", o sr. Sullivan disse, fingindo que os botões da fritadeira precisavam ser mexidos. "Sinto muito pelo que aconteceu às suas amigas. Falei sério sobre você tirar a semana de folga."

"Obrigada", eu disse. "Não me importo de trabalhar. O Claude tá vindo?"

"Não", o sr. Sullivan disse, agora mexendo no botão do freezer. Logo acabariam as coisas pra ele girar, e então teria que olhar pra mim, uma menina cujas duas melhores amigas estavam mortas, a mãe estava no hospital, e o pai era um pervertido.

De repente, desejei desesperadamente que ele olhasse para mim.

Senti que, se não olhasse, eu desapareceria e ninguém saberia, como se uma grande mão de desenho animado com uma borracha gomosa Pink Pearl começasse pelos meus pés e fosse subindo, me apagando em esfregadas amplas. Se alguém não me notasse, não olhasse direto pra mim e me *visse*, logo nem mesmo uma sombra restaria atrás de mim. Apenas uma pilha de migalhas rosa-acinzentadas que haviam sido eu.

"Fiz a mesma oferta da folga pra ele, que aceitou", o sr. Sullivan continuou, finalmente olhando pra mim, com sua expressão estranha. "Claude só vai voltar na segunda-feira."

O ritmo de atender as pessoas me tranquilizava. Estávamos correndo de um modo anormal, mesmo pra um dia quente de verão. O jeito que as pessoas me encaravam e depois olhavam pra janela que separava a cozinha da área do balcão me dizia que os boatos estavam correndo de vento em popa. Ricky e Ant serem levados pra um interrogatório podia até ter virado notícia. Queria perguntar ao sr. Sullivan, mas também não queria saber. Dedicava todos os meus esforços pra flutuar acima dos meus sentimentos, pra permanecer naquela camada fina de névoa onde tudo parecia fora de alcance.

Me perguntei se essa neblina era onde minha mãe passava a maior parte do tempo.

"Você pode ir", o sr. Sullivan disse quando chegou perto das três. "Eu limpo aqui."

Não foi uma pergunta, como a que fez acerca da semana de folga. Estava me mandando sair mais cedo. Seria contagioso o vazio que eu sentia? Ele estaria com medo de contrair isso? Joguei meu avental no cesto de roupa suja, bati o ponto, montei na bike. Planei em meio ao calor opressivo. Junie e eu comeríamos espaguete e almôndegas no jantar. Meu pai que se virasse pra resolver o que comeria. Talvez até levasse Junie na piscina pra se refrescar. Ela merecia, porque ficava enfiada naquela casa abafada o dia todo.

Percebi, durante o meu turno, que, apesar de todo o horror que havia acontecido, pelo menos Pantown tava finalmente segura, tão segura quanto poderia estar. O xerife Nillson não estava mais fazendo as suas festas. Todo mundo procurava pelo Ed agora, procurando de verdade dessa vez, de modo que não lhe seria possível ficar se escondendo como antes. Todos os olhos estavam voltados pro Ricky e pro Ant também, isso se eles já não estivessem na cadeia.

Encostei minha bike na parede de trás da casa e abri caminho até a porta dos fundos, a que dava entrada para a cozinha. Vi Junie ao telefone através das cortinas laranja diáfanas, torcendo o fio com a mão. Ela não percebeu minha chegada. Quase caminhei até a porta da frente. Como não esperava que eu fosse chegar em casa pelo menos na próxima meia hora, não queria assustá-la. Estava quente demais, no entanto, pra dar toda aquela volta. Resolvi chamá-la enquanto girava a maçaneta.

Seus olhos estavam arregalados e assustados quando ela se virou. Ela bateu o telefone de volta no suporte.

O movimento rápido fez seus brincos balançarem, bolas de ouro na ponta de uma longa correntinha.

O mesmo tipo de brinco que Maureen e, depois, Brenda ganharam de presente.

Os brincos que Ed havia comprado pra elas.

Capítulo 48

Eu a sacudia com tanta força que seu cabelo vermelho de raposa voava sobre seu rosto.

"Onde você arranjou esses brincos?"

"Você tá me machucando!"

Meus dedos estavam enfiados fundo nos ombros dela, quase até o primeiro nó. Soltei-a, de repente.

"Esses brincos", disse, rouca de pavor. "Quem deu eles pra você?"

"Eu comprei. Custam só dois dólares."

"Isso não é verdade." A cozinha tinha virado o Túnel Hipno-Espiralado da feira do condado, girando debaixo de mim e ao meu redor, revirando tudo. "Sei quanto eles custam. Quem que deu pra você?"

Ela tocou um dos brincos, com o queixo tremendo. "Não é da sua conta."

Lutei contra o impulso de dar um tapa nela. "Junie, me diz onde você arranjou esses brincos."

"Você tá é com inveja!", gritou, me empurrando. Seu queixo delicado e pontudo estava protuberante, suas bochechas, inchadas. "Você tá com inveja de mim porque tem só uma orelha, por isso, ninguém nunca vai comprar brincos pra você."

"Junie", disse, minha voz agora parecia de aço, meus movimentos eram contidos porque não podia assustá-la, não conseguiria sobreviver à sua morte, nunca, nem em um milhão de anos. Não podia perder a Junie. Não a minha Joaninha. *Ela tinha que me contar.* "Foi o Ed? Foi ele que te deu esses brincos?"

Ela balançou a cabeça uma vez, bruscamente, com os brincos subindo e acertando sua bochecha à esquerda e, depois, à direita. *Tic tic.*

"Quem foi, então? Você é nova demais pra andar com alguém que lhe dá joias desse tipo. É perigoso."

Ela abriu seus lábios rosa brilhantes, como se estivesse prestes a me contar, mas aí uma cachoeira fervente de raiva fluiu no lugar. "Você quer atenção; sempre quis! Você e o pai estão apaixonados. Todo mundo vê isso. *Todo mundo.* Isso deixa apenas nossa mãe maluca pra mim. Mas agora tenho alguém que é só meu."

"Junie", implorei. Vinha me equilibrando de um modo tão precário em meio a tudo aquilo, eu estava desabando. "Por favor."

Ela cruzou os braços. Ela se parecia tanto com a minha mãe, a de antigamente.

Não iria me contar.

"Foi o Ed", lamentei pro meu pai pela linha conjunta. "Ele tá vindo pegar a Junie."

Ele bateu o telefone com tanta força que meu ouvido ecoou. Dez minutos depois, chegou à toda velocidade em casa dentro duma viatura uivante, luzes girando, um assistente atrás do volante.

Não tive forças para agradecê-lo por ele ter acreditado em mim.

Quando meu pai arremeteu pra dentro da casa, apontei para a escadaria. Ele subiu três degraus por vez pra alcançá-la. Se Junie conseguisse ouvi-lo, nunca mais duvidaria de que ele a amava. Eu o segui, o vi quase arrancando fora a porta do quarto dela, correndo para acolhê-la nos braços, como se, caso a soltasse, minha irmã pudesse ser sugada pra longe pra todo o sempre.

Sua atenção a surpreendeu, dava pra perceber.

"Não tô bravo, Junie", disse, soltando-a depois de alguns segundos. "Mas você precisa me dizer quem te deu esses brincos. É importante."

Junie havia tirado os brincos. Repousavam sobre a penteadeira dela. Ela estava começando a entender o quanto aquilo era sério, acho, e poderia até ter contado ao meu pai quem a presenteou se o xerife Nillson não tivesse invadido a nossa casa na mesma hora.

"Gary?", ele berrou lá de baixo.

A boca da Junie se fechou tão forte quanto uma ostra.

Nillson saracoteou escada acima, e ele e meu pai a acuaram durante uns vinte minutos. Foram incapazes de arrancar qualquer outra informação, mesmo sob ameaças ou promessas. Gulliver Ryan cor de gengibre apareceu lá no meio disso tudo e fez algumas das suas perguntas, no entanto, mesmo assim, Junie não falou nada.

O xerife Nillson usou nosso telefone da cozinha e ordenou um comunicado a todas as unidades pra que prendessem Theodore Godo. O agente Ryan permaneceu pra ficar de olho em Junie e em mim.

Tudo aconteceu na velocidade da luz.

Depois que meu pai e o xerife Nillson saíram e o agente Ryan se acomodou lá embaixo, fui até a tábua solta no meu quarto. Retirei o frasco de Anacin que continha um bocado do remédio do coração da sra. Hansen, um cadinho das suas pílulas da felicidade, e um ou dois Anacin de verdade.

O xerife Nillson havia alegado que a Maureen provavelmente tinha pegado remédios do coração suficientes pra se amortecer de forma que não pudesse lutar enquanto se afogava.

Quando os afanei pensava vagamente em fazer o mesmo.

Não mais.

Agora, faria o Ed engolir cada uma daquelas malditas pílulas.

Capítulo 49

Naquela noite, mimei pra valer a Junie com espaguete e almôndegas, sorvete de menta com gotas de chocolate pra sobremesa e sua escolha de programas de televisão. Foi desconfortável com o agente Ryan por lá no início, mas ele ficou sentado numa cadeira perto da porta, e depois de algum tempo não parecia ser outra coisa além de uma cadeira perto da porta.

Na hora de dormir, preparei um banho pra ela exatamente como fazia pra minha mãe. Depois disso, pintei suas unhas das mãos e dos pés de rosa chiclete. Então, fiz tranças francesas em seu cabelo pra que ficasse megaondulado no dia seguinte quando as soltasse. Dava pra ver que ela odiava o mesmo tanto que amava a minha atenção. No entanto, me sentia bem por poder cuidar dela. Minha mãe exigia tanto de mim que a pobre da Junie vinha sendo negligenciada ultimamente.

"Você pode tocar uma música pra mim, Heather?", ela pediu quando a coloquei na cama.

"Quê?" Estava cansada até o âmago do meu ser, mas tinha que continuar.

"Nas minhas costas. Pra eu dormir."

Sorri, aquecida pela memória inesperada. Com a Brenda, eu tracejava meu nome, mas com a Junie, costumava batucar nas costas, dando tapinhas delicados num determinado ritmo até que a respiração dela ficasse suave de tanto sono. Quando fazia isso ela era apenas um bebê. Achava que ela nem se lembrava mais.

"É claro", disse, virando-a pra baixo. Toquei um ritmo mais lento de "Young and Dumb", minha canção favorita da Fanny, nos ombros dela, e depois acariciei suas tranças ainda úmidas até sua respiração ficar estável. Crente que ela estava dormindo, me levantei pra sair nas pontas dos pés.

"Sei que você pensa que sou uma bobinha", ela murmurou, "mas não se preocupe comigo."

Minha mãe me disse, no hospital, no dia anterior, que eu era muito preocupada. Era uma das críticas que mais apontava em mim. No entanto, se eu não me preocupasse com a Junie, quem se preocuparia?

De volta ao meu quarto, abri minha bolsa de cabeça pra baixo pra liberar espaço, deixando dentro dela apenas o anel do humor que a Brenda tinha me dado no show da feira do condado, num compartimento fechado com zíper. Apesar de só ter conseguido fazê-lo ficar amarelo, ainda me dava coragem ter um pedaço dela comigo. Enfiei minha lanterna de bolso e o frasco de Anacin no compartimento principal.

Meu plano era simples.

Entregaria o frasco de Anacin ao Ed, que mastigaria todos os comprimidos. Eles o derrubariam, assim como o xerife Nillson disse que as pílulas fizeram com a Maureen. Uma vez que o Ed estivesse inconsciente, decidiria o que fazer na sequência.

Estava propositalmente deixando aquela decisão em aberto.

Só desejava ter uma lata de RC Cola. Isso me fez pensar na cozinha, que por sua vez me levou a pensar numa faca pra proteção adicional. Desci a escadaria devagarzinho. O agente Ryan tinha se transferido pro sofá pra assistir à televisão, estava de costas pra mim. Passei por ele nas pontas dos pés e entrei na cozinha escura. Deslizei a faca de trinchar da sua caixa e peguei alguns guardanapos pra embrulhá-la; então, consegui me esgueirar de volta escadaria acima sem o agente Ryan perceber. Ele estava lá pra vigiar a porta da frente, não a mim e a Junie.

Minha intenção era começar procurando o Ed no chalé. Meu pai dissera que a polícia havia vasculhado lá e não tinha encontrado nada, que aquele chalé sequer pertencia ao Ed, porém, se ele estava de volta à cidade atrás da Junie, precisaria de um lugar pra ficar. Poderia muito bem ser um local que a polícia já havia descartado.

O sol tinha se posto, contudo, fora da janela do meu quarto, o céu ainda cintilava um laranja fusco. Eu descansaria por alguns minutos, o suficiente pra que o céu alcançasse a escuridão total. Estava tão cansada. Fazia muitos dias que não conseguia ter uma noite decente de sono. Deitei minha cabeça no travesseiro. Lutei pra ficar acordada, no entanto a promessa do descanso me puxava pra baixo como os tentáculos na pedreira.

Pulei da cama, com todos os meus pelos eriçados. Tinha algo errado. Olhei ao redor pelo quarto. Estava como o deixei, exceto pelo céu preto.

Corri até o quarto da Junie, o coração baqueando.

A cama dela estava vazia.

A televisão continuava ligada no piso principal. *Quem sabe a Junie não conseguiu dormir. Quem sabe ela tá acordada assistindo à programação da madrugada.* Corri escadaria abaixo, tentando me manter um passo à frente da areia movediça do pânico.

Nada da Junie.

O agente Ryan olhou pra cima, do sofá, surpreso. Sua expressão era agradável, seu terno tava amarrotado. Quem o tinha escolhido pra nos vigiar? O xerife Nillson?

"Pensei que vocês, garotas, tinham ido dormir", ele disse.

Ele não sabia que a Junie tinha saído, o que significava que, na melhor das hipóteses, era péssimo em ficar de olho em meninas.

Na pior, significava que não estava ali pra nos proteger, mas pra ajudar o xerife Nillson a acobertar alguma coisa, algo que exigia manter a Junie quieta.

Deixei de lado os pensamentos que estavam zumbindo pela minha cabeça. Estava sendo paranoica. Meu pai nunca, nem em um milhão de trilhão de anos, deixaria o Nillson machucar a Junie, não importa que outras coisas terríveis ele tivesse feito.

Mas e se meu pai não soubesse?

"É, só desci pra tomar um copo de leite", disse, marchando na direção da cozinha, tentando me lembrar de como se andava, esperando desesperadamente parecer normal. Saquei a expressão de suspeita dele, mas ele estava virado pra TV de novo quando voltei, minha mão tremia tanto que o leite escorria pelas laterais do copo.

"Bo'noite", eu disse.

O agente Ryan ergueu um dedo sem se virar.

Subi a escadaria, tentando adotar um ritmo comedido apesar das alfinetadas congelantes por toda a minha pele. Pousei o copo no patamar da escada. Chequei o quarto da Junie mais uma vez antes de pegar a bolsa com a faca e me esgueirar de novo escadaria abaixo. Johnny Carson estava na televisão usando um turbante e segurando um envelope contra a testa. O agente Ryan riu de algo que Carson disse. Congelei quando ele se espreguiçou e percebi que parecia prestes a se levantar, mas só estalou o pescoço.

Dei uns passos de tartaruga até a cozinha, usando a sapatilha de hospital que deixava guardada no meu quarto. Lentamente, de uma forma agonizantemente lenta, retirei a chave mestra do gancho, desci até o porão e desapareci nos túneis.

Ed havia sequestrado Elizabeth McCain.

Depois, matou a Maureen e, então, a Brenda.

Eu tinha certeza disso.

Quase certeza disso.

Mas ainda precisava checar mais uma coisa.

Beth

Beth segurava o prego de trilho. Era sólido. Pesado. Frio. Absolutamente a melhor coisa que já segurara na vida. Se aquilo a tirasse dali, batizaria o seu carro com esse nome. Seu primeiro animal de estimação. Diabos, colocaria aquele nome nos filhos dela.

Prego de Trilho. Prego de Trilho Junior. Prego de Trilho Terceiro.

Ela desistiu de esperar para emboscá-lo. Em vez disso, estava dando o fora dali.

O pai lhe ensinara o básico da carpintaria — construir um jogo de prateleiras, montar uma cornija de lareira, instalar uma porta. Por isso, sabia que, embora não pudesse arrombar a fechadura da porta da sua prisão, poderia remover as dobradiças usando o prego de trilho para alavancar seus pinos para cima e para fora.

E então, *pof*, a porta sairia.

Quando finalmente decidiu seguir este plano, a dobradiça de cima saiu mole como manteiga.

Não foi uma surpresa. A dobradiça de cima suportava a menor quantidade de peso.

A do meio se revelara muito mais difícil. Levara horas, mas, enfim, ela conseguiu removê-la também. Recolocou ambos os pinos de volta nas dobradiças e agora trabalhava na terceira e última, a dobradiça mais próxima do chão. Sentia-se muito aliviada pelo fato de nenhuma delas estar excessivamente enferrujada naquele ambiente úmido. O trabalho era minucioso e exaustivo, no entanto, e era por isso que flexionava os tornozelos e depois os sacudia, agachava e depois se levantava, agachava e depois se levantava. Forçando o sangue pras extremidades. Preparando-se para lutar.

Se ele voltasse antes de ela remover a porta, não a pegaria dormindo de novo.

Na verdade, essa próxima vez seria a última vez em que teria de ver sua cara viva de novo, porque, se ele ficasse entre ela e sua liberdade, Beth enfiaria aquele prego de trilho de ferrovia bem fundo em seu crânio. Ele não teria como prever aquilo. Ela abraçaria a parede à direita da porta e saltaria sobre seu sequestrador, afundando aqueles doze centímetros de aço em seu cérebro estúpido e maligno.

Beth estava suando para remover aquela última dobradiça quando ouviu um movimento acima da cabeça.

Era apenas questão de tempo até ele aparecer.

Vamos nessa, Prego de Trilho.

Capítulo 50

Escapuli do nosso porão e fechei a porta silenciosamente atrás de mim. Aí liguei minha lanterna e corri direto pra ponta assombrada dos túneis, em meio ao breu gelado e úmido. Destranquei a porta do porão do xerife Nillson e entrei com tudo.

"Junie!", gritei.

Era com o Ed que ela foi, eu sentia em minhas entranhas que ela estava com o Ed, mas precisava ter certeza.

Se Jerome Nillson estivesse em casa, e eu achava que não estava, Junie ainda teria tempo de gritar por mim antes que o xerife conseguisse contê-la. Mas não houve resposta. O porão do Nillson estava limpo. Não apenas arrumado. Todas as provas tinham sido retiradas. Corri até a despensa e escancarei a porta. Apenas o aquecedor central, o de água e a caixa de decorações de Natal continuavam ali. Varei escadaria acima e abri todas as portas do piso principal; depois, corri até o piso de cima e fiz o mesmo.

A casa estava vazia. Junie não estava ali.

Desci correndo pro piso principal tão rápido que meu corpo ficou à frente das minhas pernas. Tropecei nos últimos degraus, caindo duro sobre o ombro direito, as pílulas sacolejaram no frasco quando minha bolsa atingiu o chão. Levantei-me num pulo, esfregando o local dolorido. Corri pela porta da frente sem fechá-la atrás de mim e continuei correndo até alcançar minha casa, sentindo o ar quente e bruto nos meus pulmões.

Fiquei agradecida por ter deixado a bicicleta encostada perto da porta dos fundos. Não tive que pisar na varanda, na linha de visão do agente Ryan, pra pegá-la. Pulei no meu selim tipo banana e acelerei pras pedreiras.

Encontraria Junie no chalé. E a salvaria.

Precisava fazer isso.

Beth

A mescla de passos individuais — dele, ela tinha certeza disso — foi seguida por outras. Beth contou pelo menos quatro pisadas diferentes, uma delas pertencia a uma mulher com uma voz tão aguda que só podia ser uma criança.

Beth estava cansada de esperar. Agachando-se, apertando o prego de trilho, limpando a mão na saia suja quando ficava suada, esticando as pernas, agachando-se de novo. Era hora de participar da festa, mas, primeiro, era necessário soltar a última dobradiça. Estava lhe dando mais trabalho do que o esperado.

O lampião de querosene tremeluziu aos seus pés. Ela vinha economizando o combustível. Restavam apenas alguns minutos de luz. Poderia até remover aquele último pino da dobradiça no escuro, mas seria um trabalho desajeitado. Precisava de um plano mais eficiente.

Olhou para cima, pros dois pinos de dobradiça que removeu e depois os deixou encaixados nos furos para o caso de ele voltar antes de ter soltado a terceira.

É claro.

Em vez de atacar o pino final apenas com o prego de trilho, usaria um dos pinos soltos como uma ferramenta, transformando o prego de trilho num martelo e o pino numa alavanca. Arrancou o pino do topo, o mais solto, e o enfiou sob a cabeça do pino final. Deu uma martelada, testando. O clangor ecoou. Metal contra metal gerava um som muito alto. Considerou sincronizar para que o clangor combinasse com as pisadas mais duras lá em cima, mas, então, os passos cessaram.

Uma porta se abriu fazendo um rangido, um som fantasmagórico, aquele que precedeu sua aparição nas primeiras duas vezes, talvez todas as vezes.

Ele estava vindo.

Ela apagou a chama do lampião de querosene e andou até a parede do lado direito da porta, zonza de fome e por causa do movimento rápido. Os passos característicos dele ressoavam no que passou a visualizar como a escadaria de um porão de estocagem de alimentos, e depois houve um novo som; novo nesta ordem, pelo menos — a porta rangente se fechando atrás dele. Por que a fechava agora? Pela primeira vez, visualizou-a como um alçapão no teto lá em cima.

E, na sequência, ouviu os tremores leves no seu nível conforme ele caminhava até a porta da masmorra. Ela se perguntou se ouviria seus passos silenciosos para sempre.

Como o cachorro de Pavlov e o sino, se aquele som iria arrancar o seu fôlego para sempre.

Ela esperava que sim. Significaria que sobrevivera.

Capítulo 51

O chalé na Pedreira Onze estava com as luzes acesas, e havia dois carros na frente, nenhum deles era o Chevelle azul do Ed, mas ele não estaria mais dirigindo aquilo, estaria? Até tentei formular um plano na febril corrida de bicicleta até ali, mas não conseguia pensar em nada além das imagens da Junie sob as garras do Ed, ou, pior, o cadáver da Junie sendo arrastado pra fora da pedreira, me encarando com olhos vazios, lamacentos.

Um soluço escapou da minha boca.

Freei, larguei minha magrela e entrei tropeçando pela porta da frente do chalé.

O cômodo principal estava quase do mesmo jeito que de quando Ant me levou ali, exceto o sofá, que tinha sido empurrado contra a parede mais distante, e o tapete grande e sebento no centro da sala jogado de lado, amarrotado, revelando um alçapão.

Ant estava encarapitado numa cadeira perto do quarto onde tinha feito eu tirar minha camiseta.

Ricky tava apoiado na geladeira na parte da cozinha, com um palito de dente na boca.

E ao lado do Ricky?

Ao lado do Ricky estava minha bela e esperta irmãzinha, inteira, saudável, e tão aliviada de me ver que lágrimas inundaram seus olhos. Não teria acreditado nesta cena se não estivesse olhando pra ela. Ricky e Ant, parte desse show de horrores. Garotos de Pantown, predadores da sua própria comunidade, liderados por Ed Godo.

O que era mesmo que o Ant havia dito sobre o Ed? *Com o Ed, não preciso nem pensar.* Praticamente a mesma coisa que meu pai dissera sobre Jerome Nillson no ensino médio. Mas onde estava o Ed?

"E aí, Heather", Ricky disse, como se estivesse me esperando.

"Junie, venha aqui." Minha voz era um coaxo.

Quatro metros separavam ela e Ricky de mim. Ela deu um passo trêmulo pra frente, seus movimentos estavam rígidos.

Ricky se mexeu, endireitando o corpo. Seu cabelo tinha brilhantina, estava penteado como o do Ed, nem sinal do bigode que estava deixando crescer. Seus olhos de bola de boliche estavam mais afundados que o normal, como se não estivesse dormindo bem nos últimos tempos. Vestia sua camisa de beisebol dos Pantown Panthers, com um short rasgado.

Ele se parecia com o Ricky, mas não era o Ricky.

O garoto que tinha me mostrado com orgulho a sua coleção de trens, que levava a sra. Brownie à minha casa todos os dias durante semanas quando eu me sentia com medo demais da vida pra sair de casa, que me chamava de Cabeça pra que não tivéssemos que carregar por aí o peso de fingir que eu estava inteira?

Fazia muito tempo que ele havia sumido.

"Junie Cash", Rick rosnou, "você deve ignorar a sua irmã, pro seu próprio bem."

Ela parou e sorriu pra mim, o batom coral favorito da minha mãe tinha manchado seus dentes. Sob o terror em seus lábios espichados, reconheci os traços do sorriso que vínhamos praticando o verão todo.

"Eu estava agora mesmo falando pro Ricky que, se quisessem fazer uma festa aqui no chalé", Junie me disse, com os olhos travados no Ricky, sua voz desconectada do corpo, "eu podia cozinhar pra eles. Já vi você cozinhando pra família, falei pra eles, então, não seria muito diferente pros amigos deles. Expliquei que só precisava passar no mercado pra pegar comida congelada."

Ela virou aquele sorriso de terror pra mim. "Você quer passar no mercado comigo, Heather? Pra gente pegar alguma comida congelada pra eles."

Seu medo primal e, mais ainda, o desespero com que tentava escondê-lo, quase me fizeram chorar. Provavelmente tinha ido escondida até ali, na sua bicicleta, achando que seria divertido, como se fosse um faz-de-conta, mas melhor, se esquivando não só da irmã chatonilda como também do agente secreto em nossa sala de estar. Passando debaixo dos nossos narizes pra encontrar sua paixonite num chalé na mata. Sua paixonite adulta que gostava do cabelo ruivo dela porque o fazia lembrar da primeira namorada e que sequestrara a ruiva Beth McCain, e que matara a garçonete em Saint Paul, a qual eu podia apostar que também era ruiva.

Junie não tinha como saber daquilo tudo. Era só uma menina, embora tivesse a aparência de uma mulher, usando sombra ciano e o blush e o batom da minha mãe, com seus seios parcamente contidos num top de babado amarelo que devia ter roubado do meu armário. Não tive coragem de usá-lo, mas ali estava ela, tendo escolhido aquilo como uma fantasia. Ela não tinha ideia de que Ricky e Ed não estavam brincando. Onde estava o Ed?

Ricky trocou a perna de apoio, afastou-se da parede. "Dane-se o mercado, maninha. Eu digo quando você pode sair."

"A polícia tá vindo", menti, desesperada pra correr pra frente e agarrar a Junie. Joguei um verde pra tatear o terreno. "Eles sabem o que você e o Ant e o Ed fizeram com a Maureen e a Brenda."

"Não tive nada a ver com a Maureen", Ant disse da sua cadeira perto da porta do quarto.

Engoli um soluço. Estava certa.

Ricky deu três passos largos até o Ant e o estapeou tão forte que a cabeça dele bateu na parede. Ant cobriu o nariz com sangue correndo e seus olhos se encheram de lágrimas, mas não disse nenhuma palavra, não reagiu.

"Você cala a porra da sua boca, Dehnke."

Voei pela sala e agarrei a Junie. Começou a tremer assim que encostei nela, mas ela não tirava os olhos do Ricky. Ele virou pra nos encarar.

Deslizei a mão pra dentro da bolsa e agarrei o punho da faca, sentindo o salgado do suor do medo no lábio, sabendo, mesmo enquanto segurava a faca, que nunca teria a coragem de usá-la. Precisava pensar em outro jeito de nos tirar dali.

Pensei no frasco de pílulas na minha bolsa. Fui uma tola, uma criança, achando que poderia enganar Ed Godo com qualquer coisa. Minha única esperança era tirar Junie daquele chalé antes que ele aparecesse, e precisaria da ajuda do Ant pra fazer isso. Ricky estava fora de si, qualquer um podia notar, mas o Ant talvez estivesse lá dentro em algum lugar.

"Ant, o que planejava fazer aqui, nessa distância toda, com a Junie?", perguntei, avançando centímetros na direção da porta do chalé, puxando a Junie junto.

Um titubeio de culpa atacou seu rosto, como eu esperava que acontecesse.

"Nada", balbuciou.

"Bom, é melhor deixarem a gente ir", eu disse. Um barulho de alguma coisa sendo esmagada fora do chalé fez meu coração bater nos pulsos. Seria o Ed voltando? Ele não brincaria com a gente, como o Ricky estava fazendo. Simplesmente nos mataria. "Se fizer isso, vou contar pra sua mãe a história verdadeira. Prometo."

"Você nunca vai sair daqui", Ricky disse, se colocando entre mim e Ant.

Empurrei a Junie pra trás e puxei a faca pra fora da bolsa, segurando-a como um facão. Ricky não sabia que eu era covarde demais pra usá-la. "Você vai nos deixar sair."

Ricky emitiu a sua risada seca, sem graça. "Acha que tenho medo da sua faca de cozinha depois do que o Ed me ensinou?" Seus olhos faiscaram um pouco antes de ele saltar à frente e me dar um soco no mesmo ombro que havia machucado quando caí na casa do Nillson. A faca caiu tilintando no chão, seguida quase imediatamente pela minha bolsa.

O frasco de Anacin rolou pra fora.

"Agora, você tá falando a minha língua", Ricky disse, sorrindo e olhando pro frasco no chão. "Hora de os homens de verdade virem pro jogo."

Ele o apanhou e desrosqueou a tampa.

O arquejo da Junie chamou minha atenção. O medo dela fora substituído por outra coisa. Antecipação?

"Ninguém nunca consegue mudar homens como eles", ela me disse, ecoando o que nosso pai dissera. Será que Junie estava lá? "Mulheres sempre tentam, mas alguns homens já nascem maus."

Não tinha como ela saber que havia veneno no frasco. Zero possibilidade. Mesmo que tivesse jogado fora todas as pílulas antes de encontrá-la no meu quarto, mesmo que tivesse estudado cada comprimido, como saberia qual era qual? Sempre pensei que ela herdara os traços da minha mãe, mas, naquele momento, estava tão parecida com o meu pai que me dava nos nervos.

"Me dá esse frasco, Ricky", disse, virando de volta pra ele. "Tá cheio de veneno."

Ele segurou o frasco aberto perto da boca, me provocando. Então, riu de novo, mas não era o seu *heh-heh* sem vida. Sua risada expressava uma satisfação sangrenta, sinalizando que estava pronto pra lutar. "Acha que não sou tão homem quanto o Ed? É isso? Tá guardando o Anacin pra ele porque não quer que eu tome?"

E virou-se pra encarar o Ant. "Vou te falar, moleque. Você vai ser meu testador de veneno. Vai engolir uma pílula primeiro."

"Vai se ferrar", Ant disse, emburrado. Dava pra ver que sentia medo, no entanto.

"Toma isso aqui, seu bunda-mole", Ricky disse, andando até ele e enfiando o frasco debaixo do nariz do Ant. "Toma, ou eu te mato."

"Não quero."

"Não perguntei se você quer."

Ant fez um barulho de soluço e então começou a chorar. Ele ergueu a mão pra pegar o frasco.

"Não faz isso, Ant", disse, desesperada. "É veneno. Tô falando a verdade."

O choro do Ant ficou empapado.

"Não sou um cara ruim, juro", disse, pegando o frasco.

"*Não sou um cara ruim, eu juro*", Ricky cantarolou, dançando nas pontas dos pés e debochando do Ant. Então, ele lhe golpeou na cabeça. "Você não foi um bebê chorão assim quando estava pegando a Brenda, foi?"

"Ant", eu disse, o clima agora estava tenso. "O que você fez com a Brenda?"

Ant se engasgava no próprio ranho.

O barulho de coisa esmagada que ouvi uns minutos antes voltou, mais alto, e percebi que não vinha de fora do chalé. Subia desde o subsolo.

"Ant", repeti, com minha voz rouca de pavor. "Cadê o Ed?"

Os olhos dele relampejaram pro alçapão, depois, se voltaram pro Ricky.

A minha saliva secou. Ed tava debaixo dos nossos pés, voltaria a qualquer momento. Não poderia salvar a mim mesma e a Junie, percebia isso agora. Mas, se continuasse falando, poderia fazê-la chegar mais perto da porta, talvez o suficiente pra sair correndo enquanto eu segurava o Ricky.

Comecei a afastá-la lentamente na direção da entrada. "Por que você trocou as roupas da Brenda, Ant?"

"Godo disse que era o melhor a fazer, pra não deixar vestígios", Ant disse, com a voz suplicante; seus olhos eram duas pedreiras escuras na pele perdida do seu rosto. "Você pode pedir pro seu pai me ajudar, Heather? Por favor? E aí podemos brincar nos túneis, como a gente fazia. Não podemos? Não podemos fazer as coisas voltarem a ser do jeito que eram?"

"Cala a boca, bicho!", Ricky gritou. "Seu idiota!" Ele arrancou o frasco da mão do Ant e virou-se em minha direção, andando até nós pra enfiá-lo na minha mão. "Acabou de ser promovida. *Você* é minha testadora de veneno. Toma."

Junie voou pra frente e tentou agarrar o frasco de Anacin, mas Ricky foi rápido demais. Ele enganchou o pescoço dela e a puxou. Seus olhos dardejaram pra faca no chão e de volta pra mim, sua mensagem era clara: ou eu engolia uma pílula, ou ele enfiava a faca na Junie.

Aquelas eram minhas duas únicas opções.

Peguei o frasco de vidro e o inclinei. Um comprimido branco aterrissou na minha mão. Tinha números nele.

Podia ser Anacin.

Taquei na boca.

Beth

O arranhar dele abrindo a porta da sua prisão, com os pinos das dobradiças do meio e de baixo ainda no lugar, foi seguido por uma nesga de luz.

Beth mirou no centro.

Porém seu golpe saiu baixo, enterrando-se no ombro dele em vez de entrar na cabeça. Ela puxou o prego de trilho pra trás, desapontada porque apenas a ponta havia entrado. Ele a empurrou de volta, inundando o cômodo com a claridade da lanterna que havia derrubado.

Então, avançou contra Beth segurando o ombro. Ela correu pra trás e foi até a parede mais distante. Não era um homem grande. Na verdade, era apenas alguns centímetros mais alto e dez ou quinze quilos mais pesado que ela. Isso foi parte da razão por que calou seus instintos quando aquele homem entrou na lanchonete. A fez pensar em um tipo de Fonzie asqueroso, porém inofensivo, pedindo um bife Salisbury e sua RC Cola. Jogando aqueles Anacin na boca. Parecia muito um homem de brinquedo, um galo garnisé empertigado. Por isso não o levou a sério, apesar de sentir um arrepio toda vez que ele entrava na lanchonete.

"Meu nome é Ed", se apresentou naquele primeiro dia, "e você é muito bonita."

Isso soava como o tipo de cara que trancaria uma mulher num porão de estocagem de alimentos?

Ela ficaria surpresa se pudesse se ver nesse momento, observar sua risada assustadora de monstro enquanto investia contra ele, com o prego de trilho ensanguentado na mão direita, o pino da dobradiça na esquerda.

Capítulo 52

"Mastiga!", Ricky cantava. "Quero ouvir ele se despedaçar."

Algo estava acontecendo debaixo dos nossos pés. Era abafado, mas soava como uma luta. Não havia muito tempo. Eu mordi. Um amargor varreu a minha boca, tão forte que amorteceu minha língua.

"Uhuuu!", Ricky disse, soltando Junie pra que ela pudesse arrancar o frasco da minha mão. "O Ed tava certo sobre apagar as pessoas, ele disse que matar alguém não muda muita coisa. Seus cereais têm o mesmo gosto na manhã seguinte. As pessoas sorriem de volta pra você, como sempre. Mas ele errou a respeito de uma coisa. Sabe o que é?"

Balancei a cabeça. Eu o derrubaria pela cintura. Será que isso daria tempo suficiente pra Junie?

"Me chamou de bebezinho pelo fato de eu não ter descido pra visitar aquela menina. Quem é bebezinho agora?" Virou a cabeça e despejou uma avalanche de pílulas na boca, tantas que algumas rebateram em seus dentes e caíram no chão. Mastigou o que ficou na boca, flocos espumosos pontilharam seus dentes. "Diabo dos infernos, agora, quem é tão fodão quanto Ed Godo? Agora, quem é o maldito Assassino do Condado de Stearns? A gente vai se divertir!"

Junie estava se afastando dele centímetro a centímetro. Ricky avançou na direção dela e poderia tê-la pegado se o alçapão que nos separava não tivesse dado uma grande estremecida e então lentamente começado a se abrir, rangendo.

Eu gemi.

"Porra, até que enfim", Ricky disse, piscando rapidamente. "Ant, arranca aquele cachecol de cima da lâmpada. O Ed não vai gostar dessa sala toda amarela."

"Não coloquei cachecol nenhum na lâmpada", o Ant disse, encarando o alçapão junto com a gente. "E não tá amarelo aqui."

Capítulo 53

O alçapão que vinha se abrindo de um modo hesitante foi de repente impelido pra cima, acertando o chão com um baque. Junie arquejou e correu pro meu lado, e nós andamos de costas até a parede distante, mais próxima da porta da frente. A mão ensanguentada se apoiou no piso como um zumbi de filme de terror irrompendo do túmulo.

Uma mulher veio atrás.

Suspirei. Ela estava coberta de sangue, com os olhos selvagens, mas reconheci seu cabelo vermelho.

Beth McCain.

Ela se movia como um gato, com movimentos calculados, virando-se de costas pra mim e pra Junie pra encarar Ricky e Ant enquanto subia os degraus. A metade inferior da mandíbula do Ricky tinha despencado como se alguém tivesse arrancado seus gonzos. Ela só ficou pendurada ali. Ant ficou tão branco quanto a barriga de um sapo.

"Merda", ele disse, olhando de Ricky pra Beth e depois pro alçapão. "Puta merda."

Beth continuou subindo até ficar em pé ao nosso lado, com o olhar ainda cravado em Ricky na cozinha e Ant, perto do quarto, com a porta pra liberdade às suas costas. O alçapão era uma boca escancarada no meio de todos nós. Ela cheirava a terror e sangue. Estava dolorosamente magra, com os músculos esticados feito tiras de carne-seca sobre os ossos. Segurava um pedaço de madeira ou metal, seria difícil dizer o que era, pois estava coberto de sangue coagulado e o que parecia ser um fragmento de cabelo preto com brilhantina.

Se eu não tivesse parada tão perto da porta, talvez não ouvisse o retinir suave da mão dela agarrando a maçaneta às suas costas, de tão furtivos e hipnotizantes que eram os seus movimentos.

Ela finalmente se virou pra mim.

O que vi nos seus olhos era eterno e aterrorizante.

"Corre", foi só o que ela disse.

Capítulo 54

Ela disparou como se conhecesse as pedreiras, e suponho que conhecia. Era uma garota de Saint Cloud. Junie e eu a seguimos. Me sentia zonza. Não sabia se era o medo ou se tinha engolido uma pílula de veneno. Eu só tomei uma.

Isso não podia me matar, podia?

Um rugido rasgou o ar atrás de nós, seguido pelo grito de Ricky, com sua voz catarrenta: "Nós vamos pegar vocês!".

Cruzamos o local da fogueira onde me sentei menos de uma semana atrás e corremos pra montanha de granito, no lado oposto da pedreira. Beth tinha tomado a dianteira na direção do pico, Junie foi logo atrás. Eu vinha por último. Esperava que Beth conhecesse alguma estrada, ou até mesmo uma trilha lá em cima, pra que não chegássemos ao topo e ficássemos presas. Me virei pra ver o quanto de dianteira tínhamos. A luz brilhante do luar iluminava Ricky, que estava a cerca de uns cinquenta metros atrás de mim, refletindo os filetes de ranho pendurados em suas narinas. Parecia furioso, correndo pelas pedras feito uma cabra.

À frente, Beth parecia tão equilibrada no granito como Ricky parecia lá atrás. Ela pulou de uma rocha pra outra, dando a mão pra Junie, que estava logo atrás. O ruído do Ricky ficava cada vez mais alto. Tentei ganhar velocidade, mas a água escura à minha esquerda me olhava com um quê de malícia, me alertando pra ser cuidadosa, ou me engoliria inteira do mesmo jeito que fez com a Maureen. Eu não subi no trampolim aquele dia na Muni. Maureen tomou a frente. Até mesmo a Brenda teve coragem pra pular. Eu não consegui. Não conseguia me convencer a rastejar até o topo.

"Vem!", Junie berrou lá da frente.

Ricky fez um barulho gorgolejante. Não me virei dessa vez, mas parecia que ele estava mais próximo. Mesmo debilitado, era um corredor mais rápido que eu. Ele havia tomado muitas pílulas, mas ainda as mantinha no estômago. Meu batimento cardíaco estava estranho, pulsando em rajadas. Me esforcei para escalar mais rápido, indo na direção de Beth e da Junie. Continuei subindo, porém, quanto mais alto subia, maior o risco de cair. A altura me deixou tonta. Tentei não olhar.

"Você pode correr, mas não pode se esconder", Ricky me provocou. Ele soava próximo agora, nem mesmo três metros de distância. Tentei acelerar, no entanto as pedras eram pontudas, e o suor fazia meus olhos arderem.

"Vem!", Beth me chamou.

Ela estava de pé no topo das pedras, delineada pela lua. Aposto que queria se mandar, correr pra longe e nunca mais olhar pra trás. Em vez disso, refez o caminho pra alcançar a Junie, agarrando seu cotovelo e apressando-a até o pico. Ela me lançou um olhar arrependido.

Eu sabia o que aquele olhar significava.

Beth levaria a Junie embora dali. Para um lugar seguro.

Queria chorar de gratidão, mas bem nessa hora a mão do Ricky agarrou meu tornozelo. Eu o chutei, e o esforço quase me derrubou na pedreira quinze metros abaixo, nos braços cinzentos e gelados do fantasma que assombrava a água. Minhas unhas se ergueram enquanto tentava me agarrar à pedra. Ricky me virou pra que eu o encarasse, me deixando perigosamente perto da beirada. Um pedaço pontiagudo de granito me apunhalou na espinha bem onde minha roupa tinha subido. Não ousei olhar pra baixo.

Os olhos de Ricky estavam injetados e inchados à luz da lua. Uma baba escorria pelo seu queixo. Ele soltou meu tornozelo e puxou minha faca de cozinha da cinta, segurando-a com as duas mãos acima da cabeça, como se estivesse prestes a me sacrificar.

Junie gritou.

Ricky cambaleou.

Aí ele escorregou e caiu na água.

Ou eu chutei ele. A história que eu mesma me contava mudava dependendo do dia.

Beth jurava que estava tudo bem.

"O que importa é que isso foi preciso pra você sobreviver, mana", ela me dizia.

Capítulo 55

Naquela noite na delegacia de polícia, tentei explicar a um xerife Nillson com a cara repuxada o que o frasco de Anacin continha. "Uma parte era remédio do coração, e tinha algumas pílulas da alegria, algumas aspirinas", disse, envolta por um cobertor, embora tivesse parado de tremer havia mais de uma hora. "Tentei avisar o Ricky antes de ele tomar."

"É claro que você tentou", o xerife Nillson disse, desatento, enquanto gotas de suor transparente escorriam da linha do seu cabelo. Estava em uma sala inteiramente ao dispor dele, seu cheiro acre dominando avassaladoramente o espaço apertado. Vinha rabiscando montanhas de notas até eu chegar àquela parte da história, a parte em que Ricky engolira as pílulas que levei comigo pra matar o Ed.

Apontei pro caderno dele. "Você não vai anotar isso?"

Ele deu uns tapinhas na cabeça. *Guardo tudo aqui dentro*, seu gesto dizia. "Não será necessário."

Franzi a testa. "Vão fazer uma autópsia? Pra descobrir se foi por isso que ele se afogou, por causa das pílulas que lhe dei?"

A boca do xerife Nillson formou a imitação fria de um sorriso. "Não será necessário", repetiu, antes de se levantar pra sair da sala.

Eu o observei andando até a porta, finalmente compreendendo o que estávamos enfrentando.

Finalmente.

Não era só que nós, garotas de Pantown, estávamos por conta própria. Era também que o meu pai e o xerife Nillson é que contariam a história. Quaisquer detalhes complicados que tivessem ocorrido fora da sua narrativa, como meu pai com as mãos na cabeça da Maureen, que estava ajoelhada na sua frente, ou o xerife Nillson tirando fotos de garotas assustadas tremendo em seu carpete maçã-verde, simplesmente não teriam acontecido.

Seriam apagados. Eliminados.

O xerife Nillson me dizendo que não haveria autópsia do Ricky significava que podiam eliminar até mesmo as coisas que fizemos quando nos atacaram.

Eles vinham nos ensinando a usar essa borracha umas nas outras, também. É por isso que evitávamos falar do fato de que minha mãe queimou minha orelha, ou das coisas que aconteciam na casa da sra. Hansen.

Perceber aquilo teve um gosto de veneno, de algo morrendo. Mesmo com o tanto que aprendi, que era tão ardente quanto a chama que me queimava desde que descobri aquele bracelete de cobre, ainda doía saber que nunca teríamos uma chance. Não se jogássemos pelas regras deles.

Se aquilo podia acontecer na minha casa, no meu bairro, onde mais estaria acontecendo?

Estava pensando nisso quando o agente Ryan enfiou sua cabeça cor de canela na sala. Queria saber se eu precisava de alguma coisa — água, talvez outro cobertor. Era isso. Isso era tudo pelo que tinha vindo. Algo a respeito disso, e a respeito de como vinha se comportando, como se quisesse tanto se desculpar comigo como lutar contra alguém por mim, me fez lembrar do Claude.

"O xerife Nillson obrigou a minha amiga Maureen a fazer coisas horríveis antes de ela morrer", desandei a falar. Fui juntando coragem suficiente, me preparando pra fazer a coisa mais difícil que já fiz, ainda mais difícil do que pedalar até aquele chalé.

Eu iria dedurar o meu pai.

O agente Ryan virou a cabeça, olhou por cima do ombro e, então, entrou de corpo inteiro na sala, fechando a porta atrás de si de forma silenciosa e firme. "O que o xerife Nillson a obrigou a fazer?"

Mesmo depois de tudo que vivi, quase não consegui seguir em frente com aquilo.

Guardávamos nossos segredos em Pantown.

Mas você não acreditaria no que aconteceu na sequência. Maureen e Brenda se juntaram a nós naquela sala encardida, Maureen com sua atitude feroz, de não ouvir nada calada, Brenda com sua força inabalável. Elas apareceram quando mais precisava delas. Não podia vê-las, nem cheirá-las, mas as *sentia* comigo, nós três crescendo juntas, fazendo música em Valhalla, rindo, conectadas pra sempre. Toquei meu único brinco, esfreguei o anel do humor que a Brenda me deu um pouco antes do único show que tocaríamos juntas na vida. Ainda estava numa cor amarela-verde, mas não importava, porque junto com elas eu conseguiria fazer isso. Eu precisava.

"Não só o xerife Nillson. Meu pai também", disse, e parecia que estava atravessando uma placa de gelo, e que não havia como voltar. "Os dois obrigaram a Maureen a fazer coisas terríveis, e ela tinha apenas 16 anos. E não foi a única vítima. Tenho fotos."

O agente Ryan ouviu toda a minha história, estendendo a mão pra me dar tapinhas no braço quando eu começava a soluçar com tanta força que não conseguia falar. Então esperava, paciente, com seus olhos tristes, até que eu voltasse aos trilhos. Melhor ainda, acreditava em mim. Podia ver no seu rosto.

Quando terminei, e um sussurro de paz estava se assentando no buraco que minha confissão abrira, perguntei ao agente Ryan se o Ant havia confessado. Tinha visto a polícia levá-lo do chalé algemado, e sabia que ele estava em algum lugar daquele prédio.

O agente Ryan estava sentado de frente pra mim, com suas mãos cruzadas sobre a mesa, como se rezasse. Ele inspirou profundamente, calculando alguma coisa. Depois, fechou os olhos, manteve-os fechados por um instante, e os abriu. "Anton pediu pra falar com você."

Senti um gosto de choque no fundo da minha boca, como se tivesse lambido uma bateria de nove volts. "Por quê?"

No entanto, de repente, entendi. Ant só queria ser perdoado. Deveria estar desesperado para ser perdoado.

O agente Ryan me alertou. "Você não precisa fazer isso", disse. "Mas se decidir fazer, será gravado. Qualquer coisa que ele disser, mas também qualquer coisa que você disser."

Concordei com a cabeça. "Ok."

* * *

Quando me guiaram até a sala de interrogatório, quase me virei e saí de lá. Ant estava com uma cor de osso, seus olhos azuis estavam inchados e com os raios de terror ligados, o esquerdo que sempre fora menor que o direito agora parecia pouco mais que uma fenda.

"Obrigado por ter vindo", disse, com a voz estridente.

Soou tão parecido com meu velho amigo Ant, que permaneci ali, apesar de não querer me sentar. Fiquei em pé, com os braços cruzados, havia cinco metros e caminhos diferentes trilhados entre nós, caminhos pelos quais não dava pra voltar. Eu diminui o ritmo pra salvar os meus, aqueles que eu podia, na pista de corrida em campo aberto de criança pra adulto. Ant, entretanto, tinha se perdido, confundido o trajeto com o destino.

"Desculpe", me disse.

Aí ele desembuchou tudo, começando a contar primeiro como a Maureen tinha morrido.

Na noite do nosso show na feira do condado, depois que ele e Ed me levaram pra casa, e depois que o Ricky deixou a Brenda em casa, Ed e Ricky se reencontraram, aí ligaram pra Maureen pra ver se ela estava interessada em curtir um barato. O lance é que, lá na feira, ela se escondeu em um dos trailers pra fumar maconha com o funcionário Abe Lincoln. Quando ela saiu pra procurar a gente, já tínhamos dado no pé. Ela foi pra casa brava, achando que nós a abandonamos. Ricky a convenceu de que havia sido um mal-entendido, e ele e Ed a pegaram.

Ant não sabia exatamente o que tinham feito na sequência.

Só sabia que a mataram antes de jogar o corpo na pedreira.

Me abracei e me balancei enquanto ele falava, suas palavras saíam em rajadas, como se estivesse recitando uma peça que ensaiou várias e várias vezes. Sua voz afundou quando admitiu que foram ele e Ricky que pegaram Brenda. Ele não sabia por que fez aquilo, disse, mas não queria matá-la, só a segurou antes e ajudou a trocar suas roupas depois.

Ed tinha sequestrado a Beth por conta própria. Ele deu pra Maureen um par de brincos com bolas de ouro que tinha roubado, e depois fez o mesmo com a Brenda, apesar de logo ter perdido o interesse nela. Guardou o último par pra Junie, a quem atraiu até o chalé com a promessa de levá-la à sua primeira festa na pedreira.

Ele usava um sintonizador na frequência da polícia pra ficar ligado na vigilância em cima dele.

Acontece que Ed e Ricky não sabiam o que Maureen tinha feito com o xerife Nillson, meu pai e um assistente no porão do Nillson naquela noite. De acordo com o Ant, eles foram atrás dela porque a conheciam, e porque Ricky gostava dela, e porque ela parecia ser fácil. Quando lhe perguntei por que, junto com Ricky, foi atrás da Brenda, já que Ed não estava mais interessado nela, e portanto ela poderia estar viva, ele perdeu o controle.

"Não sei", ficava dizendo, sem parar, numa voz de criança.

Não tinha tempo praquilo. Estava destruída por dentro pra deixá-lo encerrar o assunto com um *não sei*.

"Por que você e Ricky fizeram isso, Ant?", repeti.

Ele encarou o vidro atrás de mim. O agente Ryan avisou que iria acompanhar nossa conversa. Provavelmente outros policiais estavam lá, também. Talvez Nillson. E um gravador de fita, girando lentamente como bala puxa-puxa, registrando cada palavra.

"Elas podem apenas ir embora, sabia", Ant disse, por fim, coçando o braço nu, dando uma esfregada no nariz. Ele encarou a mesa como se seu destino estivesse entalhado nela. "As mães, quero dizer. Ou as esposas, acho."

Suas palavras provocaram um formigamento na minha espinha. "Do que você tá falando?"

"Ouvi minha mãe e meu pai brigando. Um tempo atrás. Não tanto tempo. Foi depois da noite daquela festa em que todos vocês assistiram a *Raízes*, mas não pudemos ir porque meu pai tava bêbado."

A festa em que Claude e eu corremos pra dentro dos túneis num intervalo, e em que colei a orelha na porta do Ant. Eu ouvi parte daquela briga. A que provocou uma mudança nele.

"Minha mãe falou que era a gota d'água. Ela foi embora. Sabia que elas podiam fazer isso?" Seu olhar correu pra cima, com os olhos transbordantes querendo enganchar em mim. "Simplesmente te abandonar?"

Um suspiro ecoou pela minha garganta. Eu *sabia*. Elas podiam nos abandonar mesmo sentadas bem ao nosso lado, continuarem distantes mesmo vivendo na mesma casa. Mas isso não respondia à pergunta. "Você arrancou a Brenda de nós, Ant. Por quê?"

Os ombros dele se afundaram e então começou a chorar.

Em suma, ele realmente não sabia. Perceber aquilo me atingiu como um soco no estômago, roubando meu fôlego. Jesus, o que essa cidade fazia conosco, nos forçando a pôr a mão no fogo antes que soubéssemos o que tudo aquilo significava, quais prêmios estávamos disputando. Subitamente, me senti tão sozinha que pensei que fosse morrer por causa disso.

Quando o Ant conseguiu controlar seus soluços, sua cara parecia um grande pão inchado; ele me disse onde tinha escondido a minha foto de sutiã. No fim das contas, foi por isso que pediu pra eu vir. Ele não estava conseguindo raciocinar direito para pensar que poderia ser perdoado por qualquer coisa que fosse. Eu sabia disso, e ainda assim fui lá pra conversar.

Não o odiava, mas também não o confortaria. Ele merecia ficar trancafiado. Fizera suas escolhas, e elas haviam levado a Brenda. Poderia suavizar aquilo, no entanto, por ora, era como me sentia.

Nosso encontro durou vinte minutos. Não aguentaria ficar mais tempo que isso.

Na sequência, falei com o agente Ryan a respeito do padre Adolph e lhe pedi que garantisse que o padre não fosse visitá-lo na cadeia. Eu fiz isso pelo Antzinho, aquele que construía mobílias de boneca Barbie pra nós no primário. Esperava que ele encontrasse seu caminho de volta praquela parte dele. Supus que essa fosse a jornada da qual todos nós pantownianos estávamos incumbidos, se tivéssemos sorte o bastante pra ter uma chance.

Encontrar o caminho de volta pra nós mesmos.

Capítulo 56

Minha mãe fez sua parte, entrando nos eixos o melhor que pôde quando foi liberada do hospital. Acho que foi porque precisou fazer isso. Tanto meu pai quanto Jerome Nillson encarariam um processo. Estavam isolados num hotel — pra segurança deles, nos disseram. Nillson pediu exoneração do cargo de xerife e também encararia um tempo longo na prisão por causa das fotos, que haviam sido conectadas com mulheres e meninas que ele prendeu nos últimos seis anos.

Ofereceram um acordo judicial pro meu pai, que aceitou, dedurando os outros malas sem alça de Saint Cloud que tinham frequentado as festas de Nillson. Aquilo deixaria meu pai fora da cadeia, mas ele perderia a licença pra advogar.

Minha mãe disse que aquilo não era suficiente pra ela.

Estava entrando com o divórcio, "dane-se o que o padre Adolph disser".

Em outra reviravolta inesperada, mas agradável, a sra. Hansen se mudou pra nossa casa e ficou hospedada no escritório do meu pai. Seria só temporário, disse. Ainda não estava pronta pra sair de Pantown. Alguns negócios estavam inacabados.

Também insistiu pra que a chamássemos pelo seu primeiro nome. "Pro diabo com todas essas regras deles", disse, cacarejando. "Dane-se fingir ser respeitosa durante o dia e dançar com o capeta à noite. Prefiro que vocês sejam genuínas comigo, e lhes devolvo o favor."

Ela trouxe sua cortina de contas de âmbar brilhante junto, e logo a pendurou entre nossa cozinha e a sala de jantar. E começou a cozinhar e limpar a casa e dizer à Junie e a mim o que fazer. Era a coisa mais maneira desde sempre. Quando minha mãe começava a degringolar, Gloria (estava ficando mais fácil pensar nela por esse nome) a trazia de volta. Era muito melhor pra tirar minha mãe dos seus devaneios do que meu pai jamais fora. Além disso, não fingia que não estava vendo quando minha mãe começava a se perder rápido demais pra encontrar o caminho de volta sem os médicos. Ela a levava direto pro hospital. De alguma forma, acabou que, com a ajuda da Gloria, minha mãe voltava pra casa mais rápido sempre, às vezes, nem passava a noite lá.

Nos dias em que minha mãe estava bem, Gloria voltava à sua antiga casa pra limpar outra área pequena. Quando retornava, as duas se sentavam na varanda da frente, fumando e bebendo chá gelado. Algumas vezes, até riam. Certa vez entreouvi Gloria se desculpando com a minha mãe, mas minha mãe fez *shhh* pra ela. Ambas ficaram quietas depois disso, e então Gloria disse: "Pode ser que eu fique em Pantown mais um tempo. Gosto de fazer aqueles filhos da puta espernearem".

Aquilo as fez rir com tanta força que perderam o fôlego. A colher e o garfo gigantes da Gloria e sua coruja favorita de macramê com aqueles grandes olhos de contas apareceram na parede da nossa sala de estar pouco tempo depois.

Certo dia, quando minha mãe estava lá fora aparando as roseiras e Junie tava na casa da Libby, puxei o assunto do meu pai numa conversa com a Gloria. Na maior parte das vezes, tentava não pensar nele, mas era como não pensar num elefante roxo. Ele era meu pai, a pessoa que mais admirei.

"Eu não o conhecia nem um pouco", disse para a Gloria, com meu queixo tremendo. "Pensei que o conhecia, mas estava enganada."

Ela cerrou os dentes e aspirou o ar. Nós estávamos na cozinha, enquanto ela preparava fondue pro jantar. Sempre cozinhava como se fosse fazer uma festa. Quando lhe perguntava a respeito disso, me dizia que era de propósito, pois, por que viver de qualquer outra forma?

"Você conhecia uma parte dele", ela disse finalmente, cortando o queijo em cubos. "E essa parte era verdadeira."

Abri minha boca pra discutir, pra perguntar como era possível que aquilo fosse verdadeiro considerando o que ele fez e permitiu que fizessem. Ela largou a faca e se aproximou de mim dando grandes passadas, segurando meu queixo. Ela cheirava a queijo suíço.

"Essa parte era verdade", ela repetiu com firmeza. "Mas o resto também. Todas as coisas ruins. Homens em bando podem fazer coisas terríveis, coisas que não teriam ódio suficiente para fazer sozinhos. Não é desculpa, é apenas algo que você deveria saber."

A porta da frente se abriu. "Pega um vaso, Gloria", minha mãe falou. "Tenho flores o suficiente pra abrir uma loja."

Mas Gloria manteve seus olhos focados em mim e continuou segurando meu rosto. "Você vai reconhecer esses homens, aqueles inclinados pro seu próprio lado obscuro, porque eles trarão a expectativa de que você carregue a carga deles. Tentarão sufocar a sua raiva com a dor deles, e farão duvidar de si mesma, e lhe dirão que a amam o tempo todo. Alguns fazem isso de um jeito espalhafatoso, como o Ed, mas a maioria faz com passos silenciosos, como seu pai."

Meu coração martelava tão forte quanto um pedal de bumbo.

"Quando você conhecer algum desses homens, dê a volta e não olhe pra trás", ela disse. "Deixe-os na deles. Não há nada lá pra nós. Temos todas as coisas boas bem aqui, tudo de que precisamos."

Ela disse essa última parte na hora em que minha mãe atravessava as contas de âmbar, com sua cor viva, seu sorriso encantador, sua beleza que chegava a doer. Ela segurava um buquê glorioso de doces rosas cor-de-rosa nas mãos enluvadas.

"Estas são tão lindas quanto você, Connie!", Gloria disse, virando-se pra minha mãe.

Encarei as costas da Gloria percebendo que era isso. Era tudo o que ela falaria a respeito do meu pai, e ponto. Não sabia como me sentia, então, guardei aquilo, por ora. Ainda não havia mostrado a Gloria o diário da Maureen e achava que não deveria mostrar. Só causaria mais dor. Nós nunca saberíamos de quem Maureen tinha mais medo, de Jerome Nillson ou de Ed Godo.

Suspeitava que minha amiga temesse ambos. Maureen tinha instintos excelentes, ainda que não fosse sempre capaz de ouvi-los, não com todas as regras que havia pras meninas de Pantown ocupando seus pensamentos.

*   *   *

Beth decidiu se matricular na Universidade Estadual St. Cloud em vez de frequentar a faculdade em Berkeley. Ela não se sentia mais segura em viajar pra tão longe dos seus pais. "Por enquanto, de qualquer forma", disse durante uma de suas visitas semanais. "Não pra sempre. Você não consegue manter uma mulher boa parada por muito tempo."

Sorri pra Beth, porém me recordava de seu olhar lá no chalé. Aquela noção terrível de que a vida podia mudar totalmente num piscar de olhos não era algo de que uma pessoa consegue esquecer com facilidade. Bem, eu agora sabia muito a respeito daquilo, inclusive, e estava contente de ter Beth por perto. Dava mais cor ao mundo.

Acho que era bom pra ela passar um tempo conosco, também, ainda que, toda vez que passasse na minha casa, entrasse correndo como se tivesse deixado um fogão ligado e precisasse tocar em mim e na Junie — a bochecha, as mãos, o cabelo — antes de conseguir respirar um fôlego completo. Ainda assim, toda vez que vinha nos ver, parecia que ficava mais forte. Seus músculos estavam voltando, seus olhos, ficando mais claros. Ela também xingava muito. Não sabia se sempre tinha sido desse jeito, mas concluí que, se alguém merecia xingar como um marinheiro em licença pra desembarque, esse alguém era a Beth McCain.

Tanto Ed quanto Ricky estavam mortos.

Ricky tinha se afogado, não conseguiu subir à superfície até que mergulhadores foram atrás do seu corpo. Beth tinha cuidado do Ed no porão — o Ed, que, segundo o agente Ryan, matou a primeira namorada num ataque de fúria, quando a garota lhe disse que estava indo embora, e que depois manteve uma garçonete que era sósia da namorada assassinada em Saint Paul viva por 24 horas, antes de matá-la quando tentou escapar. O agente Ryan acreditava que Ed tinha aprendido com aquilo e que estava planejando manter Beth viva por um tempo indeterminado.

Os jornais chamaram Beth de "A heroína que se salvou!". Ela riu quando viu essa manchete, mas não foi uma risada feliz.

"Não me importaria de ter tido alguma ajuda", ela disse.

Às vezes, Beth, Junie e eu só ficávamos sentadas no sofá, todas quietas sentindo o calor uma da outra. Outra vezes, Beth me implorava pra tocar bateria, então eu a carregava com a Junie pra casa da Gloria e pegávamos o Claude no caminho. Abríamos a garagem e acendíamos as lâmpadas de lava. Eu descia o braço enquanto a Junie chacoalhava o pandeiro, Claude vibrava o triângulo e Elizabeth dançava. Ninguém tocava baixo ou cantava. Eu não estava pronta pra isso ainda. Fazia o meu melhor pra manter meu semblante feliz, porém, às vezes, aquilo rachava meu peito no meio de tanto que doía ficar na garagem sem a Brenda e a Maureen. Acho que o Claude sentia isso também, pois de vez em quando ele vinha até mim e me abraçava quando eu mais precisava.

A gente estava namorando oficialmente agora. Tinha sido estranho no começo. Até que finalmente nos beijamos. Eu fiquei tensa, mas aí os lábios mornos do Claude se encontraram com os meus, o gosto dele era doce feito refrigerante 7UP, disparando bolhas até os dedos dos meus pés. Me senti tão segura que chorei. Um monte de outros caras teria surtado com isso. Não o Claude. Ele acabou chorando junto comigo.

"Sabe o que a gente devia fazer hoje?", Beth disse, espiando o céu azul lá em cima. Estávamos sentadas na varanda da frente, havia folhas marrons secas salpicadas por todo o gramado. Já tínhamos voltado a estudar havia mais de um mês, Junie tava na oitava série, eu, no segundo ano, e Beth era caloura na faculdade. Dava pra ver que Beth estava ficando agitada. Ela nunca reclamava, porém devia ser difícil viver numa cidade onde todo mundo pensa que a conhece.

"O quê?", Junie perguntou. Ela passara a arrumar seu cabelo igual ao da Brenda, apesar de usar menos maquiagem do que durante o verão. A combinação a fazia parecer uma garota da sua idade pela primeira vez depois de um bom tempo.

"Ir à Valleyfair antes de fecharam pra temporada", Beth disse de um modo triunfante. Em seguida puxou as chaves do bolso da sua calça de veludo cotelê e a balançou na minha frente. "Topa?"

"Claro", disse, num meio sorriso. Beth vinha me ensinando a dirigir nas últimas semanas. Eu era terrível. "Mas de jeito nenhum vou dirigir até as Cidades Gêmeas."

"Beleza", ela disse.

Depois que avisamos minha mãe e Gloria onde estaríamos, nos amontoamos no Vega laranja da Beth. Foi uma viagem tranquila. Quando chegamos à Valleyfair, ver a montanha-russa me fez sentir falta de Brenda e Maureen, no entanto, consciente de que tudo sempre me lembraria delas, estava aprendendo a conviver com isso. O cheiro de chiclete Bubble Yum, que fora o favorito da Maureen até ela ouvir que era feito de ovos de aranha. Reprises de *A Caldeira do Diabo*, que Brenda e eu víamos religiosamente. Toda música boa que tocava no rádio. O mundo todo era um lembrete de que minhas melhores amigas não estavam mais aqui, mas, do mesmo modo, era um lembrete de como elas haviam sido excepcionais. Então, andei de High Roller e gritei evocando a Brenda e a Maureen, meio rindo e meio chorando.

Junie pareceu ficar alarmada com a minha crise, enquanto Beth apertou meu braço e me deixou pôr tudo pra fora. Achei engraçado que até aquele momento ainda não havia percebido como as duas eram parecidas, Beth e Junie. Elas tinham o mesmo cabelo ruivo, sardas e sorrisos largos, até curvas similares, apesar da diferença de idade. Me deu uma irrupção de alegria ver como elas se pareciam irmãs, que foi seguida por um soco no estômago quando me lembrei de que fora por isso que Ed as escolheu, pois o faziam se lembrar da sua primeira namorada, que foi morta por ele. Foi assim que o dia todo passou — altos e baixos e altos. Nós três estávamos esgotadas no final de tudo.

No estacionamento, a caminho do carro da Beth, um homem com sua família, um homem que se parecia um pouco com o meu pai, como um Kennedy, mas, neste caso, o famoso, olhou pra nós e percebeu nossas caras abatidas. Ele não sabia que estávamos exaustas de fazer algo *bom*. Não viu que estávamos juntas, que estávamos bem.

"Sorriam, garotas!", disse animado. "Vocês vão ficar muito mais bonitas."

A boca da Junie se contraiu, como se fosse automático exibir o sorriso bonito em que tinha trabalhado o verão todo, aquele que eu não via desde a noite de terror no chalé. Observei-a, sem saber se ficaria mais nervosa por ela sorrir ou por não sorrir. Ela tava tão retraída ultimamente. Até mesmo nesse dia, na Valleyfair, tinha ficado quieta.

Queria vê-la feliz, mas não queria que se sentisse obrigada a fazer qualquer coisa por estranhos.

Os lábios dela se arquearam, revelando seus dentes afiados, brilhantes. "As amigas da minha irmã estão mortas, e as pessoas em quem pensei que pudesse confiar, não posso", ela disse. "Então, *pode deixar que eu mesma decido quando é a porra da hora de sorrir.*"

Eu mesma me surpreendi com minha súbita explosão de risadas.

"Essa é a minha garota", eu disse.

"Falou tudo", disse Beth, orgulhosa.

Demos as mãos e fomos pro carro. Junie ficaria bem.

Só restava uma coisa a fazer.

Capítulo 57

Tanto Beth quanto Junie queriam nos ajudar, imploraram pra ser incluídas. Foi minha mãe que as convenceu de que isso era algo que Claude e eu precisávamos fazer juntos e sozinhos.

"Tá pronta?", Claude perguntou.

Não conseguia acreditar que cheguei a achá-lo parecido com o Robby Benson. Quer dizer, *parecia*, um pouco, mas era muito mais bonitinho. Como é que nunca havia percebido como a sua covinha era atrativa? Me inclinei pra frente e a beijei, ainda tímida com relação ao afeto. Estava ficando mais fácil, no entanto.

"Tô pronta", disse.

Ele me deu o martelo e um prego. Martelei num determinado ângulo, exatamente do jeito que o pai da Beth havia recomendado. Quando o prego estava bem afundado, Claude me deu outro.

Decidimos selar a minha porta de acesso ao túnel primeiro. A ideia foi minha, mas aí, depois que o Claude concordou, quase desisti. Parecia um ponto final, como se estivéssemos dando as costas pras nossas infâncias, pra Pantown.

Claude balançou a cabeça suavemente quando confessei minha preocupação. "Estamos dando as costas pra escuridão, H, não pra nossa infância. Vamos viver nossa vida toda na superfície", disse. "Esta é a nova Pantown. É por essa que a Gloria ficou por aqui." E deu seu sorriso lindo, aquele que me aquecia lá no fundo.

Martelamos e selamos a minha porta do túnel, depois fizemos o mesmo na dele.

Na sequência, veio a parte para a qual precisávamos da ajuda de todo mundo. Beth e o pai dela construíram as prateleiras, depois, as carregaram escadaria abaixo com a ajuda do sr. Pitt e do agente Ryan, que insistiu em participar disso quando soube o que iríamos aprontar.

Então, convidamos o restante das pessoas, todo mundo que conheceu e amou a Maureen e a Brenda — e havia um monte de gente —, a trazer algo pras prateleiras. O técnico de softbol da Maureen na quarta série trouxe a foto do campeonato daquele ano, uma Maureen com dentes separados sorrindo na frente, no centro. Tinha esquecido de que ela costumava ter sardas. Uma enfermeira com quem a Brenda trabalhava trouxe um livro escrito à mão recheado de histórias dos residentes do asilo cujas vidas ela havia tocado, cada um deles compartilhando algo maravilhoso a seu respeito. Jenny Anderson trouxe um desenho que fez daquele dia em que a Maureen a defendeu, assustando os valentões do parquinho. Jenny dobrara o desenho no formato de um coração e o selara com cera rosa.

E assim foi, primeiro nossas novas prateleiras e depois as do Claude, cheias de memórias eternas das duas melhores garotas que essa cidade já tinha visto.

Naquele verão, o verão de 1977, tudo tinha arestas.

O gume afiado levou minhas amigas, mas cortou as vendas, também.

E, uma vez que você entende a verdade, não há como viver de nenhum outro jeito.

Depois que aquelas prateleiras ficaram tão cheias quanto possível, olhei em volta no porão do Claude. A maior parte dos pantownianos tinha ido embora, e sobrara aqueles de nós mais próximos da tempestade. Todos estavam chorando, mas havia purificação naquela dor. O sr. Taft esticou os braços ao redor da esposa, da minha mãe e de Gloria, os quatro se apoiando. Os pais da Beth permaneciam perto dela — eles sempre pareciam estar perto dela, e quem poderia culpá-los? —, mas ela tava sozinha, encarando resolutamente as prateleiras novas. Dava pra ver que havia tomado uma decisão. Ela se mudaria pra Berkeley em breve. Sentiria falta dela, no entanto estava profundamente feliz por ela e por qualquer um que viesse a conhecê-la. Ela iria causar um rebuliço lá fora nesse mundão.

O padre Adolph era uma ausência notável. Ele queria vir. Claude e eu não deixamos.

O sr. e a sra. Ziegler cuidavam de todo mundo, se certificando de que não precisavam de bebidas ou de lenços. Gulliver Ryan observava aquelas prateleiras novas do seu poleiro no final da escadaria dos Ziegler, com os olhos úmidos e os punhos fechados ao lado do corpo.

Junie se juntou a um círculo de amigas num canto mais distante. Elas pareciam tão doces, aquelas meninas de 13 anos, se aproximando da linha de partida de suas próprias raias no campo de corrida aberto, de criança pra mulher... Junie teve um vislumbre terrível de como aquela corrida costumava ser, como tinha sido pra Brenda e pra Maureen, pra Beth e pra mim. As pessoas neste cômodo garantiriam que seria diferente pro grupo da Junie, para as meninas *e também* pros meninos.

Sem essa de fingir não ver, não mais.

Me aconcheguei no Claude. Ele segurava uma das minhas mãos. Ergui a outra. Planejei deixar o anel do humor na prateleira da Brenda, mas decidi no último minuto que preferia mantê-lo por perto.

Pela primeira vez, o anel brilhou num tom de azul-escuro.

Agradecimentos

Estes livros não poderiam tornar-se realidade sem minha agente fabulosa, Jill Marsal, minha editora feiticeira, Jessica Tribble Wells, e todo o time da Thomas & Mercer, incluindo Charlotte, Jon, Kellie e Sarah. Todos vocês fazem eu me sentir parte de algo bom. Obrigada pelo seu tempo e por sua genialidade. Agradeço também a Jessica Morrell, a editora freelancer que vem estimulando a minha escrita e expandindo o meu kit de ferramentas há quase vinte anos.

Shannon Baker e Erica Ruth Neubauer, seu amor e sabedoria me fazem melhor, bem como à minha escrita. Isso sempre é verdade, mas é particularmente potente durante nossos retiros. Obrigada por serem mágicas.

Lori Rader-Day, Susie Calkins, Catriona McPherson e Terri Bischoff, vocês fazem a escrita parecer uma boa escolha, e não há agradecimentos suficientes por isso. À minha melhor parceira de escrita pandêmica, Carolyn: obrigada pelo seu brilhantismo, seu coração caloroso, seu humor e sua integridade. Christine, obrigada por explorar o mundo comigo. Que nunca fiquemos sem lugares para visitar nem sem testas para fotografar. Suzanna e Patrick, sou eternamente grata pela sua orientação e pelo seu humor.

Também preciso agradecer os roteiristas de *Mare of Easttown* (da HBO), que não conheço, mas cujo talento foi o estopim de um ponto-chave da trama que acabou entrando no livro. Especificamente, e é uma maluquice pensar nisso agora, mas não havia Beth e *Garotas na Escuridão* antes de eu assistir *Mare of Easttown*. O enredo dessa série me fez perceber que eu precisava dela aqui, e fico muito contente por isso.

Quando preciso de inspiração não apenas para arquitetar uma boa trama, mas também para tecer uma frase bonita, me volto pros melhores dos melhores. Enquanto escrevia este livro, mergulhei nas histórias de Megan Abbott, S. A. Cosby, Anne Rice, Daniel Woodrell e Rachel Howzell Hall; todos os cinco conseguem conceber frases tão inesperadas e deliciosas que preciso voltar pra saboreá-las de novo e de novo. Sou grata pelo seu talento lá fora como um farol.

Agradeço também à Humane Society e ao Pet Haven por cuidarem tão bem de criaturas vulneráveis e por me proverem com um fluxo contínuo de gatinhos adotivos. Toda pessoa que escreve se beneficia de um cachorro ou de um gato (ou de um coelho ou uma cobra), então, sou grata por todas as formas com a qual meus filhotes adotivos melhoram minha qualidade de vida.

Por último, mas sempre os primeiros em meu coração, todo o amor e a minha gratidão a Zoë e ao Xander por me escolherem como sua mamãe nesta vida. Vocês são o melhor trabalho que já tive.

Case No. #01 Inventory
Type of offense
Description of evidence coles

Quem é ELA?

JESS LOUREY é a autora best-seller da Amazon com os livros *Litani*, *Bloodline*, *Unspeakable Things*, *The Catalain Book of Secrets*, os thrillers da série *Salem's Cipher*, e os mistérios de Mira James, entre muitos outros trabalhos, incluindo infantojuvenis, contos e não ficção. Indicada aos prêmios Edgar, Agatha, Anthony e Lefty, Jess foi professora titular de escrita criativa e sociologia e líder de retiros de escrita. Quando não está organizando oficinas de escrita, lendo ou com sua família e amigos, você pode ter certeza de que está trabalhando em uma nova história. jessicalourey.com

E.L.A.S EM EVIDÊNCIA.

ESPECIALISTAS LITERÁRIAS NA ANATOMIA DO SUSPENSE

Capture o QRcode e descubra.

Conheça agora todos os títulos do projeto especial **E.L.A.S — Especialistas Literárias na Anatomia do Suspense**, que integra a marca Crime Scene® Fiction, da DarkSide® Books, para apresentar uma seleção criteriosa das mais criativas e inovadoras autoras contemporâneas do suspense mundial.

CRIME SCENE®
FICTION

CONHEÇA, LEIA E COMPARTILHE NOSSA COLEÇÃO DE EVIDÊNCIAS

Case No. _____ Inventory # _____
Type of offense _____
Description of evidence

"Katie Sise é uma nova voz obrigatória no universo do suspense familiar."
MARY KUBICA, autora best-seller do New York Times de *A Outra*

"Sise mostra seu domínio do suspense com uma obra de tirar o fôlego."
PUBLISHERS WEEKLY

KATIE SISE
ELA NÃO PODE CONFIAR

Uma mãe, um bebê e um suspense arrebatador que vai assombrar a sua mente neste instigante thriller que aborda a saúde mental materna de maneira dolorosa e profunda.

"Inteligente e deliciosamente sombrio. Fui fisgada até o fim."
ALICE FEENEY, autora do best-seller *Pedra Papel Tesoura*

"Fascinante, sombrio e tão afiado quanto uma coroa de espinhos."
RILEY SAGER, autor de *The House Across the Lake*

KATE ALICE MARSHALL
O QUE ESTÁ LÁ FORA

Um thriller poderoso e inventivo. Uma história cruel e real sobre amizade, segredos e mentiras, inspirada em um crime real, e que evoca as grandes fábulas literárias.

"Uma leitura diabolicamente planejada e deliciosamente sombria."
LUCY FOLEY, autora de *A Última Festa*

"Alice Feeney é única e excelente em reviravoltas."
HARLAN COBEN, autor de *Não Conte a Ninguém*

ALICE FEENEY
PEDRA PAPEL TESOURA

Dez anos de casamento. Dez anos de segredos. E um aniversário que eles nunca esquecerão. Um relacionamento construído entre mentiras e pedradas.

"Instigante, inteligente, emocionante, comovente."
PAULA HAWKINS, autora de *A Garota no Trem* e de *Em Águas Sombrias*

"*Anatomia de uma Execução* é um thriller irresistível e tenso."
MEGAN ABBOTT, autora de *A Febre*

DANYA KUKAFKA
ANATOMIA DE UMA EXECUÇÃO

Um suspense que disseca a mente de um serial killer. Uma reflexão sobre a estranha obsessão cultural por histórias de crimes reais e uma sociedade que cultua e reproduz essa violência.

SQUARE POINT SHOVEL.

ROUND POINT SHOVEL.

SCOOP SHOVEL.

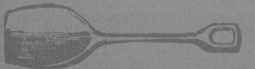

WOODEN GRAIN SCOOP.

VEGETABLE SCOOP.

SQUARE POINT SPADE.

POST HOLE SPADE.

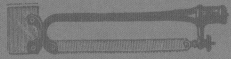

COMBINED PRUNING SAW AND CHISEL.

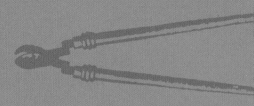

LOPPING SHEARS.

GRASS SHEARS.

HAZELTINE'S WEEDER.

BILL HOOK.

BRUSH AXE.

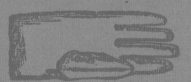

GARDENER'S GLOVE.

SWIVEL PRUNING SAW.